Das Buch

›Kinder ihrer Zeit‹ ist so etwas wie der »Buddenbrook-Roman Hamsuns, in welchem die Zersetzung des Althergebrachten und Patriarchalischen geschildert wird; die neue Zeit bringt das Altehrwürdige um, läßt es zerbröckeln und versanden«, schreibt Martin Behaim-Schwarzbach. In diesem ersten durchgehend sozialkritischen Roman schildert Hamsun am Schicksal zweier Familien den Niedergang einer ganzen Epoche. Auf der einen Seite steht Willatz Holmsen, der Aristokrat, Herr auf Segelfoß, einem nordländischen Gut an der Küste. Sein Gegenspieler, Tobias Holmengraa, ist ein heimgekehrter Auswanderer, der in Mexiko sein Glück gemacht hat und mit seinem Vermögen in Segelfoß neue Unternehmungen und Arbeitsplätze stiftet. Seine neue Mühle und der Bau einer Landungsbrücke für größere Schiffe machen ihn zum größten Arbeitgeber in der Stadt. Seine Macht nimmt im gleichen Maße zu, wie Holmsen wegen seiner aufwendigen Lebensführung Grundbesitz, Fluß und Holz an Holmengraa verkaufen muß. Aus dem Gut Segelfoß wird die Stadt Segelfoß, »oppkomlingby«, die Stadt der Emporkömmlinge.

Der Autor

Knut Hamsun (eigentlich Knut Pedersen), geboren am 4. August 1859 in Lom/Gudbrandsdal, gestorben am 19. Februar 1952 in Nørholm, durchlitt eine harte Jugend, übte verschiedene Berufe in Nordamerika und Norwegen aus, bis sich 1890 ein erster literarischer Erfolg mit dem autobiographischen Roman ›Hunger‹ einstellte. 1920 erhielt er für den Roman ›Segen der Erde‹ (1917) den Nobelpreis. – Weitere Werke unter anderem: ›Mysterien‹ (dt. 1894), ›Neue Erde‹ (dt. 1894), ›Pan‹ (dt. 1895), ›Unter Herbststernen‹ (dt. 1908), ›Benoni‹ (dt. 1909), ›Rosa‹ (dt. 1909), ›Gedämpftes Saitenspiel‹ (dt. 1910), ›Die letzte Freude‹ (dt. 1928) [illegible] ach Jahr und Tag‹ (dt. 1934), ›Der Ring schließt sich [illegible] o- mane; ›Victoria‹ (dt. 1899), Novelle; ›Kö [illegible]), ›Abendröte‹ (dt. 1904), Dramen [illegible] (dt. 1950), Autobiographie [illegible]

Knut Hamsun:
Kinder ihrer Zeit
Roman

Deutsch von Niels Hoyer

Deutscher
Taschenbuch
Verlag

dtv

Von Knut Hamsun
sind im Deutschen Taschenbuch Verlag erschienen:
Segen der Erde (11055)
Pan/Schwärmer/Die Nachbarstadt (11095)
Victoria (11107)
Unter Herbststernen/Gedämpftes Saitenspiel/
Die letzte Freude (11122)
Mysterien (11157)
Auf überwachsenen Pfaden (11177)
Benoni (11221)
Rosa (11228)
Landstreicher (11248)
August Weltumsegler (11320)
Hunger (11398)
Nach Jahr und Tag (11433)

Ungekürzte Ausgabe
Dezember 1991
Deutscher Taschenbuch Verlag GmbH & Co. KG,
München
Titel der norwegischen Originalausgabe:
›Born av Tiden‹

ISBN 3-471-77762-8
Umschlaggestaltung: Celestino Piatti
Gesamtherstellung: C. H. Beck'sche Buchdruckerei,
Nördlingen
Printed in Germany · ISBN 3-423-11479-7

I

Die ganze Nachbarschaft war einstmals ein Eigentum, und das, was jetzt den Hof Segelfoß ausmacht, war der Hauptsitz. Damals war Segelfoß nach nordländischen Verhältnissen ein ganzes Gut mit fünfzig Kühen, außerdem hatte es ein Sägewerk, eine Wassermühle, eine Ziegelei und viele Quadratmeilen Wald. Damals herrschte ein großes Leben von Dienstvolk und Häuslern und Müßiggängern auf dem Hofe, damals gab es auch Tiere im Überfluß, außer der großen Viehherde Pferde und Hunde, Katzen und Schweine, und längs der ganzen Rückseite der Scheune befand sich eine Stadt für Hühner und Gänse.

Ja, dazumal soll es hier flott zugegangen sein! sagen die alten Leute noch jetzt und erinnern sich dessen, was ihre Eltern aus ihrer Kindheit erzählten.

Der Besitzer war Herr Willatz Holmsen, ein dicker und geiziger Herr, der einmal Diener gewesen war. Er kaufte für billiges Geld einen Hof nach dem anderen in der Nachbarschaft auf und bekam am Schluß so das Gut zusammen. Er hatte schließlich auch einen großen Handels- und Schiffahrtsbetrieb, er legte die Ziegelei an, die Wassermühle und das Sägewerk – lauter nützliche Unternehmungen. Selbiger Herr Willatz Holmsen war ein Norweger, wie wir Norweger sind, aber er trug eine Uniform und sprach Dänisch. Während des Frühlings- und des Herbstthings saß er mit goldenen Schnüren und einem Säbel geschmückt da, er konnte lesen und schreiben, er war Richter, er richtete nach norwegischem Recht. Seine Frau war von überall her, aus Holland oder aus Holstein, vielleicht aus Schonen, vielleicht aus einem Märchen. Auch sie hatte wohl einmal bei einer Herrschaft gedient und viel Feines gelernt; es wurde ein breiter Weg nach Segelfoß angelegt, damit sie in einer Karosse zur Kirche fahren konnte. Ja, das waren reiche Leute, und sie wurden noch immer reicher. Daran war kein

Zweifel, daß Herr Willatz Holmsen Geld vergraben hatte; denn, ihr Lieben, noch lange Zeit nach seinem Tode ging sein Geist um und spukte unten bei der Ziegelei.

Aber es ist erst der Sohn, Willatz Holmsen Nummer zwei, an den die alten Leute denken, wenn sie auf die Geschichten von dem Gute zu sprechen kommen. Er war ein wirklich großer Herr. Die Fischerei und den Schiffahrtsbetrieb gab er auf wie etwas, auf das er sich nicht verstand oder das er nicht treiben wollte, aber er baute ein neues Herrenhaus auf seinem Hof, mit Säulen, und setzte einen Turm darauf; er legte ein Treibhaus an, einen Teich im Park für Schwäne und einen Tummelplatz für alle seine Leute. Jetzt ist der Schwanenteich wieder zugeworfen, und der Tummelplatz ist zu einer grünen Futterwiese umgepflügt. Dieser Willatz Holmsen war es, der Segelfoß zu jener über alle Maßen prachtvollen Stätte erhoben hatte; einen Raum machte er zum Bildersaal, und einen anderen Raum füllte er mit Büchern vom Boden bis zur Decke. Blumen und schwere Silbersachen standen auf seinem Speisetisch und Figuren von Marmor und Bronze in seinen Stuben. Wenn seine Frau, die gnädige Frau des Hauses, vorüberging, war es Sitte und Gesetz, daß das Dienstvolk still stand, bis sie vorübergegangen war. Sie hatte ihr eigenes Gut in Schweden, sie sprach Französisch und hatte eine Kammerzofe. War man vornehm, so war man gründlich vornehm in jenen Tagen, der Herr und die Frau hatten jedes seinen Diener, jedes seinen Kutscher und jedes seine Stuben auf Segelfoß. Sie konnten sich am Morgen nicht selbst ankleiden und hatten es auch durchaus nicht nötig: Zieh mir die Weste an! sagte Herr Willatz Holmsen zu seinem Diener. Frisier mich! sagte die Frau zu ihrer Zofe.

Das waren vornehme Leute. Ein etwas abenteuerliches Paar, mit dem Nimbus jener Zeit.

In den ersten Jahren waren sie viel abwesend von Segelfoß. Im Herbst packten sie zehn Koffer und reisten mit ihren Kindern ins Ausland, im Frühling kamen sie zurück mit den Kindern und mit vielen neuen Koffern und neuen Sachen und füllten nach und nach ihr Haus mit aller jener Pracht. In den späteren Jahren wohnten sie mehr auf dem Gute, der Herr gab durchaus nicht zu, daß dies des Sparens wegen geschähe, der Herr äußerte vielmehr, er und seine Gemahlin kennten jetzt die ganze Welt und fänden keinen Gefallen mehr am Reisen.

Es wurde eine Erzieherin und auch ein Lehrer für die drei Kinder gehalten – zwei Mädchen und einen Knaben, die in allem Möglichen unterrichtet wurden; im übrigen gab es die gleiche große Dienerschaft auf dem Hofe.

Seltsam genug war es, daß der Herr jetzt einige gute Gehöfte mit Wald verkaufte, die zum Gute gehört hatten. Der Herr gab ganz und gar nicht zu, daß er diese Gelder nötig habe, diese Kupferschillinge – er gestand nur, daß ihm nach und nach, da er in die Jahre komme, das Gut zu groß werde, um es allein zu bewirtschaften. Und wenn er das sagte, dann war es so – der Herr log nicht und hatte es auch nicht nötig. Böse Zungen tuschelten davon, daß er in den späteren Jahren nach dem vergrabenen Schatz seines Vaters gesucht habe. Oh, die mißverstanden Herrn Willatz Holmsen nur, diesen wirklich großen Herrn. Er kam im Gebirge ums Leben, der gute Herr; das war so traurig, weit weg von allen den Seinen, auf ein Lager von Heidekraut hingestreckt, nur von den acht Männern umstanden, die mit ihm gegangen waren, um Untersuchungen wegen eines neuen großen Mühlenteiches anzustellen. Die acht Männer brachten ihn auf einer Bahre heim, und seine Frau war sehr erschüttert, sie rief ihrer Kammerzofe etwas auf Französisch zu und fiel um; und dann kam die Kammerzofe mit einem Riechfläschchen gelaufen. Die alte gnädige Frau des Hauses war nun ganz allein, die Töchter waren verheiratet und wohnten in großen Städten in Schweden, und der Sohn, der dritte Willatz Holmsen, hatte einige Jahre auf der Kadettenschule zugebracht – jetzt zum Frühling sollte er fertig werden und auf Besuch nach Hause kommen.

Der Winter ging, der Frühling begann, und der dritte Willatz Holmsen kam heim. Ältere Leute entsinnen sich dieses Mannes gut, obgleich es nun viele Jahre her ist, daß er starb. Seine Schwestern erbten das Gut in Schweden, er selbst bekam Segelfoß, so wie es stand, als Eigentum. Er machte keinen besonders großartigen Eindruck auf die Nachbarschaft. Er war stolz und wortkarg, und obgleich er sich verheiratet hatte und ein ebenso großes Haus wie seine Eltern machte, ja, obgleich er einige bedeutende Taten in seinem Leben vollführte, ist dennoch von ihm kein besonderer äußerer Glanz ausgegangen. Was sollte ein Mann mit einer so gelähmten Macht auch anfangen? Seine

Laufbahn war abgebrochen, sein Vater hatte ihm eine durable Bankschuld hinterlassen, seine Mutter zog zu ihren Töchtern nach Schweden; und die wurden alle miteinander schwedisch und kamen nie wieder heim. So war er allein. Das Ansehen, das er nun noch aufbringen wollte, mußte er sich selbst verschaffen, und es wurde auch sehr groß. Er war bei dem Volke durchaus nicht eigentlich beliebt, aber er erzwang sich einen ungeheuren Respekt; man nannte ihn nur den Leutnant, weil er eben nicht mehr war; doch man grüßte ihn wie einen General.

Von diesem Manne und einigen anderen Menschen handelt dieses Buch.

Willatz Holmsen der Dritte – vielleicht war er kein wirklich großer Herr, vielleicht war er größer als irgendein anderer Herr auf Segelfoß. Ein Leutnant, der so lächerlich außer Dienst stand, ein Großgrundbesitzer, mit dem es genial abwärts ging, jawohl, dazu kam, daß er in jüngeren Jahren über die Maßen hitzig und eigensinnig war, jawohl. Aber eben derselbe Leutnant hatte auch einige wertvolle Eigenschaften; es leben kleine Sagen von ihm in seiner Gegend, seine Bedeutung hielt die ganze Zeit Schritt mit seiner Sonderbarkeit, ja mehr als das. Wie hat Pfarrer C. P. Windfeld ihn geschildert? Als einen närrischen und verrückten Herrn, und hier macht seine Schilderung halt. Das war die Auffassung eines kleinen Beamten von einer eigentümlichen Persönlichkeit. Der Leutnant war ein belesener und kenntnisreicher Mann, und wenn er es mit den Jahren auch dahin brachte, seine Hitzigkeit wie ein Philosoph zu beherrschen, so hatte dies nicht in seinem Alter, noch in der Dummheit des Alters, sondern einzig und allein in der Gereiftheit des Mannes seinen Ursprung. Hat er eine Verteidigung nötig? Vielleicht, weil er auf die Knie kam? Das geschah nach einem Gesetz. Er war das dritte Glied in Reichtum und Luxus – mit ihm war die Kette geschlossen. Im übrigen kam er nicht auf die Knie. Ein Mann von seiner Starrheit bleibt stehen.

Seine Frau stammte aus Hannover und hatte ihre Kinderjahre in Dänemark zugebracht, wo ihre Mutter Verwandte besaß. Sie war die Tochter eines Obersten und von recht apartem Aussehen, ihr Gesicht war eigentlich wenig hübsch, aber ihr Körper war geschmeidig und schön, und sie fand selbst ein großes Wohlgefallen daran, auch an ihren Händen, an ihrer Stimme und zum Teil auch an ihrem Lächeln. Da sie seit ihrer

Kindheit Dänisch konnte, bereitete ihr die Sprache des Landes keine Schwierigkeiten; nur selten einmal blieb ihr etwas unverständlich, und sie vermochte alles zu sagen, was sie wollte. Im ganzen genommen hatte sie ein feines Ohr und beherrschte viele Sprachen. Sie ritt gerne und ritt kühn, die gute gnädige Frau, und da das Gerücht ging, sie sei von adeliger Geburt, so war man ehrerbietig gegen sie in dieser fabelfreudigen Gegend, und es gefiel ihr hier gut. Sie hatte nichts dagegen, daß die Bäuerinnen in ihrer Nähe verstummten und ihre Wünsche und Bitten durch die Wirtschafterin, Jungfer Salvesen, vortragen ließen.

Man verstand hier nicht, weshalb sie sich mit dem Leutnant verheiratet hatte? Ob wohl ein Fehltritt dahinter lag? Unmöglich! Da wäre der Leutnant, dieser penible und genaue kleine Willatz Holmsen, sicher seiner Wege gegangen. Nein, es war eine bessere Erklärung bei der Hand: die Gnädige war mit einem braunen Reitpferd von zu Hause gekommen, damit und mit nichts anderem, ohne Kasten und Kisten, ohne Schiffsladung von Reichtümern – sie war vielleicht arm, sie kam mit leeren Händen; nahm sie deshalb den Leutnant?

Es hätte übrigens durchaus nicht geschadet, wenn sie etwas Reichtum nach Segelfoß mitgebracht hätte. Denn jetzt begann der Verfall. Der Leutnant mochte noch so genau sein – es ging langsam abwärts mit ihm und dem Gut; er bewirtschaftete den Hof und betrieb die Ziegelei wie früher, ja viel besser als früher, aber die Zeiten änderten sich, es lohnte sich nicht mehr. Die Mühle ließ er ganz still stehen; der Stauweiher, den sein seliger Vater wieder hatte instand bringen und erweitern wollen, war nun endlich ausgelaufen, und der Leutnant ließ ihn nicht wieder herrichten. Das Mehl, das er selbst brauchte, bezog er aus Bergen. Er galt in der Gegend für einen seltsamen Menschen, weil er den Mühlenteich nicht wieder herrichten ließ. Sein seliger Vater würde sich dies nicht einen Augenblick lang überlegt haben.

Er besaß übrigens manche gute Familieneigenschaft von seinen Vorvätern, diesen großen Leuten, die reich gewesen waren und väterlich gegen ihre Diener und Häusler – auch dieser dritte Willatz Holmsen wollte selbst gut leben und war weit davon entfernt, ungefällig gegen andere zu sein. Als der Wald im Preise emporschnellte und er begonnen hatte, davon zu verkaufen, fand er sogar eine Art Geschmack daran, wohltätig zu sein. Ich habe alle unsere Häusler und Fischer im Walde in Arbeit gesetzt, sagte er zu seiner Frau. Ich gebe ihnen großen Lohn.

So half er und war reich und väterlich, auch er. Es war Winter, das Volk verdiente nichts, bevor der Lofotfischfang begann – also kam den Leuten die Arbeit im Walde sehr gelegen.

Die Knechte sagen, Ihr Vater habe etwas von Segelfoß verkauft? fragt seine Frau.

Der Leutnant fragt zurück:

Jawohl?

Sie sagen, daß er fünf Höfe von Segelfoß verkauft habe? Und es sei viel Wald dabei gewesen?

Daran tat mein Vater recht, antwortete der Leutnant, er rundete das Gut ab – es wurde ihm zu groß für seine älteren Tage. Wir haben noch genug behalten.

Darüber wurden die Eheleute niemals einig, viele Jahre lang behielt jedes seine eigene Meinung. Die Frau hatte sogar an ihren Vater, den Oberst in Hannover, geschrieben und ihn in die Sache eingeweiht, und der Oberst hatte geantwortet, daß es, wenn man die jetzigen Preise für Bauholz betrachte, ein Mißgriff gewesen sei, Wald vom Gute zu veräußern.

Es war kein Mißgriff! antwortete der Leutnant. Und seine kleine Hand, die an den Uniformknöpfen zerrte, wurde weiß an den Knöcheln. So rechthaberisch war er, und so eigensinnig war er. Oh, aber die Frau, Frau Adelheid, war ganz und gar nicht dumm, und gesegnet sei sie dafür! Obschon sie heftig und streitlustig war – ja, auch sie –, so war sie doch eine deutsche Haustochter mit praktischen Ansichten. Das bewies sie viele Male in ihren Beratungen mit der Jungfer.

Auch der Leutnant war ein fleißiger Reiter, und es verging kein Tag, ohne daß er im Sattel saß. Aber während seine Frau durch die Landschaft jagte, mit der Reitkleidschleppe über den Steigbügel hinunter und meist den Halblappen Petter als Reitknecht hinter sich, ritt der Leutnant fast immer im Schritt und ohne Begleitung; er machte wenig Staat mit sich. Er saß in seiner Uniform ohne Epauletten oder Säbel auf dem Gaul und war recht kärglich anzuschauen: mit geneigtem Kopf, versunken in Gedanken oder versunken in Ruhe. Daß sein Mund so fest geschlossen war, konnte man auch als Trotz auslegen.

Eines schönen Sommertages setzte sich seine Frau hin, um die Ruinen des ausgetrockneten Mühlenteiches zu malen. Der Leutnant kam gerade mit vielen Knechten daher und hatte einen seltsam zusammengekniffenen Mund, aber das kam von der Verlegenheit. Er grüßte seine Frau und fragte, wie lange sie brauchen würde, um das Bild fertig zu malen?

Als ob ich das wissen könnte, bevor ich angefangen habe! antwortete sie verletzt. Was sollen alle diese Menschen hier? fragte sie.

Den Teich wieder herrichten.

So. Da haben – hm. Die Menschen haben sicher eine Ahnung gehabt, daß ich gerade heute hierher gegangen war, um den Teich zu malen!

Das Gesicht des Leutnants verzog sich ein wenig, und er antwortete, daß er wirklich keine Ahnung davon gehabt hätte.

Seine Frau hatte in ihrer Hast bereits die Malsachen zusammengepackt. Plötzlich blieb sie stehen, sie wurde mild, ein reuiges Lächeln spielte über ihr Gesicht. Ihr war eingefallen, daß ihr Mann gestern Geld für das erste Holz und also erst jetzt und nicht früher die Mittel für diese Arbeiten bekommen hatte.

Willatz! sagte sie freundlich. Und sie begann anzudeuten, daß sie nicht so dumm sei und nicht so unvernünftig – er müsse ja daran gehen, den Teich instand zu setzen, wo er Geld habe. Der Leutnant wurde rot vor Erbitterung.

Geld? sagte er. Sie sind zu scharfsinnig, Sie halten sich selbst zum besten. Geld? Kurz und gut – ich wußte, daß Sie hierher gegangen waren.

Die Frau ließ den Kopf sinken:

So war Ihr Leugnen vorhin unrichtig?

Ja, ich – ja – lieber das!

Oh, da war wohl nicht alles so, wie es zwischen Eheleuten sein sollte; doch von irgendeiner großen Uneinigkeit hörte man nichts, und den Auftritt an dem Mühlenteich hatten die Umstände verschuldet.

Der Leutnant lebte viele Wochen im Kampfe mit sich selbst. Er wollte versuchen, seine Frau mit irgend etwas zu erfreuen, mit etwas Großzügigem. Er ging zu ihr, sah aus dem Fenster und sagte gleichgültig: Das Dach auf der Kirche fällt ein, sehe ich.

Ja, darüber kann man sich nicht freuen, antwortete sie. Oh, sie war in dem letzten Vierteljahr so unselig mürrisch geworden – sie verstand es selbst nicht.

Der Westwind hat es heute nacht beschädigt. Sie könnten es von einigen unserer Leute wieder instand setzen lassen.

Könnte ich?

Sie und ich, wie Sie wollen. Das soll heißen: Sie. Kurz, die Leute und das Geld – darüber verfügen Sie.

Er wollte wohl mit *einem* Schlag ihren schmählichen Verdacht gegenüber seinen Geldangelegenheiten beseitigen und seine Macht beweisen; was konnte er sonst wollen?

Das würde eine gute Tat von Ihnen sein, sagte sie.

Von mir? protestierte er augenblicklich. Ich sage Ihnen –

Nun, also von mir! wehrte sie ab.

Um die Wahrheit zu sagen, hatte seine Frau so manches liebe Mal in der kleinen, altersschwachen Kirche Angst für ihr Leben gehabt. Der Leutnant ging ja niemals hin, das konnte ihm nicht einfallen. Er las ein bißchen in den Humanisten, in den Enzyklopädisten aus der Bibliothek seines Vaters – das war sein Gottesdienst. Solange seine Mutter hier auf Segelfoß gewohnt hatte, waren die alte und die junge Frau jeden Sonntag, an dem Gottesdienst abgehalten wurde, zusammen nach der Kirche gefahren; aber seitdem die alte Frau zu ihren Töchtern gezogen war und nie wieder nach Segelfoß kam, fuhr die junge Frau den Kirchweg allein. Oh, bei Weststurm war der Aufenthalt in der Kirche wohl eine gefährliche Sache. Sie sang, wenn sie da saß – ja, sie sang mit ihrer großen, süßen Stimme, so daß die anderen stille schwiegen. Das tat sie teils, um sich Mut zu machen gegen die Gefahr, daß die ganze Kirche einstürzen könnte, teils, weil der Gottesdienst überhaupt ihr einziges Theater geworden war, jetzt, wo sie so weit fort von aller Welt lebte. Es war ein Theater, wenn das Kirchenvolk still stand und sie kommen sah, sah, wie ihr Kutscher das Haupt entblößte, sah, wie er ihr aus dem Wagen half, sah, wie sie durch die Tür hineinschritt und durch die Kirche ganz bis hinauf zu der Bank des Gutes Segelfoß.

Das geschah an jedem Theatersonntag.

Sie war ihrem Manne dankbar für die mitleidvolle Fürsorge, die er dem elenden Gotteshause schenkte; vielleicht, daß sie auch in eine mitteilsame Stimmung kam – sie begann ihm etwas zu erzählen, eine Möglichkeit anzudeuten – ja, es war übrigens ganz sicher, jetzt konnte sie es erzählen –

Er dreht sich hastig nach ihr um und schaut sie an, er schaut nur, es arbeitet in seinen Augen, in seinem Körper, es ist ein

Staunen. Hat er falsch gehört? Eine Unglaublichkeit! Was – nach so vielen Jahren des Zusammenlebens – hörte er recht?

Frau Adelheid nickt und antwortet: Ja, es ist die Wahrheit. Und deshalb sei sie damals am Mühlenteich so gereizt gewesen –. Gereizt, Sie? Was sagen Sie –?

Mein Gott, nein, ich meine –. Aber was denken Sie jetzt darüber, daß es nun so ist? Ich habe es vorher nicht bestimmt sagen können, aber jetzt kann ich es sagen.

Gott segne Sie – das heißt – hm, mein größtes Erlebnis. Adelheid, es freut mich übrigens keineswegs, daß das Kirchendach herunterfällt.

Nein, ich bitte Sie um Entschuldigung –

Hören Sie auf! Sie wollen noch immer, in einem Augenblick wie diesem, einer Situation – kurz und gut –

Er hätte in den Boden sinken mögen, die Verwirrung zwang ihn nach der Tür hin, er öffnete sie und ging hinaus. Er blieb eine lange Weile fort, seine Frau hörte ihn in die Bibliothek hinaufgehen und dort auf und ab wandern. Dann kam er zurück:

Entschuldigen Sie, daß ich die Kirche nicht vergessen kann. Es ist nur die Frage, ob nicht die ganze Kirche – ich meine bei dem nächsten Sturm – es ist lebensgefährlich. Und außerdem ist es eine Schande für uns, für das ganze Gut. Wenn Sie dies mir überlassen möchten – ich verstehe mich etwas aufs Zeichnen, ich könnte eine neue Kirche zeichnen, und Sie könnten Sie bauen. Sie haben Bauholz genug, Sie haben viele Bauarbeiter, Severin, Bertel in Sagvika, Ole Johan. Denken Sie an meine Worte, bei dem nächsten Weststurm – es ist außerdem nicht würdig, wir sind nicht länger zwei, wir werden bald mehr sein. Was meinen Sie also? Ich würde selbstverständlich Rücksicht auf die Akustik nehmen, für Ihren Gesang, eine freie Bahn für Ihre Stimme durch die ganze Kirche von Ihrem Stuhle aus. Wenn Sie mir erlauben würden, mir aus dem Süden einen Fachmann zu verschreiben, unter dessen Aufsicht die Arbeiten ausgeführt werden könnten –

Ja, danke, Willatz – wenn es Ihnen möglich ist.

Möglich? Kostet mich ein Wort. Erlauben Sie mir übrigens, daß ich Ihnen dafür danke – für alles!

Mißgeschick machte diesen Mann frostig, aber dies war kein Mißgeschick, es war etwas Neues, ein Glück, ein Segen. Er verband mit diesem Geschehnis eine wunderliche Vorstellung von Vermögen, ja, von einer richtigen Einnahme – wie hing das nur zusammen? Und seine Schwestern, die er nicht gesehen hatte, seit sie so schwedisch geworden waren – und seine Mutter, die nicht in engen Verhältnissen leben konnte, sondern fortgereist war – was würde sie jetzt sagen! Sie hatte wahrhaftig wie eine Ratte ein Schiff verlassen, das nicht sank.

Der Leutnant nahm seinen Ring und steckte ihn wieder an die rechte Hand, wohin er gehörte; er hatte ihn eine Zeitlang an der Linken getragen. Daß er den Ring von einer Hand auf die andere setzte, sollte bedeuten, daß er viel dachte und sich an das eine oder andere von Wichtigkeit erinnern wollte. Es geschah jedesmal so still und unbemerkt – niemand wußte, weshalb er es tat, aber er selbst wußte es vielleicht.

2

Der Leutnant hat eine wunderliche Gewohnheit angenommen: er zieht die Stiefel aus und schlüpft in Pantoffel, sobald er etwas im oberen Stockwerk des Hauses zu tun hat. Jawohl, sie waren nicht länger zwei, sie waren schon so gut wie drei – durfte er sich da erlauben, mit Stiefeln an den Füßen oben zwischen den Humanisten herumzugehen, wo doch die Stuben der gnädigen Frau gerade darunter lagen? Es gab zwei große, gemauerte Treppen auf Segelfoß, der Herr und die Frau hatten von Anfang an jedes seinen Eingang gehabt. Jetzt benutzte der Leutnant die Gelegenheit, die Treppe der Frau ordentlich nachzusehen, alle Fugen, die entstanden waren, mit Zement zuzustreichen. Als Frostwetter kam, sah er auch darauf, daß auf den Stufen kein Eis liegen bliebe.

Aber er ärgerte seine Frau damit so sehr, daß sie die Hände rang: Sie könnten doch etwas Nützlicheres tun, sagte sie, Sie haben viele Leute bei dem Mühlenteich an der Arbeit.

Die arbeiten, antwortete er, die fahren Steine und mauern; gerade jetzt sind sie fertig. Es fällt mir ein, daß eins von Ihren Wagenpferden an einem Tage benutzt worden ist.

Wozu das?

Unerlaubt, ohne mein Wissen. Und das Pferd begann zu lahmen.

Natürlich.

Sie können es also nicht für die Fahrt zur Kirche gebrauchen.

Erst wollte sie aufbrausen, aber sie nahm sich zusammen.

Schade! sagte sie nur. Dann gehe ich zu Fuß.

Dieser Ausweg kam ihm ungelegen. Er hatte gehofft, seine Frau zu bewegen, ihre Kirchenbesuche einzustellen, jedenfalls so lange, bis alles überstanden wäre, bis nach dem Ereignis. Die Kirche kam ihm jetzt baufälliger vor denn je.

Sie könnten ein anderes Pferd nehmen, sagte er widerstrebend.

Nein, kein anderes Pferd. Nein danke, ich gehe.

Im übrigen, beharrte er, im übrigen sollten Sie vorsichtig sein. Die Kirche stürzt eines Tages zusammen, jeder neue Sturm macht sie baufälliger, es könnte ein Unglück geschehen.

Da lachte die Frau und war mutig und beschämte ihn:

Sie sind so furchtsam, Willatz, immer so furchtsam!

Die Frau hatte wohl aus verschiedenen kleinen Zügen herausgefunden, daß ihr Mann eigentlich nicht sehr mutig war, daß er, rein herausgesagt, etwas feige war; und in den letzten Monaten hatte sie sich nicht immer Mühe gegeben, diesen Verdacht zu verbergen. Weshalb ritt er am liebsten im Schritt? Weshalb umging er im Sommer die knackende Brücke über den Fluß, der die Mühlen trieb, wenn er an der Furt hinüberkommen konnte? Es steckte etwas dahinter,

Er hatte sich nach und nach daran gewöhnt, verdächtigt zu werden, er war wohl abgestumpft, es sah nicht so aus, als verbittere ihm dies das Leben. Nun konnte dahinter ja auch stekken, daß der Leutnant am ungestörtesten denken konnte, wenn er im Schritt ritt, und daß er daran dachte, das Pferd zu baden, wenn er den Weg über die Furt nahm. Aber es konnte auch dahinterstecken, daß der Mann ein Hasenfuß war.

Der Leutnant kleidete sich um und ritt zum Pfarrer. Er ritt in einer guten Sache: um von der neuen Kirche zu erzählen, die gebaut werden sollte. Jetzt hatten seine Leute Bauholz gefällt, Steine herangefahren, Werkmeister waren von Süden hergekommen, das Werk konnte beginnen.

Es war derselbe Pfarrer C. P. Windfeld, der später die Geschichte der neuen Kirche von Segelfoß schrieb. Er beschreibt den Leutnant so, wie er aussah, als er ungefähr vierzig Jahre alt war: mager, der Körper aber untersetzt, mit gebeugtem Haupt, ein langes rasiertes Gesicht mit grauen Augen, einer

Adlernase und bläulichem Bartgrund. Das graugesprenkelte Haar war auf der rechten Seite äußerst zierlich gescheitelt und über den Ohren nach vorne gekämmt. Seine Hände waren lang und dünn und trugen stets ungefärbte Lederhandschuhe. Sein Anzug bestand im übrigen aus einem blauen Rock und gelben Reithosen, darüber trug er bei kälterer Jahreszeit immer einen groben Militärmantel. Außer dem Ring an der rechten Hand und der Haarkette mit der Goldschnalle für die Uhr trug er keinen Schmuck. Der Leutnant klopfte an und trat ohne weiteres in das Arbeitszimmer des Pfarrers. Bevor er sich setzte, schlug er den Staub mit seinem gelben Batisttaschentuch vom Stuhl. Du großer Gott, wie gering er in seinem Hochmut diesen Diener des Herrn achtete!

Meine Frau hat beschlossen, sagte er – das heißt, unsere Kirche kracht eines schönen Tages zusammen.

Der Pfarrer antwortet so etwas wie: Leider, ja, die Kirche zeige daß sie – wie alle irdischen Dinge – der Vergänglichkeit unterworfen sei –

Unsinn! sagt der Leutnant. Meine Frau hat also beschlossen, einiges Bauholz für eine neue Kirche zu verwenden.

In Wahrheit, ein –

Lassen Sie mich aussprechen – und sie hat mich darum gebeten, Ihnen dies zu melden. Das ist alles.

Ein ungeheuer großes, wohlgefälliges Werk, sowohl von Ihnen –

Von mir? Wenn Sie sich jemals herausnehmen werden, zu meinen, daß ich auch nur eine Spur mit diesem – mit diesen Vorhaben zu schaffen hätte, so werden Ihre Tage hier auf Segelfoß gezählt sein. Verstehen Sie mich!

Der Pfarrer weiß sehr gut, daß er in seinem Kirchspiel sicher sitzt; aber wie er diesen Mann in einer so niedertrampelnden und alles zerstörenden Erregung sieht, weicht er mit Entsetzen vor ihm zurück; der Leutnant war sich selbst nicht mehr gleich, er hatte sich halb von seinem Stuhl erhoben und stand vornübergebeugt und war leichenblaß.

Als er wieder auf seinen Stuhl gesunken war und eine Weile schwer geatmet hatte, warf er eine Papierrolle auf den Tisch und sagte: Und hier ist die Zeichnung, wenn Sie sie sehen wollen. Der Pfarrer rollt das Papier auseinander und bricht beim Anblick dieses kleinen herrlichen Gotteshauses in Rufe aufrichtiger Freude aus:

Nein, nein – sogar Turm und Spitze!

Die gnädige Frau hat sie gutgeheißen, antwortet der Leutnant nur und nimmt die Zeichnung wieder an sich. Er rollt eine andere auf: Hier ist der Grundriß, wenn Sie den sehen wollen. Davon verstand der Pfarrer nun weniger, und er hätte gern einiges gefragt und näheres erfahren. Er vertraut auf Gott und sagt:

Aber das ganze muß wohl erst genehmigt werden?

Nein.

Die Behörden, das Ministerium –?

Nein.

Der Leutnant rollt die Zeichnungen wieder zusammen und steckt sie zu sich. Und sagt:

Wenn Sie schreiben, so können Sie erwähnen, daß die Kirche diesmal nördlich vom Kirchhof gebaut wird, wo kein Lehmboden ist, sondern flacher, ebener Steingrund. Meine Frau schenkt den neuen Grund.

Dies schien dem Pfarrer ein guter Plan zu sein, und er nickte.

Der Leutnant erhebt sich:

Meine Frau hat Werkmeister kommen lassen, die Arbeit beginnt sofort.

Darf ich nicht, fragt der Pfarrer, kommen und Ihrer Frau im Namen der Gemeinde für diese ungewöhnliche Gabe danken?

Wenn Sie, antwortet der Leutnant und steht da und schaut rückwärts über die Achsel auf die Stiefel des Pfarrers, wenn Sie kommen, um meiner Frau zu danken, so hat sie ihren eigenen Eingang, über die Südtreppe. Friede sei mit Ihnen!

Er stieg zu Pferde und ritt zurück, im Schritt.

Und so wenig interessierte ihn das gerade Vorgefallene, daß er plötzlich vom Wege abbog und in einer anderen Angelegenheit weiterritt, über Ackerland hin und durch den Wald, hinauf nach dem Mühlenteich.

Die Arbeiten hier waren nun fast vollendet, ein ganz neuer Stauweiher mit größerem Gefälle als früher und außerdem ein ziemlich langer Arm des Flusses ausgebaut nach dem alten Teich hinüber, damit Stämme aus den Waldungen des Gutes hindurchgeflößt werden konnten. Dies war vom Leutnant gut ausgedacht. Früher hatten die Stämme im Winter auf der Schneebahn die lange Strecke nach dem See gefahren werden müssen – jetzt, wo der alte Teich ausgebrochen war und den

Wasserfall ausgeglichen hatte, konnten die Stämme passieren, ohne daß sie sich in Stücke schlugen.

Der Leutnant saß im Sattel und musterte sein Werk.

In zwei Tagen sind wir hier fertig, sagte er zu seinen Leuten.

In zwei Tagen? Jaha! sagten die Leute und nickten zu seinem Befehl.

Zu der Zeit, als das Kind geboren wurde, zählte die Frau auf Segelfoß achtundzwanzig Jahre, sie war also eine sehr junge Dame und dazu von herrlichem Wuchs, sie mußte zur Mutter wie geschaffen sein. Aber der Leutnant, furchtsam, wie er bekanntermaßen war, hatte große Angst, es könnte irgendwie schlimm gehen, weshalb er ganz besondere Vorbeugungsmaßregeln traf.

Ein paar Tage vor Weihnachten sagte er zu seinem Knecht Martin:

Du schirrst das graue Gespann ein, die Pferde, das graue Gespann.

Ja.

Und bringst es ohne Schlitten nach Ura, nach dem Hofe Ura, zu dem Dorfschulzen. Da stellst du es ein, bis ich es abhole.

Ja.

Wenn das gemacht ist, kommst du zu Fuß zurück.

Ja.

Das ist alles . . .

Am Weihnachtsabend herrschte vom Morgen an große Spannung auf Segelfoß. Eine Frau mit einer schwarzen Haube auf dem Kopf war bereits seit einigen Tagen gekommen, die Jungfer hatte mit ihr gesprochen, man munkelte, daß die gnädige Frau sehr krank sei. Später am Tage steht der Leutnant barhaupt unten im Gange zwischen seiner eigenen Wohnung und der seiner Frau und spricht einen Augenblick mit der Frau in der schwarzen Haube:

Aber hoffentlich keine augenblickliche Gefahr?

Nein, aber . . . Nein, mit Gottes Hilfe, aber . . . Ich bin noch nie bei der gnädigen Frau gewesen, und die Verantwortung –

Den Doktor? fragt der Leutnant.

Ja. Wenn nur der Doktor zu Hause ist.

Er ist unterrichtet. Ich kann heute nacht mit ihm hier sein.

Der Leutnant ruft den Knecht und gibt ihm Befehl, sofort das braune Gespann einzuschirren, indes er sich selbst fahrtbereit macht. Als alles in Ordnung ist, setzt er sich in den Schlitten und nimmt den Weg hinter den Scheunen herum, damit seine Frau das Schellengeläute nicht höre und nicht unruhig werde.

Ja, er fährt selbst zum Doktor.

Er fährt stramm; fährt sehr scharf, kommt nach Ura, spannt die beiden Grauen vor den Schlitten und fährt weiter. Er kommt zu dem Hause des Doktors.

Wäre es nun nicht der Leutnant auf Segelfoß gewesen, so hätte der Distriktsarzt am liebsten seinen Nachtschlaf fortgesetzt.

Er bietet Branntwein an, Erfrischungen, die Haushälterin kommt mit Kaffee und Kuchen, der Leutnant dankt und antwortet immer: Ich hole heute abend nur den Arzt ab.

So sitzen sie im Schlitten. Sie sprechen unterwegs nicht viel miteinander, sie kennen einander fast nicht, der Doktor ist der junge Distriktsarzt Ole Riis. Bei Ura spannt der Leutnant wieder die beiden Braunen ein, die jetzt einige Stunden ausgeruht haben, und jagt weiter.

Sie kamen um zwei Uhr auf Segelfoß an. Das Kind war geboren. Das Kind, der vierte Willatz Holmsen, wurde gerade zu Weihnachten, in der Christnacht, geboren. Das war fast übernatürlich. Aber die Mutter wurde sehr krank, ihr war wohl irgend etwas zugestoßen – der junge Doktor bekam Gelegenheit, zu beweisen, was er konnte. Er blieb auf Segelfoß, bis die Weihnachtstage vorüber waren; schließlich holte man ihn nach dem Hauptkirchspiel zurück, sonst wäre er vielleicht noch länger geblieben. Die gnädige Frau begann viel von ihm zu halten, als sie den Ekel vor seinen behaarten Händen überwunden hatte.

Der Winter verging, die gnädige Frau genas, und das Kind wurde von Monat zu Monat älter, alles ging ausgezeichnet. Natürlich war die gnädige Frau etwas mager geworden und ihre Nase seltsam groß, aber sie war zu sehr in Anspruch genommen, um viel an ihren äußeren Menschen denken zu können. Sie hatte das Kind, und das war genug – ein unvergleichlicher Junge, ein Schreihals wie eine Naturmacht, zornig und unvernünftig, oh, ein so süßer Kerl. Und jetzt kamen die Zähne.

Von Rechts wegen müßte er ja wohl eigentlich in der neuen Kirche getauft werden – aber ... Ja, was meinen Sie, Adelheid? Die gnädige Frau antwortet, der Gedanke sage ihr zu.

Oh, sie war jetzt so viel freundlicher und williger geworden, ein guter Mensch. – Wann die Kirche fertig sein würde?

Genau könne man das nicht sagen; im Laufe des nächsten Winters. Die Mauern standen bereits, die Dachpfannen waren auch schon fertig in der Ziegelei.

Ja, das Mauerwerk, das war nichts. Der Leutnant hatte richtig berechnet: weil die Kirche auf der Nordseite des Kirchhofes zu stehen kam, würden so gut wie keine Grundmauern nötig sein, um den Untergrund auszuebnen. Die Grundmauern waren schon im Herbst fertig, das war nichts. Und die Dachpfannen, das war auch weiter nichts. Nun handelte es sich um das Gebäude! Als die ersten Frühlingstage gekommen waren, begann die Arbeit, und eine Woche nach der anderen ging, das Haus wuchs empor, man war schon über die Fensteröffnungen hinaus. Da kommt eines Wochentags der Pfarrer angefahren, er hätte einen Brief erhalten, die Behörden wollten die Pläne sehen, sagte er. Wollen sie das? sagte der Leutnant. Wir brauchen sie selber.

Es wird gewünscht, daß man die Arbeit unterbreche, bis die Zeichnungen begutachtet sind, sagt der Pfarrer, so milde er nur kann.

Ja so, sagt der Leutnant.

Er hatte Achtung vor den Behörden, sowohl seine Erziehung wie seine Ausbildung hatten ihn Gehorsam gegen seine Vorgesetzten gelehrt. Aber hier war er selbstherrlich und lieferte die Zeichnungen nicht aus.

Als die Kirche unter Dach gekommen und der Turm schon halb aufgeführt war, kam der Pfarrer abermals und bat im Namen der Behörden um die Zeichnungen.

Der Leutnant rief seinen Baumeister und fragte:

Brauchen Sie den Grundriß noch?

Nein.

Geben Sie ihn dem Pfarrer!

Das war ja nichts als eine Komödie, der Grundriß zu der bereits aufgeführten Kirche! Und der Pfarrer ist C. P. Windfeld und kein Lamm, er erzählt selbst, daß hier sein Blut zu kochen begonnen habe. Wohl habe er vor dem Manne gestanden, dessen Frau der Gemeinde eine neue Kirche geschenkt hatte; aber die Eigenmächtigkeit des Leutnant Willatz Holmsen sei doch zu weit gegangen.

Bekomme ich nur den Grundriß? fragte er.

Die anderen Zeichnungen können wir nicht entbehren, antwortete der Leutnant. Ich habe einige Berechnungen darauf gemacht.

Da entfaltet der Pfarrer einen großen Schreibebrief, den er in der Hand hält, und sagt:

Es ist meine Pflicht, Sie davon zu unterrichten, daß die Behörden sofortige Einstellung der Arbeiten verlangen.

Ja so, sagt der Leutnant.

Von der Kirche und vom Turme her klingen Hammerschlag und Axthieb ungestört weiter; die Arbeit wird durchaus nicht abgebrochen, und der Pfarrer muß mit den Grundrissen seiner Wege gehen. Die Kirche wurde vollendet und stand vor dem Waldsaum wie eine kleine Schönheit; aber bevor auch noch die Inneneinrichtung fertiggestellt war, war der größte Teil des Winters schon dahin. Bei der ersten Frühlingssonne nach Ostern ließ der Leutnant das neue Gotteshaus außen und innen zierlich malen und brachte den Namen seiner Frau mit vergoldeten Schnörkelbuchstaben am Chor an.

Das Werk war vollendet.

Jetzt schickte der Leutnant den Halblappen Petter mit einem Brief zum Pfarrer, die Kirche sei fertig: seine Frau habe eine Kirche aus eigenem Material, mit eigenen Leuten, auf ihrem eigenen Grund und Boden aufführen lassen, die Behörden hätten nichts mit Frau Holmsens privatem Eigentum zu schaffen. Jetzt schenke sie die Kirche mit Grund und Boden der Gemeinde, die Behörden könnten entscheiden, ob sie die Gabe annehmen wollten oder nicht. Die Zeichnungen folgten mit. –

Er wartete wochenlang – es kam keine Antwort: Er schickte einen neuen Brief: falls die Kirche nicht innerhalb 4 – vier – Wochen, von heute an gerechnet, angenommen und eingeweiht wäre, würden der Leutnant und seine Frau nach Drontheim reisen, um den Jungen dort taufen zu lassen. Gleichzeitig würde der Zuschuß des Gutes Segelfoß für die Filialkirche bis auf die gesetzliche Summe eingezogen werden.

Das half. Der Bischof Krogh kam in eigener Person auf seiner

Visitationsreise durch das Kirchspiel, nahm die Kirche entgegen, weihte sie ein und taufte den großen Jungen. Der erhielt den Namen Willatz Wilhelm Moritz von Platz Holmsen.

3

Aber warum die Wahrheit verbergen – es war bei weitem nicht so zwischen den Eheleuten auf Segelfoß, wie es sein sollte. Das, was sie voneinander trennte, hatten sie nur für eine kurze Zeit bei der Geburt des Kindes einander geduldig nachgesehen, bald war es damit wieder vorbei, und jetzt machte es sich fühlbarer denn je. Hätte der Leutnant, als ein erwachsener Mann, sich nicht in das eine oder das andere finden können, ob es ihm auch für sein Leben zuwider war? Aber im Gegenteil, er machte große Geschichten daraus! Oh, sie waren so wenig froh, sie waren so unzufrieden, so oft sie nur zusammenkamen, der Herr und die Gnädige – man konnte darüber lachen, man konnte darüber weinen. *Mein* Sohn, sagte sie; das kränkte ihn. Mein kleiner *Moritz*, sagte sie und stellte ihn auf die Probe; das kränkte ihn, und er antwortete:

Er heißt Willatz, wie seine Vorfahren.

Ja, aber er heißt doch auch Moritz.

Nein, fast nicht.

Da lachte die gnädige Frau und sagte:

Ja, wenn er nun aber größer wird, und ich rufe Willatz, so kann ja der unrechte Willatz kommen?

Wenn Sie, antwortete der Herr spitz, wenn Sie Willatz rufen, so werden mein Name und ich sicherlich aus Ihrem Tonfall verstehen, welchen von beiden Sie meinen.

Da lachte die Frau abermals und sagte:

Ja, das ist nicht unwahrscheinlich ... Es fällt mir gerade etwas ein. Damit ich es nicht vergesse: Sie waren so gut, der Jungfer ein neues Mädchen zur Hilfe zu verschaffen, sie ist aus einer der Berghütten, glaube ich, sie ist jung und hübsch, sie heißt Marcilie. Aber sie ist wohl etwas verrückt?

Etwas verrückt ist sie?

Können Sie das verstehen? – Sie geht nachts Ihre Treppe hinauf und herunter.

Pause.

Sie geht spät am Abend hinauf und kommt nach einer Weile wieder herunter, nach einer guten Weile.

Pause.

Sie finden das gewiß nicht so auffallend wie ich; sonst würden Sie etwas sagen.

Ich schweige, antwortet der Herr, weil Sie es wünschen. Sonst würden Sie mich nicht so überwältigen. Sie machen mich stumm.

Die gnädige Frau bricht in lautes Gelächter aus:

Ich mache Sie stumm?

Beinah stumm. Es überwältigt mich, daß ich in der Wahl einer Küchenhilfe für die Jungfer so dumm war. Das Mädchen tut also seine Arbeit nicht?

Die Frau antwortet nicht, sie denkt. Beide denken, sie rüsten sich aufs neue. Die gnädige Frau gibt es auf und fragt:

Wünschen Sie mir noch etwas zu sagen?

Nein . . . Ich klopfte bei Ihnen an, so vor einer Woche.

Ich war beschäftigt, ich bat Sie, mich zu entschuldigen.

Ich klopfte vor drei Wochen bei Ihnen an, ich klopfte in diesem Jahr, im vorigen Jahr, ich bat um eine Unterredung, einige Minuten.

Ich bat Sie jedesmal, mich zu entschuldigen.

Der Herr verbeugt sich und bleibt stehen.

Und ich bitte Sie, entschuldigen Sie mich! sagt die gnädige Frau, um es richtig gut zu machen, und schaut ihn an.

Der Herr mißversteht sie. Weshalb stand er eigentlich so hier? Er beunruhigte ja seine Frau, sie fürchtete vielleicht irgend etwas, sie wollte ihm zuvorkommen, deshalb sagte sie: Und ich bitte Sie, entschuldigen Sie mich!

Da lachte der Herr. Haha, sagt er. Das ist ein äußerlicher Laut, der Mund öffnet sich, der Kehlkopf drückt sich zusammen, es wird ein Gelächter. Und dann geht der Herr, geht aus dem Hause, über den Hof nach dem Stall, nimmt sein Pferd und steigt in den Sattel. Das tut der Herr.

Wie die beiden zappeln! Auch Frau Adelheid zappelt; besonders starke Gefühle hegt sie wohl nicht mehr für den Mann, der jetzt hinausgegangen ist, keine irgendwie übertrieben große Zärtlichkeit mehr, offenbar. Das ist nicht zu begreifen, er ist ja ihr Mann; und soll man seinen Mann nicht liebhaben? Am Fenster gibt es einen kleinen, guten Winkel. Dort steht sie und schaut ihm nach, wie er davonreitet. Hier fühlt sie sich sicher.

In ihrer Tür ist auch ein Schlüssel, den möchte sie nicht um einen Schlüssel aus Gold verlieren – sie pflegt ihn zu benützen, ihn auf der Innenseite der Tür umzudrehen.

Das alles ist so unbegreiflich. Was hatte er ihr getan? War ihr das Zusammenleben an sich zuwider, die Gewohnheit, die Schamlosigkeit? Vielleicht seine langen Hände, sein Atem?

Sie setzt sich an den Schreibtisch und schreibt: es sind Betrachtungen, Notizen, es ist ein Tagebuch. Ihre Hände gehen zärtlich um mit den Blättern und der Feder. Dann und wann flicht sie ein norwegisches Wort in ihr Deutsch ein, aus Nachlässigkeit, und sie ärgert sich darüber, aber sie verunziert ihr Buch nicht durch Streichungen. Es sind gewiß Alltäglichkeiten, was sie da aufschreibt, Nichtigkeiten, auf die eben eine solche Oberstentochter kommen kann; doch es interessiert sie vielleicht, hie und da zurückzublättern, nachzulesen und ein altes Echo in sich wiederklingen zu lassen.

Dann geht sie wieder zu ihrem Winkel am Fenster und schaut hinaus, ob nicht jemand die Anhöhe herunterkommt, ob vielleicht jemand umgekehrt ist – dann geht sie summend an ihr kleines Mozartklavier und schlägt ein paar Tasten an.

Schlägt ein paar Tasten an – zu ihrem Vergnügen.

War nicht sie es, die eine adelige Familie in der großen Stadt Hannover verlassen und sich hier auf Segelfoß lebendig begraben hatte? Zu ihr, ja zu ihr, hatte der unglückliche blinde König einmal in ihren Mädchentagen gesagt: Ich höre an Ihrer Stimme, wie schön Sie sind, mein Kind! Ihre Stimme, jawohl, groß ist sie und süß, üppig, sie singt die Lieder ihrer Heimat aus voller Brust. Gott beschirme sie, es schwingt etwas Gongartiges in dieser Stimme, das Instrument klingt leise mit, sie wirft den Kopf in den Nacken, ihr Rücken wiegt sich . . .

Plötzlich bricht sie ab und eilt durch die beiden Zimmer in die Kinderstube, zum Jungen.

Dieser Auftritt wiederholt sich im Laufe der Zeit oft. Die Dienstboten in der Küche lauschten auf ihren Gesang, sie allein – sie pflegten ein paar Türen zu öffnen, um besser zu hören. Sonst gab es keinen im ganzen Hause, der Türen öffnete und lauschte – das wußte die gnädige Frau ganz genau; mit ihrem Mann war sie nur während der Mahlzeiten zusammen, und sie pflegte auch keinen Verkehr mit Nachbarn. Der alte Großgrundbesitzer Coldevin und seine Frau hatten Segelfoß noch im Gedächtnis, wie es zur Zeit der früheren Herrschaften gewesen war. Sie kamen einmal in jedem Jahr von ihrer großen Insel herübergesegelt und blieben eine Woche lang. Das war so ziemlich alles. Das war so ziemlich ihr ganzer Verkehr. Wohl hielt Frau Adelheid ihre deutschen Zeitungen und bekam ihre deutschen Briefe, aber die hatten keine lebendige Stimme. Und der Leutnant machte seinen gesetzten Ritt, seine lange tägliche Tour. Er hatte Häusler und Landpächter vom Gebirge bis zum Meeresstrand und ritt hinüber bis zu den Fischern an der See; da saß er auf dem Gaul und betrachtete sich ihre Arbeit und ihr Haus und ihre Töchter. Der Leutnant war keineswegs herzlos, manchmal verschaffte er einem Mädchen einen Dienstplatz auf dem Gute, manchmal schickte er Kartoffeln und Speck zu einer Familie, die in Not war.

Er lehnte sich im Sattel seitwärts und klopft mit seiner Reitgerte an ein Fenster. Da wohnt der Fischer Lars Manuelsen. Der Mann tritt in die Tür und grüßt, hinter ihm ist die Tür voll von Gesichtern, am weitesten hinten steht seine Frau, sie legt die Hand über die Brust, als wolle sie sich dahinter verbergen.

Fischst du in diesen Tagen? fragt der Leutnant.

Der Mann schüttelt demütig den Kopf.

Ihr könnt mir glauben: es gibt auch nicht einen lebendigen Fisch zu fangen.

Mir fehlen einige Leute am Fluß. Du kannst noch ein paar andere mitnehmen und den Teich säubern.

Na, so was, Ihr wollt die Schleusen schon öffnen? Der Fluß hat wohl mächtig viel Wasser jetzt?

Also, nächsten Montag fangen wir an ... Was für ein langer Bursch steht denn da herum?

Der? Das ist mein Sohn. Willst du wohl grüßen, Lars ... Er heißt Lars. Im vorigen Jahr ist er konfirmiert worden, er war der Zweitbeste, also am Kopf fehlt's ihm nicht. Aber was kann das nützen!

Die da, ist das deine Tochter? Hast du bei dir zu Hause ein erwachsenes Mädchen nötig? Wozu in aller Welt brauchst du so viele erwachsene Leute im Hause?

Sie finden draußen nichts. Wo sollen sie hin, und wo sollen sie Kleider und Schuhe hernehmen, um sich vor Menschen zeigen zu können?

Unsinn! sagt der Leutnant. Wie heißt er doch, Lars?

Der Junge, ja. Die reine Strafe des Himmels für mich. Er will weiter nichts als lesen. Gott hat ihm ein paar große, kräftige Hände gegeben, aber er tut nichts damit, er verdient nichts.

Hast du Lust zu den Büchern? fragt der Leutnant.

Willst du antworten Lars! ruft der Vater drohend.

Lars krümmte sich und grinste verlegen und bekam kein vernünftiges Wort heraus.

Der Leutnant fragt:

Sind das alles deine Kinder? Das kleine da auch?

Ja, versteht sich, antwortet Lars. Fünf Jahre war's im letzten Herbst. Julius heißt er.

Plötzlich sagt der Leutnant:

Das Mädchen da kann aufs Gut in Dienst kommen.

Wie heißt sie?

Daverdana.

Daverdana?

Geh und richte dich, Daverdana, und steh nicht da und glotze die Leute so an!

Kann ich mal deine Hände sehen? sagt der Leutnant kurz.

Daverdana beginnt zu erröten, bis hinauf in ihr rotes Haar, aber sie hält treuherzig die Hände hin.

Kannst du lesen?

Kriegst du noch immer den Mund nicht auf? droht der Vater sofort. Sie rennt durch ein Buch akkurat so schnell wie eine Rentierkuh, antwortet er für sie. Nummer drei in der Kirche.

Nein, Nummer vierzehn, sagt Lars, der endlich die Sprache gefunden hat.

Nummer drei, sagt der Vater. Du weißt es ja selbst am besten, Daverdana.

Der Leutnant nickt:

Laß dir ein paar Kleider nähen und komm auf den Hof. Ich bezahle die Kleider. Komm Sonntag in acht Tagen. Zeig mir noch einmal deine Hände! Gut, wasch sie ordentlich! Daverdana?

Ja, Daverdana, antwortet der Vater.

Der Leutnant wendet sein Pferd und sagt:

Wir triften also nächsten Montag die Stämme. Dann ritt er seines Weges, etwas vorgebeugt, etwas schäbig in seiner verschlissenen Uniform, aber straff und mager und arabisch: gäb es einen Widerstand, der würde einfach niedergeritten.

Ja gewiß, er verkaufte Bauholz. Es stand gut im Preis, er schnitt es in seinem eigenen Sägewerk zu Planken und Brettern, und das Geld floß nur so ein. Warum sollte das nicht so gehen? Der Boden warf nichts ab, selbst ein großer landwirtschaftlicher Betrieb machte einen nur arm, wenn man nicht große Mittel an der Hand hatte. Ja, wenn man Geld hätte! Und bei der Ziegelei – ja bei der verlor er weniger und weniger, weil sie still stand. Die Wassermühle spann Gold, wenn auch nur einen kleinen, dünnen Goldfaden; die Mühle rentierte sich gerade, ja, mehr als das, wenn er berechnete, was er für seine Pächter und Häusler ohne Entgelt mahlte. Es würde schon gehen.

Hätte er nur nicht die Kirche gebaut! Das war eine teure Geschichte geworden. Jahr um Jahr war nun schon hingegangen seit dem Bau, aber immer noch machte sich die eine oder die andere Erinnerung dem Leutnant schwer fühlbar. Ja, das Holz und der Wald – das war doch ein gewaltiger Segen des Himmels.

Der Leutnant kommt heim. Da klingelt und klingelt etwas. Was ist das? Klingeling! Die Frau spielt mit ihrem Sohn unten im Hof, sie spielt Pferdchen mit ihm. Sie hat ihm eine kleine Schelle umgehängt und lenkt ihn mit Zügeln. Das ist ungeheuer lustig, beide lachen und laufen, hahaha! Als der Leutnant kommt, hört das Spiel auf, und der Junge fängt zu weinen an. Dieses Geheul schneidet dem Vater ins Herz; aber als die Mutter sagt: Weine nicht, kleiner Moritz! bekommt der Leutnant sofort einen zusammengekniffenen Mund und sitzt auf seinem Pferd und sagt nichts. Mit diesem Namen Moritz will die Frau hervorheben, daß sie feiner sei als er – von Adel, Moritz von Platz.

Hm! sagt der Leutnant. Die Schelle – weg damit!

Wir spielen ja nur, antwortet seine Frau.

Man hängt einem Willatz Holmsen keine Schelle um, nicht einmal im Spiel.

Was Sie für ein Wesen daraus machen! sagt die gnädige Frau. Wenn ich das erlaube, so können Sie schon gar ... Komm, kleiner Moritz, wir gehen hinein.

O ja, da haben wir wieder einen kleinen Streit, eine kleine, muntere Reiberei. Wieviel Nadelstiche zwischen den beiden, allzu viele! Solche Auftritte konnten nett werden – jeder Satz stand und stach mit Nadeln.

Na, jetzt spielten sie also schon drinnen. Die Mutter unterrichtete den Sohn im Lesen und Spielen, daß es eine Freude war; manchmal zeichneten sie auch mit Farbstiften, manchmal sangen sie kleine Lieder zusammen; dem Jungen fiel das alles sehr leicht. Überhaupt war der Junge eine Gabe des Himmels im Hause, der kleine Willatz in seiner blauen Sammetjacke mit dem Spitzenkragen um die Schultern.

Kam dann der Leutnant zu Tisch hinein, so herrschte nichts als ruhige Freundlichkeit und eine erlesene Höflichkeit.

Kein Streit mehr, keine Nadelstiche; der Streit war zu Ende – aus Mangel an gründlicher Wut. Aber in diesen friedlichen Stunden bei Tisch war ja auch der kleine Willatz kein Moritz mehr; durchaus nicht. Entweder unterließ es die Mutter überhaupt, ihn beim Namen zu nennen, oder aber sie nannte ihn kurzweg Willatz, wie es sich für sie gehörte. Und dankbar für dieses Entgegenkommen, saß ja der Leutnant nicht etwa da und schrie Willatz und wieder Willatz. Mein Freund, sagte er lieber, mein Junge, sagte er lieber und umging den Namen.

Aber deshalb gab der Leutnant noch lange nicht klein bei. Er tilgte den Namen Moritz aus, wo er ihn ein seltenes Mal von den Mädchen oder der Jungfer hörte.

Entschuldigen Sie, Jungfer, sagte er, von wem sprechen Sie eigentlich? Wer im Hause heißt Moritz? Meinen Sie meinen Sohn, Willatz Holmsen?

Entschuldigen Sie, antwortete sie, die gnädige Frau hat – mitunter sagt die gnädige Frau Moritz.

Die gnädige Frau verspricht sich nur. Keiner von uns hat die Absicht, dem Jungen einen Spitznamen zu geben.

Damit nickt der Leutnant und geht.

Es fällt mir gerade ein, Jungfer, sagt er und dreht sich um, Lars in Sagvika hat das Haus voll von erwachsenen Menschen, die nichts tun. Eine Tochter von ihm wird hier heraufkommen und fragen, ob Sie sie statt Marcilie gebrauchen können.

Soll Marcilie gehen?

Ich habe es so verstanden.

Na, und dann kommt eine Neue?

Ihr Vater hat zu viele Leute zu ernähren, sagt der Leutnant.

Er hat die Jungfer vielleicht im Verdacht, daß sie sich ihre eigenen Gedanken bei diesen Worten macht, deshalb fügt er auf der Stelle hinzu:

Er hat auch einen erwachsenen Sohn, der weiter nichts tun will als lesen. Den schicke ich nach Tromsö.

Auf diese Weise würde jedenfalls dem guten Lars Manuelsen ein ordentliches Teil Sorgen abgenommen werden! Der Leutnant hatte auch unten in Sagvika einen Augenblick lang den gleichen Gedanken gehabt, aber dort hatte er sich zurückgehalten; jetzt war es gesagt: der Knabe Lars würde also nach Tromsö auf das Seminar kommen. Nichts als Ausgaben nach allen Seiten! Wie hieß doch das Mädchen? Daverdana? Nach jener Lieblichen im Märchen. Rotes Haar, lange Hände.

Als der Leutnant über den Hof geht, bemerkt er vor seinen Füßen etwas Ungewöhnliches. Er hält immer den Kopf vornübergebeugt, wenn er geht, er sieht zur Erde – dann sieht er alles auf seinem Weg. Was für ein Fremder ist hier gewesen? fragt er einen der Knechte.

Ein Fremder? Nein.

Da liegt eine halbaufgerauchte Zigarre, dort.

Dann muß es schon der Doktor gewesen sein, der sie hingeworfen hat, sagt ein anderer von den Knechten.

Ja, der muß es wohl gewesen sein, sagt der erste.

Der Leutnant geht weiter. So, der Doktor war also am Vormittag hier. Wie vergeßlich seine Frau sein konnte: während des ganzen Mittagessens hat sie den Besuch des Doktors nicht erwähnt! Er wollte hineingehen, mit ihr sprechen und sagen: Ist der Doktor hier gewesen? Was wollte er? Plötzlich denkt er darüber nach, wie spaßig sich das nur anhörte: ein Fremder sei nicht hier gewesen, aber der Doktor sei hier gewesen. War denn der Doktor kein Fremder auf Segelfoß?

Während des Abendessens erzählt der kleine Willatz ahnungslos, daß der Doktor ihn hochgehoben habe, ganz hoch, höher als der Kronleuchter.

Der Doktor? fragt der Vater.

Die gnädige Frau antwortet sofort:

Der Doktor hatte in der Nachbarschaft zu tun, da ließen wir ihn vormittags rufen.

Wer ist krank?

Marcilie.

Davon wußte ich gar nichts.

Sie hat sich erkältet. Der Doktor sagt, es sei ernst.

Davon wußte ich gar nichts, wiederholte der Leutnant nur.

Ich wollte es nicht sagen. Das war ja eigentlich nichts für Sie.

Der Leutnant lächelt: Sie wollten es mir ersparen?

Aber da er die Sache auf diese Art nimmt und ihren Takt nicht herausfühlt, ist die gnädige Frau verletzt und sagt:

Ja, ich wollte es Ihnen ersparen. Der Marcilie haben gewiß die nächtlichen Treppenwanderungen nicht gut getan.

Pause.

Marcilie würde dies wohl auch ohne Doktor überstanden haben. Aber dann hätten Sie ja keine Gelegenheit zum Demonstrieren gehabt.

Demonstrieren – ich? Wenn Sie wüßten, wie gleichgültig mir alles außer meinem kleinen Moritz ist. Gesegnete Mahlzeit.

Die gnädige Frau erhob sich.

4

Eines Tages kam ein Hausboot herangerudert, ein weißer Achtriemer mit vier Ruderknechten. Weil es ein guter, warmer Frühling war, ruderten die vier Mann in Hemdsärmeln, aber der, den sie ruderten, saß wohl unter Deck, denn er war nicht zu sehen. Das Boot legte etwas oberhalb der Flußmündung an, bei der Ziegelei.

Aus der Kajüte hervor kroch ein großer, dicker Mann in Pelz und mächtiger Ausstaffierung, es war nicht der Doktor und nicht der alte Coldevin, das Boot war auch fremd, mußte also von weiter her sein. Der Mann stieg aus dem Boot, sagte einige Worte zu der Mannschaft und begann am Fluß entlang zu gehen. Zwei von den Männern begleiteten ihn.

Vor allen Hütten standen Leute und starrten dieser ungewöhnlichen Erscheinung nach. Es sah so aus, als würde es dem großen Herrn zu warm, er zog den Pelz aus und gab ihn einem von seinen Leuten zum Tragen; er hatte einen so fetten Hintern, seine Rockschöße spreizten sich bei jedem Schritt, er ging auch nicht schnell, er blieb oft stehen und hob die Hand vor die Brust. So gingen sie und gingen, sie drangen vielleicht bis zum Wasserfall vor, sie verschwanden oben im Wald.

Jetzt gingen die Leute zu dem Achtriemer hinunter, um zu fragen, müßiges Volk ging hinunter, Lars Manuelsen ging hinunter, und viele Kinder von den Hütten folgten ihm in einigem Abstand. Die Männer im Boot verstanden wohl, was dieser Besuch zu bedeuten hatte, sie richteten sich danach ein; sie begriffen, daß sie wichtige Personen waren, die Mitwisser eines großen Geheimnisses.

Friede sei mit euch, sagt Lars Manuelsen, obwohl eigentlich die im Boot zuerst diesen Gruß hätten sagen müssen, da sie doch in ein fremdes Land gekommen waren.

Friede sei mit euch! antworteten sie nur.

Das ist jetzt ein feines Wetter geworden?

War warm beim Rudern.

Sie sprachen eine Weile darüber: ob draußen keine Brise sei, ob sie nicht von Osten her stehe. Die Männer im Boot sind geizig mit ihren Antworten.

Das ist ein schöner Achtriemer, sagt Lars, gehört der euch?

Die Männer im Boot spucken aus und werfen sich in die Brust.

Dann ginge es uns gut, antworteten sie.

Woher seid ihr?

Pause, bedeutungsvolle Pause. Die Kinder horchen.

Wir sind von weither, von Ytterleia.

Dachte mir's, nickt Lars.

Er geht näher ans Boot heran und sieht es sich an, aber er kennt es nicht; auf den Riemen und dem Wasserschöpfer steht nichts als ein paar Buchstaben.

Aber jetzt meinen die Männer wohl, daß die Geschichte sich gar zu lange hinziehe, sie haben durch ihre Haltung diesen Eingeborenen vielleicht so abgeschreckt, daß er sich zurückzieht und sie an ihrem Geheimnis zugrunde gehen läßt – sie lüften dies große Geheimnis ein wenig, und der eine von ihnen sagt:

Nein, das Boot gehört leider nicht uns.

Nein, leider, sagt der andere auch.

Und von jetzt an sprechen meistens nur die beiden Ruderknechte, so daß Lars nicht weiter zu fragen braucht. Sie schwätzen länger und länger ziellos ins Blaue, der eine paßt auf den anderen, der eine überbietet den anderen mit Aufschneidereien, aber sie halten immer noch rechtzeitig ein:

Denn wir sind nur für diese Fahrt geheuert.

Na. Wer ist denn das, der euch geheuert hat, fragt Lars.

Pause.

Hm. Nein, das wird jetzt allzu leicht.

Der, dem das Boot gehört, antwortet der eine.

Der andere, der wie auf Kohlen steht, fügt hinzu:

Ja, er hat das Boot nur wegen dieser Fahrt gekauft.

Geld herausgezogen und es mit klingender Münze bezahlt, wegen dieser Fahrt.

Die Männer sahen Lars Manuelsen an. Die Kinder standen da und sahen die Männer an und horchten, horchten.

Aber Lars bemerkt nur:

So muß das wohl eine höchst wichtige Fahrt gewesen sein?

Er hat bereits einmal gefragt, wer der Fremde sei, und keine Antwort bekommen, jetzt läßt er es auf sich beruhen – das kommt wohl noch von allein.

Was nun die Fahrt angeht, darüber könnte ich nichts sagen, antwortet der eine von den Männern.

Er ist jetzt oben am Fluß, verkündet der andere.

Pause.

Es war prachtvoll, wie groß und inhaltsreich so eine Pause sein konnte.

Lars mustert das Boot eingehend und lange, schwatzt mit den Fremden über gleichgültige Dinge, über den Frühling, über den Heringsstand bei der Langinsel, über eine Galeasse von Ytterleia, die in einem Unwetter vor Jahren hierher verschlagen worden war. Ja, gewiß, die hatte sogar dem Handelsmann Henriksen auf Utvär gehört.

Die Männer nickten, sie kannten den Handelsmann Henriksen.

Ja, das ist wohl nicht gar der Mann, den ihr hergerudert habt? fragt Lars.

Nein.

Lars schien zu ermüden. Er spuckte aus, legte die Hände auf den Rücken und blieb so ein Weilchen stehen. Plötzlich sagte er und tut dabei, als wolle er gehen:

Ja, das ist ein schöner Achtriemer, wenn der nur mir gehören würde!

Nein, ich meine, ich stehe nur hier und halte euch auf.

Die Männer werden aufmerksam.

Du hältst uns nicht auf, antwortet der eine.

Nein, ganz und gar nicht, antwortet auch der andere.

Und jetzt berechnen wohl die Männer ganz richtig: wenn sie nicht selbst das Geheimnis offenbarten, so würden die beiden anderen Kerle, die oben am Fluß waren, bald kommen und es tun; wie schnell könnte zum Beispiel nicht der eine sich etwas bei irgendeiner der Hütten zu schaffen machen, dort um Wasser bitten und erzählen, für wen er den Pelz trug.

Also, fragt der eine von den Fremden:

Ja, ihr wißt wohl nicht, ihr hier in der Gegend, wer das ist, den wir hergefahren haben?

Nein, antwortet Lars und glotzt.

Die Kinder glotzen auch.

Nein, das merkte ich gleich, sagt der andere Fremde und greift ein. Er sah aus, als wenn er auf Kohlen stände. Aber ihr werdet euch wundern, es zu hören, fügt er hinzu.

Lars war jetzt ganz unglaublich neugierig. Das Ärgerliche war übrigens, daß seinem Nachbar Bertel in Sagvika die Wartezeit zu lang geworden war und er jetzt schaukelnd daherkam, auch er.

Ja, dann ist es also nicht der Amtmann? fragte Lars.

Nein, antworteten die Männer.

Aber ich verstehe jetzt, er ist ein großer Herr, weil er so dick ist, was?

Ja, antworteten die Männer, der ist wohl ein sehr großer Mann!

Lars wartete etwas, dann hatte er endlich den Entschluß gefaßt, zu gehen. Denn da kam ja nun auch Bertel, und er hatte wirklich keine Lust, mit dem das Geheimnis zu teilen.

Friede sei mit euch, sagte Lars.

Und außerdem ist er nun nicht einmal mehr als ein Kind aus unserem Dorfe, das kann ich gerne sagen, fuhr der eine von den Fremden fort.

Der andere Fremde griff wieder ein:

Unser Schulkamerad, kann ich sagen.

Na, sagt Lars.

Ja, das können wir gut sagen. Jaja, er ist nun nicht gerade aus unserer Gegend, aber –. Es liegen nur ein paar Kirchspiele zwischen uns, aber –. Aber wir kennen verschiedene von seiner Verwandtschaft. Er ist nämlich dreißig Jahre lang fortgewesen.

Der andere Fremde fühlt, daß er zurückbleibt, er will den ersten einholen und führt einen großen Schlag:

Er ist schon als Kind von zu Haus fort, er war in allen fremden Ländern und kam nach Australien und kam nach Amerika, und dann verheiratete er sich und hatte ein großes Geschäft, und dann fand er Gold.

Von jetzt an war es ein Wettstreit zwischen den Bootsmännern, jeder überwachte neidisch des anderen Worte.

Jaja, du kannst dir ja keine Zeit lassen, Jon, sagt der eine von ihnen mißvergnügt und berichtigt seinen Kameraden; aber er war doch auch in China.

Ja, wo ist der nicht überall gewesen, antwortet der andere. Und einmal, da lag er sogar auf einem gekenterten Boot, viele Tage und Nächte – ich weiß im Augenblick nicht einmal mehr, in welchem Lande das war.

Das war damals, als er zur See fuhr, das war in seiner Kindheit. Aber das sind ja nun die späteren Jahre, wovon ich erzähle.

Du brauchst nicht zu versuchen, mir irgend etwas davon zu erzählen – ich weiß das ebensogut wie du. Er lag auf einem gekenterten Boot, auf dem Kiel, viele, sehr viele Tage und Nächte – frag ihn, so kannst du's hören. Das ist doch eine Schweinerei, verflucht noch mal, daß ich den Namen des Landes nicht mehr behalten habe.

Das war in einem unbekannten Lande. Aber aus Mexiko, daher bekam er seine Frau.

Ja, glaubst du, das wüßte ich nicht?

Und wie heißt er? fragt Lars Manuelsen.

Er heißt –

Holmengraa! antwortet der andere schnell wie ein Blitz.

Es ist nämlich der Tobias, der damals reiste, beeilt sich der erste zu erklären. Hast du denn nicht von dem Jungen gehört, der auszog und ein König wurde?

Da war es heraus!

Lars Manuelsen ist der Atem ausgegangen, und er glotzt. Wie sollte er nicht von Tobias gehört haben, dem Fischerjungen von einem kleinen grauen Holm draußen in Ytterleia, der vor einem Menschenalter von daheim fortgezogen und ein großer König geworden war, irgendwo vor Gott und den Menschen erhöht worden und niemals wieder heimgekommen war! Und jetzt war er hier!

Die Kinder hatten das Märchen auch gehört, sie standen da und horchten mit weit offenen Mäulern den Männern zu.

Er, der Tobias! sagt Lars Manuelsen. Und sein Vater hieß doch auch Tobias, habe ich gehört?

Nein, sein Vater ist tot, antwortet Jon. Seine Mutter ist jetzt auch tot, aber er soll eine Schwester haben, die in Bergen lebt.

Ja, sein Vater hieß Tobias, sagt der andere Bootsmann mit

Nachdruck und berichtigt seinen Kameraden. Aber übrigens nennt er sich selbst nur Holmengraa mit Namen.

Ein Wunder! sagt Lars.

Er wirft seine Augen zu Bertel hinüber, der jetzt unheimlich nah gekommen ist. Lars hat eben noch Zeit, nach dem Allerwichtigsten zu fragen, und die Bootsleute antworten abwechselnd.

So, er ist verheiratet? Hat er seine Frau mit?

Nein, sie ist nicht mit. Sie ist in der Fremde zurückgeblieben.

Ja, sie ist in der Fremde und im Ausland zurückgeblieben.

Sie ist wohl eine feine Frau? Wie heißt sie?

Das kann ich nun nicht sagen, aber sie ist –

Sie ist tot, sagt der andere Mann und macht der Sache ein Ende.

Na, Herrgott, tot? Hat er keine Kinder?

Er hat zwei Kinder, die sind noch klein – ein Junge und ein Mädchen.

Behaupte doch nicht, daß sie so klein sind, Jon, denn das Mädchen ist ja schon eine Anzahl Jahre alt.

Ja ja, aber der Junge, der ist klein. Das ist es ja, was ich sage.

Und da steht Bertel. Und Lars bringt noch im allerletzten Augenblick die Fragen heraus:

Wo hat er die Kinder? Wie heißen die? Was macht er oben am Fluß?

Er sagte zu mir, er wolle sich da nur umsehen.

Das sagte er auch zu mir.

Die Bootsmänner sprachen das noch einmal durch, jeder auf eine besondere Art, und waren schließlich einig.

Das war großartig, wie er angezogen war, sagt Lars.

Die Männer legten überwältigt den Kopf auf die andere Seite.

Ja, er hat Kleider aus Fell und Samt.

Er sagt, daß er friere in unserem kalten Lande und daß er nicht mehr warm werden könne.

Bertel grüßt nicht, aber er horcht, was er kann. Er hat die längsten Ohren.

Von wem sprecht ihr denn da? fragt er.

Die Bootsleute antworten ihm nicht, sie wenden sich weiter nur an Lars und berichten jetzt von den Reichtümern des Königs, von seinem Papiergeld, als er das Boot bezahlte, von seiner Brieftasche.

Ein Wunder, sagt Lars Manuelsen.

Habt ihr jemand hergerudert? fragt Bertel.

Die Bootsleute messen ihn mit den Augen, spucken aus und antworten: Ja, das haben wir. Worauf sie sich wieder zu Lars hinwenden, schwätzen, den Kopf schütteln, nachdenken und sich eingehender über den reichen Herrn auslassen.

Ja, ich und er, Jon, wie wir hier stehen, wir sind nun weiter nichts als kleine Wracks und Bojen, kann ich wohl sagen, gegen das, was er ist. Und dabei sind wir doch an demselben Meer aufgewachsen.

Ja, so und auf solche Weise kann es im menschlichen Leben zugehen, sagt Jon weiter.

Jetzt wendet sich Bertel an Lars und fragt:

Von wem sprecht ihr eigentlich?

Aber Lars hat keine Zeit, keinen Augenblick Zeit, er überhört Bertels Frage und sagt plötzlich:

Nein, ich meine, ich habe euch nun lange genug aufgehalten.

Damit geht er.

Und nun kommt die Reihe an Bertel, das Geheimnis herauszubringen. Oh, wie neugierig er ist, und wie prachtvoll die beiden Schiffer ihn zu peinigen verstehen.

Anfangs ging Lars seinen gewöhnlichen Trott übers Feld, er meinte, es sei eine Schande, zu laufen. Aber allmählich beschleunigte er seinen Gang, und ungefähr halbwegs bog er ab nach Ole Johans Hütte, das war der kürzere Weg. Lars bläht sich, er ist dick vor Geheimtuerei und weiß mehr als die Leute landeinwärts; geht er damit haushälterisch um, so kann er den ganzen Tag über eine bedeutungsvolle Persönlichkeit sein. Er erblickt bereits ein paar Frauen oben bei Ole Johans Hütte, die auf ihn warten.

Aber als Lars herankommt, stellt sich heraus, daß die Kinder ihm zuvorgekommen sind, seine eigenen Jungen und die von den anderen, dies langohrige Ungeziefer in Lumpen und sein eigener Lars, dieser lange, häßliche Laban. Und jetzt rennen diese verfluchten Kinder von Hütte zu Hütte und machen ihm alles zuschanden, sein eigener Sohn voran. Das war ja niedlich!

Ole Johan trat Lars entgegen und fragte:

Wen haben die eigentlich hergefahren? Und als Lars damit beginnen will, sich kostbar zu machen, fragt Ole Johan gerade heraus: Stimmt's, daß es der Tobias ist, der König wurde?

Ein paar Stunden darauf stand das Volk in dicken Haufen um den weißen Achtriemer, alle wollten hier warten und aufpassen, um wenigstens einen Blick vom Märchenkönig zu erhaschen, wenn er wieder an Bord ginge. Die Weibsleute hatten sich sogar noch fein gemacht, hatten Kopftücher umgelegt, Daverdana aber war so wild und rothaarig, sie war groß und jung, sie hätte vor den Augen eines Königs bestehen können.

Aber ach, sie wurden alle miteinander genarrt.

Als die drei Wanderer vom Wasserfall zurückkamen, gingen wohl die beiden Bootsleute mit dem Pelz nach dem Schiff, aber der Herr selbst bog vom Wege ab, ging nach dem Gut hin, nach Segelfoß, zu Leutnants. Und es war ihm nicht anzusehen, daß er dort nichts zu tun gehabt hätte.

Er war durchaus kein leichter und gewandter Fußgänger und brauchte viel Zeit. Seinen Hut trug er in der Hand. Dieser Mann sah nicht sehr abenteuerlich aus, er trug neue Kleider und hatte eine dicke Halskette um den Hals, im übrigen war er wie ein gewöhnlicher Sterblicher anzusehen, mit einem bleichen und scharfen Gesicht, einem Vollbart, einer geraden Nase und einer Unzahl Falten um die Augen herum. Er mochte hoch in den Vierzigern sein. An seiner rechten Hand trug er einen kleinen gewöhnlichen Goldring. Er hatte noch alle seine Haare. Seine Wohlbeleibtheit bestand eigentlich nur aus einem dicken, ungesunden Bauch, seine Ober- und Unterschenkel waren dünn.

Als er auf den Hof kam, sah er sich um und wählte den Hintereingang, den Kücheneingang, obgleich es auf der Vorderseite des Hauses zwei große Steintreppen gab. Er grüßte ein Dienstmädchen, das er traf, fragte, ob Herr Holmsen zu Hause sei, und übergab ihr seine Karte.

Der Leutnant kam heraus und blieb einen Augenblick stehen.

Der Fremde verbeugte sich und sagte:

Ich weiß nicht, ob ich Sie begrüßen darf. Ich würde es nicht seltsam finden, wenn Sie nein sagten.

Das war ja sehr bescheiden, der Mann blieb außerdem absichtlich vor dem Küchenfenster stehen.

Tobias Holmengraa. Ich war einmal aus Ytterleia.

Herr Holmengraa?

Ich habe viel von Ihnen gehört, sagt der Leutnant.

Ich habe auch von Ihnen und den Ihrigen viel gehört, sagt der Mann, von Ihrem Vater und Ihren Ahnen, von dem Gut

Segelfoß; jetzt wollte ich einmal herreisen und mir die Stätte ansehen. Ich war oben am Fluß.

Wollen Sie nicht hereinkommen? sagt der Leutnant und reicht ihm endlich die Hand.

Sie gingen hinein in die Stuben des Leutnants und nahmen Platz.

Dieser Fremde, Holmengraa, hatte sich anscheinend entschlossen, bescheiden und unterwürfig in diesem feinen Hause aufzutreten; er schwieg sehr lange und sagte endlich:

Ich sitze hier und denke darüber nach, wo ich bin. In meiner Kindheit war Segelfoß der größte Ort, wovon wir in Ytterleia hörten, ich ließ es mir nicht einmal träumen, daß ich je hier in dieser Stube sitzen würde.

Der Leutnant antwortete: Sie träumten gewiß ganz andere Träume – und haben diese auch verwirklicht.

O ja, o ja, sagt Holmengraa gedankenvoll.

Zum Unterschied von uns anderen, die daheim auf ihrer Scholle gesessen haben.

Ich verwirklichte unter anderem auch den Ruin meiner Gesundheit.

So. Ist Ihre Gesundheit nicht besonders gut?

O ja. Und ich bin an vielen Orten gewesen, um zu versuchen, sie wiederzufinden, aber –

Der Mann imponierte dem Leutnant und gefiel ihm.

Er hatte seit langen Zeiten von diesem Fabelhelden gehört, sein Ruhm war sogar bis in die Stuben auf Segelfoß gesickert; jetzt saß er hier so natürlich und selbstverständlich, wie nur möglich, ja, das tat König Tobias.

Der Leutnant klingelte.

Wie, wenn Sie es hier daheim einmal wieder versuchen würden? Ich habe daran gedacht.

Eine Weile jedenfalls?

Ja. Aber es ist nicht so leicht, abzukommen, ich habe einige Geschäfte.

Die Hausjungfer trat ein.

Was dürfen wir Ihnen anbieten? fragte der Leutnant.

Holmengraa dankte und bat um ein Glas Milch.

Sonst nichts?

Danke, ein Glas Milch.

Die Milch kam.

Ja, ich möchte es hier schon einmal gern wieder versuchen,

fuhr Holmengraa fort, aber ich habe einige Sachen in Mexiko. Ich wohne in Mexiko, und da habe ich einige Sachen. Es ist nicht viel, aber bleibe ich lange weg, so wird es leicht noch weniger.

Geschäfte?

Einige kleine oder halbgroße Unternehmungen, etwas Land, eine Mühle, ein Sägewerk, dergleichen.

Können Sie nicht verkaufen?

Dafür ist es eigentlich zu gut. Meine Frau ist tot, aber ich habe zwei Kinder; wir hatten da draußen unser Auskommen.

Das war eine Auskunft. Der Leutnant mochte wohl geglaubt haben, daß dieser mystische Mann die Sache nicht von dieser Seite zu betrachten brauche.

Aber seine Gesundheit muß man sich doch erhalten, sagt er.

Zurückgewinnen. Ja, so ist es. Aber ich hatte da drüben so viel Arbeit, ich hatte die Geschäfte übernommen, als sie noch klein waren, und sie sehr erweitert.

Der Leutnant erhob sich und ging ans Fenster. Hatte er etwas Ungewöhnliches da draußen bemerkt? Sah er, wie alles, was Beine hatte, nach der Bootsbrücke gelaufen war? Er stand einen Augenblick still – vielleicht behielt Herr Holmengraa ihn im Auge, vielleicht auch nicht. Der Leutnant sah all seine Häusler und Pächter in vollendetster Nichtstuerei unten beim weißen Achtriemer stehen, ein großes langes Bündel ging zwischen ihnen herum, das war der Pelz, der wurde vorgezeigt. Er drehte sich um und fragte mit fast geschlossenen Augen:

Das ist wohl Ihr Achtriemer, der dort unten liegt?

Holmengraa erhob sich und sah hinaus:

Ja ... Nein, was für eine Aussicht von hier – Meer und große Wälder, Felder und Wiesen. Und dann der Fluß. Und dann die Kirche da draußen.

Das klang etwas unecht in dem Munde des Fremden, und es schien als Schmeichelei für den Besitzer gesagt zu sein. König Tobias schien kein besonderer Kenner von Aussichten zu sein, denn was man hier von den Fenstern aus sehen konnte, war weiter nichts als See und nackte Holme.

Klein-Willatz kam herein und sagte, das Mittagessen sei angerichtet.

Bitte schön! sagte der Leutnant und öffnete seinem Gast die Tür.

Im Speisezimmer wurde Herr Holmengraa der Frau des Hauses vorgestellt. Sie war verwundert und gespannt. Wohl war sie nicht von Kind an mit all den Märchenerzählungen über diesen Mann aufgewachsen, aber sie hatte von ihm seit vielen Jahren sprechen hören; heute hatte außerdem die Hausjungfer ihr Gedächtnis aufgefrischt und sie vorbereitet.

Sie war hausmütterlich und liebenswürdig.

Herr Holmengraa ist nach Norwegen zurückgekehrt, um sich zu stärken, teilte der Leutnant mit. Seine Gesundheit habe in der letzten Zeit gelitten.

So käme es also darauf an, ob sie ihm auch das Richtige anbieten könnten? sagte die gnädige Frau. Er hielte vielleicht Diät.

Holmengraa hielt keine Diät. Oh, er war durchaus nicht so krank, nur etwas überarbeitet, es würde vielleicht wieder gut werden.

Der Mann hatte wohl einen starken Willen, er stellte sich vielleicht gesünder, als er war, sein Gesicht trug kein Zeichen irgendwelchen Schmerzes, still und unbemerkt steckte er sich sogar eine Pille in den Mund, die er ohne Wasser hinunterschluckte. Aber die nächste Pille fiel auf den Boden, und es sah nicht so aus, als sei dies beabsichtigt gewesen.

Sie kommen von draußen aus der großen Welt, Herr Holmengraa, sagte die Hausfrau.

Er antwortete mit einem Blick über den Tisch:

Ich bin heute zu der großen Welt gekommen, gnädige Frau. Ich sitze in der Stube auf Segelfoß.

Das war nicht schlecht gesagt, es gab Silber und Wein und Blumen auf dem Tisch, und es gab Fisch und Geflügel und viele Leckerbissen auf dem Tisch. Wahrhaftig, endlich saß da vielleicht jetzt am Holmsenschen Tisch ein Fremder, der sich auf Lebensart verstand; der Frau gefiel sein Benehmen nicht weniger, als es ihrem Manne zu gefallen schien. Er sprach unterhaltend über viele Dinge und schien auch mit Kindern umgehen zu können, hie und da erreichte er sogar, daß sich Klein-Willatz für ihn interessierte.

Wie finden Sie es nun hier zu Hause nach so langer Abwesenheit? fragte die Hausfrau. Dreißig Jahre, habe ich gehört?

Es ist recht wunderlich für mich, antwortete er. Ich gehe umher und sehe mich auf dem Holm um und kenne die Steine wieder und den Sand am Strande und höre die Brandung des

Meeres. Obschon alle aus meiner Familie jetzt fort sind – einige sind tot, und der Letzte, der noch lebt, ist fortgereist –, so kommt es mir seltsamerweise dennoch so vor, als sei es noch nicht so lange her, seit wir alle beisammen waren. Da lag ein halber Schleifstein draußen auf einem Hang, der liegt heute noch da; da standen ein paar kleine Föhren draußen an der Klippe, die stehen heute noch da.

Das gleiche Gefühl hatte ich auch, als ich vor einigen Jahren einmal wieder zu Hause bei meinem Vater in Hannover war, sagte Frau Adelheid. Daß es nicht lange her sei, seit ich daheim war, sondern erst eine kurze Zeit.

Ja. Leider kommen wir nicht mehr hin.

War es damals, als ich mit war? fragte Klein Willatz.

Der Leutnant macht sich mit irgend etwas an seinen Fingern, die er im Schoß hält, zu schaffen, er steckt seinen Ring an die linke Hand.

Ich weiß auch nicht mehr, ob es dort lustig war, sagt Willatz.

Ach du, mein Junge, nein, du warst damals klein. Weißt du denn nicht mehr, daß Großvater dir seinen Ehrensäbel lieh?

Nein.

Der Vater der gnädigen Frau ist Offizier? fragt Holmengraa.

Oberst. Aufgehört als Oberst. Alles hat daheim jetzt aufgehört.

Ich habe von der großen Umwälzung in Hannover gelesen, sagte Holmengraa. Ich bin nie da gewesen. Es ist ein reiches und schönes Land.

Ja, ein reiches und schönes Land.

Und Ihr Herr Vater nahm Abschied, gnädige Frau?

Er war nicht alt, und er hatte sich ausgezeichnet. Oberst Moritz von Platz. Aber er gehörte zu denen, die sich doch zu alt fühlten, um – ja, wie soll ich mich ausdrücken – um in fremde Dienste zu treten.

Der Leutnant fragte:

Macht Ihnen Norwegen nun den Eindruck, als sei es aufwärts oder abwärts mit dem Lande gegangen, Herr Holmengraa?

Aufwärts. Unbedingt aufwärts. Alle Länder gehen ja aufwärts. Die Menschen wohnen in großen Häusern, sie haben mehr Vieh, sie leben besser. Die Einwohnerzahl hat sich auch vergrößert. Ich habe übrigens nicht viel vom Lande gesehen, ich fuhr mit einem englischen Dampfer, der meinetwegen in

Drontheim anlegte. Und nördlich von Drontheim fuhr ich mit einem Küstenschiff. Ja, statistisch befindet sich das Land im Aufstieg.

Statistisch?

Ich meine maß- und gewichtsmäßig: die vergrößerte Bevölkerung hat etwas mehr Ackerwirtschaft und etwas mehr Fürsorge notwendig gemacht. Ob das die Menschen nun von Natur aus tüchtiger gemacht hat, weiß ich nicht.

Sonst wäre es verkehrt.

Hier im nördlichen Norwegen, meine ich, ist am wenigsten von Fortschritt zu merken. Hier sind wohl neue Menschen aufgewachsen. Aber sie gleichen so merkwürdig den alten, sie gehen mit den Händen in den Taschen, sie sind Nordländer.

Ja, sie gehen mit den Händen in den Taschen, sagt auch die gnädige Frau.

Holmengraa begann über einen Gedanken zu lächeln, in Erinnerung an etwas, und er erzählte:

Als ich ein Boot leihen wollte für meine kleinen Ausflüge, konnte ich keines auftreiben. Man verwies mich an den Handelsmann Henriksen auf Utvär, der hatte einen Achtriemer, ein Hausboot, das niemals gebraucht wurde, aber er wollte es nicht ausleihen. Wollen Sie das Boot verkaufen? fragte ich. Er faßte dies als einen Scherz auf und antwortete, ja, wenn er dafür zweihundert Taler bekommen könne. So kaufte ich das Boot.

Frau Adelheid lächelte, der Leutnant lächelte. Holmengraa fuhr fort:

Als ich Bootsleute haben wollte, konnte ich keine auftreiben, sie standen wohl in Henriksens Laden und trieben sich auf der Brücke herum, mit den Händen in den Taschen. Segeln wollten sie, aber es gab keinen Wind, und rudern wollten sie nicht. Ich erkannte meine Landsleute wieder.

Hatten Sie sich nicht zu erkennen gegeben? fragte der Leutnant.

Ich hatte es angedeutet, mehr sogar als nötig, meinte ich; aber sie glaubten mir sicher nicht. So sagte ich denn gerade heraus, sie könnten wohl ruhig einen alten Bekannten vom Holm rudern, ich hieße Tobias, ob sie sich meiner nicht erinnerten. Aber sie sahen mich von oben bis unten an und glaubten mir nicht recht. Ich erkannte meine Landsleute wieder und ging heim, band mir ein paar feste Tücher um den Leib, machte mich dick, zog mir andere Kleider an und hängte mir diese Halskette hier um. Ich wußte ja: gab es etwas, was den Nordländern Achtung einflößt, so mußten es Dickbäuchigkeit, feine Kleider und Flitter sein. Das Wetter war recht warm, und ich konnte mir nicht vorstellen, wie ich es aushalten sollte, aber ich zog obendrein noch den Pelz an. Wie ich, dermaßen aufgetakelt, angestiegen kam, sahen sie mich mit anderen Augen an, und ich bekam Bootsleute.

Hier lachte der ganze Tisch. Das war ja auch ein prachtvoller Witz.

Und Sie glauben wirklich, die Veränderung in Ihrer Ausstaffierung sei es gewesen, die Ihnen die Leute verschaffte?

Ich bin überzeugt davon, gnädige Frau. Diese Menschen hatten ja viele und großartige Erzählungen über mich gehört, jahrelang, ich sei so mächtig geworden, ich sei so reich geworden, ich sei beinahe König – mußte ich also nicht dick und reich aussehen? Wenn ich mit Pelz und Goldkette kam, so war ich der Tobias vom Holm, ich wurde anerkannt. Das ist genauso, als wenn der Negerkönig allein von seinem ganzen Volk sich einen Kochtopf auf den Kopf setzt und im übrigen nackt ist. Man hat es mit Kindern zu tun, die Nordländer sind Kinder.

Als den Leuten klar wurde, wer Sie waren, wurde wohl viel Staat mit Ihnen gemacht?

Es war alles andere als behaglich für mich. Von allen Enden kamen die Leute, sie wollten mich sehen, sie kamen mit Blecheimern und mit Säcken, sie baten um Geld und um Andenken, alle hatten sie Wünsche. Einige erinnerten sich meiner als Kind, alle kannten sie meine Schwester, die zuletzt auf dem Holm gewohnt hatte, die meisten waren mit ihr verwandt und folglich auch mit mir. Ein Weib bat um Hilfe für ein Begräbnis, ein Mann wünschte sich Bauholz zu einem Stalle; ein Junge kam mit seinem Vater, der Junge hatte gestohlen, und nun sollte ich ihn frei bekommen –

Nein, da hört doch alles auf –

Ja, gnädige Frau, Sie können mir glauben, das waren mühevolle Tage für mich. Inzwischen habe ich diese Tollheit wohl etwas gedämpft, es sickerte wohl durch, daß ich nicht so übermäßig nobel sei, daß ich mir nicht mehr als eine Million in die Brusttasche gesteckt hätte und mich folglich etwas einschränken müßte, bis meine eigentliche Geldsendung käme; sie sei unterwegs, fünfzig Kisten, und jede Kiste hätte vier Vorhängeschlösser. Kurz und gut, ich war in dem alten – nicht Arbeits-

und Wirksamkeits-, sondern Märchenland. Ich kannte mich wieder aus.

Der Leutnant hatte aufmerksam und höflich zugehört, er hatte zuletzt mehrere Male seine Augen auf Holmengraas dicke Halskette geworfen. Hatte er die erst jetzt bemerkt? Oder waren ihm Zweifel aufgestiegen, ob sie auch echt sei? Das würde gut zu diesem peniblen Mann passen, mißtrauisch zu werden und vielleicht sogar ein wenig Unbehagen zu fühlen.

Ja – also gesegnete Mahlzeit, sagte er und stand auf. Seine Frau war in bester Stimmung und folgte den Herren ins Gartenzimmer. Der Kaffee kam, altes, kostbares Silber funkelte dem Fremden wiederum entgegen, und der Likör war echt. Von den Fenstern hatte man die gleiche Aussicht.

Klein-Willatz rief: Alle diese Menschen da unten am Ufer, kommt einmal her und schaut!

Die gnädige Frau trat zu ihm hin.

Da sind doch eine Menge Menschen, sagte sie, was kann da vorgefallen sein? Und sie ließ sich durch den Ton der Antwort ihres Mannes nicht abschrecken: Die stehen da und glotzen den Achtriemer des Herrn Holmengraa an! – Sie fand dies lustig, sie lachte: Mein Gott, die stehen da und betrachten sich Ihr Boot, Herr Holmengraa, die warten auf Sie! Oh, Sie bekommen da unten noch einen Empfang!

Holmengraa ging lächelnd und kopfschüttelnd zu ihr hin und sah gleichfalls hinaus. Aber er ließ sich weder über die Menschen noch über den Empfang aus, mit keinem Wort, er bewunderte wieder die Aussicht, den Fluß der talabwärts schäumte, die Landschaft. Er wandte sich an den Leutnant und äußerte den tollkühnen Wunsch: etwas von diesem Grund hier sein eigen nennen zu dürfen.

Der Leutnant hatte nichts dagegen, daß seine Frau etwas von der Köstlichkeit ihres Segelfoß zu hören bekam, aber er nahm sich wohl in acht, auch nur das Geringste zu unterstreichen.

Finden Sie wirklich, daß es hier so großartig ist? sagte sie.

O ja, o ja.

Ich habe mir den Wasserfall angesehen, sagte Holmengraa, ein prächtiger Wasserfall, ein erfrischender Spaziergang. Mir war, als sei ich nicht mehr krank.

Sie müssen hier wohnen! rief Frau Holmsen. Sie müssen sich bestimmt hier anbauen und hier wohnen! Dann werden Sie auch wieder gesund!

Holmengraa sagte:

Wenn der Herr Leutnant mir einen Bauplatz verkaufen will?

Sie sahen alle auf den Leutnant. Über dessen Arabergesicht zuckte ein kleines Erstaunen, er beugte den Kopf und dachte nach.

Darüber werden Sie sich noch einigen, sagte die gnädige Frau.

Der Leutnant bemerkt lächelnd:

Meine Frau macht mit Ihnen eine Ausnahme, Herr Holmengraa, sonst ist sie immer so sehr dagegen, etwas von Segelfoß herzugeben.

Ja, vom Walde. Das ist etwas anderes, wandte Frau Adelheid ein. Das sagt mein Vater auch.

Oh, diese singende und spielende Dame war nicht umsonst eine deutsche Hausfrau, sie hatte einen gesunden Verstand, sie stand mit beiden Füßen auf der Erde.

Und Sie sind selbst wohl auch der letzte, der jetzt nicht bedauert, daß Ihr Vater – daß seinerzeit Gehöfte mit Wald verkauft worden sind, fügte sie hinzu.

Sie spannte den Bogen zu straff.

Ich bedauere diesen Verkauf ganz und gar nicht! antwortete der Leutnant.

Pause. Seine Frau strich über Klein-Willatz' Haar und tuschelte etwas mit ihm.

Ja, von Wald soll auch keine Rede sein – Holmengraa schüttelte überwältigt den Kopf –, das fiel mir nicht ein. Aber einen Fleck irgendwo, wo Sie wollen, einen kleinen Bauplatz am Fluß droben –

Das hörte sich nicht so dumm an. Hier saß nun ein kranker Mann mit einem begreiflichen Wunsch, vielleicht fiel bei dem Handel auch Geld ab; das würde nicht ungelegen kommen. Weshalb war nun auch die Frau zugegen? Weshalb ging sie nicht wieder? Glaubte sie, er verkaufe Land, weil er dazu gezwungen sei?

Ich will mich selbstverständlich Ihrem Versuch, hier Ihre Gesundheit wieder zu gewinnen, nicht entgegenstellen, sagte der Leutnant. Wenn das Ihre feste Absicht ist?

Ich muß gestehen, es fiel mir ein, als ich vorhin am Fluß entlang ging, sagte Holmengraa. Der Tannenduft war so wohltuend und stark, mein Atem ging ordentlich leichter. Auf einen Versuch könnte man es wenigstens einmal ankommen lassen, dachte ich. Und es lag ja auch für einen Mann von jenem kleinen grauen Holm etwas Verlockendes in dem Gedanken, eine Hütte auf Segelfoß zu haben, setzte er hinzu und lächelte bescheiden.

Der Leutnant saß da und merkte sich sicherlich genau jedes Wort und jeden Ausdruck, er fragte:

Hat man in Mexiko keinen Nadelwald?

Und Herr Holmengraa antwortete ohne Bedenken:

Ja. Aber nicht dort, wo ich wohne.

Es wurde nichts weiter verabredet. Als Herr Holmengraa seinen Kaffee getrunken und noch eine Weile dagesessen hatte, verabschiedete er sich mit den schönsten Dankesworten. Kommen Sie bald wieder! sagte Frau Holmsen.

Der Leutnant ließ sein Pferd satteln und geleitete ihn ein Stück Wegs, er wollte sowieso etwas reiten.

Jetzt geschah etwas. Die Menschenmenge unten am Ufer hatte standhaft auf König Tobias gewartet, bis jetzt; aber in diesem Augenblick, wo er endlich kam, schlichen sich erst einige, dann mehrere und schließlich alle miteinander übers Feld davon und gingen nach Hause. Das war so widersinnig, wenn man darüber nachdachte, so töricht – alles Warten war also weggeworfene Zeit! Wie konnte das geschehen? Diese guten Häusler und Pächter hatten nicht berechnet, daß der Leutnant mitkommen würde, daß der Leutnant in eigener Person mitkommen würde; aber da kam er jetzt, zu Pferde, wie gewöhnlich, indes König Tobias nur zu Fuß ging, der Pelz war außerdem vorausgeschickt worden. Zu dieser Zeit war Leutnant Willatz Holmsen ein Mann, dem man in allen Stücken unbedingten Gehorsam entgegenbrachte, man blieb vor ihm nicht mitten auf dem Weg stehen, man tat nicht so, als wüßte man von nichts, wenn er kam, er, der geborene Herr.

Dort oben könnte ich es mir wohl denken, auf der anderen Seite vom Fluß, sagte Holmengraa und zeigte hinauf.

Was meinen Sie? Ah so, den Baugrund? Ja, darüber werden wir uns schon einigen, gegebenenfalls.

Ich danke Ihnen. Es ist jedenfalls einen Versuch wert. Und was den Preis angeht, so überlasse ich das ganz und gar Ihnen.

Sie blieben noch ein Stück Wegs beisammen, bis Holmengraa nach der See hin abbiegen mußte. Er zog den Hut und dankte herzlich für den schönen Tag. Die Herren nahmen voneinander Abschied.

Aber während der Leutnant weiterritt, dachte er: War das

alles, war dies das ganze Märchen! Ein kranker Mann, der Baugrund zu einer Hütte haben wollte, zu einem Häuschen vielleicht, was es nun auch sein mochte. Aber auch ein einfacher und bescheidener Mann, er machte keinen abstoßenden Eindruck. Sein Benehmen bei Tisch war merkwürdig gut.

5

Der Leutnant hatte schon recht gehabt: das Mädchen Marcilie wäre auch ohne den Doktor ausgekommen. Nur die anderen hatten ihre Unpäßlichkeit ins Unglaubliche übertrieben und sie zu Bett gelegt. Tags darauf war sie wieder auf den Beinen, machte die Stuben des Herrn zurecht, wusch auf, steckte Kerzen in die Kronleuchter und in die Wandarme, durchs ganze Haus, klopfte die Teppiche aus, sah nach den Öfen – Marcilie schwebte oben und unten durch den ganzen nördlichen Flügel. Und am Abend ging sie wahrhaftig wieder die Treppe des Herrn hinauf.

Der Leutnant liegt auf seinem Sofa und raucht.

Marcilie verneigt sich, das hatte ihr der Herr wohl beigebracht, und sie machte es gut, und darum antwortete er mit einem freundlichen Kopfnicken. Marcilie weiß von selber, was es hier zu tun gibt, sie geht zum Herrn hin und bleibt vor ihm stehen. Und das macht sie auch gut. Ein junges Mädchen ist ein junges Mädchen, sie faßt etwas an und macht es hübsch und weich, sie sieht einen an, und sie sieht einen nicht vergeblich an, der Blick wirkt. Immer wirkt ein Jungmädchenblick.

Marcilie nimmt das Buch auf dem Tisch. Marcilie besaß Hände, deren Finger sich hintenüberbeugen konnten, aber sie waren groß und vom Waschen aufgequollen. Auf den Handrücken sah man keine Ader.

Ja, du fühlst dich vielleicht zu unwohl, um heute abend zu lesen, sagt der Leutnant und erhebt sich vor ihr.

Nein, antwortet Marcilie und ist zuversichtlich.

Sie setzt sich auf ihren Platz unter einem bestimmten Leuchter mit zwei Kerzen, dorthin setzt sie sich. Alsdann beginnt sie zu lesen, im Anfang etwas rot und befangen, aber nach und nach geht es besser und besser. Bei schwierigen Worten kraust sie die Stirn und ist gespannt; wenn ein längeres Stück gut ging und leicht zu lesen war, wird ihr Gesicht wieder klar und ruhig. Der Herr hat sich wieder hingelegt, und er bildet sich wohl ein, er sei ein mächtiger Pascha. Er liegt so, daß er dem wechselnden Ausdruck des Mädchens folgen kann, und dies scheint ihm Vergnügen zu bereiten; wenn Marcilie die Brauen hochzieht, kann es vorkommen, daß auch er die Brauen hochzieht. Diese kleine Lesestunde jeden zweiten Abend hat er durchaus nicht eingerichtet, um Marcilie lesen zu lehren, er verbessert sie nicht ein einziges Mal, das erscheint ihm gewiß zwecklos; aber er merkt gut, daß sie besser und besser liest, sie übt sich vielleicht auf eigene Hand in der Zwischenzeit. Er hat die Lesestunde einzig und allein zu seinem eigenen Vergnügen eingerichtet. Welch ein Pascha, welch ein Egoist!

Wohl ist er über das Alter hinaus, wo er um seiner selbst willen weibliche Liebenswürdigkeit erwarten könnte; aber da diese ihm sonst im Hause nicht zuteil wird und er sie anderseits nicht ganz entbehren kann, so erkauft er sie sich jeden zweiten Abend von seinem Mädchen – seiner Dienerin? So muß es wohl sein. Man hilft sich, so gut man kann.

Die Sitten der Trausier gleichen übrigens denen der anderen Thrazier, liest Marcilie in einer Übersetzung von Herodot, ausgenommen, soweit es die neugeborenen Kinder und die Toten betrifft. Wenn nämlich ein Kind geboren wird, rechnen die bei dieser Gelegenheit versammelten Verwandten alles Unheil zusammen, dem die Menschennatur unterworfen ist, und wehklagen über das traurige Geschick, das notwendigerweise alle Sterblichen im Leben erwartet. Stirbt dagegen einer, so geben sie ihre Freude zu erkennen, wenn sie ihn zu Grabe tragen, und freuen sich darüber, daß er jetzt so glücklich ist, befreit zu sein von allen irdischen Leiden.

Sie liest weiter, daß die übrigen Thrazier den Brauch übten, ihre Kinder zu verkaufen, aber unter der Bedingung, daß diese nicht im Lande blieben. Sie wachen nicht über ihre Töchter, dagegen halten sie ihre Hausfrauen sehr streng, behüten sie sorgfältig und kaufen sie für schweres Geld von deren Eltern. Sie tätowieren sich, und dieses gilt für sie als Beweis edler Abstammung; alle, die derartige Zeichen nicht besitzen, werden für Geringe angesehen. In ihren Augen ist nichts so schön als Müßiggang, nichts so ehrenvoll als Waffenhandwerk und Mord und Raub und Totschlag und nichts so verächtlich als Feldarbeit. Dies sind ihre merkwürdigsten Sitten –

Die Stunden gehen hin. Marcilie liest fleißig, dem Leutnant ist wohl. Dann und wann schweift sein Blick durch das Zimmer, an der gegenüberliegenden Wand hängt ein großer Spiegel, vielleicht wandern seine Augen dorthin, möglicherweise ist es des Mädchens Nacken, den er sehen will, vielleicht ergötzt dies den Pascha. Oder ist es vielleicht etwas anderes? Ist es ihm klar geworden, daß der ganze Vorgang mit diesem lesenden Mädchen und dem Herodot komisch ist und ihn selbst lächerlich macht? Weit gefehlt! Was er ausgeklügelt hat, ist nie lächerlich. Fällt ihm gar nicht ein. Ihm ist wohl, sein Auge schaut hierhin, es schaut dorthin und zwinkert so ruhig und so freundlich.

In diesem Zimmer hat er viele von den Sachen gesammelt, aus denen Klein-Willatz jetzt schon herausgewachsen ist: da steht sein kleines erstes Paar Schuhe aus grünem Saffianleder, da gibt es eine Puppe aus Stoff, eine Klapper, Kugeln, Rollen, Tannenzapfen. Ein Alphabet auf Pappe hat seinen Platz an der Wand bekommen, als ob es eine kostbare Malerei sei. Beim Anblick all dieser Dinge und eines jungen Mädchens, das ihm vorlas, hätte sich wohl ein Mann in seinem Alter zufrieden geben können.

Oder nicht?

Der Pascha erhebt sich, und Marcilie schließt das Buch, er findet Behagen an der Abwechslung. Marcilie legt das Buch auf seinen Platz zurück und nimmt ein Brettspiel hervor, rein herausgesagt ein Dambrett mit schwarzen und weißen Steinen. War das nun etwas für einen Willatz Holmsen? Und sie setzen sich hin und spielen.

Aber jetzt wird das Mädchen Marcilie noch befangener. Der Leutnant ist so geübt, er macht seine Züge ohne größeres Nachdenken, und wenn er auf ihren Zug wartet, sitzt er da und schaut sie an. Mitunter, wenn sie abends so spielen und sie zufällig die Augen aufschlägt, kann sie seinem Blick begegnen. War das nun etwas für einen Willatz Holmsen?

Sie spielen einige Partien, und er läßt sie gewinnen. Wie spaßig und eng mußte doch wohl während dieser Beschäftigung die Welt seiner Phantasie sein! Machst du diesen Zug, so gewinne ich! sagt er. Sie schrickt auf und will es ordentlich machen, ihre Hände berühren sich, ihr Atem trifft sich; sie spielen das Spiel zu Ende, aber er muß wohl etwas verrückt sein, er stöhnt. Ein paar Steine entgleiten ihm, fallen nieder, und sie bückt sich nach ihnen, jetzt – jetzt hätte der Tisch umfallen können, sein Gesicht war so sinnlos arabisch.

Danke, es ist genug! sagt er und steht auf.

Sie räumt auf und setzt alles wieder an seinen Platz, sie geht zur Tür und verneigt sich.

Ja ja, sagt er. Hm. Und wenn Daverdana morgen kommt, so sag ihr, was sie zu tun hat.

Nimm sie hier mit herauf und zeig ihr alles und lern sie an.

Ja.

Das ist alles.

Das war der letzte Abend mit Marcilie.

Aber so manches liebe Mal haben die Mädchen in der Küche sich miteinander über diese Leseabende in der Stube des Leutnants unterhalten.

Was in aller Welt treiben die nur da drinnen? sagt die Hausjungfer. Sind das nicht komische Käuze?

Oh, die Hausjungfer hat selbst genug von einem Kauz an sich, und wenn sie etwas Gewagtes sagt, bekommt sie einen schiefen Mund vor lauter Lachlust. Sie ist vom Westland, ist ›über‹ zwanzig Jahre und heißt Jungfrau Kristine Salvesen. Aber Gott sei der Jungfrau gnädig, wenn der Leutnant eines Tages ihre Gewagtheiten zu hören bekäme!

Glaubst du, sie sitzen da und sehen einander an? sagt sie.

Marcilie sagt, daß sie aus einem Buche vorläse, antwortet eine von den Stubenmädchen.

Lesen?

Das sagt sie selbst.

Die Hausjungfer bekommt einen schiefen Mund und äußert:

Ja, sie lesen. Sie buchstabieren und setzen zusammen.

Hohoho! lachen alle Mädchen und stehen gekrümmt da und pressen die Hand vor den Mund.

Es ist ein Sommerabend, und die Sonne scheint, und der Leutnant geht noch einmal hinaus, geht und wandert, geht und schaut, und weil er ein Mann der Ordnung ist bis zum äußersten ist, sieht er nicht nur hinauf zu seinen Fenstern, sondern er sieht auch hinauf zu den Fenstern seiner Frau – die stehen offen. Man kann Stimmen hören. Seine Frau spricht mit jemand. Da er ein Mann der Ordnung bis zum äußersten ist, dürfte seine Frau gern etwas leiser mit dem Doktor sprechen.

Aber das Mädchen ist ja schon wieder auf, sagt sie.

Und der Doktor antwortet:

Wieder auf? So habe ich die Gefahr wohl etwas übertrieben, gnädige Frau, um heute wieder hier vorsprechen zu können.

Der Leutnant geht in den Garten. Dort gibt es einen Springbrunnen, den sein Vater angelegt hat; dessen Strahl steigt in die Luft und steht wie eine gebogene Stahlklinge vor der Sonne. Er blickt hin über den großen Garten, hin über die Felder, hin über das Meer. Es liegt ein fremdes Boot mit Mannschaft an der Lände vertaut, das wartet wohl auf den Doktor. Schwer und ruhig leuchtet der Fjord, er ist so still wie vor einem Gewitter, weit draußen gegen die Felshöhen liegt eine dunkle Wolke, die ist violett, sie hat eine breite Kante von Gold. Es ist, als quelle aus ihr ein Goldfutter hervor.

Der Leutnant geht bis zur Gartenmauer hin, er hört Schritte hinter sich, aber er dreht sich nicht um. Weil er ein Mann der Ordnung bis zum äußersten ist, verschließt er das Gartentor und zieht den Schlüssel ab.

Ho, ruft es hinter ihm. Schließen Sie bitte nicht zu, Herr Leutnant. Einen Augenblick . . .

Man ruft nicht Ho, wenn man einen Willatz Holmsen meint. Der Leutnant wendet sich langsam um.

Entschuldigen Sie, Herr Leutnant, ich bin hier gewesen und habe nach dem Patienten gesehen, nach dem Mädchen, sagt der Doktor. Da der Leutnant ihn nur betrachtet, nimmt er auch den Hut ab und grüßt: Guten Abend. Die Krankheit des Mädchens hat nicht lange gedauert, sagt er.

Ja, sie ist wieder auf, sie ist gesund, antwortet der Leutnant.

Ja.

Ja.

Sie betrachten einander. Der Leutnant beginnt zu lächeln.

Entschuldigen Sie, sagt der Doktor, kann ich hinauskommen?

Da der Leutnant keine Miene macht, zu öffnen, fragt er halb in Spaß und halb in Angst: Oder soll ich über die Mauer?

Nur, wenn es Ihnen keine Ungelegenheiten macht, antwortet der Leutnant.

Ungelegenheiten?

Andernfalls werde ich Sie hinüberwerfen.

Der Leutnant hatte seine Beherrschung verloren, er hielt den großen Torschlüssel so krampfhaft fest, daß seine Knöchel weiß wurden. Der Doktor sah an der Mauer hinauf und sah an der

Mauer hinunter, warf einen letzten ratlosen Blick auf den Leutnant und machte ein paar hastige Ansätze. Es war ein so stiller Abend, es war ein so schönes Wetter, so recht dazu geschaffen, um über eine Mauer zu klettern. Als der Leutnant sich etwas später beruhigt hat und ins Haus gehen will, trifft er seine Frau in der Tür; seine Frau steht in der Tür, Adelheid. Er hatte nichts dagegen, daß sie dort stand, er grüßte. Bitte schön, hier könnte sie den Mann sehen, der dem Mädchen Marcilie zum letztenmal zugenickt hatte. Er sah freundlich und überlegen aus.

Aber sie packte es falsch an und sagte:

Ich habe auf Sie gewartet, aber Sie waren fort. Sie gingen draußen spazieren.

Er antwortete:

Sie pflegen abends nicht auf mich zu warten. Das liegt Ihnen so fern. Haben Sie wirklich zu so später Stunde auf mich gewartet?

Bitte schön, wollen Sie nicht hineingehen?

Sie gingen hinein.

Ich habe auf Sie gewartet, um Sie zu fragen, was für einen Narren von Arzt Sie für uns bestellt haben.

Der Doktor? Ich kenne ihn nicht. Er ist Distriktsarzt. Er ist seit zehn Jahren Ihr Arzt.

Seit zehn Jahren. Aber jetzt nicht mehr.

Warum das? Ich kenne ihn nicht, aber Sie kennen ihn doch? Ole Riis – von ihm selbst ist wohl nicht viel zu erzählen; aber seine Schwester Charlotte Helene, die den Magnaten Rodvanyi in Ungarn heiratete, hatte ja ein ganz ungewöhnliches Schicksal. Hat er denn nicht auch Ihnen von ihr erzählt?

Ach, Sie reden nur so.

Ich rede nur, was ich weiß. Dieser kleine unwissende und selbstsichere Mensch hat mich wirklich nicht sonderlich beschäftigt.

Ja, Sie reden nur so, Willatz. Ich hätte Sie gern um etwas gebeten; aber wenn ich darüber nachdenke –

Was ging eigentlich in Frau Adelheid vor? Sie war so erregt, sie schlang plötzlich die Arme um ihren Mann und sagte:

Oh, weshalb sind Sie nur so? Ich bitte Sie um Verzeihung!

Zu seinem eignen höchsten Erstaunen erwiderte er ihre Zärtlichkeit nicht mehr, er stand steif da und wandte den Kopf ab.

Da ließ sie ihre Arme sinken, wankte zur Seite und ergriff einen Stuhl.

Sie verstand von alledem wohl nichts, verstand nicht, daß sie ihnen beiden einen unheilbaren Schaden zugefügt hatte, daß seine Langmut zu Ende war, daß an ihre Stelle sein trotziger Wille getreten war.

Sie fühlte nur ihre Demütigung.

Weshalb kamen Sie dann herein? sagte sie.

Um zu hören, was Sie mir zu sagen hätten, antwortete er. Einzig und allein deshalb.

Oh, jetzt hatte er Oberhand, und er gebrauchte sie. Sie fühlte das und antwortete:

Ich habe nichts mehr zu sagen.

Das können Sie doch nicht im Ernst meinen?

Wollen Sie wissen, was ich Ihnen zu sagen hatte? Fragte sie und erhob sich steil. Der Doktor – ich wollte Sie bitten, diesem Bauern zu sagen, daß wir seiner nicht mehr bedürften. Jetzt wissen Sie es.

Hm, sagte der Leutnant.

Aber das berührt Sie wohl nicht?

Ich kann mir, antwortete ihr Mann unerträglich überlegen, ich kann mir keinen angenehmeren Auftrag vorstellen.

Durch seinen Ton gereizt, rief sie: Das tun Sie ja doch nicht, nein, das tun Sie gewiß nicht.

Sie wissen nicht, was Sie sagen.

Ich kenne Sie, fuhr sie erhitzt fort, Sie reiten am liebsten im Schritt, Sie setzen Ihre Person nicht aufs Spiel. Das ist eine Eigentümlichkeit von Ihnen. Aber wie Sie wollen. Und gute Nacht.

Als sie schon die Tür erreicht hatte, besaß er noch die boshafte Selbstbeherrschung zu sagen:

Sie deuteten vor ein paar Tagen beim Mittagessen an, daß Sie gern einmal wieder eine Reise nach Ihrer Heimat machen möchten. Von meiner Seite aus ist nichst dagegen einzuwenden – das Geld liegt jedenfalls bereit – jetzt wie früher.

Pause.

Gut. Danke.

Aber dieser Vorschlag ihres Mannes verwirrte sie sehr, sie ging vornübergebeugt aus der Stube hinaus, mit langen, hastigen Schritten, um allein zu sein, bevor ihre Tränen kamen.

Der Leutnant jedoch steckte seinen Ring wieder an die rechte Hand.

6

Klein-Willatz ist groß und lang geworden und eine ganze Reihe von Jahren alt, er singt gut und spielt gut Klavier, aber er ist wild und eigensinnig; es nützt kein Zureden mehr bei ihm, wie ehemals, er tut, was er will, und entzieht sich der mütterlichen Schule.

Sein Vater hatte schon seit längerer Zeit über ihn nachgegrübelt: ein Hauslehrer, wie er ihn selbst in seiner Kindheit gehabt hatte, ein Hofmeister mit einigen Schulkenntnissen und sonst nichts – es schauderte ihn, wenn er an so etwas überhaupt nur dachte. Und dann sollte wohl solch ein Lehrer aus irgendeinem Dorfe hier in den Stuben auf Segelfoß umhergehen dürfen und mit bei Tisch essen und mit dazu gehören; gab solch ein Mensch am Tage Unterricht, so studierte er in den Nächten, entweder auf den Pfarrer oder den Rechtsanwalt hin. Der Leutnant kannte diese Rasse, er konnte mit solchen Leuten nicht sprechen, ihr Gedankengang war ein anderer, nichts war ihnen angeboren, sie besaßen nur Schulkenntnisse.

Der Leutnant dachte an England: das wäre das richtige Land für seinen Sohn, die richtige Schule, dieses teure Land. Wenn man nur die Mittel hätte, ihn dorthin zu senden! Mittel? Hatte er nicht Lars Manuelsens langen Laban in Tromsö ganz und gar zu versorgen, und da sollte sein eigener Sohn zu Hause verschmachten! Könnte er außerdem so ungeheuerlich hinter dem alten Coldevin zurückstehen, der seinen Sohn Fredrik nach Saint-Cyr auf die Schule geschickt hatte?

Der Leutnant grübelt und grübelt.

Aber Klein-Willatz grübelt nicht. Seit einem Jahr spielt er nun schon Tag für Tag mit dem Nachbarjungen Julius, dem zweiten Sohn von Lars Manuelsen, und diese zwei machen sich köstliche Tage zusammen. Klein-Willatz hat Julius sogar über die Hintertreppe mit in seine Stube genommen und ihm alle möglichen Sachen gezeigt, und da haben sie mit Wasserfarben gemalt. Es war nicht zu glauben, wie neu und merkwürdig Julius für ihn war; Julius erzwang sich außerdem reichlich Achtung mit Hilfe seiner sehr großen Hände und Füße, die sie sofort gemessen hatten. Vor Willatz' Bett lag ein kleiner Teppich. – Gib acht, du trittst auf den Stoff! sagt Julius. Ja? fragt Willatz verwundert. Aber als Willatz dann wieder auf den Teppich trat, hob Julius den Teppich auf, schüttelte ihn und legte ihn aufs Bett. Weshalb tust du das? fragte Willatz. Ja, nein, du darfst damit nicht so schlecht umgehen und darauf treten, sagte Julius.

Die beiden Kameraden hatten sich schön mit den Farben eingeschmiert, und als Willatz sich das Gesicht und die Hände mit kaltem Wasser wusch, stand Julius daneben und betrachtete ihn mitleidig. Willst du dich denn nicht waschen? fragte Willatz. Nein, jetzt müssen wir uns beeilen, sagte Julius, die Flut kommt.

Julius war ängstlich und bat Willatz, ja leise die Treppe hinunterzugehen: träfen sie auch keinen anderen, so könnten sie doch Daverdana treffen, und Daverdana hatte, weiß der liebe Gott, den Bruder mehr als einmal zu Hause verprügelt. Nach Julius' Vorschlag sollte Willatz zuerst hinuntergehen; wäre dort alles sicher, so sollte er sich unten im Gange räuspern. Willatz geht. Julius geht wieder ins Zimmer hinein und nimmt einen Gummiball mit, den er zwischen allen den Sachen da drinnen gesehen hat, er meint wohl, sie könnten den Ball draußen sehr gut gebrauchen. Jetzt räuspert sich Willatz, und Julius schleicht hinunter.

Und sie gehen ans Meeresufer und suchen Seesterne und Muscheln und Tang, bauen Steinhäuser und Ställe im Strandsand und treiben die Viehherden in den Stall; die Herden: das sind alle möglichen Muscheln. Die Kühe sind gemalt, einige mit Flecken, andere mit Streifen, die Farbe besteht aus zerriebenem Backstein und Spucke. Du großer Gott, wie eifrig die beiden bei der Sache waren, und es waren doch beide jetzt schon große Jungen.

Julius wurde hungrig, er wollte heim; aber sollte man sich schon trennen, wo das Spiel gerade am schönsten im Gang war? Willatz dachte mit Zittern daran, daß er das Mittagessen zu Haus ganz vergessen hatte; aber wie konnte er auch an so etwas denken, wo er doch keine Spur von hungrig war? Mochte es biegen oder brechen – er ging mit Julius heim.

Solch ein fremder Besuch? sagte Julius' Mutter. Du mußt so gut sein, dich zu setzen, Willatz! Komm und nimm dir etwas zu essen, Julius! Wo seid ihr gewesen?

Ich bin bei Willatz gewesen, antwortet Julius.

Bei Willatz? Du warst doch wohl nicht drinnen bei ihm, denke ich?

Ich nicht drinnen gewesen? Wir haben in seiner Stube gemalt und Zeichnungen gemacht – frag nur den Willatz selbst!

Großartig! sagt die Mutter und ist stolz wie eine Dame. Die Tochter Daverdana war ja bereits Mädchen auf Segelfoß, und jetzt war auch noch Julius da oben im Hause gewesen.

Julius behandelt Hering und Kartoffeln mit einer bewunderungswürdigen Fertigkeit, ohne Messer und Gabel, sein Teller ist viereckig und aus Holz, alles ist für Willatz so merkwürdig. Er spürt plötzlich, daß er fürchterlich hungrig wird.

Ihr scheint hier guten Hering und gute Kartoffeln zu haben, sagt er.

Ja, wir können nicht darüber klagen; davon haben wir genug, antwortet die Frau. Nein, wenn wir nur etwas hätten, was man dem Willatz anbieten könnte! Willst du vielleicht ein Butterbrot essen, was meinst du dazu? O nein, das kann man nicht erwarten.

Ja doch, bitte, antwortet Willatz. Denn sein Hunger ist unerhört. Die Frau schmiert ihm eine dicke Scheibe Brot, dann zerquetscht sie mit einer Flasche braunen Kandiszucker und bestreut die Schnitte damit.

Ja, nun mußt du versuchen, ob du es hinunterkriegen kannst, wie es nun einmal ist.

Willatz aß, Willatz hatte seiner Lebtage kein besseres Butterbrot gegessen. Denn Brot mit Kümmel drin und darauf zerstoßenen Kandiszucker, das war für ihn bisher eine unbekannte Delikatesse gewesen, er wollte seine Mutter bitten, sie daheim einzuführen.

Dann rannten die Jungen wieder hinaus, sie ersannen alle möglichen lustigen Streiche. Dieser Julius war doch ein großartiger Kerl, der reinste Fund für Willatz, er war sehr flink und war der erste, wo es galt, etwas zu ersinnen oder auszuhecken; dazu kam, daß er schrecklich fluchen konnte und fürchterlich viel wußte. Sie waren bis auf das Dach der Ziegelei geklettert, und jetzt galt es, wieder hinunterzugelangen. Man mußte rückwärts gehen und sich mit den Füßen weiter tasten; das mißglückte, so oft sie es versuchten. Zuletzt bekam es Willatz satt, und er sprang hinunter. Er kam ohne Schaden davon und erbot sich nun männlich, den Kameraden aufzufangen, wenn er herunterspringe. Aber Julius wollte nicht springen, er versuchte es verschiedene Male, doch gab er es jedesmal wieder auf. Nicht, weil ich mich nicht traue, sagte Julius, aber ich kann mir das Genick dabei brechen! Schließlich probierte er wieder die erste Art, rückwärts hinunterzuklettern, und als er ein Stück hinter sich gebracht hatte, fragte er: Ist noch viel übrig? Nein, antwortete Willatz, fast nichts mehr, laß dich nur los! Aber Julius hing da oben lange und lange, ließ sich nicht los, krabbelte wieder auf das Dach hinauf, bis er auch dies aufgab; alles war so hoffnungslos für ihn, er begann zu heulen, und er sagte, daß er nicht länger hängen könne. Laß dich nur los! rief Willatz. Worauf Julius die Augen schloß und sich fallen ließ.

Siehst du wohl, das war nicht so gefährlich! sagte Willatz. Aber Julius hatte sich überall gestoßen und geschlagen, und jetzt, wo er befreit und außer Gefahr war, wurde er böse und fluchte fürchterlich. Willst du dir einmal ansehen, wie ich mich geschlagen habe, sagte Julius und zeigte seine Flecken und Beulen; ich kann dir sagen, das war doch eine anständige Höhe, da herunterzuspringen!

Aber was war das? Der Ball war aus Julius' Tasche herausgefallen und lag jetzt zwischen ihnen beiden.

Hast du auch so einen Ball? fragte Willatz.

Ball? Der muß schon hier gelegen haben, antwortet Julius. Plötzlich schlägt er um und bekennt, er habe den Ball mitgenommen, damit sie etwas zu spielen hätten.

Und sie schlagen Ball, sammeln Lube[1] und springen wie Füllen. Die Erde ist weit, und der Himmel ist hoch, und ihr Lachen und Rufen ist seltsam wie Möwenschrei. Auf einmal ist der Ball verschwunden, im Gras, zwischen den Steinen, ganz unbegreiflich. Sie suchen und suchen, sie finden den Ball nicht. Dabei ist nichts zu machen. Sie geben das Suchen auf.

Jetzt kommt der kleine Gottfred von einer der Nachbarhütten oben bei den Feldern. Er hat wohl erfahren, in welch vornehme Gesellschaft Julius gekommen war, und tapst nun scheu und schüchtern daher, um mit im Bunde zu sein. Da ist der Gottfred! wisperte Julius und sprang auf; wollen wir weglaufen! Und sie rannten. Und Gottfred wurde darüber so verlegen, daß er anfing, irgend etwas auf dem Felde zu pflücken, er kam nicht näher, setzte sich endlich auf die Erde und pflückte.

Weshalb sind wir eigentlich weggelaufen? fragt Willatz.

1 Merlangus pollachius, ein merlanartiger Fisch.

Ja, das will ich dir sagen, antwortet Julius. Wenn es jemand gibt, mit dem ich nicht zusammenkommen will, so ist es Gottfred. Mehr sage ich nicht.

Willatz verstand nichts, aber Gottfred wurde darum nur interessanter für ihn.

Seine Mutter hat Vogeleier von einem Brutplatz gestohlen.

Aber auch dadurch wurde Gottfred nicht weniger merkwürdig – ein Kamerad, der eine solche Mutter hatte, war nicht ohne Mystik. Um die Aufmerksamkeit von Gottfred abzulenken, sagt Julius: Was denkst du nun von all den Lämmern, die nicht aus dem Mutterleib geboren werden?

Ein vollständiges Rätsel für Willatz. Niemals hatte er mit offenerem Munde dagesessen.

Da sagt Julius:

Ja, die Schafe, die keine Lämmer bekommen, die Lämmer verfaulen in ihnen drin.

Jaso, sagt Willatz, die verfaulen?

Ja. Wir hatten ein Schaf zu Hause, bei dem war es so – nein, sieh nur den Gottfred, sitzt dort auf dem Felde, weshalb zum Teufel sitzt der Racker dort?

Doch jetzt hat er etwas anderes entdeckt, einen Reiter, oben am Wege, den Leutnant.

Da kommt dein Vater! wispert er, und dann bedenkt er sich keinen Augenblick mehr, sondern schleicht davon.

Willatz sah sich allein, auch Gottfred hat den Leutnant entdeckt und scheint ganz in sich zusammenzukriechen und verschwindet noch mehr da hinten im Felde. Willatz bleibt keine andere Wahl, als seinem Vater entgegenzugehen.

Bist du hier? fragt der Vater und hält sein Pferd an. Du hast das Mittagessen heute vergessen. Mit wem warst du zusammen?

Mit Julius.

Was für ein Julius?

Julius. Ich weiß nicht. Er ist aus der Hütte da, sagt Willatz und zeigt hin.

Geh heim und bitte deine Mutter um Verzeihung, sagt der Vater und reitet weiter.

7

Eine Woche später kommt Coldevin mit Frau und Sohn. Feine Leute, und sie werden gut auf Segelfoß empfangen. Der junge Coldevin, Fredrik, war zu dieser Zeit ein Mann hoch in den Vierzigern, verheiratet und wohnte in einer der Westlandstädte, er war Kaufmann und französischer Vizekonsul. Man erzählte sich alles mögliche Gute von Fredrik Coldevin, er war liebenswürdig und elegant, er scheitelte sein Haar bis tief in den Nacken und trug Ringe an den Fingern. Im vorigen Jahr war das Glück ihm besonders günstig gewesen – ein havariertes französisches Schiff wurde in den Hafen seiner Stadt geschleppt, und abgesehen davon, daß er die Ladung kaufte und viel Geld damit verdiente, machte er sich auch noch einen Namen durch die Gesellschaften, die er für die Franzosen veranstaltete. Es gab Maskeraden, eine ›Blaue Grotte‹ und auch Feuerwerk; die Serviermädchen trugen kurze Kleider, und das Stadtorchester machte Musik vor den Fenstern. Nachdem die Offiziere ihr Fest gehabt hatten, hatte die Mannschaft ihr Fest, der Konsul machte keinen Unterschied, ja es gab unter den Matrosen sogar einen Neger aus Algier, und der machte auch mit.

Fredrik Coldevin gab gerne die Geschichte vom vorigen Jahr zum besten, jawohl, das war eine goldene Zeit gewesen, und die Fremden waren lustige Leute. Seine Schuljahre in Saint-Cyr hatten sich bezahlt gemacht.

Sonderbar eigentlich, sagte Fredrik Coldevin, eines von den Serviermädchen verheiratete sich einige Tage später mit einem Tischlergesellen. Es fällt mir gerade ein.

War das so sonderbar?

Nein. Aber in diesem Jahr hat sie ihrem Mann einen Jungen geboren, und der ist Mulatte.

Pause.

Das verstehe ich nicht, sagt Holmsen.

Nein, das versteht keiner, antwortet Fredrik Coldevin, auch unser Doktor versteht es nicht.

Übrigens haben auch wir Besuch gehabt, lenkt der Leutnant ab. Wollen Sie nicht davon erzählen, Adelheid? Entschuldigen Sie mich einen Augenblick.

Damit geht der Leutnant aus der Stube. Er geht auf den Hof, das Mädchen Daverdana steht draußen, und er sagt zu ihr:

Du bist gestern abend nicht gekommen, hast du es vergessen?

Nein, die gnädige Frau schickte mich, etwas zu besorgen, antwortet Daverdana.

Wo warst du?

Beim Schuster.

Richtig, jetzt denke ich daran. Ich selbst wollte ja eigentlich zum Schuster gehen, die Schuhe waren zerrissen.

Nein, sie sollten nur geputzt werden, sagte die gnädige Frau.

Und geputzt werden, ja. Auch geputzt werden.

Damit ging der Leutnant weiter. Eigentlich hatte er wohl gar keinen Grund gehabt, aus der Stube zu gehen, aber er war trotzdem gegangen, es gab für ihn so viel zu grübeln. Der Leutnant trägt heute zu Ehren seiner Gäste seine feinste Uniform, deshalb sieht er weder nach den Kühen noch nach den Pferden, aber er macht sich etwas in der Scheune zu schaffen, er stellt sich in eine dunkle Ecke und bleibt eine Weile stehen. Er ist durchaus nicht vergrämt, im Gegenteil, in diesem Augenblick nickt er sogar zufrieden. Auch putzen! wiederholt er und reibt seine mageren Hände. Bevor er wieder hineingeht, steckt er seinen Ring an die linke Hand, um sich etwas zu merken. Das Mädchen Daverdana steht noch immer auf dem Hof, und der Leutnant sagt im Vorübergehen zu ihr:

Bekamst du die Schuhe gleich wieder mit?

Nein, antwortete Daverdana, ich lieferte sie nur ab.

Und der Leutnant nickt aufs neue und scheint noch zufriedener zu sein.

Als er wieder zurückkommt, sitzt jeder in seine eigenen Gedanken vertieft da; der Konsul hatte zuletzt gesprochen, er spricht auch jetzt wieder:

Ich höre, du hast König Tobias in Audienz empfangen, und er will Baugründe von dir kaufen. Das ist recht, verkauf nur!

Der Leutnant antwortet nicht weiter darauf und sagt nur ein paar Worte:

Wir meinten – Adelheid und ich –, er ist übrigens ein kranker Mann. Ja, ihr habt wohl auch von ihm gehört?

Die alte Frau Coldevin wiegt überwältigt den Kopf und antwortet:

Ja, das will ich meinen!

Wir haben uns in zwei Lager geteilt, sagt der Konsul; Vater und Mutter auf der einen Seite, und Frau Adelheid und ich auf der anderen; Klein-Willatz hält gewiß auch zu uns, nicht wahr, Willatz? Ja, das versteht sich. Also verkaufen wir den Bauplatz.

Der alte Coldevin saß sehr nachdenklich da, er war ein vorsichtiger alter Herr und liebte keine Veränderungen, keinen Verkauf. Nachdem Frau Holmsen von dem König erzählt hatte, von diesem Tobias Holmengraa, der sich hier ansiedeln wollte, Wand an Wand mit dem Großgrundbesitzer, sah er steif vor sich hin und warnte, warnte vor dem Verkauf: Nein, tut das nicht! sagte er. Tut das nicht! Er wiederholte seine Warnung: Wenn man verkauft und verkauft, was bleibt da schließlich von Segelfoß übrig? Natürlich bleibt da viel übrig, ungeheuer viel von Segelfoß übrig, beeilte er sich hinzuzufügen; aber schließlich – der letzte Willatz Holmsen ist wohl noch nicht geboren.

Das ist die moderne Zeit, Vater, sagte der Konsul. Diese großen Güter bezahlen sich heute nicht mehr, sie reiben nur die Kräfte des Besitzers auf. Das können wohl die sich leisten, die von alters her große Kapitalien zurückgelegt haben, von denen sie zehren können. Ich habe keine größeren zurückgelegten Kapitalien gehabt, antwortete der Vater. Das, was mir hätte bleiben sollen, ging in den schlechten Jahren und während der Kriege in Rauch auf. Aber deshalb –

O ja, Vater, du hast viel gehabt. Und hinterher hast du ja auch noch geerbt –

Die alte Frau Coldevin wirft ihrem Sohn einen Blick zu, und er hält inne.

Aber trotzdem will ich nichts von meinem kleinen Ackergut veräußern, nein, das will ich nicht.

Aber Vater, es bringt ja nichts ein.

Nein, vielleicht nicht. Ach nein, es bringt mir nichts ein. Muß denn alles etwas einbringen? fragt der alte Herr. Aber wenn wir nun verkaufen würden, deine Mutter und ich, und bekämen Geld und noch einmal Geld dafür, so hätten wir ja weiter nichts als Geld, das wir ansehen könnten, und keinen großen Landbesitz mehr. Und zu wem sollten die Leute dann gehen, wenn sie in Not wären und sie deine Mutter und mich nicht mehr hätten? Jetzt im Frühjahr verlor Henrik, du weißt, seine Kuh. Eine gute Kuh, sie sollte kalben. Henrik, den du umgetauft hast, du weißt doch.

Ich weiß. Und was weiter?

Nein – da ist nicht mehr zu erzählen, sagt der alte Coldevin.

Er kam zu deiner Mutter –

Pause. Als nicht weiter gesprochen wird, sagt Frau Coldevin: Ja, und ich ging zu deinem Vater.

Pause.

Aber, wendet der Konsul lachend ein, das würde ja auf eins herausgekommen sein, ob du ihm nun Geld oder eine neue Kuh gegeben hättest?

Nein, nein, antworten die beiden Alten kopfschüttelnd, Geld würde er verplempert haben.

Um alle zu beruhigen, sagt der Leutnant:

Hier handelt es sich jedenfalls nicht um einen größeren Verkauf. Wir versprachen ihm, über einen Bauplatz nachzudenken für eine Hütte, vielleicht wird aus dem Ganzen nichts. Adelheid und ich sprachen mit dem Mann darüber, er war ein sehr verständiger und biederer Mensch.

Ich muß sagen, ich kann ihn gut leiden, sagt auch Frau Adelheid. Außerdem war er krank und wollte es mit Tannenwaldluft versuchen.

Damit schloß die Unterhaltung, jeder saß jetzt da und dachte. Aber Klein-Willatz, der nichts in der Welt so vergnüglich fand wie Veränderungen, war bereits in der großen Stube und klimperte auf dem altmodischen Instrument.

Bom bombom bombo, trällerte der Konsul mit und erhob sich. – Ebenderselbe Henrik hatte übrigens keinen Vater, aber seine Mutter hieß Lisbet, und der Sohn wurde Lisbet Henrik genannt. So taufte ich ihn denn um zu Henri l'Isbet.

Das tägliche Leben auf Segelfoß war einsam und einförmig. Fredrik Coldevin kannte es aus- und inwendig, es war nicht nach seinem Geschmack, aber er machte es sich so interessant wie möglich, und er verschmachtete nicht. Der Leutnant war sein Jugendfreund, und Frau Adelheid war im Laufe der Jahre seine Freundin geworden, er schwätzte und pfiff und sang in den Stuben, und an den Abenden trank er tüchtig mit dem Leutnant, ja; und wenn es auch nur die Hausjungfer war, Jungfrau Kristine Salvesen – ab und zu unterhielt er sich auch mit ihr durch das offene Speisekammerfenster.

Jungfer Salvesen, ich habe Sie gewiß wohl schon begrüßt, seitdem ich angekommen bin; aber ich habe nie ein ernstes Wort mit Ihnen gesprochen.

Dieses Jahr schon wieder ein ernstes Wort? fragt Jungfer Salvesen lachend. Der Konsul schüttelt den Kopf:

In diesem Jahr steht es besonders schlimm mit mir, und jetzt bin ich gekommen, um damit ein Ende zu machen.

Das machten Sie ja auch schon im vorigen Jahr, haha.

Ich habe Ihre Augenbrauen und Ihre Augen besungen. Ihre Augen sind mein Reichtum, sagte ich – nein, wie war das noch? Übrigens sollten Sie nur wissen, was ich von Ihren Augen sage! Jungfer Salvesen, es ist also wahr, daß Sie sich seit meinem letzten Besuch hier verlobt haben?

Ja, was sollte ich machen! heuchelt die Jungfer und bekommt einen schiefen Mund. Der Herr Konsul ließen mich ja sitzen.

Ich? Daß Sie das Herz haben, so treulos zu sein! Deshalb sage ich auch: ihre Augen sind ihre Münze, damit kauft sie alle.

Pfui, Herr Konsul!

Können Sie sich darüber wundern, daß auch der letzte Rest meines Verstandes weg ist? Drei Jahre am Marterpfahl, und dann komme ich und muß hören, daß Sie sich verlobt haben. Oh, hätte ich Sie niemals gesehen – oder wie heißt es sonst bei Shakespeare? Sie haben sich schwer gegen mich versündigt. Ja, Sie sehen sehr mager und mitgenommen aus!

Ja, aber so seid ihr Weiber. Jetzt traf ich einen Mann auf der Reise nach Norden, Gott weiß, ob er nicht irgendwo Pfarrer war, er habe am Sterbebett seiner Frau gesessen, sagte er, und habe seine drei Söhne bei sich gehabt. Zwei von ihnen erkannte er wohl an, die ähnelten ihm, meinte er selbst, aber den letzten, der klein und schwächlich war, den habe er nie ausstehen können. Und da sagt seine Frau: *der* ist dein Sohn! Der Mann brach zusammen, als hätte ihn jemand niedergeschlagen. Nach einer Weile ermannt er sich wieder und fragt: und die andern nicht? Seine Frau gibt keine Antwort. Und die andern nicht – die andern nicht, hörst du? wiederholt er. Aber da war seine Frau tot.

Der Konsul und Jungfer Salvesen sehen einander an.

Uff! sagte sie und schüttelte sich.

Versetzen Sie sich an des Mannes Stelle, Jungfer Salvesen: zeit seines Lebens geht er nun herum und fragt: die andern nicht? Er bekommt nie Antwort.

Pause.

Bringen Sie den Mann hierher, dann soll er Antwort bekommen! sagte plötzlich Jungfer Salvesen eifrig. Die Mutter fürchtete natürlich für den Jüngsten, und da sagte sie – jetzt mußte sie ja sterben, und so wollte sie dem Kleinsten helfen – ach, du lieber Gott, Sie dürfen doch nicht vergessen, daß er der Kleinste war, und außerdem zweifelte man an ihm – ich habe niemals so etwas Verrücktes gehört! Und da sagte sie – Der Konsul wartet.

Sie tat das ja nur, um dem Kleinsten zu helfen! ruft die Jungfer. Verstehen Sie denn das nicht?

Der Konsul nickt. Er kapituliert vor diesem guten Glauben:

Genau, was ich zu dem Manne gesagt habe, und halten Sie den Mund, sagte ich zu ihm –

Hahaha, ja, da hatten Sie recht. Das war ihm gesund! Ihr guter Glaube machte Jungfer Salvesen rot und gleichsam schön. Der Konsul kapituliert noch weiter, er hatte es anfangs vielleicht etwas zu bunt getrieben und wollte es jetzt wieder gutmachen:

Genau, was ich zu dem Manne also gesagt habe, und zum Teil mit Ihren eigenen Worten. Fast genau. Wort für Wort, und das bringt mich nun auf den Gedanken, wie einig wir beide im Grunde genommen hätten werden können, Jungfer Salvesen, wenn Sie nur nicht so treulos gewesen wären. Jetzt soll ich also hier allein herumgehen und fragen: Was ist also das Leben? Was zum Satan ist das Leben?

Nein, ich glaube bei Gott, Sie werden verrückt, ruft die Jungfer und heult vor Lachen. Uff, ich lache, daß mir das Haarnetz herunterfällt, sagt sie und rückt das Netz zurecht und ziert sich ein wenig. Sitzt es jetzt gut?

Ja doch, antwortet der Konsul. Oh, wenn Sie die Arme so hoch halten und mir eine gute Angriffsmöglichkeit bieten –

Nein, lieber Konsul, *können* Sie denn nicht ernst sein?

Was für eine Taille Sie haben! Eigentlich sollte ich hineinkommen und Sie hochheben.

Und Gott weiß, ob er nicht hineingegangen wäre, denn die Jungfer sagte nur:

Ja, das würde schön aussehen! Und wenn die gnädige Frau käme!

Aber er blieb trotzdem draußen stehen und rundete das Gespräch mit einigen guten Wendungen ab. Jungfer Salvesen erkundigte sich nach seiner Frau und den Kindern: ob sie denn niemals mehr nach Segelfoß kämen?

Am meisten aber unterhielt sich der Konsul mit Frau Adelheid. Er erzählte ihr lustige Geschichten und alles mögliche, was er seit seinem letzten Besuch hier erlebt hatte, er war höflich und unterhaltend. Frau Adelheid lebte ordentlich auf und zog sich hübscher an mit jedem Tag, ja, denn Fredrik Coldevin war selbst so fein und so munter. Aber er trieb durchaus nicht immer nur Unsinn und erzählte Dummheiten, ganz und gar nicht, er begründete seine Meinungen und legte seine Lebensanschauung klar. Seine Lebensanschauung war, daß man mit der Zeit Schritt halten müsse.

Frau Adelheid hörte ihm gern zu. Sie war durch und durch deutsch in dieser Zeit, und der Konsul Fredrik war französisch, aber gleichwohl –

Weshalb sagen Sie immer ›Der französisch-deutsche Krieg‹? konnte sie fragen. Es sind ja die Deutschen, die siegen, also heißt es ›Der deutsch-französische Krieg‹.

Ja, antwortet der Konsul, es sind die Preußen, die siegen.

Die Germanen. Sind wir nicht alle Germanen?

Ausgenommen die Franzosen, ja. Aber, liebe Frau Adelheid, davon wollen wir jetzt nicht sprechen. Gestern hörte ich weit draußen die Schwäne singen, zuweilen sangen sogar mehrere Schwäne auf einmal, ein ganzer Chor also. Das hörte sich so weich und mild an – ich mußte an Sie denken.

Mußten Sie das? sagt Frau Adelheid.

Ja, sie war nun wirklich keine kalte Dame, das bewies sie, wenn sie für jemand sang und spielte, der ihr zusagte, dann warf sie den Nacken zurück, und eine seltsame Wärme ging von ihr aus. Konsul Fredrik hatte ihr wohl etwas angemerkt und ging mit ihrem Gesang im Ohre herum; er bat sie, wieder zu singen.

Ja, später, sagte sie, heute abend, wenn Sie wollen.

Wenn ich will!

Aber Sie dürfen mir nicht so danken, wie Sie das früher taten. Ich habe *Ihnen* zu danken.

Frau Adelheid saß nach diesen Worten ruhig da und heuchelte nicht und ließ ihre Röte langsam und gelassen wieder verfliegen.

Stille. Als hätte sie das Ave Maria gesungen.

Der Konsul schwieg, dieser verrückte Kerl, dieser Witzbold – jetzt saß er da und sah zu Boden. Und hatte gar keine Siegermiene, kein Lächeln, nur tiefstes Mitleid.

Und Frau Adelheid erhebt sich und geht hinaus.

Jeder hat sein Schicksal, und Frau Adelheid hatte wohl ihres. Deshalb hatte sie einen Schlüssel in ihrer Tür, deshalb hatte sie einen in einem Irrtum befangenen Doktor aus ihrer Wohnung weisen lassen, deshalb schrieb sie Tagebücher.

8

Wenn Konsul Fredrik mit dem Leutnant tief in die Nacht hinein saß und trank und sprach, so konnten Meinungsverschiedenheiten nicht umgangen werden. Hatte der Konsul nicht eine Lebensanschauung? Aber wenn er so dasaß in einer alten vornehmen Stube voller Luxus und Kostbarkeiten, von den Vätern ererbt, bei Zigarren und bei Wein in venezianischen Gläsern mit einem alten guten Jugendfreund, in einem Gespräch, das er oft jahrelang in seinem Fischernest entbehren mußte, da bekam er einen Rückfall in jenes andere Leben, das so ganz anders war als das, welches er lebte. Und dann kostete es ihn nicht sehr viel, mit seiner Lebensanschauung zu stehen und zu fallen. Was konnte man da machen? Ha, sich selbst übertreffen, sich Genugtuung geben für alles, worein er sich im Laufe der Jahre hatte finden müssen: die plattesten Spießigkeiten sagen, aus voller Lunge dieselben Mittelstandsansichten nachsprechen, die er Tag und Nacht zu Hause zu hören bekam – was sonst! Seine Eltern hatten eigentlich einen Diplomaten aus ihm machen wollen, deshalb hatte man ihn so gut Französisch lernen lassen, – er konnte darauf schwören, daß sein eigener Sohn Anton Bernhard Coldevin ebensowenig in die Diplomatie hineinkommen würde! Eine gewisse ›Angeborenheit‹, ein Tropfen blauen Blutes, was war es? Seidenfransen, Träume, der Teufel hol' sie!

Eine Kuh für Henri l'Isbet? Nein, bitte schön, Monsieur, hier ist Geld, bares Geld; aber du hast es auf meiner Ladebrücke abzuarbeiten, du hast mir dafür Sicherheit an deiner Hütte zu geben! – Das ist nicht so schlimm für einen Gutsbesitzer, ein Krieg nahm ihm nicht seine Erde, nicht seine Sofas, nicht seine Spiegel, selbst die Öfen stehen da, einige haben Verzierungen von Silber, andere haben breite Friese mit Dukatengold darauf. Die zweihundert Weideschafe draußen fand der Krieg auch nicht, die Bootshäuser mit Schiffen und Fischereigeräten fand der Krieg ebensowenig, es gibt so viel auf einem großen Gut, was übrig bleibt, wenn auch ein Krieg darüber hinweggeht. Und im schlimmsten Fall kann man es überleben. Warte etwas, stoppe eine Weile, es gibt Hilfsquellen, eine verborgene Macht, – in ein paar Jahren stehen wir wieder auf den Beinen, wir stehen wieder aufrecht. Und dann stirbt der Schwiegervater, möge Gott seine Seele im Himmelreich erfreuen, er war aus derselben Kaste, grau und aufgeschwollen vor Vornehmheit, auch ihm war es einmal schlecht gegangen, aber er ist wieder auf die Beine gekommen. Was jetzt? Der Gutsbesitzer erbt – erbt. Dieser verteufelte Schwiegervater, möge Gott seine Seele im Himmelreich noch mehr erfreuen. Das ist nicht schlimm. Die anderen, der Arbeiter, die Kaufleute, die Taglöhner, die gehen herum, zeigen einander die Zähne und prügeln sich. So ist das Leben. Sie prügeln sich eigentlich um den alten Gutsbesitzer, sie prügeln sich um den, der etwas hat, um das, was er hat. Der alte Gutsbesitzer ist der Knochen, die anderen sind die Hunde. Aber was tut der Knochen? Wenn sich ein paar Hunde um einen Knochen prügeln, so kann der Knochen ja weiter nichts tun als daliegen, teilnehmen kann er nicht, er mischt sich nicht ein. Das macht nichts. Aber alle die anderen, die müssen mit ihrer Zeit Schritt halten.

Konsul Fredrik – oh, ihn plagen sicherlich noch oft Erinnerungen an seine ›Angeborenheit‹, aber der Teufel hole die Träume, und hier stand er und hier fiel er! Zuweilen wurde er wohl etwas heftiger, als nötig war, weshalb das? Hatte er seine liebe Not damit, seine Träume damit im Zaum zu halten? Sein Freund, der Leutnant, reizte ihn sicherlich nicht, der ist wortkarg und ist so felsenfest von einer ganz anderen Meinung überzeugt, daß ihn nichts davon abbringen kann. Weshalb sich da mit ihm Jahr für Jahr herumschlagen und sich dabei so erregen? Fredrik Coldevin war sicherlich hier im Leben nicht auf den richtigen Platz gekommen, und jetzt arbeitete er daran, nicht allein dort zu stehen, arbeitete daran, andere mitzuziehen? Gott mag es wissen.

Ich gehe so weit, daß ich meine zwei Töchter heiraten lasse, wen sie wollen, sagte er. Tea ist achtzehn Jahre und hatte sich schon halb mit einem Steuermann verlobt. Was sagst du dazu? Aber das, sagte ich, ginge nun doch nicht an. Nein, das verstand sie selbst auch gut. – Unter deinen Paten befinden sich

Willatz Holmsen und Frau Adelheid auf Segelfoß, sagte ich, etwas Rücksicht mußt du doch nehmen. Das begriff sie. Aber wen du sonst willst, sagte ich, meinetwegen, ich habe nichts dagegen einzuwenden! Gerda hat noch Zeit, sie ist erst fünfzehn Jahre alt. Herrgott, wir verkehren ja auch in der besten Gesellschaft der Stadt, versteht sich natürlich von selbst. Mit der ganzen höheren Beamtenschaft zum Beispiel. Die Hardesvogts sind gebildete Leute, und meine Frau hat einen Neffen, der Anwalt ist. Außerdem haben wir Pastors sowie meine Kollegen aus der Handelswelt. Kommt man erst richtig in dieses Leben hinein, so findet man darin auch eine merkwürdige Befriedigung, ich möchte mit – keinem tauschen.

Der Leutnant hatte mit gesenktem Kopfe zugehört, wie es seine Gewohnheit war, jetzt sah er auf und redete:

Lieber den Steuermann!

Was meinst du?

Bestell Margrete – die du Tea nennst – bestell ihr von mir: lieber den Steuermann!

Der Konsul lächelte etwas unruhig:

Du meinst, um das Verlöschen der Coldevins zu beschleunigen?

Lieber Fredrik, um es hinauszuschieben. Vielleicht, um es ganz zu verhindern. Ein Seemann kommt in alles mögliche hinein, er segelt um die Welt und schaut sich um, er wird schließlich Führer, Kapitän. Ähnlich wie bei einem Soldaten: gibt es Krieg, so gibt es für ihn etwas zu erleben. Ein Seemann und ein Soldat, die sind nicht absolut immer dem Gewöhnlichen, dem Alltäglichen preisgegeben – das sind aber die Beamten.

Oh, jetzt galt es für den Konsul zu stehen und zu fallen mit seiner Lebensanschauung:

Verzeih, du sitzt hier auf Segelfoß und irrst dich, sagte er. Hättest du mit deiner Zeit Schritt gehalten, so würdest du wissen, daß seit unserer Kindheit sich die Verhältnisse gewandelt haben; bei uns ist die Beamtenschaft Adel geworden. Wir haben keinen anderen.

Das bürgerliche Beamtentum, nein, das ist wirklich ein erbärmlicher Menschenschlag. Nach dem Vater der Sohn, Generation auf Generation Kopisten. Rekrutieren sich aus Bauernjungen, die sich ›emporarbeiten‹. Sie arbeiten sich übrigens hinunter, ja das tun sie, von tüchtigen Fischern und Landwirten zu Schreibern und Pfaffen. Mag es drum sein. Es scheint ein Naturgesetz zu sein, daß Beamte nur Beamte gebären können, – weshalb das? Sieh dich einmal unter ihnen um – nichts als notdürftige Begabung, von Energie so gut wie keine Rede, die Alltäglichkeit, der Durchschnitt blüht. Zuverlässige Ehrenhaftigkeit, zuverlässige Tüchtigkeit im Fach – jawohl! Aber Überlegenheit, Größe? Der Sohn nach dem Vater, Generation auf Generation immer dasselbe. Es gibt ein Gesetz in dieser Welt, der Sohn muß Beamter werden, die Tochter muß sich mit einem Beamten verheiraten, und wenn er auch nur ein Arzt oder ein Pfarrer ist. Dieses Gesetz schließt jede Unregelmäßigkeit aus, es ist sehr hart, es verheert die Beamtenfamilien. Von ein wenig Schicksal ist niemals die Rede, nie schlägt der Blitz ein: der Vater hat mit dem Kopieren den Anfang gemacht, der Sohn fährt damit fort, und das nennen sie dann: sich Kultur aneignen. Ich für meinen Teil spreche mit mehr innerer Befriedigung mit meinen Arbeitern als mit unseren Beamten. Ich spreche übrigens mit niemand, fügte der Leutnant hinzu.

Nein, du bist so stolz, sagte der Konsul verletzt. Wir anderen haben zu kaufen und zu verkaufen, zu sprechen und zu handeln.

Stolz? rief der Leutnant plötzlich, und der alte Hitzkopf wurde wieder in ihm wach. Ich hoffe, ich bin stolz. Aber bloß aus Überdruß, verstehst du, aus Überdruß. Hier gehe ich herum und kotze mich hinter meinen Hecken über das, was diese Hardesvögte und Doktoren und Bischöfe sagen. Ich bin hier in meiner Einsamkeit herumgewandert und habe sie überholt, – sie sind hinter mir geblieben. Sie sonnen sich in ihrer eigenen Nichtigkeit, sie drängen sich vor und meinen, sie könnten mitsprechen – ich habe es aufgegeben. Sie schämen sich nicht, mit erhobenem Haupte herumzugehen, ich beuge meines, ich werde niemals damit fertig, zur Erde nieder zu sehen, zu Gras und Kies, nein, ich werde niemals mit dem Gras und dem Kies fertig. Und dann kommen diese Söhne der Kopisten her und wissen, daß auf Regen Sonnenschein folgt, sie stehen mit hocherhobenen Häuptern da und sagen es mir direkt in meine Ohren hinein, sie sprechen es aus. Du bist dem vielleicht nie ausgesetzt gewesen? Sie können schreiben und lesen, etwas, was in früheren Zeiten Untergeordnete zu besorgen hatten, und so sollte es am besten heute auch noch sein. Man kann von Kultur leben, aber man kann nicht von Schreiben und Lesen leben, man kann nicht von Schulkenntnissen leben – das bringen nur einige wenige fertig. Um von Kultur leben zu können, muß man, erste Voraussetzung, in altem Reichtum und Luxus geboren sein; es führt zu gar nichts, von unten her, aus Armut und Enge heraus- und in ein Beamtenheim hineinzukommen. Dieser alte Familienreichtum und Luxus kann in einem den Charakter absetzen, der erst den Menschen zu einer Persönlichkeit macht. Laß sie meinetwegen von Kultur leben! Die Beamten – Gott helfe dir, mein Freund, siehst du denn nicht mehr mit deinen eigenen Augen, wie dumm sie sind, und wie brauchbar und nützlich. Gib doch nur einmal acht auf die Art und Weise, wie sie befördert werden – geht es etwa nach Schicksal oder Unregelmäßigkeit? Sahst du wohl jemals, daß es nach Größe ging? Wie kann es nach etwas gehen, was nicht zu finden ist! Es geht nach Alter, nach Dienstzeit, nach Schulkenntnissen. Das kann man finden! Sie können übrigens auch nicht auf andere Weise befördert werden, das gebe ich zu – sie müssen aus einem Garten der Alltäglichkeit und zur alltäglichen, allgemeinen Benützung gepflückt werden. So ist es in allen Ländern, so ist es auch bei uns. Und darum sage ich: lieber den Steuermann.

Verzeih, antwortet der Konsul, ich sage: den Steuermann nicht.

Doch, aus dem Grunde –

Ich sage: den Steuermann nicht. Aus dem Grunde, weil ich Tea nicht kopfüber in eine Mesalliance hineinstürzen will.

Oh, wie war er doch prachtvoll banal.

Pause.

Der Leutnant sitzt mit weit aufgesperrtem Munde:

Ist es denn so unverständlich, was ich gesagt habe! Ich sage: lieber den Steuermann, ich habe dir auseinandergesetzt: die anderen sind schlimmer.

Er kommt nicht einmal aus einem ordentlichen Haus, sein Vater ist Flößer. Er ist im Grunde also weiter nichts als recht und schlecht ein Matrose.

Man kann auch von Natur leben. Wenn ein Beamter nämlich nicht von Kultur leben kann, weil er keine hat und keine haben kann, eben weil Kultur in der Schule nicht erlernt werden kann, so vermag ein Steuermann doch recht wohl von Natur zu leben. Du kannst einwenden, daß der Steuermann auch nicht länger nur Natur ist; aber er ist von den beiden der,

der am wenigsten Natur verloren hat, bei dem man es am besten aushalten kann. Damit kannst du Margrete von mir grüßen.

Du mußt mir verzeihen, aber das tue ich nicht. Das würde für ihre Mutter der Tod sein. Die Familie meiner Frau gehört zu denen, die sich emporgearbeitet haben.

Zu Beamten? Also hinuntergearbeitet haben. Sie hat einen Vetter, der Anwalt ist, und dir wird täglich unter die Nase gerieben, daß das etwas sei; – und du weißt in deinem Inneren, daß es Lüge ist. Heute abend hast du einige niedliche Sachen gesagt! Hat er nicht einmal ein Haus, ein Elternhaus? Nein, aber wenn er zu den Anwälten gehörte, dann hätte er so etwas gehabt! Seid ihr denn verrückt? Wo ist denn der Blitz, der wilde Glanz von irgend etwas früher einmal unter seinen Ahnen, das ihn zu irgend etwas in der Welt von heute gemacht hätte? Die Beamten, die kennen nur eine einzige Unregelmäßigkeit und weiter keine, nämlich diese: sich ›hinunterzuverheiraten‹. Das ist nun ihr Blitz. Die haben nicht einmal Voraussetzungen zu irgend etwas anderem, sie sind in der Alltäglichkeit geboren, für Alltäglichkeit. Sieh, hier war nun ein Doktor, er mußte nun einmal zu uns ins Haus kommen, es gab Krankheit, und er hatte medizinische Kenntnisse. Er kam in unsere Stube, in diese Stube, er verstand keinen Deut, aber er tat so, als wenn ihn nichts in Erstaunen setzte. Er sah den Stuhl dort an, er glaubte, der sei zum Sitzen da, und er setzte sich mit seinem Hintern darauf. Er hätte sich auf den Fußboden setzen sollen, ja, das hätte er tun sollen, und den Stuhl auf den Schoß nehmen. Er betrachtete sich die Wände, er hatte von seinen Mitdoktoren gehört, daß Bilder etwas seien, er betrachtete sich die Aphrodite da, die Gruppe dort, die Jahreszeiten, den Kronleuchter mit den Adlern, alles betrachtete er sich – er schlug nicht die Augen nieder, er faltete nicht die Hände, ich glaube, er hieß Ole Riis oder so ähnlich.

Seine Schwester ist in Ungarn Gräfin – was fällt dir denn ein!

Das, was du da erwähnst, kann möglicherweise einmal eine gewisse Bedeutung – für ihre Nachkommen erhalten; für den Bruder kann es höchstens Snobismus zur Folge haben.

Der Konsul trinkt und bereitet sich vor, seinem Freund zu entgegnen, ihn ein für allemal abzufertigen. Oh, wie er ihn mit all der Banalität überwältigen wollte, die er von seiner Familie und seinem Nest her in- und auswendig kannte!

Heute abend hast du einige niedliche Sachen gesagt! Du gehst hier auf Segelfoß herum und tyrannisierst dich selbst und andere; nur einmal im Laufe des Jahres wird dir widersprochen: wenn ich komme. Aber jetzt sollst du auch die richtige Antwort erhalten. Ich will ganz logisch mit dir zu Werke gehen und dich zuerst fragen: kennst du meine ausgezeichnete Stadt? Nein. Also kennst du auch Bommen nicht. Bommen ist Hausbesitzer und hat einen Sohn, der studiert, er ist also Vater, der seine Kinder vorwärts bringen will. Einen Teil von den gesunden und richtigen Betrachtungen dieses Mannes will ich mir dienstbar machen. Bommen würde ungefähr folgendes sagen: deiner Meinung nach müßte es also das Beste sein, Unregelmäßigkeiten in den Familien hervorzurufen, und alsdann würde Bommen dich groß ansehen.

Der Leutnant lächelte:

Das glaubt Bommen nicht. Künstlich hervorgerufene Unregelmäßigkeiten? Herr Bommen, dann würde ja das Individuum das gleiche wie früher sein. Es müßte ja eine Lawine von Reichtum und Schicksal über Ihre Vorväter hinweggegangen sein, wenn aus Ihrem Sohne, dem Studenten, etwas anderes als ein Beamter werden könnte. Das ist eine Voraussetzung, die erste. Ihre Familie muß schon seit vielen Generationen reich gewesen sein. Sie, Ihre Familie müssen auf dieser Grundlage Eigenschaften entwickelt haben, durch die Sie sich von den Kopisten mit der alltäglichen Ausrüstung unterscheiden –

Die Hausjungfer kommt mit einer Karte herein und meldet: Der Herr möchte den Herrn Leutnant sprechen.

Um diese Zeit? Er liest die Karte, runzelt die Stirn, überlegt ein wenig und sagt: Verzeih einen Augenblick, Fredrik, ich hätte dir sonst noch etwas mehr gesagt, aber ...

Ja, und vergiß es nicht. Ich will nämlich auch noch etwas sagen, wenn du wiederkommst – darauf kannst du dich verlassen.

Der Leutnant geht und kommt nach ein paar Minuten zurück, gerade so, als hätte er den Mann draußen abgefertigt.

Ein merkwürdiges Benehmen! sagt er und sieht auf die Uhr.

Hast du den Eindruck von Adelheid bekommen, als ob sie den Baugrund verkaufen möchte?

Ja? fragt der Konsul erstaunt. Ja?

Der Mann ist jetzt hier, er steht draußen, er scheint den Kauf heute abend abschließen zu wollen.

Ja, ich hatte den Eindruck. So, er will den Kauf heute abend abschließen?

Der Leutnant geht verlegen auf und ab.

Ich pflege Adelheid nicht so spät zu stören – das heißt, ich – nicht ohne Grund. Sie hat sich wohl kaum niedergelegt, ihr Fenster steht noch offen, wenn du also bei ihr anklopfen möchtest und fragen –

Ich soll mit Frau Adelheid sprechen?

Wenn du mir diesen Dienst erweisen willst. Du bist munterer, sie besitzt nicht allzuviel Munterkeit, ich bin nicht munter. Hör, bevor du gehst: du mußt es ihr nicht allzu schwer machen, wenn sie vielleicht ebenso wie ich meint, daß wir den Baugrund ruhig verkaufen könnten.

Der Konsul geht hinaus.

Der Leutnant bleibt stehen, wo er steht, er macht ein ärgerliches Gesicht. Daran ist wohl dieser Herr Holmengraa schuld, der ihn verstimmt hat; ist das auch eine Art, um diese Zeit nach Segelfoß zu kommen? Meinte er, daß dem Großgrundbesitzer auf Segelfoß so viel an den Schillingen gelegen sei? Alles andere eher!

Der Konsul kommt wieder und gibt Bescheid, daß Frau Adelheid – ja, es sei ihr Wunsch.

Ja, aber – könntest du mir nun auch den großen Gefallen erweisen, mit dem Manne zu sprechen? Verzeih mir, daß ich dich darum bitte.

Mit dem größten Vergnügen. Soll ich geradezu das Geschäft für dich abschließen?

Ja, danke – morgen. Mach dem Manne klar, daß es jetzt Abend ist.

Ich habe nichts dagegen, jetzt schon mit dem König zusammenzutreffen und sofort einen Bauplatz mit ihm auszusuchen. Für uns Geschäftsleute gibt es keinen Abend. Du brauchst dich sowieso um nichts zu kümmern.

Tu, was du willst. Es ist mir übrigens nicht angenehm, daß ich mich mit diesem Verkauf in Gegensatz zu deinen Eltern stelle.

Das laß nur ganz meine Sorge sein. Ich habe mich mein ganzes Leben lang in Gegensatz zu ihnen stellen müssen, sie – wollten unter anderem einen Diplomaten aus mir machen, aber . . .

Im Laufe der Nacht wurde Frau Adelheid von dem Konsul noch einmal gestört: Der König wünscht den Baugrund auf der anderen Seite des Flusses. Er wünscht auch einige wenige Maal[1] Land unten an der See, er zahlt gut.

Noch ein drittes Mal wird Frau Adelheid von dem Konsul gestört, aber da ist es schon Morgen: Der König wünscht die Hälfte vom Fluß bis hinauf zum Berg, außerdem die Hälfte vom Bergsee. Was er mit all dieser Flüssigkeit wollte, war ein Rätsel.

Beim Frühstück fehlt Fredrik Coldevin, er ist noch nicht heruntergekommen. Fredrik Coldevin ist die ganze Nacht auf der Westseite des Flusses mit Herrn Holmengraa und seinen Leuten umhergewandert. Sie sind bis oben beim Bergsee gewesen. Jetzt sitzen sie in aller Stille in der Stube des Konsuls auf Segelfoß und schreiben den Kontrakt. Aber der alte Coldevin und seine Frau sollen so lange, wie es nur geht, geschont werden: Fredrik kommt sofort, wollen wir nur anfangen!

Und nach der Mahlzeit werden die beiden Alten aus dem Hause geführt, zu einer kleinen Wanderung über die Felder und Wiesen, und die beiden Geschäftsleute können so in Frieden ihr Frühstück verzehren.

Sieh mal her, Willatz – was machen die da unten? sagt der alte Coldevin, während sie gehen.

Der Leutnant hat es bereits gesehen; es sind Leute unten auf dem alten Kirchendach, und er ist auch schon in das Rätsel eingeweiht worden, aber er will nichts sagen. Die reißen sicher das Dach ein, antwortet er.

Wer reißt ein? Ist das verkauft? Wollen wir mal hingehen und hören.

Das ist zu weit für Sie, lieber Freund.

Durchaus nicht. Wollen wir hingehen und hören.

Und sie gingen nach der Kirche, wo dann der alte Coldevin alles zu hören bekam: der König, dieser Tobias Holmengraa von Ytterleia, hatte die Kirche so, wie sie dastand, gekauft und ließ sie nun bis auf den Grund niederreißen. Zehn Mann waren schon an der Arbeit. Und nach und nach bekommt Coldevin heraus, daß Herr Holmengraa vor hat, sich aus dem Material dieser alten Kirche ein Haus zu erbauen. Man ist droben auf

1 Maal (norw.) = etwa einige Ruten (ein Flächenmaß).

der Westseite des Flusses schon dabei, die Steine zu den Grundmauern zu brechen. Wie das wimmelt von Arbeitern!

Aber als der alte Coldevin nach Hause zurückging, schritt er nicht mehr so gut aus wie vorher. – Du hattest recht, Willatz, es war doch weiter, als ich glaubte, sagte er und nahm den Arm des Leutnants. Ja, weiß Gott, es war weiter. Hier auf Segelfoß gibt es große Entfernungen.

Oben auf der Höhe trafen sie Herrn Holmengraa. Er grüßte ehrerbietig, dankte für das Frühstück und für alle ihm erwiesene Liebenswürdigkeit. Er entschuldigte sich abermals wegen seines späten Kommens am gestrigen Abend, Konsul Coldevin sei allzu liebenswürdig gewesen, daß er sich die ganze Nacht ihm zur Verfügung gestellt habe.

Der Leutnant sah zu seiner Überraschung, daß dieser Holmengraa, wenn er sich nicht mit so vielen Schals um den Leib maskiert hatte, ein magerer und sehniger Mann war. Er konnte es nicht umgehen, die Herren einander vorzustellen, aber er machte es kurz.

Jawohl ja, das ist schon so, Segelfoß hat große Entfernungen, sagte der alte Coldevin und holte tief Atem. Da hinten hast du einen richtig feinen Jungwald; Klein-Willatz wird einmal ein mächtiger Mann werden. Ja, und nun danke ich auch schön, daß du mich begleitet hast. Ich will jetzt auf meiner Stube ein wenig lesen. Ich lese nämlich am Vormittag immer ein wenig.

Zuerst berichtet der Konsul, habe ich dir seinen Dank für die Bewirtung auszurichten.

Das hat er selbst schon getan, antwortet der Leutnant.

Hat er sich auch wegen gestern entschuldigt? Und gesagt, weshalb er so spät kam? Ein ungewöhnlich kluger Mann, dieser Holmengraa, ein Genie! Er hat wohl vierzig Leute mit, er zahlt ihnen zwischen einem Ort[1] und einem Taler für den Tag, das läuft ins Geld, denkt Holmengraa; wir wollen die Kräfte also ausnutzen! Darum benützt er die Nacht dazu, den Kauf abzuschließen und den Bauplatz auszusuchen, und um sechs Uhr heute morgen setzt er sein ganzes Aufgebot in Arbeit. Was sagst du dazu! Nicht eine Stunde verschwendet.

1 Ort (norw.), ehemals Münze, etwa 1 Mk. deutscher Währung.

Eine so sorgsame Genauigkeit ist mir leider unbekannt, antwortet der Leutnant. Da will ich doch lieber – wie mein seliger Vater – anfangen, nach dem Schatz des Großvaters zu suchen, fügt er hinzu und lächelt.

Ich weiß übrigens nicht, ob man hier von einer so sorgsamen Genauigkeit reden kann, sagt der Konsul, darüber magst du selbst urteilen. Hier ist der Kontrakt.

Der Leutnant liest ihn nicht durch, er sitzt nur da und hält das Papier in der Hand.

Die Hauptsache ist, daß Adelheid das Geschäft nicht mißbilligt. Frau Adelheid ist zufrieden.

Übrigens habe ich eben mit deinem Vater gesprochen. Er ahnt gewiß das Ganze, er ging sehr niedergedrückt in sein Zimmer.

Willst du den Kontrakt nicht lesen?

Doch. Später. Ich danke dir für den großen Gefallen, den du mir erwiesen hast.

Fredrik Coldevin schweigt eine Weile, endlich sagt er:

Ist das eine Art!

Was? Lieber Fredrik, verzeih, wenn ich etwas gesagt habe –

Ist das eine Art! Als ob das die Hauptsache wäre, daß Frau Adelheid den Verkauf nicht mißbilligt? Ich hätte große Lust, dir ein paar kleine Antworten zu geben, sowohl für gestern als auch für heute. So kannst du sprechen und mein Vater, diese Art könnt ihr bei einem Geschäft anwenden, ich bin alle meine Tage gezwungen gewesen, eine andere Art zu gebrauchen. Du hast kein Geld nötig, du hast es nie knapp gehabt, du konntest es nur so aus dem Kasten nehmen. Ich habe es mir verdienen müssen. Verstehst du das, Willatz, verdienen?

Ich habe es oft genug knapp gehabt, sagt der Leutnant ruhig.

Du? Ausgeschlossen!

Ich habe große Ausgaben gehabt.

Hast du denn nicht auch heimliche Quellen, aus denen du schöpfen kannst, hast du nicht grenzenlose Reichtümer unter der Erde?

Ja, wenn man die hätte!

Mein Vater hat sie!

So? Na – ja, ich nicht. Also dein Vater hat sie? Merkwürdig. Ja, ich habe mich oft darüber gewundert, woher er all sein Geld bekommt.

Das will ich dir jetzt sagen, als Antwort auf das eine und das andere: er bekommt es von mir.

Der Leutnant traut seinen Ohren nicht. Er macht ein recht einfältiges Gesicht.

Er hat es von mir bekommen, seit einem halben Menschenalter. Ohne das würde er nämlich bankerott sein.

Pause.

Die Herren sitzen einige Minuten da und denken nach, weiter nichts: sie denken nach.

Ich bitte dich, meine Offenherzigkeit nicht falsch zu verstehen, sagt der Konsul. Ich habe dies nur gesagt, um mir selbst ein klein wenig Genugtuung zu verschaffen. Ich bin nicht blind dagegen, daß etwas Großes darin liegt, Gutsbesitzer wie mein Vater zu sein, aber es ist etwas Totes. Groß, aber gestorben. Die Zeit ist darüber hinweggegangen.

Ja, die Zeit ist über uns hinweggegangen, sagt der Leutnant gedankenvoll.

Ich spreche selbstverständlich nicht von dir. Hier gab es ja ganz andere Hilfsquellen.

Die sind aufgebraucht.

Die sind nicht aufgebraucht. Wie ich gestern abend mir schon zu bemerken erlaubte; es bleibt immer noch viel übrig auf einem großen Gut, wenn auch ein Krieg darüber hinweggeht. Aufgebraucht? – Der Konsul lacht – sei es nun, um den Freund aufzumuntern oder aus einem anderen Grunde. – Was würdest du zum Beispiel sagen, wenn ich Lust hätte, dir den Fluß abzukaufen?

Den Fluß?

Den halben Fluß, den halben Wasserfall und den halben Bergsee, – wenn ich also ein etwas verrückter Lord wäre, der Flüssigkeit aufkaufte und niemals genug Flüssigkeit bekommen könnte – was würdest du dafür verlangen?

Der Leutnant lächelt.

Ich meine es ernst damit. Den halben Fluß mit Wasserfall und Bergsee?

Nimm den Fluß, wenn du Lust hast! Er gehört dir.

Ich habe ihn heute nacht verkauft.

So? Ja, daran bist du wohl reich geworden?

Nanana! Um zu hören, ob mein Geschäft gut oder schlecht war, möchte ich gern erst einmal den Preis wissen. Außerdem den Preis für den Grund. Der ist nicht knapp, er will nichts knapp haben, sagte er. Den ganzen Streifen auf der Westseite des Flusses von der See bis zum Bauplatz, fünfhundert Ellen breit, an der See das Doppelte, der Richtung wegen.

Pause.

Nicht, daß ich deine großen Dienste unterschätze, sagte der Leutnant, aber rein herausgesagt, du hast also von dem Grund und dem – dem Wasser von Segelfoß wegverkauft, ohne daß ich irgendwelchen Nutzen davon hätte. Der Preis? Den Fluß kann er haben. Mein Sägewerk, meine Mühle und meine Ziegelei, die können wohl auf meiner Seite des Flusses trotzdem still stehen oder gehen?

Jawohl.

So mag er also gern den Fluß bekommen. Der Landstreifen, fünfhundert Ellen breit, ist dagegen Grund. Es ist kein teurer Boden, kein Wald, nichts als Weiden am Fluß und Brachland oder steiniger Boden. Aber es ist doch Boden. Dafür müßte ich also etwas bekommen.

Wieviel?

Wieviel? Lieber Fredrik, jedenfalls wird es nicht für mich ins Gewicht fallen. Dazu gehört viel. Alles befindet sich hier im Verfall, Klein-Willatz soll fort, große tägliche Ausgaben, die Felder schlecht bestellt. Zweitausend Taler ist wohl zu viel? Tausend Taler? Ich weiß nicht.

Willst du das Dokument lesen?

Ja, danke. Später.

Damit du dir einen Begriff von dem Geschäft machen kannst, will ich dir erzählen, wie ich den Fluß verkaufte. Holmengraa sagt, er hätte eine kleine Wassermühle an einem anderen Ende der Welt; solle er hier wohnen, so müsse er sich hier irgend etwas Ähnliches anlegen, um sich damit die Zeit zu vertreiben – deshalb müsse er die Hälfte vom Fluß haben. Ich bin Kaufmann, deshalb antwortete ich: Das wird teuer. Wie teuer? fragt er. Ich überlege, ich habe mancherlei verkauft, aber niemals einen Fluß. Mein Freund, der Leutnant, hat, wie ich ihn kenne, keine Lust, seinen Fluß zu verkaufen, sage ich, auch wenn jemand käme, der ihm drei-, viertausend Taler dafür bieten würde – der Leutnant würde nur lächeln, sage ich.

Bist du verrückt? Drei-, viertausend Taler?

Jetzt sollst du hören: Herr Holmengraa ist nämlich ein merkwürdiger Mensch. Er antwortet mir nur, daß er die Preise für Flüsse hierzulande allerdings nicht kenne, aber er möchte nun einmal gern den großen schönen Fluß, den Wasserfall und den Bergsee haben, und er habe es sich auch überlegt und mit den internationalen Preisen als Grundlage ausgerechnet, und er glaube wohl, er könne sechstausend Taler für den Fluß geben, falls er auch den Grund dazu bekäme.

Grabesstille.

Er hielt dich zum Narren, sagt der Leutnant.

Immerhin steht es aber im Kontrakt.

Es dämmern goldene Möglichkeiten für Willatz Holmsen auf, er ist wunderlich widerstandslos, er läßt sich gleichsam treiben, er öffnet den Kontrakt, schließt ihn wieder, lächelt plötzlich und fragt mit bebenden Lippen:

Aber vielleicht – dies hier ist nun also der Kontrakt – kein Geld –?

Ich muß wiederum meine Achtung vor diesem merkwürdigen Menschen Tobias Holmengraa zum Ausdruck bringen, sagt der Konsul. Er bezahlte alles bar.

Bezahlte bar?

Oh, jetzt war Fredrik Coldevin obenauf!

Er öffnet seinen Rock und nimmt aus den Taschen diese große Summe heraus, diese ungeheure Summe.

Das ist für den Fluß, sagt er. Dies ist für den Grund am Fluß, zusammen achttausend Taler. Herr Holmengraa wollte so viel geben, weil er eine solch herrliche Aussicht bekäme, sagte er. Zähl es jetzt nach, ich habe es übrigens schon nachgezählt, es stimmt. Puh, es macht meine Taschen förmlich leicht, daß ich es losgeworden bin.

Ja, wie herrlich obenauf Fredrik Coldevin jetzt war!

Mit dem Leutnant war dagegen wenig Staat zu machen, er war überwältigt, er bewegte den Mund, ohne etwas zu sagen. Und plötzlich löste dieser kuriose Mann seine Spannung mit einem spaßigen Zug: er legte seine Arme auf den Rücken und schob heimlich seinen Ring wieder an die rechte Hand hinüber; er hatte ihn eine ganze Woche lang an der linken getragen.

Es ist ja wahr, sagte er und machte sich stramm, du hast heute nacht nicht geschlafen, geh und leg dich hin.

9

Holmengraa arbeitet mit einer großen Mannschaft, er hat einen Aufseher für die Zimmerleute und einen Aufseher für die Steinarbeiter, er mietet Pferde, wo er sie bekommen kann, und bezahlt gut, aber er bezahlt nicht Taglohn, er bezahlt für jede Fuhre. Es erweist sich, daß die alte Kirche aus den prächtigsten Stämmen erbaut ist.

In die ganze Gegend ist Leben gekommen, das hat seine guten wie seine bösen Seiten. Segelfoß war der reine Markt geworden, Unruhe ist überall, Dynamitschüsse auf den Höhen, Menschen und Fuhrwerke auf den Wegen. Küstensegler kommen mit Bauholz und Eßwaren, mit Öfen, Tapeten, Möbeln, Säcken und Kisten, großen Kisten; es kamen Schweden, die sich als Arbeiter anboten.

Holmengraa wohnt im Gutshause. Das ist selbstverständlich, sagte der Leutnant.

Das ist eine neue große Liebenswürdigkeit, sagte Holmengraa.

Die Aufseher wohnten auch auf dem Gute, im Knechtehaus hatte jeder von ihnen eine Kammer. In der ganzen Runde wurden in allen Häusern und Hütten die Leute reich davon, daß sie für zwei Schillinge die Nacht die Arbeiter beherbergten.

So lange Coldevins auf Segelfoß waren, gab es keinen Tag, wo der alte Herr und seine Frau nicht ihren Spaziergang gemacht hätten, nach Osten hinüber – gen Osten über die Äcker von Segelfoß, und über die Wiesen hingeschaut hätten, über die Felder und Wälder. Große Entfernungen auf Segelfoß! sagt der Greis jeden Tag, und die Frau, sie kann das noch immer nicht auswendig, denn sie antwortet jedesmal: Ja, so sieht es aus, ich wußte nicht, daß sie so groß waren.

Holmengraa war auch jetzt noch ein aufrichtiger und rücksichtsvoller Mann. Als Konsul Fredrik ihm erzählt hatte, daß den Alten der Verkauf des Bodens sehr nahe gegangen sei, suchte er sie zu versöhnen: er befleißigte sich, einen guten Eindruck auf sie zu machen, er erhob sich, wenn sie kamen, und blieb stehen, bis sie sich gesetzt hatten, er drängte sich nicht auf, sondern benützte immer nur die passendste Gelegenheit, sie anzureden. Eines Tages setzte er sich zu ihnen hin und erzählte ihnen etwas von seiner Familie: daß seine Frau in Mexiko gestorben sei, daß er bis zum Frühling warten wolle, um seine Kinder zu holen; er wollte sie nämlich selbst abholen. Holmengraa entschuldigte sich vielmals wegen all der Unruhe, die er nach Segelfoß mitgebracht habe, er hoffe, das Schlimmste werde nun bald vorüber sein, er habe ja viele Leute in Arbeit. Und dann können Sie sich wieder an dem Frieden und der Ruhe auf Segelfoß erquicken, schloß er.

Für uns, antwortete der alte Coldevin, ist es nicht so schlimm, wir reisen bald ab. Aber ich muß sagen, setzt er lächelnd hinzu, ich beneide keinen, der jetzt dableibt.

Frau Coldevin will seine Worte abschwächen:

Was haben Sie alles in dieser kurzen Zeit in Gang gebracht! Täglich sind hier neue Arbeiter eingetroffen und Schiffsladungen mit Materialien und allen möglichen Sachen.

Ich habe auch allen Grund, dem Leutnant und seiner Frau dafür dankbar zu sein, antwortete Holmengraa. Im Vertrauen zu ihrer ersten halben Zusage vor einigen Wochen konnte ich alles so gut vorbereiten.

Gott sei Dank, dann trägt ja Fredrik nicht allein die Schuld für das ganze Geschäft! dachten wohl die beiden Alten; das war ihnen eine Erleichterung, nahm ihnen eine Sorge ab, und der alte Coldevin fragte:

Wir können von unseren Fenstern im ersten Stock sehen, daß Sie die Kirche, die da früher stand, niedergerissen haben. Also haben Sie die wohl gekauft? Ja? verstehen Sie mich nicht falsch, fügt er verwirrt hinzu.

Ich mißverstehe Sie nicht. Ja, ich habe die Kirche gekauft, antwortet Herr Holmengraa. Ich hatte bemerkt, daß sie aus ganz besonders guten Stämmen gebaut ist, aus ungewöhnlich starken Stämmen. Es ist meine Absicht, diesmal ein Haus daraus zu machen.

Coldevin erinnerte sich noch gut daran, was man sich von der alten Kirche erzählte, die in der Jugend seines Vaters erbaut worden war, damals, als es im Nordland wirklich große Stämme gab. Jeder Stamm vier Armlängen Umfang, das war noch etwas! Ja, hier auf Segelfoß gab es ja heute noch große Stämme, Gott behüte!

Ohne Zweifel.

Ungeheuer viel Stämme, meilenweit vielleicht. Glaubst du nicht auch, meilenweit, Charlotte?

Ja, das habe ich doch immer so gehört, sagt seine Frau.

Und der prächtigste Jungwald; der kleine Willatz wird ein mächtiger Mann. Was ich noch sagen wollte, Herr Holmengraa: wir sehen von unsern Fenstern, daß auch unten an der See gearbeitet wird, das sind wohl Ihre Arbeiter?

Ja, sie mauern. Ich baue einen Kai ganz hinaus bis dorthin, wo der Grund abfällt.

Damit Küstensegler anlegen können, ja.

Ja, und große Fahrzeuge, Seeschiffe, Lastboote. Ich habe unter anderem vor, einen Mühlenbetrieb etwas größeren Stils zu errichten. Es kommt nur darauf an, ob ich es aushalten kann.

Na. Und so Korn für andere mahlen. Ja, aber die Leute haben doch Wassermühlen, sie mahlen mit ihren Wassermühlen. Wir, bei uns, haben eine Mühle, die geht – wir könnten mehr mahlen, als wir tun.

Aber Herr Coldevin kaufe wohl Roggen von anderswo her?

Von Bergen, ja. Verfrachte ihn so auf Küstenseglern. Dann mahlen wir den Roggen. Aber Feinmehl, das kaufen wir. Unsere Mühle kann nicht fein mahlen.

Statt dessen würde ich den Roggen von den Roggenländern her beziehen.

Na. Ja, das haben wir nicht getan. Das haben meine Eltern auch nicht getan. Und wie war das mit deinen Eltern, Charlotte?

Wir bekamen den Roggen mit den Küstenseglern. Und Feinmehl und Griesmehl und Weizenmehl mit den Küstenseglern.

Da hören Sie es! sagt der alte Coldevin und nickt.

Es mag wohl sein, daß es so das beste war.

Nicht wahr! Jetzt wollen Sie also Mehl mahlen; aber was sollen dann die Leute mit ihren Wassermühlen anfangen? So müssen ja die Wassermühlen verfallen.

Aber alle haben doch keine Wassermühlen. Mehl müssen sie aber alle haben.

So mahlen wir für sie. Alle, die keine Wassermühlen haben, die mahlen eben bei uns, die wir Mühlen haben. So machen wir es. So machten es auch unsere Eltern.

Ich meinte also, wenn ich das Korn direkt aus den Kornländern beziehe, so braucht es nicht erst durch die zweite Hand über Bergen zu gehen und teurer zu werden.

Kommt das nicht auf eins heraus? Ob Sie es nun direkt beziehen, oder ob die Bergener es direkt beziehen, das kommt wohl auf eins heraus?

Dann trete ich also mit ihnen in Wettbewerb. Ich mache es billiger. Zur Not unterbiete ich die Bergener.

Na. Ja so, sagte Coldevin.

Der Transport von Bergen kostet ja etwas, diese Unkosten fallen für die Leute fort, wenn sie das Mehl hier bekommen.

Die haben sie sowieso nicht zu bezahlen. Unsere Küstensegler nehmen das Mehl mit.

Aber nicht alle haben Küstensegler?

Nein. Aber wir, die wir welche haben, nehmen Mehl für alle mit. So machen wir es, genauso machten es unsere Eltern.

Ja, aber entschuldigen Sie, fragt Holmengraa lachend, dann kostet es jedenfalls *Sie* etwas, das Mehl für alle mitzunehmen?

Nun, wenn alles so billig wäre! antwortet Coldevin. Sollten unsere Schiffe vielleicht mit Ballast zurücksegeln? Die sind mit Fischen nach Bergen gegangen, aber sie müssen doch nach Hause zurück. – Sollen sie denn mit Ballast segeln und keine Fracht mitnehmen? Nein, da müssen Sie entschuldigen, das können unsere Kutter nicht.

Frau Coldevin sitzt da und sieht nur ihren Mann an. Es war ein Anblick, ihre Bewunderung zu beobachten, diesen Aberglauben in ihren alten Augen. Weder sie noch ihr Mann sahen, daß diese Sitte, Mehl und andere Lebensmittel auf den Seglern des Gutsbesitzers für die anderen heimzuführen, einer sterbenden Zeit angehörte.

Dann reisten Coldevins ab.

Aber bevor das geschah, hatte der Leutnant sich mit seinem Freund, dem Konsul, wegen einer Schule für Willatz beraten. Eine Schule für Menschen, hatte der Leutnant gesagt, Kenntnisse jawohl, aber vor allem Umgangsformen, Lesen, gebildeten Verkehr, eine Schule für einen Holmsen. Was Fredrik von England dächte? Gut, die Schule liege in Harrow, hatte der Konsul geantwortet, er kenne sie durch seine Geschäftsverbindungen, Xavier Moore könne ein Auge auf Willatz haben. Der Konsul schrieb sofort an Xavier Moore, um ihn vorzubereiten.

Fredrik Coldevin vergaß nicht, noch eine letzte tändelnde Unterhaltung mit der Haushälterin, Jungfer Salvesen, zu arrangieren, bevor er abfuhr:

Gott, wie Sie mich erschrecken, Herr Konsul, auf einmal stehen Sie da! sagt die Jungfer und spricht durch das Speisekammerfenster hinaus.

Ich stand hier und betrachtete Sie ein bißchen, ich darf wohl behaupten, daß kein Mann da hätte widerstehen können.

Haha, jetzt fängt es wieder an!

Ich muß abreisen, jetzt kommt bald die letzte Stunde. Ich stehe hier, um nun endlich ein Ende zu machen.

Haha.

Lachen Sie nicht. Das beweist eine Nichtachtung für meine Gefühle, die ich nicht verdiene. Aber mehr habe ich jetzt nicht zu sagen. Seitdem Sie sich vor einigen Jahren verlobt haben, ist es Schluß mit mir. Nun habe ich vor, etwas zu tun, ich möchte mich nur mit Ihnen noch beraten – über die Form. Chloroform ist wohl die beste Form?

Nein, ich glaube, Sie sind verrückt, Konsul! Hahaha, Sie bringen mich so ins Lachen, daß ich nicht weiß, wie ich aussehe, sagt Jungfer Salvesen kokett.

In einem solchen Augenblick zu lachen, kann zweierlei bedeuten: entweder lachen Sie einfach, und das würde Sie erniedrigen, oder Sie lachen, um nicht zu weinen.

Ja, sagt Jungfer Salvesen, ich lache, um nicht zu weinen.

Danke, stößt der Konsul hervor. Das meinte ich, als ich sagte: ich wollte ein Ende machen. Es ist nicht das beste Ende, nicht das wundervollste Ende, aber den Umständen nach das brauchbarste Ende. Es gibt also doch etwas in diesem Augenblick, das Sie rührt, dafür danke ich Ihrem Herzen, meine Bitterkeit bekam einen Knick, ich kann mich also hinsetzen und mich an meinen Erinnerungen laben.

O ja –, aber ach, Sie Armer, was für eine Zukunft!

Meine Hoffnung ist, daß es im Jenseits etwas gemütlicher sein wird.

Haha! lacht die Jungfer gegen ihren Willen. Aber Sie *dürfen* nicht dastehen und mit so etwas Unsinn treiben.

Wenn ich in dem letzten von meinen tausendundrei Betten auf dieser Welt liegen werde, da will ich an Sie denken. Glauben Sie, daß ich dies vergessen kann?

Nein, nein.

Und was werden Sie dafür tun?

Ich will mich an dem Tage hier in die Speisekammer setzen und heulen, was ich kann – oder wird es eine Nacht sein?

Ja, eine Nacht, eine schwarze Nacht.

Das ist aber doch dumm. Denn da kann ich ja keinen wecken.

Weib, Weib, du spaßest mit einer Seele, die in den letzten Zügen liegt! Jungfer Salvesen, reichen Sie mir Ihre Hand.

Gott, ich weiß nicht, ob – ja warten Sie, einen Augenblick! Die Jungfer trocknet sich gründlich die Hände ab.

Danke. Und leben Sie wohl, Jungfer Salvesen, leben Sie wohl! Das ist mein Wunsch.

Leben Sie wohl, Herr Konsul, auch für dieses Jahr meinen schönen Dank.

Der Konsul geht, aber er dreht sich um.

Ja, richtig, ich traf einen Mann auf dem Schiff, als ich nordwärts fuhr –

Den Pfarrer? Das haben Sie erzählt.

War er Pfarrer? Unmöglich!

Sie erzählten eine Geschichte von einem Pfarrer.

Unmöglich! War er wirklich Pfarrer? Hab' ich Ihnen eine Geschichte erzählt? Das weiß ich gar nicht.

Von einem Pfarrer und seinen drei Söhnen.

Nein, diese Geschichte habe ich nicht erzählt. Die haben Sie von dem Mann gehört, mit dem Sie sich verlobt haben, ich ahne, es muß eine ganz furchtbare Geschichte sein. Drei Söhne, – also uneheliche?

Nein, Gott, Konsul, Sie sollen mich nicht so ins Lachen bringen! heult Jungfer Salvesen.

Oh, wie ihr Weiber doch mit uns Männern euer Spiel treibt! sagt der Konsul. Ich traf einen Mann auf dem Dampfschiff, der auch ein Lied davon singen konnte. Er hatte das leidenschaftlichste und traurigste Gesicht, das ich je gesehen habe, oh, da verstehen Sie wohl, wie der Mann ausgesehen hat. Ein Weib hatte ihn zugrunde gerichtet. Wie das zugegangen war? Ja, sagte er, sie log mir die Jacke voll, sie sagte, ich sei der Einzige. Aber schließlich bekam ich heraus, daß ich der Nachfolger eines andern war, sagte er. Ich, Fredrik Coldevin, antwortete so schonend, wie ich nur konnte: Da mußten Sie wohl sehr leiden? – O ja, sagte er, ich litt kolossal. Aber es tröstete mich, daß ich der Vorgänger eines dritten wurde, sagte er. – Nein, Gott, sagte ich, Fredrik Coldevin, und schlug die Hände zusammen, war sie ein Wirtshaus der Liebe? – Ein Wirtshaus? sagte er und dachte darüber nach. Eine Herberge ist das richtige Wort, das ich gebrauchen möchte, sagte er. Wir liebten sie alle, und sie eröffnete eine Herberge für uns.

Damit will der Konsul gehen.

Es ist gut, daß Sie jetzt gehen, sagt Jungfer Salvesen, denn sonst hätte ich nicht gewußt, was ich machen sollte. Hahaha, das ist ja einfach gräßlich, sagte sie.

Wieso denn?

Ja, das sage ich geradeheraus. Aber so ist es, man muß immer ängstlich sein, wenn Sie etwas erzählen, Herr Konsul.

Und Ihr Bräutigam?

Mein Bräutigam?

Denken Sie nur an den Pfarrer mit den drei Unehelichen.

Hahaha, nein, Gott, ich will nicht mehr mit Ihnen sprechen.

Leben Sie wohl, Jungfer Salvesen.

Leben Sie wohl, und willkommen im nächsten Jahr!

Das tägliche Leben auf Segelfoß – einsam und einförmig? Jetzt nicht mehr, das war einmal gewesen, Holmengraa hatte darin Wandel geschaffen. Alle diese Arbeiter, alle diese Pferde, der Gesang der Maurer, die Sprengschüsse, die Lieder der Schiffer auf den Kuttern – all dieses wirkte störend und geradezu unfein auf der Holmsenschen Besitzung. Aber in den Städten, dachte wohl der Leutnant, um sich selbst zu trösten, dort kann man vornehm sein mitten im Lärm. Ja, aber auch dort ist man am vornehmsten in der Stille. Sieh, hier arbeiteten nun seine eigenen Leute und Pferde auf den Feldern, bei der Heumahd, bei der Ernte; in den früheren Jahren hatte das ausgesehen wie ein Heer der Arbeit unter der Leitung des Knechtes Martin, jetzt sah man sie kaum in dem Schwarm der Fremden.

Aber immerhin!

Am Tage nach Coldevins Abreise trifft der Leutnant das Mädchen Daverdana und sagt zu ihr:

Wir werden mit den Abenden Schluß machen. Wir werden nicht mehr lesen.

Daverdana ist bleich und ängstlich und sagt:

Ich vergaß es auch gestern abend nicht; aber die gnädige Frau schickte mich nach den Schuhen.

Ein zufriedenes Lächeln flog über des Leutnants Gesicht, und er antwortet:

Ich habe dich nach den Schuhen geschickt. Wir werden vorläufig nicht mehr lesen.

Als der Leutnant gehen will, sagt Daverdana:

Soll ich – fort?

Nein, antwortet er, fort? Du bist ein tüchtiges Mädchen, die Jungfer kann dich gut brauchen.

Ein gutes Wort vom Leutnant hatte hohen Wert, Daverdana wird rot vor Freude und findet sich in seinen Befehl.

Der Leutnant geht weiter. Alles war jetzt den Umständen nach für ihn zum Aushalten, er hatte Geld im Rücken, hatte ein ganzes Vermögen nach Drontheim gesandt, das Zinsen bringen sollte, er hatte freiere Hände, er steckte nicht mehr so oft den Ring von der rechten Hand an die linke. Jetzt hätte Adelheid also ihre Heimat besuchen können – worauf wartete sie?

Oh, eigentlich sah er es gar nicht gern, daß Adelheid reiste, sie kam von zu Hause jedesmal etwas weniger liebenswürdig und etwas großartiger zurück – was nun auch die Ursache sein mochte; er selbst hatte jedwede Verbindung mit ihrem Elternhaus abgebrochen. Adelheid war wohl einigermaßen zu entschuldigen. War nicht ihr Vater ein General, den das Schicksal als Oberst erledigt hatte, weil es kein Hannover mehr gab? Und war nicht sie seine Tochter, die sich lebendig in Norwegen begraben hatte, im Nordland, wo die ganze Welt tot war?

Ich habe mir gedacht, sagt der Leutnant zu ihr, Willatz geht hier nur herum, er hat auch schon angefangen, ungebildete Ausdrücke zu lernen, er flucht auch schon, er muß wohl fort?

Ich möchte gern wissen, ob er diese Worte nicht von Daverdana und ihrem Bruder lernt? antwortet seine Frau. Ich weiß nicht.

Daverdana? sagt der Leutnant auch jetzt wieder sehr zufrieden. Apropos, die Jungfer kann in Zukunft ganz und gar über Daverdana bestimmen.

Soll sie Sie nicht bedienen?

Nein. Sie hat das Alphabet angerührt.

Was für ein Alphabet?

Das vom Jungen. Sie entsinnen sich dessen vielleicht nicht mehr, aber ich habe es aufbewahrt, seit Willatz klein war, ich habe es aufgehängt und sehe es an. Ein großes Alphabet auf Pappe. Das hat sie angerührt.

Im ersten Augenblick hüpfte eine kleines Lächeln über das Gesicht der Frau, und selbst der Leutnant lächelte mit, so zufrieden war er in diesem Augenblick.

Eine Eigenheit von mir, sagte er. Wenn Willatz abreist, will ich einige Kleinigkeiten von ihm für mich haben. Ich habe mir gedacht, wenn Sie sofort Ihre Reise nach Hannover antreten würden, könnten Sie den Jungen mitnehmen.

Wohin soll der Junge?

Sie sind zwar so deutsch, antwortet der Leutnant prüfend, aber – nach England, meinen Sie nicht auch? Nach Harrow, Fredrik hat dort Verbindungen. Natürlich nach England.

Und ich soll nach Hannover?

Über Harrow wäre es zwar ein Umweg. Aber bei gutem Wetter könnte eine solche Reise Ihnen nicht unwillkommen sein – im Gegenteil, sie könnte eine erfrischende Zerstreuung für Sie werden. Sie müßten natürlich Ihre Mädchen mitnehmen.

Da mit einmal schien sich ein Verdacht in ihr zu regen, sie ging in der Stube auf und ab, blieb am Fenster stehen und sah hinaus. Und stand da und lächelte wieder, aber es war kein echtes Lächeln.

Was meinen Sie dazu?

Ja, antwortete sie.

Es scheint Ihr Mißfallen zu erregen?

Ist es denn durchaus notwendig, daß Willatz fortkommt?

Er treibt sich ja den ganzen Tag in den Häuslerhütten herum, und kommt er wirklich nach Hause, so spielt er Klavier.

Könnten Sie sich nicht überwinden, einen Hauslehrer zu nehmen?

Wenn es keinen anderen Ausweg gibt.

Ich reise nicht nach Hannover, sagte sie.

Pause.

Nein, nein, antwortet er.

Sie wandte sich zu ihm um und sagte: So also! Ich beginne zu begreifen!

Was jetzt? Ihr höhnisches Wesen verwirrte ihn; stand er denn nicht hier und war das Entgegenkommen selbst? Fast hätte er sie für ihr absichtliches Mißverstehen ein Lehrgeld zahlen lassen, aber er wußte nur zu gut, daß das nicht das geringste nützen würde, und schwieg.

Sie machten die Rechnung ohne den Wirt, sagte sie. Aber wie häßlich und schlau das von Ihnen war.

Wie Sie sprechen!

Das ist meine Überzeugung.

Bin ich jetzt also auch häßlich und schlau? Aber wenn Sie mir nun aus alter Gewohnheit meine Fehler immer wieder aufzählen, das kann mich ja nicht besser machen. Meine Fehler – oh, ich muß bekennen, ich habe alles Interesse für sie verloren.

Und ich muß bekennen, antwortete sie, daß ich einmal, vor langer Zeit jedenfalls, Ihnen dies nicht zugetraut hätte.

Das sollten Sie nicht sagen, das ist jedenfalls nicht klug von Ihnen. Sehen Sie denn nicht ein, daß dies einen Schatten auf Ihre eigene Urteilskraft wirft?

Ach Unsinn, ich war ein Kind.

Kind? Täuscht Sie Ihr Gedächtnis nicht.

Ich war ein Kind.

Jetzt war der Krieg im vollen Gang, und sie hatte nicht vor, ihn zu schonen, sondern schoß scharf, ho, sie schoß lustig. Sie zog die Augenbrauen so großartig hoch in die Stirn und sah ihn von der Seite mit fast zugekniffenen Augen an, oh, sie war so über alle Maßen spöttisch:

Sie wollten mich beruhigen, als Sie das Mädchen aus Ihrem persönlichen Dienst entließen, es verabschiedeten. Und dann sollte ich reisen. Ich danke Ihnen schön dafür.

Er hatte sicherlich manchen Unsinn von ihr zu hören bekommen, aber er meinte niemals einen behaglicheren, rein herausgesagt: niemals einen erfreulicheren gehört zu haben. Er sah aus, als wollte er ihr entgegengehen, als wollte er ihr etwas sagen, ihr etwas versichern, Gott weiß; aber sie erwartete das nicht von ihm und wartete nicht auf ihn.

Ich danke Ihnen schön dafür! wiederholte sie und ging.

Na, noch hätte er sich vielleicht Gehör bei ihr verschaffen können, er hätte sagen können: Es lag mir so fern, Sie beruhigen zu wollen, denn wie konnte ich annehmen, daß Sie nach *der* Richtung hin eine Beruhigung nötig hätten! Er ging ihr den ganzen Tag über nach, aber sie war und blieb unversöhnlich, sie vermied ihn, und schließlich ging sie hinaus zu den Arbeitern Holmengraas und sah ihnen zu. Beim Abendessen konnte er nichts zu ihr sagen, weil Herr Holmengraa zugegen war, und als sie sich in ihr Zimmer zurückzog, war es zu spät. Er hätte sich etwas beeilen sollen, ja, das hätte er tun sollen.

Spät abends geht er hinaus. Ihr Fenster steht wie gewöhnlich offen, er hört sie innen gehen, ein Gedanke durchzuckt ihn, und er fragt leise hinauf:

Ist Ihre Türe geschlossen, Adelheid? Ich wollte nur –

Ja, ich bin zu Bett gegangen, antwortete sie.

Am nächsten Morgen ritt der Leutnant wieder aus. Seine täglichen Ritte waren durch den Coldevinschen Besuch unterbrochen worden, jetzt gewährte es ihm eine Befriedigung, sich wieder im Sattel zu wiegen und weit hinaus über Land und Meer zu schauen. Na, Schwarzer, du hast lang genug gefaulenzt, du bist übermütig!

Der Leutnant reitet nach der Landstraße hinunter, der Gaul

trabt, als ging es zu einem Fest, in kleinen Tanzschritten. Man hört von irgendwoher einen Ruf: Achtung! Aufgepaßt! Der Leutnant reitet weiter, er war nicht der Mann, den man auf seinem Weg aufhalten konnte, wie konnte man sich überhaupt unterstehen, ihn anzurufen?

Da krachte ein Schuß.

Der nächste Augenblick ist nur noch Katastrophe, ein Wirbel peitscht durch das Pferd, es macht einen Sprung, einen mächtigen Seitensprung und wirft seinen Reiter aus dem Gleichgewicht, der bleibt an der einen Seite hängen, weiter geht's im wilden Galopp, über die Landstraße hin, die Erde donnert unter den Hufen, weiter und wilder, an Hütten und Höfen vorbei, sie entschwinden dem Auge, der Reiter gleitet tiefer und tiefer hinab, der Sattel rutscht, jetzt sind es noch Sekunden – jetzt!

Dieser Augenblick ist kostbar. Der Reiter hat seinen einen Fuß auf dem Rücken des Pferdes, den andern unter dessen Bauch, er ist steif wie eine Stange, er hängt waagerecht auf der Seite des flüchtenden Pferdes – greift hinauf mit der Hand, nach dem Hals des Pferdes, hinein in die Mähne, das war ein Stahlgriff, – der hieb durch die Luft, und er fand Halt. Im selben Augenblick war der Sattel unter dem Bauch des Pferdes, der Gaul war gelähmt, die nächsten Sprünge waren wie auf Stelzen, bis er endlich strauchelte.

Nanu, hat er immer noch nicht genug? Der Gaul wirft den Vorderkörper hoch und fällt wieder, erhebt sich wieder und fällt abermals, schnaubt, zittert, schlägt ohnmächtig mit dem Kopfe. Der Leutnant hat endlich sein gefesseltes Bein losbekommen und kann bis an den Kopf des Pferdes hinauflangen, er schnallt den Sattel ab und bringt den Gaul auf die Beine.

Auf dem Heimweg sitzt er wieder im Sattel und reitet wie gewöhnlich im Schritt. Leute kommen ihm entgegengelaufen, sein eigener Knecht Martin, fremde Arbeiter, die Aufseher, Holmengraa selbst, alle in größter Angst. Holmengraa ist ganz grau vor Aufregung und gibt sich selbst die Schuld: Diese Schüsse, dies gräßliche Geknalle! Und sind Sie wirklich nicht zu Schaden gekommen? Und das Pferd!

Der Leutnant sieht seine Frau eilend vom Hofe herkommen, er will ihr entgegenreiten, will ihr den Weg abkürzen, deshalb hält er nicht an bei diesen besorgten Menschen, sondern gibt ihnen nur kurze Antwort.

Scheute es? Wie denn – sind Sie heruntergefallen? fragt sie hastig. Haben Sie sich verletzt?

Ich bin nicht heruntergefallen, antwortet er.

Wirklich nicht? Wie ging das zu? Denken Sie, wenn ein Unglück geschehen wäre! Und Sie haben sich nicht verletzt?

Ich habe mich nicht verletzt, antwortet er.

Oh, er hörte aus ihrem Ton gut heraus: sie war von Herzen froh, daß er noch lebte, vielleicht aber dachte sie, er sei beim Reiten nicht vorsichtig genug gewesen, habe nicht darauf geachtet, im Schritt zu reiten, wie er es gewohnt war!

Und das Pferd? fragte sie. Ich hörte, es ging durch wegen eines Schusses? Ich verstehe das nicht, hielten Sie denn nicht die Zügel straff? Ein Schuß ist doch eine einfache Sache.

Ja, eine einfache Sache.

Nicht wahr, ein Schuß ist nichts? Aber man muß natürlich zu Pferde sitzen können. Und Sie sind ja ein alter Reiter.

Apropos, sagte er, als wenn ihm etwas ganz anderes einfiele, Sie sollten sich dennoch in der nächsten Zeit etwas vor den Schüssen in acht nehmen, wenn Sie ausreiten. Oft gibt es schwere Knalle. Die Minenschüsse, meine ich.

Ich habe keine Furcht vor Minenschüssen, antwortete sie, das fehlte gerade noch!

Sie streichelte sein Pferd und sagte zu dem: Wie dumm du bist! Denk, wenn du nun im Kriege wärst und könntest kein Knallen vertragen!

Damit ich es nicht vergesse, sagt der Leutnant, heute in acht Tagen reisen Willatz und ich nach England. Sie sorgen wohl dafür, daß seine Sachen in Ordnung sind.

Oh, er hatte keinen Grund, Umstände mit Adelheid zu machen, er hatte es nicht nötig, und er fühlte auch gar keinen Drang mehr dazu.

Abends setzte er sich in seine Stube und ergötzte sich damit, Patience zu legen, wie eine alte Dame. Daverdana las ihm nicht mehr vor, er mußte einen Ersatz dafür haben, eine Handarbeit, einen weiblichen, unschuldigen Zeitvertreib. Morgens ritt er wieder aus, er wartete einen Schuß oder zwei ab, dann nichts als Stille in der ganzen Runde, er hörte die Maurer ihre Steinlieder singen unten am neuen Kai – das war alles. Aber das war nun nicht nach seinem Wunsch, und als es auf diese Weise ein paar Tage weiterging, wünschte er eine Abwechslung. Den ganzen Tag über wurde geknallt, aber wenn der Leutnant ausritt, war alles still. Sicherlich stand einer auf Wache. Das Merkwürdige dabei war, daß in dem Augenblick schon, wo er den Befehl zum Satteln gab, alles ruhig wurde, nicht erst, wenn er hinausgeritten kam. Was sollte das heißen?

Eines Vormittags steht er am offenen Fenster und beobachtet, wie die Minenleger zu bohren beginnen. Er sieht, wie sie tiefer und tiefer bohren und mit immer längeren Bohrern arbeiten, bis sie schließlich fertig sind. Er hat mit Absicht so lange zu Hause herumgetrödelt, um draußen beim Reiten den großen Dynamitschuß zu genießen, und gibt erst jetzt Befehl zum Satteln des Pferdes. Bei der weiteren Arbeit, während sie das Loch austrocknen und laden, beobachten die Leute unablässig den Gutshof, und endlich gibt einer von ihnen den andern einen Wink mit dem Arm. Es muß da draußen an irgendeiner Stelle einen Telegraphen geben; der Leutnant lehnt sich aus dem Fenster hinaus und sucht das ganze Haus ab. Was war das? Ein Tuch, ein weißes Handtuch hängt in einem von Frau Adelheids Fenstern. Es hängt in der Sonne, es soll wohl trocknen, der Wind spielt sacht mit dem Tuch.

Der Leutnant geht hinaus, prüft Sattel und Zaumzeug, schnallt den Sattelgurt noch ein Loch fester und steigt zu Pferde. Während er hinunterreitet, sieht er noch einmal nach dem Handtuch – es hängt noch immer dort. War Adelheid mit Holmengraa übereingekommen, daß ihr Mann, Willatz Holmsen, nicht zu Pferde sitzen könne und man ihn deshalb vor Dynamitgeknalle schützen müsse? Daß er vor jeder schnelleren Gangart als Schritt eine gewisse Scheu habe?

Er reitet den Weg hinunter, er merkt, daß alles zum Abfeuern bereit ist, aber daß die Leute sich jetzt mit andern Arbeiten zu schaffen machen. Er reitet geradeswegs zu ihnen hin und befiehlt: Schießt!

Oh, der Leutnant war nicht der Mann, dem man trotzen konnte! Die Arbeiter eilten zur Mine hin, der Aufseher kam und fragte: Sollen sie schießen?

Ja.

Wir dachten – das Pferd verträgt ja kein Schießen?

Es soll sich daran gewöhnen.

Steif und halsstarrig sitzt der Leutnant im Sattel und weiß, daß dies eine dumme Art ist, ein Pferd ans Schießen zu gewöhnen; trotzdem, er sitzt im Sattel.

Achtung h-i-e-r! rufen die Arbeiter.

Ja, aber hier sollte der Herr Leutnant doch auf alle Fälle nicht stehen bleiben, sagt der Aufseher.

Sie stehen ja selbst hier?

Mit mir ist das was anderes, ich kann weglaufen.

Das können wir wohl auch noch, antwortet lächelnd der Leutnant.

Die Lunte raucht, die Arbeiter bringen sich außer Schußweite.

Das Pferd schnuppert nach dem Rauch hin und wird unruhig, es ahnt, daß etwas geschehen soll, der Leutnant streichelt es mit der Reitgerte und redet ihm zu. Weil er so viele Zuschauer hat, zeigt er sich vielleicht ruhiger, als er ist, man bemerkt nur, daß er die Bügel hart an den Bauch des Pferdes klemmt, als ob dies ihn gegebenenfalls retten könnte. Und er streichelt und streichelt das Pferd und redet ihm zu.

Er war damit noch nicht fertig, als der Schuß krachte. Der nächste Augenblick war wie ein Blitz; das Pferd stellt sich hoch, wirft sich herum und macht ein paar gewaltige Sätze hin über das steinige Feld. Aber diesmal saß ein Reiter im Sattel, der sich nicht abwerfen ließ, jeder Versuch war nutzlos, jetzt ging es schon besser, noch immer in mächtigen Sätzen über den Feldweg hin, aber sicher, gebändigt; und als sie nahe dem Kreuzweg sind, mäßigt das Pferd von allein seinen Lauf, immer mehr, und beide erreichen in bester Haltung die offene Landstraße, schwenken im gestreckten Galopp nach rechts ab durch das Dorf und verschwinden in einer Sandwolke.

Es ist Sonntag.

Klein-Willatz geht von Häuslerhütte zu Häuslerhütte und sagt seinen Kameraden Lebwohl, er heimst dabei Ehre und Ruhm ein, er soll ja nach Engelland, in die große Welt, und würde niemals wiederkommen. Gottfred, der arme Kerl, hatte sicherlich nicht zu seinem täglichen Verkehr gehört, doch er vergißt auch ihn nicht, ja er schenkt ihm sogar zwei Kleinigkeiten, die dem armen Gottfred im Laufe der Jahre einmal zugute kommen könnten: einen Hahn, in den man hineinpfeifen kann, und einen von Frau Adelheids Haarkämmen, dem einige Zähne fehlten.

Alsdann ging Willatz zu Lars Manuelsens. Er hatte für Julius ein Pferd auf Rädern mitgebracht und eine ganze Schachtel voll von den verschiedensten Kostbarkeiten. Julius sah in die Schachtel hinein und sagte:

Der Hahn ist nicht dabei.

Den Hahn hat Gottfred bekommen.

Hat er den bekommen. Dann hat er wohl auch den Farbenkasten mitbekommen?

Nein, den hat Papa bekommen. Er bat darum.

Was sitzt du da und fragst? sagt Julius' Mutter. Und dankst nicht einmal für das, was du bekommen hast? Ich habe schon immer gesagt: du bleibst, was du warst, ein Lümmel!

Julius dankt für die Geschenke, und Willatz schämt sich ordentlich, weil seine Gaben so gering sind.

Dann nimmt Julius' Mutter von einem Dachbalken einen Brief herunter, und bittet Willatz, ihn vorzulesen – er ist von ihm, von dem Lars aus dem Seminar. Der alte Lars Manuelsen liegt auf seinem Bett und schläft, denn es ist Sonntag, und seine Frau weckt auch ihn, denn jetzt können sie den Brief vorgelesen bekommen.

Liebe Eltern, begann Willatz.

Wann hat er das geschrieben? fragt Lars.

Willatz liest das vor.

Na, dann ist der Brief einen Monat unterwegs gewesen.

Eine ganze Woche hat er nun schon oben auf dem Balken gelegen, sagt seine Frau.

Der Brief handelt von der Reise nach Tromsö und von der Stadt und von dem Leben dort, von allen den Häusern, allen den Schiffen im Hafen, den tausend und abertausend Menschen auf den Straßen, es war ein langer Brief, mit deutlicher Schulschrift geschrieben. Und was das Essen angeht, so gab es jeden Tag feines Essen, aber nicht genug Brotschnitten, die andern Seminaristen hätten ihm welche weggenommen, und so etwas sei ja eine Sünde; aber er, euer Sohn, vertraue auf Gott.

Da hätte ich nur dort sein sollen! sagt Lars von seinem Bett her.

Was meinst du, was hättest du getan? fragt seine Frau.

Hörst du denn nicht, sie lassen ihn verhungern!

Außerdem handelt der Brief von gelehrten Sachen: daß es hier furchtbar viel Bücher über alle möglichen Sachen gäbe, und außerdem hätten sie einen Schulsaal, der größer sei als die Kirche, und obendrein ein Haus, in dem nur gesprungen und gelaufen würde, zur Ausbildung des Körpers nämlich. Aber das alles miteinander würde schon gehen, denn euer Sohn sei fest im Glauben, und den könne ihm niemand nehmen. Zum Schluß einen ordentlichen Gruß an alle zusammen, besonders an die daheim und an Daverdana bei Leutnants.

Als Willatz gehen wollte, begleitet Julius ihn hinaus, die beiden haben so viel miteinander zu sprechen, aber Willatz ist niedergedrückt und mutlos.

Du mußt mir nun aber auch bestimmt schreiben, sagt Julius.

Ja, aber du kannst ja nicht lesen?

Doch, wenn du mit Druckschrift schreibst.

Was Willatz denn auch gelobte.

Ja, das mußt du nun aber bestimmt tun.

Was ist das für ein kaputter Ball, der dort liegt? fragt Willatz.

Ball? Ja, das ist der, den wir verloren hatten. Ich suchte ihn und fand ihn, aber da war er schon verfault. Sieh ihn dir nur an, wie faul er ist.

10

So vergeht der Herbst.

Holmengraa hat seine Leute nicht faulenzen lassen und hat sein Haus unter Dach gebracht. Nur noch Tischler und Maler arbeiten in dem großen Gebäude. Ebenso ist die Kaimauer unten an der See fertig geworden, man ist dabei, einen großen Platz für ein Lagerhaus herzurichten, man miniert und schießt noch immer, jeder Tag kostet einem Granitblock das Leben.

Aber es fiel schwer, für die große Zahl der Arbeiterschaft immer genügend Proviant zu beschaffen, und eines Tages, nachdem der Leutnant wieder von England zurück war, ging Holmengraa zu ihm hin und fragte ihn höflich und liebenswürdig, ob er etwas dagegen hätte, wenn ein Handelsmann unten an der See einen Kramladen aufschlüge. Es wäre ihm sehr viel daran gelegen, daß ein solcher Kramladen herkäme, seine fünfzig Arbeiter hätten jede Woche eine lange Reise nach Eßwaren, Tabak, Kaffee und Kleidern zu machen, das nähme Zeit weg, und einige von ihnen kämen von solch einer Fahrt meist betrunken zurück.

Der Leutnant würde wohl am liebsten gesehen haben, daß

all diese fremden Menschen das Gut Segelfoß endlich verließen, aber Holmengraa hatte eine eigene, unwiderstehliche Art, etwas durchzusetzen, und der Leutnant hatte es sich beinahe zur Regel gemacht, zu seinen Wünschen stets Ja zu sagen.

Wenn nun, antwortete er, Ihre Maurerei und Bauerei zu Ende ist und Ihre Arbeiter abgereist sind, wovon soll dann der Handelsmann leben?

Es ist schon wahr, sagte Holmengraa, daß alsdann weniger Waren gekauft werden. Ich habe auch daran gedacht, aber vorerst werde ich mit der gleichen Zahl Arbeiter noch eine lange Zeit mauern und bauen.

Was werden Sie dann zunächst bauen?

Die Mühlenanlage, von der ich dem Herrn Leutnant erzählt habe.

Und dann?

Dann muß ich einen Weg nach der Mühle anlegen.

Das ist also das nächste. Und was danach?

Danach werde ich die ganze Zeit viele Leute für meinen Betrieb nötig haben. Vielleicht werden es Arbeiter mit ihren Familien sein, es können schließlich mehr Menschen werden, als wir jetzt wissen.

Sie legen hier wohl schließlich eine ganze Stadt an, sagt der Leutnant.

Ganz gewiß habe ich Ihr Gut sehr viel unruhiger gemacht, als es war, aber eine ganze Stadt werde ich Ihnen nun doch nicht aufhalsen. Ist es Ihnen übrigens nicht aufgefallen, Herr Leutnant, wie sehr dieser Ort sich zu großem Verkehr und großer Wirksamkeit eignet? Hier ist eine reine Küste, ein abfallender Strand, Stämme in den Wäldern, Fluß, Wasserfall, eine dichtbevölkerte Umgegend, Äcker und Wiesen, ungeheure Viehweiden –

Alles, was Sie da sagen, hätte mein Großvater hören sollen, er war so unternehmend. Was den Kramladen betrifft, wo sollte denn der stehen?

An der See, auf meinem eignen kleinen Grundstückchen da unten.

Der Leutnant sieht auf.

Sie fragen mich, ob Sie auf Ihrem eignen Grund bauen dürfen?

Holmengraa verbeugt sich höflich und antwortet:

Ich muß gestehen, es sagte mir nicht zu, das ohne weiteres zu tun. Und zudem wußte ich: hätten Sie irgendeinen Einwand gegen den Plan, so würde Ihr Einwand so gute Gründe haben, daß ich meinen Plan aufgeben würde.

Ich habe keinen Einwand zu machen.

Ich danke Ihnen.

Und – es fällt mir ein – Sie haben ja selbst vor, ein großes Lagerhaus da unten zu bauen, und können den Platz selbst brauchen, der Kramladen kann also daneben errichtet werden, auf meinem Grund. Da unten gibt es sowieso nichts als Steine.

Ich bin Ihnen großen Dank schuldig für diese Erledigung der Sache, Herr Leutnant. Es wird natürlich eine jährliche Abgabe für den Grund bezahlt werden. Übrigens bezweifle ich nicht, daß Ihr Entschluß, ein Bauen an den Grenzen Ihres Besitzes zuzulassen, sehr weitschauend ist.

Gefällt es Ihnen hier? Hat sich Ihre Gesundheit gebessert?

Tausend Dank, dieser Sommer ist ein Segen für mich gewesen.

Das freut mich sehr, sagt der Leutnant...

Holmengraa brachte alles zuwege, er ging behäbig und zahlungsfähig und verständig umher und führte Gebäude von Stein und Holz auf. Jawohl, er brauchte nicht mehr einen Pelz zu tragen oder einen dicken Bauch umzubinden, um Achtung einzuflößen, und selbst der Goldkette schien er sich zu schämen, wenn er bei Holmsens zu Tisch geladen war, er knöpfte oft seinen Rock darüber zu. Nein, womit er jetzt Achtung einflößte, das war sein voller Geldschrank an den Samstagabenden, wenn er die Löhnung ausbezahlte. Einige von seinen Leuten erkannten wohl auch seine große Tüchtigkeit und bekamen davor Achtung.

Und die Zeit vergeht, eine Landungsbrücke mit einem Kramladen ist fertig geworden, und der Handelsmann ist mit Waren gekommen. Es war ein Bauer von der Küste, er hieß Per und schrieb sich P. Jensen, wenn er jemand hatte, der es für ihn schrieb – selbst konnte er es nicht. Er war ein unwissender und geringer Mensch, aber in einer Hinsicht war er hervorragend: in der Genauigkeit, mit der er einen Kupferschilling nach dem andern zusammenkratzte und festhielt. Er erfüllte hier alle Bedürfnisse, er handelte vorsichtig, und er führte nur die Waren, die die Arbeiter brauchten, er sprang nicht höher, als daß er immer wieder auf die Füße fiel. Per im Laden, nannten die

Leute ihn; er war ein dicker roter Kerl mit einem gewöhnlichen Bauerngesicht und einem blitzschnellen Blick. Er trug Kleider aus hausgewebtem Zeug, sah einfach aus, aber hielt sich gleichwohl alle vom Leibe, sogar sein Weib, sogar seine Kinder, er interessierte sich nur für eines im Leben, für Kupferschillinge, für Verdienen. Das war seine Lebensanschauung und seine Religion, das beherrschte alle seine Gedanken, und selbst wenn er die Elle oder die Waage benutzte, konnte man ihn dabei ertappen, daß er sich mit den Fingern manchen kleinen Vorteil verschaffte. Man schickte nicht gern Kinder in seinen Kramladen, aber konnte dies einmal nicht umgangen werden, so ermahnte man die Kleinen, die Augen offen zu halten.

Holmengraa hatte sich diesen Mann mit von Ytterleia hergenommen, weil er mit dessen Frau entfernt verwandt war. Holmengraa hatte ihm übrigens nur den Platz hier angewiesen und hatte sonst nichts mit dem Kramladen und dem Handel zu tun, Krämergeschäfte waren nicht seine Sache.

Ich höre, sagte Holmengraa, daß die Leute zu dir nicht das beste Vertrauen haben, Per.

Haben sie das nicht? sagte Per.

Nein. Sie müssen dir auf die Finger sehen, daß sie auch genug für ihr Geld bekommen, und sie klagen über dein Ellenmaß.

Hier ist das Ellenmaß! sagte Per.

Holmengraa untersuchte es, legte es wieder hin und sagte:

Die Leute beklagen sich bei meinen Aufsehern. Bertel in Sagvika hat einen kleinen Jungen, der heißt Gottfred.

Der rekelt sich hier jeden Tag herum.

Bertel schickte ihn zu dir wegen Kaffee. Er bekam den Kaffee in sein Taschentuch und ging heim. Stimmt das?

Ja, ein Viertelpfund Kaffee.

Aber Bertel mußte selber wieder herkommen, um den Kaffee nachwiegen zu lassen.

Es ist so, wie ich gesagt habe, sagte Per, weshalb kaufen sie auch nicht ein halbes Pfund Kaffee statt eines Viertels?

Aber selbst ein Viertel darf nicht weniger sein als ein Viertel.

Aber wieviel kann denn ein Viertelpfund Kaffee enthalten, könnt Ihr mir das sagen? fragt Per. Ein Viertelpfund Kaffee ist ja nicht die Rede wert; wenn es in ein Taschentuch kommt, so ist es nicht viel größer als mein Auge.

Er hatte zu wenig Kaffee bekommen, du hattest knapp gewogen.

Es kann ebensogut sein, daß sein Taschentuch ein Loch bekommen hatte. Was weiß ich?

Aber jedenfalls mußtest du es noch einmal für den Bertel nachwiegen?

Ich gab ihm noch ein ganz klein wenig drauf. Das tat ich aus Gutmütigkeit.

Holmengraa sagte:

Gib den Leuten keine Ursache zur Klage über dich, Per.

Es wiederholte sich später noch oftmals, daß Holmengraa sich den Krämer vornehmen mußte, aber das nützte wenig, dem guten Per im Laden machte es allzu große Schwierigkeiten, sich zu ändern, und das Volk gewann niemals Zutrauen zu ihm. Davon abgesehen, war er der einzige, zu dem man gehen konnte, und paßte man auf und hatte die Augen offen, so konnte man trotzdem gut bei ihm kaufen. Oh, dieser komische, einfältige Per im Laden, er glaubte wohl, er würde tausend Jahre und Tage leben, deshalb war er so gierig und konnte niemals genug bekommen.

Ich habe eine Anfrage von einem P. Jensen erhalten, der hier unten an der See einen Kramladen betreiben soll, sagte der Leutnant zu Holmengraa.

Wie meilenfern ihm ein P. Jensen war, wie vortrefflich er es verstand, einen P. Jensen zu einem reinen Nichts zu machen! Das schadete nichts, das war im Gegenteil die einzig richtige Art, noch dazu, wo Adelheid dasaß und zuhörte.

Das ist Per im Laden, antwortete Holmengraa. Hat er sich an Sie gewandt? – Holmengraa war äußerst verwundert.

Schriftlich. Er wünscht einen Tanzsaal zu eröffnen, einen Tanzboden, oder was es nun sein mag.

Nein, dieser Per im Laden! bricht Herr Holmengraa aus und schüttelt den Kopf.

Damit könnte er einen kleinen Nebenverdienst gewinnen, so lange hier so viele Arbeiter seien, schreibt er.

Hm. Herr Leutnant haben selbstverständlich nicht –?

Nein, ich habe ihm wirklich nicht geantwortet, sagt der Leutnant und lächelt so gleichgültig, als ob ein P. Jensen noch weniger als eine Fliege sei.

Natürlich nicht. Ich werde, wenn Sie es erlauben, mir den guten Per im Laden einmal vornehmen. Oh, ich habe gewiß einen Fehlgriff getan, als ich diesen Mann hierher brachte. Die Sache ist die, daß der Mann mit einer Verwandten von mir verheiratet ist, einer entfernten Verwandten, einer Base im dritten Glied oder was es ist, sonst hätte ich ganz gewiß nicht an ihn gedacht. Jetzt muß ich wohl sehen, wie ich ihn wieder von hier fortkriege.

Der Leutnant hörte sich dies sehr gleichgültig an, er hörte es vielleicht nicht einmal, er saß nur beim Abendtisch und war fertig mit dem Essen, dachte nach und zwinkerte mit den Augen.

Frau Adelheid fragte aus Höflichkeit:

Hat er Familie?

Ja, und sogar eine ziemlich große Familie, Söhne und Töchter.

Und steht sich vielleicht nicht gut?

Doch, sehr gut, er ist wohlhabend.

Nach dem Essen ging der Leutnant in seine Stuben.

Oh, Klein-Willatz, dieser Wildfang, war jetzt fort, keiner kommt jetzt mehr zu ihm mit wunderlichen Kinderfragen, keiner singt. Das Klavier schweigt in der Stube.

Aber Willatz hat es gut in England, er lernt gute und feine Dinge, er schreibt, er hätte Schwimmen und Boxen gelernt, er spiele auch auf einem Flügel, außerdem besuche er die Schule. Diese Briefe von Willatz waren des Vaters Freude, und niemals vorher hatte er so gespannt die Post erwartet wie jetzt. Wie mit Willatz vor seiner Abreise verabredet worden war, waren die Briefe stets an die Mutter adressiert, damit diese sie zuerst lesen könne; sie war auch jedesmal so gut, die Briefe sofort zu öffnen und sie ihrem Manne vorzulesen, wofür er ihr sehr dankbar war.

Aber um ihr nicht stets diesen Zwang aufzuerlegen, bat er einmal die Hausjungfer, mit allen den vielen Briefen für die gnädige Frau zu ihr hineinzugehen; jedoch Adelheid schickte sofort nach ihm:

Sie haben übersehen, daß heute ein Brief von Willatz dabei ist.

Jawohl, von Willatz, danke.

Er schreibt darin, daß er schon ein wenig Sprachen lerne, er könne auch schon etwas lesen, obgleich es sowohl ausländische Wörter als auch lateinische Druckbuchstaben seien. Dann und wann sehne er sich nach der lieben Mama, denn es gebe vierzigtausend Wörter im Englischen und er fürchte sehr, er werde die wohl nie erlernen. Hier in England gebe es keinen Schnee, aber kalt und frostig sei es trotzdem, und sein Fenster stehe die ganze Nacht offen, damit er sich abhärte. Er habe einen neuen Tanzlehrer bekommen, denn der alte, sagte er, hätte sich den Fuß verstaucht, aber Mr. Xavier Moore sage, er sei nicht richtig proper. Schließlich solle Mama den Papa grüßen und ihn daran erinnern, wie vergnüglich die Reise gewesen sei.

Tausend Dank. Hm.

Als er gehen wollte, hielt sie ihn zurück, indem sie sagte:

Nun ist es das zweitemal, daß er Sie an die Reise nach England erinnert.

Ja. Er sah ja auch soviel Neues und Seltsames.

Eine Reise, die ich nicht machen wollte.

Tut es ihnen leid? fragte er stutzend.

Ja, antwortete sie und trat ans Fenster.

Pause.

Sie fuhr fort:

Wenn ich Sie wiederum bitten würde, Sie jetzt bitten würde – ich halte es nicht aus, er ist bei fremden Menschen, allein, Mr. Moore, wer ist denn das? fragte sie und wandte sich um.

Was das betrifft, so können Sie beruhigt sein, aber –

Das Fenster offen bei der Nacht – sie verwirren ihn auch, es ist ja Unsinn, vierzigtausend Wörter lernen zu sollen; tausend sind genug.

Ich glaube, Sie haben recht.

Ich will ganz gewiß nicht nach Hannover reisen, aber zu ihm hin, ich habe es jeden Tag bereut, seit er fort ist. Ich will nicht nach Hause, ganz und gar nicht –

Wenn es nur nicht Winter wäre – begann er.

So würden Sie mich reisen lassen?

Mit dem größten Vergnügen. Das soll heißen, verstehen Sie mich nicht falsch, aber selbstverständlich, wenn Sie es wünschen –

Danke, Willatz. Also reise ich. Ich bin sehr froh.

Oh, jetzt hätte er sie um den Finger wickeln können, er hätte sie in die Arme nehmen können, er hätte sie aus der Stube hinaustragen können, hinein, und sie würde sich nur festgehalten haben, und es wäre ihr ganz gleich gewesen, wenn er sie an die Tür angestoßen hätte. Er erwartete vielleicht einen Ausbruch von ihr und war auf dem Posten.

Nein, ich stehe nur da und hindere Sie daran, Ihre anderen Briefe zu lesen, sagte er und machte eine Verbeugung, um zu gehen.

Willatz!

Ich will nur hinausgehen, um wegen Ihrer Abreise Anordnungen zu treffen. Sie reisen doch sofort?

Ja, danke. Aber Willatz –, sagte sie und trat dicht vor ihn hin; sie war jetzt so demütig und senkte ihr Haupt. Als sie die Augen aufschlug und ihm ins Gesicht sah, verstand sie, daß es nutzlos sei, daß es zu spät sei. In diesem eigensinnigen Araberkopfe stand der Beschluß unerschütterlich fest.

Sonst gibt es nichts mehr! sagte sie.

Und so holte er aus. Jetzt endlich besaß er alle die Macht, die sie bisher jahrelang gehabt hatte, jetzt holte er aus:

Nein, sonst gibt es nichts mehr – von der Sorte.

Machte er nicht trotzdem etwas zu früh von seinem Triumph Gebrauch? Er hätte Adelheid besser kennen müssen, sie fiel nicht vor ihm nieder und schlug nicht ihr Haupt auf den Boden, sie richtete sich im Gegenteil sofort auf und sagte mit großer Selbstbeherrschung:

Von der Sorte? Ich wollte weiter nichts, als wegen eines Pelzes fragen – eines kleinen Pelzes für Willatz. Ob ich ihm einen kaufen darf?

Pause.

Natürlich, antwortete er. Danke, daß Sie mich daran erinnert haben. Wenn es Mode und Sitte ist, daß Kinder in England im Pelz gehen?

Nein, vielleicht nicht. Ich weiß nicht. Es ist auch gleichgültig.

Ich habe nichts dagegen. Untersuchen Sie es. Jedenfalls macht es Ihrem Mutterherzen alle Ehre.

Es sah so aus, als wenn ihr die ganze Reise jetzt gleichgültiger würde, die Ausrüstung, die Fahrt und alles, vielleicht war sie nur deshalb darauf gekommen, um ihren Mann milde zu stimmen, um ihm eine Gelegenheit zu geben, damit er wegen ihres Wankelmutes etwas Nachsicht mit ihr hätte. Es ist nicht unmöglich, daß sie im letzten Augenblick noch die ganze Englandreise, die so gefährlich schnell zustande gekommen war, aufgegeben hätte, wäre es nicht schließlich Holmengraa gewesen, der ihr Mut und Lust dazu gemacht hätte.

Holmengraa sagte bei Tisch:

Ich muß auch reisen. Meine Kinder erwarten mich schon.

Aber Sie haben doch eine viel längere Reise?

Nach Mexiko. Hinauf nach den mexikanischen Bergen.

Ach, wenn ich bis England Ihre Begleitung hätte!

Das würde mir eine große Ehre sein.

Frau Adelheid und der Leutnant, beide sehen ihn an.

Verstehe ich Sie recht? Wann können Sie reisen, fragt sie.

Wann Sie befehlen, gnädige Frau, antwortet Holmengraa und verbeugt sich.

Nein, nun habe ich doch in meinem ganzen Leben –! ruft Frau Holmsen überrascht. Können Sie sofort reisen?

In ein paar Stunden gern.

Nein, wie sich das gut trifft.

Ich will mein Allerbestes tun, um Ihnen zu dienen, gnädige Frau.

Der Leutnant fragt:

Können Sie von allen Ihren Leuten fortreisen?

Das muß ich früher oder später sowieso. Und ich habe ja einige Aufseher, die zurückbleiben.

Aber wie ich Sie verstanden habe, können Ihre Kinder nicht vor dem Frühling kommen?

Ich will sie vor dem Frühling nicht herbringen. Ich habe aber in Mexiko vieles abzuwickeln und zu ordnen. Na, nicht viel, natürlich, aber ein wenig, etwas, ich habe all die Zeit, die ich übrig bekomme, nötig, ich muß einige Betriebe verkaufen, ein paar Betriebe und ein wenig Grundbesitz. Das ist alles in allem nicht viel, aber es nimmt Zeit weg, alles in Ordnung zu bringen.

Ja, könnte ich ohne allzu große Opfer Ihrerseits in Ihrer Begleitung nach England reisen, so würde ich Ihnen wirklich sehr dankbar sein, sagt Frau Adelheid aufrichtig.

Der Leutnant nickt und ist einverstanden:

Wenn Sie nur nicht meiner Frau wegen Ihre Reise beschleunigen?

Keineswegs.

Sie würden sonst vielleicht erst in ein paar Monaten gereist sein?

Das war ursprünglich auch meine Absicht. Aber jetzt schreiben meine Kinder, daß sie mich bereits erwarten.

Es sieht so aus, Adelheid, sagte der Leutnant, als könnten Sie wirklich manches Gute von Herrn Holmengraas Gesellschaft und überlegener Reisegewandtheit auf der Fahrt erwarten. So hat es ja keine Not.

Nein, so hat es keine Not.

In all der Zeit, die Frau Adelheid fort war, schien der Leutnant sie nicht zu entbehren, im Gegenteil, er schien innerlich und äußerlich frischer zu werden und wurde auch tätiger als früher. Das ist ein Anblick! sagte die Hausjungfer, Jungfrau Salvesen. Jetzt sah man ihn zu Pferde oder zu Fuß auf allen Wegen, er hatte bei den Häuslern und bei den Nachbarn zu tun, er gab persönlich Anweisung, welches Winterholz im Walde heuer gefällt werden sollte; das hatte er seit vielen Jahren nicht mehr getan, auch ließ er alle Ackergerätschaften auf dem Hof für das Frühjahr instand setzen. Was meinte er denn nun damit, daß er in aufgeknöpfter Uniform ging, den Daumen in der Westentasche, und vor sich hin summte? Er wunderte sich vielleicht selbst etwas über seine Unternehmungslust, und um seine Munterkeit gegen früher nicht allzu merkbar zu zeigen, gab er seine Befehle mit leiser Stimme, was ja nicht hinderte, daß man ihm sofort gehorchte. War ein Druck von ihm genommen? Sein bedrücktes Wesen, wo war es geblieben? Selbst wenn man von seiner äußeren zahlungsfähigen Haltung absah, seit er Geld in die Taschen bekommen hatte, war der Leutnant ein freierer Mann geworden, er ging weniger gebeugt und grübelte nicht über dem Staub des Weges.

Und abends lag er auch nicht mehr als Pascha auf einem Sofa und ließ Daverdana kleine Erhitzungen in sein Herz hineinmogeln, von der andern Wand her, nein – kein Meer, keine Wellen. Es war ein Versehen, daß er eines Abends das rothaarige Mädchen im Gang traf. Und sie stand an der Wand, und sein Mantel hing dort, und er glaubte, sie sei der Mantel: Was – bist du das, Kind? Hier ist es so dunkel . . . Dann ging er wieder in sein Zimmer und trank mit zitternder Hand ein zahmes Glas Wasser. Nachdem er einige Male auf und ab gegangen war, begann er seine ewige Patience.

Aber lange nach Neujahr, nach der Heimkehr seiner Frau, fiel er da etwa in seine alte grüblerische Niedergedrücktheit zurück? Keine Rede davon, er hatte mit dem Vorsichhinsummen einmal angefangen und konnte damit nicht sofort wieder aufhören. So summte er noch einige Monate weiter, als wenn es ihn keineswegs plagte, ja, er summte nach der Rückkehr seiner Frau genauso wie vorher; dieser Mann machte alles ganz. Wollte er damit alle Leute auf dem Hof hinters Licht führen?

Ich höre, Sie summen? sagte Frau Adelheid.

Bedaure, daß Sie es gehört haben, antwortete er. Eine Unart. Ich werde dagegen ankämpfen.

Nein, weshalb denn?

Weil es richtiger ist, daß Sie summen, da Sie es können, und daß ich schweige.

Sie summen nicht schlecht.

Ich summe so ausschließlich zum Privatgebrauch – ich bin ganz erschrocken darüber, daß Sie es gehört haben.

Es ist gut, daß jemand hier auf dem Hofe summt, sagte sie.

Seit Willatz gereist ist, antwortete er, waren Sie die einzige, Adelheid. Aber Sie schwiegen.

Ja, was soll man sagen!

Nach kurzer Pause begann sie wieder:

Ich habe auf meiner Reise wunderliche Eheleute gesehen, aparte Eheleute.

So.

Ja. Das war seltsam.

Sie machen mich neugierig.

So? Es waren verheiratete Leute. Den einen Tag lächelten sie einander zu und nickten, sie waren so einig, sie küßten sich, sie sprachen miteinander, sie wünschten einander gute Nacht.

Und am nächsten Tag?

Taten sie dasselbe.

Merkwürdig. Was waren das für Eheleute?

Alle waren so.

Pause.

Der Leutnant war überrumpelt, er meinte wieder auf der einen Seite eines Pferdes zu hängen.

Frau Adelheid fuhr fort:

Mir fiel das während meiner Reise auf, ich danke Ihnen vielmals, Willatz, daß Sie mir Gelegenheit gaben, das zu sehen.

Der Leutnant verbeugte sich und sagte:

Was noch?

Nichts, antwortete sie. Es waren verheiratete Leute, sie liebten sich, sie waren glücklich.

Hm. Verstehe ich Sie recht, Adelheid, so bin ich es, der von diesen Eheleuten etwas zu lernen hat?

Sie und ich, glaube ich; also wir beide sollten von ihnen etwas lernen. Ich weiß nicht.

Sie entschuldigen, daß ich mir für einen Augenblick diesen kleinen Stuhl nehme, sagte der Leutnant und setzte sich. Nicht um eine Abrechnung zu halten, aber meinen Sie wirklich, es könnte wünschenswert sein, daß es zwischen uns ein wenig anders würde?

Das habe ich nicht erst heute gewünscht, entsinnen Sie sich denn nicht? Aber man wies mich zurück.

Das war nicht gut.

Ja, trauriger konnte es fast nicht sein, sagte Frau Adelheid mit Tränen in den Augen. Und das mußte mich ja kränken. Aber das ist nun geschehen.

Natürlich wäre er wohl am allerliebsten wieder aufgebraust, dieser eigensinnige Mann, denn er lächelte schief, und sein Schädel schien Eisen zu schwitzen. Er bat sie nur, zurückzudenken:

Man hat Sie abgewiesen?

Na, das ist doch –! Hat man das nicht getan? Bin ich nicht zweimal abgewiesen worden? Sagten Sie nicht, es sollte nicht mehr sein?

Pause.

Hm. Nicht um Sie zu verhören – aber war ich es, der jahrelang seine Tür verschloß?

Herrgott, nein, ich habe das getan. Bat ich Sie nicht jedesmal, mich zu entschuldigen? Sie sagten auch jedesmal ja, aber Sie haben mich also nicht entschuldigt. Ich weiß jetzt nicht, woran ich mich halten soll.

Der Leutnant schien plötzlich sich ernsthaft in einer Verwirrung zu befinden, er beugte sich vor und starrte sie groß an, er schien kein Wort zu verstehen. Sprach sie aus Dummheit oder aus Schlauheit, wollte sie ihn um seinen Verstand bringen?

Ich verstehe sehr wohl, daß ich damals übertrieb, fuhr sie fort, ich hätte Sie nicht so lange strafen sollen. Oh, ich begreife es jetzt und habe es bereut.

Erstens: mißverstehen Sie nicht die ganze Lage, wenn Sie mich strafen wollen? Wofür hätten Sie mich strafen wollen?

Ja, sehen Sie . . . So, ich hätte Sie nicht strafen dürfen? In meinem eigenen Bereich?

Haben Sie einen eigenen Bereich?

Wortklauberei . . .

Und jetzt leiert sie wahrhaftig eine lange Rede ab, die sie sich vielleicht jahrelang wieder und immer wieder ausgedacht hatte, die aber jetzt, da sie sich erhitzt hatte, so grob ausfiel. Oh, es wurden so starke und unverblümte Worte, ihr so wenig ähnlich:

Wie kamen Sie – wie kamen Sie zu mir? Das sei Ihr Recht, das könnte Ihnen nicht verweigert werden. So begann es. War nicht das Zimmer bereit, war nicht ich selbst bereit, saß ich etwa da und sah aufs Meer hinaus, lauschte ich auf etwas in mir, hatte ich keinen Stuhl für Sie, weil etwas auf den Stühlen lag? – es war doch wirklich nur ein paarmal, daß ich etwas auf die Stühle gelegt hatte, damit Sie sich nicht setzen konnten. Und räumte ich nicht sofort alles von den Stühlen wieder weg, tat ich das nicht? Sprang ich nicht auf und machte die Stühle frei? Aber da waren Sie schon verstimmt. Sie sahen auf die Uhr und verbeugten sich, um zu gehen. Dann bekam auch ich eine kalte Dusche und hielt Sie nicht zurück; Sie werden wohl nicht verlangen, daß ich hätte betteln sollen? Dann gingen Sie. Dann kam das nächste Mal. Sie hatten gewiß erwartet, daß ich in der ganzen Zwischenzeit an nichts anderes denken würde als daran, Ihnen das nächste Mal zu Wünschen zu sein – entschuldigen Sie, das hätten Sie sich in einem solchen Fall verdienen müssen. Aber Sie kamen genau wie früher, kamen jedesmal genau wie früher. Komme ich wieder ungelegen? sagten Sie; aber das hielten Sie für ganz ausgeschlossen. Sie wurden ärgerlich, wenn es sich herausstellte, daß Sie wirklich zu ungelegener Zeit gekommen waren. Ich konnte mit irgend etwas beschäftigt sein, ich konnte etwas in ein kleines Buch schreiben, das ich habe, ich konnte in einer Sommernacht dasitzen und malen – so sollte ich also an nichts anderes in der Welt denken als daran, alles für Sie in Ordnung zu haben? Weshalb das? Ich war ein derartiges Benehmen wirklich nicht gewohnt, ich kam aus einem großen Hause und war nicht dazu erzogen, mich immer für jemand bereitzuhalten. Und was würden Sie übrigens gesagt haben, wenn ich gekommen wäre und Sie bei Ihren ewigen Büchern früh und spät gestört hätte? So war es. Ich sehe, Sie sitzen da und lächeln, also, was ich gesagt habe, ist natürlich für Sie der vollendetste Unsinn. Aber so war es.

Ich werde nicht lächeln.

Werden Sie nicht lächeln? Dann tun Sie eben irgend etwas anderes, um mich zu beschämen, das kommt auf eins heraus. Oh, Gott, wir sollten nicht – ich meine, es war gewiß falsch, daß ich herkam!

Pause.

Sie schweigen? Das bedeutet wohl auch etwas?

Wünschen Sie, daß ich spreche?

Nein, nicht sprechen. Das würde ja nur wieder ein Wortstreit werden. Nein, aber ich dachte, daß Sie mir etwas sagen könnten, ein paar Worte, die mich beruhigen würden. Gibt es denn gar keinen Trost in Ihrem Kopf? Ich weiß nicht, weshalb wir die ganze Zeit immer so uneinig sein müssen. Ich habe auf meiner Reise nur zufriedene Eheleute getroffen. Und jetzt habe ich ja einen Vergleich angeboten und Ihnen meine Hand hingestreckt, können Sie denn das nicht anerkennen? Ich möchte so gern, daß es zwischen uns etwas natürlicher würde, zweimal habe ich Sie gebeten, geweint –

Entweder er hatte nun irgend etwas Vernünftiges in ihrer Erklärung gefunden, oder aber er war des Streites müde, und so antwortete der Leutnant nur:

Es ist zu spät, Adelheid.

Ja, das haben Sie beschlossen, an dem und dem Tage. Ich wußte nichts davon, daß Sie damals zum letztenmal kamen, Sie hätten mir sagen können, daß es das letztemal war. Sie hätten mich warnen können. Weshalb warnten Sie mich nicht? Dann hätte ich mich gebessert, ich würde es mir sofort überlegt haben und hätte Sie um Verzeihung gebeten. Aber nein, Sie schwiegen bloß, Sie sagten zu sich selbst, daß es das letztemal sei, aber zu mir sagten Sie es nicht. Oh, das war nicht richtig von Ihnen, nein, nein, das war nicht richtig!

Sie haben so oft gesagt, daß Sie mich kennten?

Ja. Ja. Aber ich glaubte nicht, daß es das letztemal sei. Das war eine Überraschung.

Der Leutnant überlegte ruhig und lange und sagte – redete mit einfachen und beherrschten Worten und sagte:

Um es nicht zu einer noch peinlicheren Abrechnung kommen zu lassen, als diese ist: wollen wir Schluß machen. Es wird nicht anders, als es ist. Deshalb können wir uns jede Abrechnung sparen. Wenn wir uns jetzt auch einigen würden, Adelheid, in einer Woche würde sich dasselbe Spiel wiederholen, ich spreche aus Erfahrung, Sie würden wieder beginnen, mich zu strafen. Wir haben viele von unseren besten Jahren damit vergeudet, gegeneinander auf dem Posten zu sein, Sie haben Ihre Kunststücke getrieben, und ich habe mich dadurch ärgern lassen. Jetzt habe ich Schluß gemacht. Wir sind ja mittlerweile aus den Jahren herausgekommen, beide, unsere beste Zeit ist vorbei, wir können nicht länger nur Verliebte spielen. Das ist es, was ich um Ihret- und meinetwillen denke.

Jaja, dann gibt es nichts mehr. Dann – gibt es nichts mehr.

Frau Adelheid denkt und nickt.

Plötzlich sagt sie:

Aus den Jahren heraus? Sie sind der erste, der das von mir sagt, auf meiner ganzen Reise im Winter hörte ich nur das Gegenteil. Aber bitte schön, Sie brauchen sich nicht zu scheuen, grob zu sein, wenn Ihnen das gut tut.

Der Leutnant hat sich erhoben.

Wissen Sie, was ich erlebt habe? fragte sie immer noch erregt. Ich habe erlebt, wenn mein Sohn und ich zusammengingen, daß die Leute uns für Geschwister hielten.

Aber da fuhr wohl ein Teufel in ihn hinein, und er antwortete spitz:

Was, ist der Willatz schon so groß? Und so reif?

Worauf der Leutnant wieder zu sich selbst hinüberwanderte.

Und dieser Auftritt war ebensowenig der letzte, wie er der erste war. In den kommenden Jahren fochten der Leutnant und seine Frau noch manchen guten Streit miteinander aus. Aber seine Unerschütterlichkeit siegte jedesmal, nie wieder gab er nach.

Trotzdem hatte er sicher nicht das geringste Vergnügen davon, sich so hart zu machen, es kostete ihn gewiß Selbstzucht, diese steifnackige und launenhafte Adelheid von Hannover hatte nun einmal sein Herz und seine Sinne alleinherrschend in Besitz. Weshalb war er denn sonst jahrelang vor ihre Tür geschlichen? Und weshalb zum Teufel hatte er sich denn sonst ihretwegen zur Tugendhaftigkeit verurteilt und jedes weibliche Wesen im ganzen Umkreis verschont? Manch liebes Mal war er auf dem Sprunge, seiner Qual ein Ende zu machen, seine Frau zu packen und sie festzuhalten, sie zu tragen – sie mit Wahnsinnskräften in ihr Zimmer zu tragen, ja, er sah sich dies vollführen, er hörte seinen eigenen Mund gewalttätige Worte stöhnen: Ich will Sie lehren – ich will Sie lehren, Launen zu haben, meine Liebe! Er konnte auf seinem Sofa sitzen und dies alles erleben, er kam zu dem Punkt, daß er sich in sich selbst zurückzog, um den Sprung zu tun, um sie sich zu nehmen – hier machte seine Träumerei halt. Es war schief mit ihm gegangen, jawohl; aber er war noch nicht mürbe geworden. Der Mensch mußte doch wohl imstande sein, etwas größer zu sein als sein

Schicksal. Er dachte an die Folgen einer ersten solchen Vergewaltigung, das würde zu ewigen Wiederholungen führen, denn Adelheid würde auch gewiß nie nachgeben. Sollte er ihr also ein derartig zerrüttetes Leben bereiten? Es gab einen anderen Weg, und der war ohne ungebührliche Wildheit. Eine Ehe muß mit Phantasie betrieben werden.

Der Leutnant trat auf, wie es sich für ihn geziemte, er war der Überlegene, er hatte es in seiner Macht, Selbsthilfe zu üben, aber er tat es nicht. Oh, ein außergewöhnlicher Herr! Es hatte für ihn die größte Bedeutung, daß man ihn weder darum gebeten noch dazu gezwungen hatte – denn dann würde er sich wohl aufgelehnt haben, ho. Er hatte selbst bestimmt, in welchem Umfange er überlegen sein wollte: er wollte es im weitesten Umfange sein, sein Weib mochte in Frieden leben. Das war etwas im Stile der Humanisten.

Die Zeit ging, der Leutnant ergraute mehr und mehr, er munterte sich mit seinen geliebten Büchern auf und mit dem Patiencelegen an den Abenden. Eine recht unwürdige Ablenkung für einen Willatz Holmsen! Dazu konnte er sich plötzlich erheben, um ganz unbegründet an der Zimmerklingel zu ziehen. Daverdana, sein junges Mädchen, kam herein und verbeugte sich. Aber sie kam nicht sofort, nicht augenblicklich, er hatte sie selbst abgerichtet, sich erst die Hände zu waschen, bevor sie käme. Weshalb das? Wollte er Zeit gewinnen, um sich zu beruhigen?

Wenn Daverdana kam, stand der Leutnant da, mit beiden Händen auf dem Tisch und starrte sie dumm an. Er hatte einen verrückten Blick.

Na, sagte er endlich, du hast hier drinnen nichts angerührt?

Nein, antwortete sie erschrocken.

O nein, seit der alten Geschichte mit dem Alphabet, das sie verkehrt aufgestellt hatte, rührte ja Daverdana nichts von den verbotenen Dingen in dieser Stube an.

Siehst du, alle diese Sachen stammen von Willatz, ich bewahre sie auf. Erinnerst du dich an Willatz?

Ja, wie sollte ich nicht!

Gut, er ist in England, er wächst mächtig, er ist so groß wie seine Mutter. Wie war doch dein Name?

Daverdana.

Ich kann ihn niemals behalten. Aber du bist ein tüchtiges Mädchen. – Das war alles.

Aber Daverdana bleibt stehen, sie hält etwas in der Hand und getraut sich nicht, es hinzureichen.

Willst du mich etwas fragen?

Nein – ja, danke, sagt Daverdana. Das hier ist ein Bild von unserem Lars, ob Ihr so gut sein wollt, es anzusehen. Lars auf dem Seminar.

Der Leutnant nimmt das Bild nicht, aber er legt seine Hand um die des Mädchens und wendet sie etwas um, so steht sie da und sieht das Bild an, mit seiner Wange dicht an ihrer Wange. Will er dabei untersuchen, ob sie reine Hände hat? Oder wandelt ihn eine kleine Lust an, eine Mädchenhand in seiner Hand zu halten?

Wozu soll ich das sehen? fragt er.

Ja, das sagte ich auch, antwortete Daverdana; aber Vater bat mich darum, es mitzunehmen, und dabei sagte er, ich sollte Euch fleißig in Lars' Namen danken.

Sieh, da stand nun der Knabe Lars in großartigen Stadtkleidern, mit einer gediegenen Uhrkette, ein verkleideter Fischerjunge mit einem groben, gewöhnlichen Gesicht.

Der Leutnant nickt, er hat genug gesehen.

Er ist großartig fein! sagt das Mädchen. Jaja, er hat sich die Kleider geliehen, um sich darin abphotographieren zu lassen.

Hat er sich die Kleider geliehen?

Ja, und die Taschenuhr. Und den Ring, den er am Finger hat, hat er auch von einem Kameraden geliehen bekommen, schreibt er. Nun kommt der Lars bald wieder heim.

Der Leutnant nickt abermals, jetzt habe er jedenfalls genug gesehen. Zögernd gibt er Daverdanas Hand frei und läßt sie gehen. Ein Schützling von ihm durfte sich keine Kleider leihen, um darin zum Photographen zu gehen, da mußte ein Riegel vorgeschoben werden. Oh, aber der Leutnant hatte an so vielen Stellen einen Riegel vorzuschieben, hier in seinem Haus, bei Willatz in England, bei der Dienerschaft, beim Seminaristen, beim Kaufmann in Bergen, das Geld verpuffte leider nur so, der Leutnant hatte schon wieder den Ring an die linke Hand hinübergesteckt. Niemals schienen seine Widerwärtigkeiten ein Ende zu nehmen. Und dann würde Willatz wohl einmal während der Ferien heimkommen, er war jetzt gewiß schon ein ganzer Herr, master von vielen Jahren, er hatte reiten gelernt, aber er hatte kein Pferd im Stall, wenn er nach Hause kam, seht, da galt es also, ein Pferd für ihn zu beschaffen –

Seltsam genug: der Leutnant begann ein ganz klein wenig auf Holmengraa zu warten, – wie konnte das zugehen? Das kam wohl daher, weil er mit ihm eine Vorstellung von Geld und Rettung und Rat gegen alle Ratlosigkeit verband. Und an dem Sommerabend, an dem Herr Holmengraa unten am Kai mit seinen beiden Kindern und seiner Dienerschaft landete, lebte der Leutnant ordentlich auf, und er ritt selbst hinunter und führte sie in sein Haus.

11

Große Veränderungen waren auf dem Gute Segelfoß und in der ganzen Umgegend vor sich gegangen, der Mühlenbetrieb war fertig geworden und in Gang gesetzt, es ging ein Sausen über Land und Strand, Holmengraa regierte als der König, der er war. Weshalb läutete man jeden Tag eine ganze Stunde in der kleinen Kirche? Der König war tot in Malmö – Herr Holmengraa war an seiner Statt gekommen. Wie tätig er war, und wie er alle dazu brachte, tätig zu sein! Als der Kai und eine ungeheure Brücke mit merkwürdigen Kranen darauf fertig waren, verging nicht viel Zeit, bis ein mächtiger Dampfer anlegte; er kam von fernen Landen mit Roggen, er hatte ausländische Matrosen an Bord, die an Land gingen, mit blanken Hüten auf ihrem schwarzen Haar, und wunderliche Worte sprachen. Das war ein Abenteuer, würdig eines König Tobias. Selbst für Leutnants oben auf dem Hof war es ein Erlebnis, als sie zusammen mit Herrn Holmengraa von dem englischen Kapitän zu einem Abendessen eingeladen und reich und vornehm bewirtet wurden. Hatte Herr Holmengraa bei diesem Abendessen einen Finger mit im Spiel? Er hatte ja seine Finger überall im Spiel. Später waren dann der Kapitän und die Offiziere vom Schiff zu einem großen Mittagessen bei Leutnants. Es waren festliche Tage.

Und diese Begebnisse brachten ja Gedeihen und Segen für das Land weit umher. All dieser Roggen, der zu Mehl gemahlen wurde, machte es ja fast unmöglich, in dieser Gegend an Hunger und Hungersnot zu denken. Gab es keinen anderen Ausweg, so konnte man ja zu König Tobias gehen und borgen, aber vorläufig konnte man Arbeit bei ihm nehmen und so bei ihm in

Brot stehen. Es war großartig, wie licht das Leben hier wurde; die Tagelöhner konnten Kautabak priemen, soviel sie nur bezwangen, und die Bauern, die ein Pferd hatten, bekamen Fuhren für die Mühle und verdienten damit, was sie für Steuern und für Waren beim Krämer brauchten. Segen und Gedeihen ohne Ende! Auch Herrn Holmengraa schien es hier zu gefallen, er blühte ordentlich auf. Die Föhrenluft und die liebe Tätigkeit hatten ihm seine Gesundheit wiedergegeben, und was den Verdienst anging, so konnte er auch diesen Punkt ohne Gefahr betrachten, hehe, jedenfalls, ohne sonderlich drohende Gefahren zu sehen, hehe! Oder nicht? Schickten die Handelsleute nicht von fern und nah ihre Zehn- und Achtriemer nach Mehl? Und kam es nicht so weit, daß er Kontor und Zimmer für einen Lagermeister unten an der Brücke einrichten mußte? Nun wurde Segelfoß Posthalterei, nun wurde Segelfoß Anlegstelle für die Küstendampfer, für die Vadsö-Hamburg-Dampfer, die von Süden und von Norden jede dritte Woche herkamen und Post und Waren löschten und dafür Mehl für das ganze Nordland luden.

Wahrhaftig, es gab genug Arbeit für einen Lagermeister an der Brücke, er hatte die Post und die Expedition zu besorgen, er führte die Bücher, schrieb alle Briefe, fertigte die Brückenarbeiter ab, führte die Aufsicht über Gewicht und Maß. Es dauerte nicht lange, da mußte er einen Gehilfen haben, so sehr wuchs die Arbeit an. Per im Laden hatte ja nun schon ein großes Geschäft und bekam Kisten und Tonnen mit jedem Schiff, nach Neujahr sollte er außerdem noch das Weinrecht erhalten; dann würden noch mehr Kisten und Tonnen an ihn kommen, und wer konnte das Ende absehen!

Aber über allen und über allem wandelte Herr Holmengraa, der Gott. Er war so viel wert wie alle andern zusammen, aber trotzdem ruhig und bedächtig und rücksichtsvoll in seinem Wandel. Hielt man ihn auf seinem Wege an, und fragte man ihn nach etwas, so gefiel ihm das gewiß nicht sehr, aber er gab, wenn auch schnell im Vorübergehen, eine Antwort. Nachdem einige Zeit vergangen war, mußte er sein Auftreten ändern. Die Leute hängten sich an ihn, paßten ihm auf; stand er einmal und sprach mit dem Leutnant, so konnte es vorkommen, daß die Leute sich in der Nähe aufstellten und warteten, bis er ausgesprochen hatte, um ihn dann zu überfallen. Er mußte sich angewöhnen, sie alle kurz und bündig abzufertigen: Geh zum

Lagermeister! Frag den Mühlenmeister! Doch gab es einige, die auch dann nicht klein beigaben, die zudringlich wurden: Sie seien beim Lagermeister gewesen, sie hätten den Mühlenmeister gefragt, sie stellten Fragen, sie machten Einwendungen – Herr Holmengraa sah sich genötigt, zu einer dritten Methode überzugehen: diese Einwendungen zu überhören und kein Wort darauf zu antworten. Wenn er sich nur das richtige Herrenwesen des Leutnants hätte aneignen können! Der war ganz und gar nicht stumm, aber er machte die Einwendungen selten. Keiner hielt sie besser im Abstand als dieser überlegene Gutsbesitzer; er konnte wohl persönlich zu einem seiner Häusler hinüberreiten, mit ihm sprechen und ihm einen Befehl geben; aber der Häusler kam nicht am nächsten Tag und hatte etwas zu sagen.

Was wollen die Leute? fragt der Leutnant. Er sitzt wie gewöhnlich zu Pferde.

Die wollen gewiß mit mir sprechen, antwortet Holmengraa. Ich sehe darunter einen Mann, der mir keinen Frieden läßt, er ist Bäcker, war in Bergen in der Lehre, er möchte hier eine Bäckerei anlegen. Ich weise ihn jeden Tag ab, aber er kommt wieder. Das endet noch damit, daß ich ihm irgendeine Ecke auf meinem Grunde da unten überlassen muß.

Haben Sie persönlich etwas dagegen, daß er diese Bäckerei anlegt?

Im Gegenteil. Nach menschlicher Berechnung würde ich nur Vorteil davon haben, aber . . .

Sie können ihm einen Bauplatz auf meinem Grund anweisen, sagt der Leutnant.

Pause.

Herr Holmengraa denkt nach und sagt:

Ich habe die größte Ursache, Ihnen für dieses neue Entgegenkommen dankbar zu sein. Aber ich darf keinen Gebrauch davon machen. Heute ist es dies, morgen ist es etwas anderes, Sie bekommen ebenfalls keinen Frieden.

Nach einer Weile sagt Herr Holmengraa:

Eine andre Sache wäre es, wenn Sie mir gegen eine gewisse Summe den ganzen Grund bis zur Landzunge hinaus überlassen wollten.

Der Leutnant schaut vom Pferderücken aus hinüber und überlegt.

Dann brauchten wir Sie nicht in einem fort mit solchen Sachen zu plagen.

Wenn es Ihnen an Baugrund zur vollen Ausnützung Ihres Betriebes fehlt, so werde ich mich selbstverständlich einer solchen Ordnung der Sache nicht widersetzen.

Darin erkenne ich Ihre überlegene und wohlwollende Denkweise wieder, Herr Leutnant.

Meinten Sie vom Kai bis zur Landzunge hinaus?

Ja. Und in der Breite bis zu den Feldern herauf. Es werden wohl viele bauen wollen.

Der Leutnant will weiterreiten und sagt:

Wir können es uns überlegen. Na, es ist wahr, unterbricht er sich, der Bäcker geht ja herum und wartet. Sie können den Kontrakt aufsetzen.

Holmengraa verbeugt sich tief und dankt:

Ich danke für mich und für viele Leute. Wollen der Herr Leutnant den früheren Preis für den Grund annehmen?

Der Preis!

Da geht ein kleiner Ruck durch den Leutnant, er verband sicherlich erst jetzt den Gedanken an Geld mit dem Geschäft, wenigstens an einen Betrag von irgendwelcher Bedeutung. Nach dem früheren Preis gerechnet, würde ja dieses große Landstück eine Summe bringen.

Ich nehme Ihren Preis an, sagte er.

Als er nach dem Hof zurückritt, zog er plötzlich beide Handschuhe aus, steckte seinen Ring an den rechten Finger und zog die Handschuhe wieder an.

Rettung! dachte er wohl bei sich, Rat in Ratlosigkeit! dachte er wohl.

Aber auch Herr Holmengraa schien nicht unzufrieden zu sein. Gegen alle seine Gewohnheiten in der letzten Zeit fertigte er die wartenden Menschen jetzt mit einigen wohlwollenden Worten ab: Darüber wird dir der Müller Bescheid geben! – Sieh her, gib dem Lagermeister diesen Zettel, dann bekommst du einen Sack Mehl!

Den fremden Bäcker hielt er zurück und hatte eine Unterredung mit ihm. Während er dasteht und verhandelt, kommen ein Mädchen und ein Knabe angelaufen, Holmengraas Kinder, das Mädchen ist älter. Es trägt ein gelbes Kleid, der Junge einen roten Anzug, beide sehen exotisch aus, beide haben eine bräunliche Haut und braune Augen. Es ist etwas Überseeisches an ihnen: etwas Kräftiges, etwas Barbarisches an der Nase und den reifen Lippen macht sie fremdartig. Aber es sind tüchtige

Kinder, sie sind hier nach Segelfoß nur mit Spanisch im Kopf gekommen, jetzt haben sie in kurzer Zeit gelernt, norwegische Worte zu sprechen, sie sind zwei große, lange Nordländer geworden, die den ganzen Tag lärmen und gedeihen. Sieh, da kommt nun das Mädchen herangesprungen, Mariane, wild und frisch, und der Junge, der Felix, hinterdrein, beide barhaupt, mit schwarzem Haar und niedriger Stirn, so stürmen sie daher, ho!

Der Vater öffnet die Arme und fängt sie auf. Er kann froh sein, wie sie blühen und glühen. Laßt euch mal ansehen! sagt er, und das verstehen sie und bleiben einen Augenblick stehen und lassen sich ansehen, und dann haken sie sich beim Vater ein und nehmen ihn mit. Gott sei Dank, denkt sich wohl Herr Holmengraa, es hat ihnen nichts geschadet, nach Segelfoß zu kommen. Er ist beruhigt.

Alles ging jetzt gut, er hatte einen großen Schritt getan, er hatte sich selbst und seine Kinder aus einem fernen Heim fortgeführt und sich eine neue Heimat gegründet.

Weshalb hatte er das getan? War es die Stimme des Blutes, die ihn gerufen, hatte eine menschliche Schwäche auf ihn eingewirkt? Konnte er in den mexikanischen Bergen glänzen? Er war ein Einsamer und Fremder geworden nach dem Tode seines Weibes, er hatte Macht und Mittel, aber keinen, dem er sie zeigen konnte – da gab es einen grauen Holm weit in der Ferne, er wußte von einem Wasserfall im Nordland; daheim konnte man glänzen.

Er und die Kinder gehen plaudernd nach dem großen Haus am Fluß; er ist schon lange von Leutnants fortgezogen und wohnt unter dem eigenen Dach, aber er bekommt die Milch vom Hof. Im Anfang mußte er den Ärger erleben, keine Dienerschaft bekommen zu können, weil sein Haus aus einer Kirche erbaut war: da gingen wohl Geister und Tote spukend um, die Wände röchen sicher nach Leichen! Da bekam er, um einen Anfang zu machen, ein paar von den vielen Dienstboten des Leutnants abgetreten; die sollten in dem neuen Hause ein paar gefährliche Donnerstagnächte über liegen. Alles ging gut, es spukte nicht, und als ein Monat vorbei war, hatte Holmengraa genug Dienstboten; unter ihnen befand sich Marcilie, die einmal Mädchen unten auf dem Hof gewesen war und in den Stuben des Leutnants aufgewartet hatte.

Holmengraa war gut in Ordnung gekommen, er war sogar

dabei, einen Garten anzulegen. Sein Heim war groß und kostbar genug, es lag im Walde, ein fernes Sausen sang darüber hin, die Mühle mahlte Tag und Nacht. Eine Anwaltswitwe von Ytterleia, Frau Irgens, geborene Geelmuyden, stand seinem Hause vor.

Die ›Orion‹ steuerte auf den Kai zu, an Bord ist master Willatz, sein Vater und seine Mutter sind beide zu Pferde, um ihn auf der Brücke zu empfangen; sie steigen ab und geben die Zügel jeder an seinen Diener ab, es war so, als wären der Herr und die gnädige Frau jedes von seinem eigenen Besitztum gekommen. Auch Holmengraa und seine zwei Kinder sind nach dem Kai hinuntergegangen, um Jung-Willatz zu begrüßen und seinen Eltern eine Aufmerksamkeit zu erweisen.

Da winkt er! sagt Frau Holmsen und winkt zurück.

Der Leutnant holt auch sein Taschentuch hervor.

Es war viel Volk auf der Brücke, der Lagermeister stand da mit Papieren in den Händen, und sein Assistent hielt den Postbeutel; beide gaben ihren Leuten noch ein paar letzte Befehle. Per im Laden hatte sein Haus abgeschlossen und gönnte sich für dieses eine Mal ein Vergnügen; Kinder aller Jahrgänge standen mit offenen Mäulern da und glotzten nach dem Schiff hin; im Hintergrund sah man Lars Manuelsen, rotbärtig, geflickt und neugierig, einige Schritt vor ihm hatte sich sein Sohn Lars aufgestellt, Lars der Seminarist, der mit dem letzten Dampfer heimgekommen ist und gestärkte Wäsche und langes Haar trägt.

Der Dampfer dreht bei und gleitet an den Kai und wird vertäut. Jung-Willatz geht an Land und begrüßt zuerst seinen Vater, obwohl die Mutter näher steht und geweint und sich die ganze Zeit nach ihm gesehnt hat.

Wie groß du bist! Und willkommen daheim! sagt der Vater zu ihm, und er ist stolz, sichtlich stolz; dann umarmt der Sohn seine Mutter und streichelt sie und antwortet auf ihre vielen Fragen.

Oh, er ist so groß geworden, ein ganzer Herr, beinahe so groß wie die Mutter!

Jung-Willatz geht auf Holmengraa zu und begrüßt ihn und seine Kinder; er ist so englisch, so höflich und erwachsen.

Die Pferde wiehern plötzlich, weshalb? Der Leutnant sieht nach ihnen hin, aber da ist nichts Ungewöhnliches.

Ich glaube wahrhaftig, meine Elza erkennt dich wieder, Willatz! sagt die Mutter und lacht glücklich.

Der Seminarist hat sich genähert, er paßt auf und grüßt die Herrschaften, und der Leutnant nickt ein wenig.

Da ist Lars, sehe ich, sagt Willatz. Ich kenne alle; da steht auch Julius. Vater, ich glaube, du bist grau geworden.

Glaubst du, Willatz? Hier ist so viel Lärm, Adelheid, ziehen Sie nicht vor, zu gehen?

Sie wenden sich um und sehen drei gesattelte Pferde vor sich.

Wem gehört das fremde Pferd?

Der Leutnant sieht alle verwundert an.

Herr Holmengraa tritt vor und antwortet:

Master Willatz dürfen es nicht verschmähen – nur eine kleine Aufmerksamkeit, die ich Ihnen bei Ihrer Heimkehr erweisen wollte.

Großes und frohes Erstaunen.

Nein, dieser Holmengraa, dieser König über alles!

Ein blankes, braunes Reitpferd mit voller Ausrüstung für master Willatz. Holmengraa hört den herzlichsten Dank von allen Seiten und, was selten vorkommt, er fühlt sich selbst etwas unsicher, als die gnädige Frau ihren Handschuh abstreift und ihm dankt.

Das freut mich, gefällt es Ihnen wirklich, gnädige Frau? Keine Ursache – ganz und gar nicht –

Man untersucht das Pferd und streichelt es, eine Stute, fünf Jahre, gut zugeritten, feine Hufe, jawohl! Herr Holmengraa kann zufrieden sein, er hat eine gute Wahl getroffen. Er hatte es ja nicht nötig, etwas umsonst anzunehmen, und nun hatte er doch monatelang bei Leutnants gewohnt, ohne etwas dafür zu bezahlen. So fand er wohl keinen anderen Ausweg, als seinen Gastgebern kleine Aufmerksamkeiten von dieser Art zu erweisen, Kleinigkeiten von dieser Art.

Aber ich habe keine Ahnung gehabt, daß Sie ein erwachsener Mann geworden sind, master Willatz, sagt er und übertreibt höflich; wir müssen die Steigbügel länger machen.

Und dann ritten Mutter und Sohn nach dem Hof, sie sahen vornehm und reich aus, selbst vom Schiff schaute man ihnen nach. Der Leutnant gab sein Pferd dem Halblappen Petter und folgte mit Holmengraa zu Fuß.

Dieser junge Mann, der hinter uns geht, fragt Holmengraa, kennen Herr Leutnant den?

Der Leutnant dreht sich um, schüttelt den Kopf und sagt Nein.

Er ist Seminarist und möchte bei mir eine Stelle als Lehrer haben.

So. Ich kenne ihn nicht.

Meine kleinen Indianer, wie ich sie nenne, haben Schulunterricht nötig. Ich dachte in Ihrem Wohlwollen für den jungen Mann eine gewisse Bürgschaft zu haben.

Nein, das hat nichts zu sagen. Es beschränkt sich nur auf den Aufenthalt im Seminar.

Raten Sie mir, es mit ihm zu versuchen?

Ja. Ja, er ist vielleicht ebensogut wie die andern von der Art.

Holmengraa wechselt den Gesprächsstoff:

Beabsichtigen Sie in diesem Jahre Bäume zu schlagen, Herr Leutnant?

Vielleicht. Ich will sehen.

Ich frage, weil hier Leute sind, die bauen möchten, aber kein Bauholz haben.

So. Ja, der Preis ist augenblicklich nicht schlecht. Ich weiß nicht, ob es richtig ist, zu warten. Können wir einmal des näheren darüber sprechen?

Ja, danke. Vielleicht in einer Woche.

Gut, in einer Woche. Ich werde es mir überlegen.

Die Herren schieden voneinander und gingen jeder seines Weges. Der Seminarist folgte Holmengraa, am Fluß entlang.

Es war gut, daß der Leutnant sich nicht sofort gebunden hatte, in diesem Jahr Bauholz zu liefern. Er besaß wirklich keine größeren Stämme mehr, wohl aber weite Strecken mit Jungholz, von der Sorte, die nach den Gruben in England ging. Nein, der Leutnant war zu gewalttätig mit dem Wald umgegangen. Wenn er es nicht nötig hatte, zu verkaufen, so wollte er jetzt damit zurückhalten. Man mußte vernünftig mit seinem Wald umgehen.

Dem Holmsenschen Haus tat der kurze Besuch des Sohnes wohl. Es war jetzt nicht mehr so öde, es wurde mehr als früher bei Tisch gesprochen, das Klavier klang vertraut und freundlich in der Stube. Es konnte bei den täglichen Gesprächen nicht umgangen werden, daß Willatz beide Eltern dazu brachte, ihm und sogar oft auch einander zu antworten. Es konnte ebenso nicht umgangen werden, daß Mutter und Sohn zusammen sangen und musizierten, mitten am hellen Tag, wenn der Herr des Hauses tatsächlich in seinen Stuben war und alles hören konnte. Seht, das war nun endlich wieder ein Erlebnis, Adelheid hatte nichts vergessen, ihre Kehle war die gleiche, o Gott, wie überirdisch diese Stimme doch war!

Komm mit mir, du hast das Vieh noch nicht gesehen, sagt der Leutnant zu seinem Sohn.

Sie gingen zu dem Vieh und blieben dort ein paar Augenblicke. Jawohl, großartig, der letzte Umbau der Kuhstände, die neue Futterbahn, die auf Rollen lief; die Schweine, diese gewaltigen Säue, die wie vorsintflutliche Tiere zwischen ihren Ferkeln einherwackelten; das Federvieh, die Perlhühner, die gelben Kampfhähne mit Sporen wie Türkensäbel – jawohl.

Aber der Leutnant ging schnell wieder hinaus, diese Tierschau war wohl nur ein Umweg, den er absichtlich machte, er führte seinen Sohn hinunter nach dem Garten, zu dem wunderlichen, kleinen Treibhaus, das er zusammengeflickt und nach jahrelanger Erniedrigung wieder zu Ehren gebracht hatte.

Schau einmal her, sagt er, hier gibt es wieder einige kleine Blumen, nimm sie und bring sie, wem du willst. Nimm diese. Und diese. Ja, gern, die du in der Hand hast, auch, ja, am liebsten die. Du bist heimgekommen, du sollst sie haben. Sieh, hier steht ein ganzer Haufen. Wie heißen die nun gleich –

Das sind ja Rosen.

Rosen – vielleicht. Hier stehen sie, ein ganzer Haufen, ist es nicht wie ein kleines Lied, nicht wahr, ungefähr wie das, das ihr vorhin gesungen habt? Nimm sie alle. Ich weiß nicht, wohin du sie bringen willst, tu damit, was du magst –

Der Sohn hat ja niemand, dem er sie bringen kann, als seine Mutter, für ihre Stuben. Der Vater schweigt, als er dies hört, aber er zuckt nicht mit den Schultern und kraust die Augenbrauen nicht, er tut sehr gleichgültig und sieht auf seine Uhr. Plötzlich fällt ihm ein, daß er den Wald ansehen muß, er muß also gehen.

Hm. Ja, gewiß war es gemütlich, den Jungen wieder daheim zu haben, das ganze Haus war ein Fest, die Türen zwischen den Wohnungen der Eltern waren ja nicht mehr den ganzen Tag geschlossen. Der Leutnant hatte an Willatz große Freude, obschon – hm – das eine oder das andere ihm im letzten Jahr mißfallen hatte. Der Sohn war zum Beispiel in seinen Briefen etwas zu schnell gewachsen, er hatte begonnen, sich Will zu schreiben. Wozu das? Der letzte Brief an die Mutter war sogar mit Bill unterschrieben gewesen. War das dasselbe wie das gute alte Willatz? Und sollte das vielleicht damit enden, daß der ganze Name einmal zu Bill Holmes würde, wie jedermann hieß? Der Leutnant war das Oberhaupt der Dynastie Willatz Holmsen, und so sollte es bleiben zeit seines Lebens. Jung-Willatz hatte gewiß auch nicht vor, aus der Art zu schlagen, er war nur noch zu jung und war jetzt so englisch. Oh, aber es war doch unglaublich schön, daheim zu sein! Jungfer Salvesen und alle Mädchen schlugen die Hände darüber zusammen, wie groß er geworden war, der Knecht Martin und die anderen Burschen begrüßten ihn und bekamen vor lauter Achtung und Respekt kein Wort heraus. Der Junge war ja auch in einer Christnacht geboren!

Jung-Willatz ritt hinaus, an den Häuslertüren vorbei, ritt rasch und ritt langsam an den Häuslerhütten vorbei, und er sah Gesichter hinter allen Scheiben und stumm starrende Kinder in den Türen.

Als so einige Tage vergangen waren, langweilte ihn diese Abgesondertheit, er ließ sein Pferd im Stall stehen und suchte zu Fuß Julius auf.

Julius war auch einigermaßen gewachsen, aber am meisten an seinen Händen und Füßen; oh, er hatte ein paar unvergleichliche Hände! Gerade jetzt sah Julius übrigens etwas fremd aus, er hatte sich die Augenbrauen abgeschnitten, damit sie buschiger wüchsen. Als er Willatz erblickte, legte er mächtig los, wie es sich für einen alten Kameraden geziemte, und fluchte in Gegenwart seiner Mutter:

Was zum Teufel – bist du es, Willatz?

Willatz lacht und sagt:

Ja, das sei schon so! Er macht sich älter, als er ist, und spricht mit einer tieferen Stimme, als er sie hat.

Die Mutter wischt einen Stuhl mit der Schürze ab und bietet ihn an:

Solch ein großartiger Gast! Ihr müßt, bitte schön, so gut sein und Euch setzen.

Julius' kleine Geschwister stehen in den Ecken und sehen den Gast an; sie sind gewachsen, sie auch, ihre Kleider sind zu klein, nein, wie sie gewachsen sind. Das letztemal gab es keine so großen Kinder in dieser Stube.

Das ist ja mächtig, wie groß Ihr geworden seid, sagt Julius' Mutter. Ich erkannte Euch beinah nicht.

O ja, es ist ja auch manch guter Tag ins Land gegangen, seit ich das letztemal hier saß, antwortet Willatz altklug.

Jawohl, die Zeit vergeht, ja! – Steht da nicht so herum und zeigt eure Lumpen, sagt sie zu den Kleinen, geht und macht euch ordentlich!

Julius reckt seine Arme weit aus und gähnt laut und mannhaft, dann sagt er:

Was ich noch sagen wollte, kommst du von England?

Ja, von Harrow in England.

Ich spekuliere, ob ich mir nicht bald eine Heuer nehme und zur See gehe, sagt Julius.

Du? fragt die Mutter. Du solltest dich schämen, so zu lügen.

Lügen? Weil ich das nicht früher gesagt habe? Ich erzähle nicht alles, was ich denke, das könnt ihr mir glauben.

Ich werde dir die Hosen abziehen und dich verhauen, droht die Mutter erbost.

Julius wird flau und lang im Gesicht und gibt klein bei. Als er sich etwas erholt hat, wendet er sich an Willatz:

Vertrugst du die See, als du heimfuhrst?

Willatz antwortet:

Ja, ich merkte nichts. Aber es gab genug, die krank wurden.

Julius sieht ein, daß das hier in der Hütte zu nichts Ordentlichem führen kann, die Mutter hemmt ihn zu sehr. Er lockt Willatz mit sich hinaus und wird gleich freier:

Du Schwein, geschrieben hast du mir nicht und hattest es doch versprochen.

Willatz verletzt diese Redeweise, und er beschließt, seine Stellung zu betonen. Was nahm sich dieser Julius heraus! Wäre es nicht doch vielleicht das beste gewesen, wenn er zu Pferd nach dieser Hütte gekommen wäre?

Du glaubst wohl, ich hätte in England nichts zu tun gehabt? fragt er.

Doch, das kann schon sein, aber ... Was wollte ich noch sagen, wenn du wissen willst, was ich in diesem Sommer schon geleistet habe, so brauchst du nur hierherzukommen!

Julius ging voran und Willatz hinterdrein. Sie gingen nach der kleinen Scheune, die zu dem Häuslerplatz gehörte und in der das Ziegenfutter verwahrt wurde. Dort wies Julius auf einen Heuhaufen, der in einer Ecke lag, und sagte:

Das habe ich mit der Sichel in der Heide geschnitten!

So, hast du das?

Und habe es getrocknet und habe es auf meinem eignen Rücken nach Hause geschleppt. Du kannst mir glauben, das war kein Kinderspiel.

Nein, das glaube ich schon.

Auf wieviel Last schlägst du das an?

Das da? fragt Willatz.

Ich hab' es für meine eigene Ziege zusammengesucht, aber es ist zu viel für sie. Ich spekuliere, ob ich nicht etwas davon verkaufen kann.

Tu das nur.

Wenn nur die Preise hochgingen. – Ich sah, daß du reitest – kannst du reiten?

Ob ich reiten kann? Das hast du doch gesehen.

Es ist ja auch nichts dabei, sagt Julius, ich bin nämlich oft geritten. – Nein, ich will dir nun sagen, du hättest mir gut und gern einmal schreiben können, fährt er fort und schließt die Scheune.

Du hättest es ja sowieso nicht lesen können. Und ich hatte keine Zeit, mit Druckbuchstaben zu schreiben.

Es war für Julius wenig behaglich, so unterlegen dazustehen, er wußte einen Ausweg:

Was das betrifft, Lesen und Schreiben, so brauch ich nicht lange nach Hilfe zu gehen. Was meinst du zum Beispiel zu Lars, was?

Willatz schweigt.

Denn er ist ja mein eigner Bruder, setzt Julius hinzu, und er kann wohl ein klein bißchen mehr als du und ich. Weiß Gott!

Ich will sehen, daß ich Zeit finde, dir im Winter einmal zu schreiben, sagt Willatz zahm.

Julius zieht aus seiner Hosentasche einen langen Priemtabakschwanz heraus und bietet davon Willatz an.

Nein, danke.

Na, du priemst nicht?

Nein.

Nein, nein, darüber kann man nichts sagen. Aber ich muß mich jetzt ans Priemen gewöhnen, denn ich soll nach dem Lofot. Sonst werde ich nämlich seekrank. Du kannst froh sein, daß du nicht zur See brauchst!

Du sagtest ja selbst, du wolltest zur See?

Nein, was das Reiten betrifft, so hat Lars sicher genug davon auf dem Seminar gesehen. Und da hatten sie zum Reiten einen Holzgaul, denn ein lebendiges Pferd hielt nicht.

Einen Holzgaul? Ja, aber ich habe ein lebendiges Pferd, sagt Willatz.

Ja, aber es gehört nicht dir.

Gehört nicht mir? Weißt du das? Es ist mein eignes Pferd.

Das glaub' ich nicht, antwortet Julius kurz und bündig und spuckt aus.

Willatz wird plötzlich rot und hitzig und sagt:

Du bist ein Dummkopf.

Da wird Julius' Gesicht wieder eigentümlich und lang, und er begegnet dem Sturm mit Schweigen. Endlich sagt er:

Ja, ja, er, der Lars ist jetzt der nächste nach dem Propst. Er soll jetzt Hauslehrer bei Holmengraa werden. Hast du schon die Mariane und den Felix gesehen?

Nein, antwortet Willatz kurz und ist noch immer unliebenswürdig.

Doch, du hast sie gesehen, als du ankamst, sie waren am Kai. Sie können nicht sprechen, nur ein, zwei Worte, denn sie können nur Spaniolisch. Manche glauben sogar, daß sie Heiden seien, aber das ist eine hübsche Lüge, sagt Lars.

Wie geht es Gottfred? fragt Willatz.

Gottfred? Wahrhaftig, da muß ich sagen, das weiß ich nicht. – Willatz, hast du was in der Tasche, was du mir verkaufen könntest?

Nein.

Nicht mal eine Pfeife oder ein Klappmesser oder so was?

Willatz zieht aus seiner Westentasche ein kleines Federmesser mit Perlmutterschale hervor. Julius untersucht es und fragt:

Willst du das verkaufen?

Nein, wozu? antwortet Willatz.

Was hast du dafür gegeben?

Ich hab' es geschenkt bekommen.

Ich hab' gerade vier Schilling; willst du das Messer dafür verkaufen?

Nein.

Das macht nichts, sagt Julius, ich biete dir sechs Schilling bar und den Rest in Heu.

Ich verkaufe das Messer nicht, antwortet Willatz und steckt es wieder in die Tasche.

Dann will er gehen. Nein, Julius war nicht mehr so interessant wie früher, nicht einmal ein gemütlicher Kamerad mehr, er spielte so schlecht den Mannhaften, er stieß ab. Da spuckte er nun schon wieder so roh, enorm.

Wohin gehst du? Gehst du zu Gottfred? fragt Julius.

Ja, ich dachte halbwegs daran.

Wenn du auf meinen Rat was gibst, so geh nicht zu Gottfred. Ich pflege nicht mit ihm zusammenzukommen.

Na.

Nein, denn er ist so diebisch. Er stiehlt ebenso hurtig, wie ein Pferd rennen kann, so heißt's doch im alten Sprichwort. Ich verlor ein Ding nach dem andern, und als ich an die drei oder vier Sachen verloren hatte, da fiel ich eines Tages über ihn her.

Du fielst über ihn her?

Na, und ob. Und das hättest du sehen sollen, Willatz. Ich habe keine halbe Arbeit gemacht.

Hast du ihn durchgehauen?

Durchgehauen? Ja, was das Zeug halten wollte. Und da gestand er alles miteinander, alles, was er gegen mich ausgefressen hatte. Lieber, gesegneter Freund, ich hörte so viel aus seinem eignen Munde, ins Gefängnis hätte ich ihn bringen können; aber ich zeigte ihn nicht an.

Willatz schweigt und steht eine Weile da. Wäre er nur weit weg gewesen von diesem Julius, aber Julius hing fest und war nicht so leicht loszubringen. Sollte er ohne weiteres gehen?

Ja, ja, grüß Gott, sagt er.

Nein, gehst du schon? ruft Julius hinter ihm her. Wollen wir nicht an den Strand gehen?

Nein.

Willst du dir nicht meine Ziege ansehen? Und dann hab' ich auch noch eine Mundharmonika.

Julius bekommt keine Antwort.

Er steht einen Augenblick da, um zu sehen, welchen Weg Willatz nimmt, sieht, daß er geradeaus die Richtung zu Gottfred einschlägt, daß er in ein paar Minuten vor Gottfreds Hütte sein wird. Plötzlich tut Julius, als wollte er rufen, läßt es aber sein, spuckt aus und geht wieder hinein.

Gottfred war dünn, mit großen Augen, genau wie früher, Willatz traf ihn auf der Türschwelle. Sie begrüßten einander, und weil Gottfred dem reichen Jungen gegenüber sehr befangen ist, kommt es zu keinem größeren Gespräch. Oh, nein, mit diesen Kameraden hier zu Hause war jetzt nicht mehr viel los, Willatz war ihnen wohl entwachsen, hatte sie wohl überholt, sie alle enttäuschten ihn so. Gottfred war übrigens trotzdem noch der beste, dünn und wortkarg, wie er war; aber er brauchte doch eigentlich nicht mitten in der Türöffnung zu stehen, wenn jemand kam, der vielleicht hinein wollte.

So was verstand Gottfred nicht.

Ich wollte nur einen Spaziergang machen, sagt Willatz. Es wird langweilig, immer zu reiten.

Wir haben dich viele Male vorbeireiten sehen, antwortete Gottfred und war glücklich, daß er dies gesehen hatte.

Ja, das habt ihr wohl. Es ist mein eignes Pferd.

Ja.

Wußtest du das? fragt Willatz – denn dann war es ja ärgerlich, daß er damit geprahlt hatte.

Ja, Vater hat es gehört.

Glaubst du, daß ich etwas Wasser zu trinken bekommen kann? fragt Willatz und blickt an Gottfred vorbei in den Gang hinein.

Ja, in der Kochhütte[1], antwortet Gottfred und geht ihm voran ins Feuerhaus.

Es war ein kohlschwarzes Loch ohne Fenster und lag Wand an Wand mit dem Ziegenstall. Hier bekam Willatz Wasser aus einer Holzkelle zu trinken. Er hatte nie vorher aus einer Holzkelle getrunken; sie war so unförmig dick, man konnte sie kaum an die Lippen bringen, er konnte damit nicht umgehen, das Wasser rann ihm den Hals hinunter; besonders durstig war er eigentlich gar nicht. Sind dein Vater und deine Mutter zu Hause? fragte er und ging zurück nach der Hütte.

Ja, die Mutter sei zu Hause.

Das war doch eine ungezogene Art, die Gottfred an sich hatte, sich mitten vor einem in die Türöffnung zu stellen. Willatz würde sich auch weiter nicht darum geschert haben; aber soviel er wußte, war das letztemal ein kleines Mädchen in dieser Stube gewesen, oder vielleicht auch nicht mehr so ganz klein, und sie hatte ein paar Augen gehabt, die sie nur gebrauchte, um sie niederzuschlagen, aber es waren dunkelblaue Augen.

1 Die Kochhütte liegt neben dem eigentlichen Wohnhaus.

Jetzt kommt Gottfreds Mutter heraus und grüßt und bittet den Gast, einzutreten:

Ich bat Gottfred, Euch so lange draußen zurückzuhalten, bis ich den Fußboden aufgewischt hatte, sagte sie. Es war so schmutzig bei uns.

Willatz ging hinein; der Boden war naß, er war gerade gescheuert worden. Aber es war niemand in der Hütte, nur drei kleine Buben waren da, die Hütte war also leer. Willatz dankte höflich für Kaffee, er mochte nicht darauf warten, und er nahm Gottfred wieder mit sich hinaus.

Ich entsinne mich ihrer fast gar nicht, sagte er, aber deine Schwester, ist sie nicht daheim?

Pauline? Ja, aber sie ist nach dem Kramladen gegangen.

Sie ist jetzt wohl beinahe so groß wie du?

Ja.

Ist es wahr, daß Julius auf dich losgegangen ist? fragte Willatz.

Gottfred wird etwas verwirrt.

Nein. Wann, meinst du?

Er sagte, er sei auf dich losgegangen und habe dich verprügelt.

Ja, aber hat er denn nicht gesagt, wann das war?

Nein. Doch, er sagte, du hättest ihm einige Sachen weggenommen.

Na, damals, sagt Gottfred.

Pause.

Willatz begreift nichts und fragt:

Was hast du ihm denn genommen?

Genommen? Nein, ich nahm mir nur meine Mundharmonika wieder. Er hatte sie bei sich zu Hause versteckt.

Verprügelte er dich da?

Ja.

Tat das weh?

Nein.

Hat er dich öfter verprügelt?

O ja, manchmal verhaut er mich wohl.

Willatz begreift nicht das geringste, aber er ist entrüstet und sagt:

Er sollte nur mal versuchen, mich zu verprügeln! Hast du dann deine Harmonika bekommen?

Ja. Aber jetzt hat er sie mir wieder weggenommen.

Willatz starrt ihn an: Aber willst du sie ihm denn lassen?

Nein, das weiß ich nicht. Nein, ich will versuchen, sie wiederzubekommen.

Ja, du hast es ja eigentlich nicht nötig, artig darum zu bitten.

Er will zwei Schilling dafür haben.

Zwei Schilling? Für deine eigene Harmonika?

So sagte er wenigstens.

Pause.

Willatz steht da und läßt in sich einen großen Entschluß reifen:

Komm, dann gehen wir beide zu Julius, sagt er.

Gottfred geht mehr als gern mit, und Willatz ist ein Mann.

Die Angelegenheit war in einem Augenblick abgemacht. Julius hatte die beiden Herren kommen sehen und erwartete sie vor seiner Hütte, die Mundharmonika in der Hand. Er lieferte sie gleich aus und erklärte, das Ganze sei ein Spaß gewesen.

Die beiden Herren gehen ihres Weges, weg von diesem Menschen und dieser Hütte, Gottfred ist weich und demütig vor Bewunderung:

Sahst du wohl, wie schnell er damit herausrückte? sagte er.

Willatz wirft sich in die Brust:

Er hätte nur probieren sollen, damit zu warten!

Sie stehen da mitten auf dem Wege, und beide wollen heimgehen, aber es eilt nicht, und sie sind ja auch nicht oft zusammen. Vielleicht, wenn Gottfred sich Zeit läßt, kommt seine Schwester, und er braucht nicht allein zu gehen.

Willatz nimmt sein Federmesser heraus und schnitzt damit an einem Zweig, Gottfred betrachtet das Messer, er hätte wohl Lust, es ein wenig in die Hand zu nehmen, es einmal richtig zu besehen. Plötzlich klappt Willatz es zu und schenkt es Gottfred.

Sieh mal her, du kannst dieses Messer behalten.

So etwas hatte Gottfred alle seine Tage nun doch nicht erlebt, alles drehte sich vor seinen Augen im Kreis, er glaubt es nicht. Er nimmt das Messer und sagt:

Darf ich es einmal halten?

Du sollst es behalten. Nimm es als Andenken, wenn ich wieder weggereist bin.

Oh, aber Gottfred hatte gar keine Ahnung, wen er eigentlich vor sich hatte, er sagte zögernd, und seine Augen waren unnatürlich groß:

Nein, getraust du dich das? Wenn nun dein Vater nach dem Messer fragt?

Aber es ist doch mein Messer! ruft Willatz, und der Fall ist erledigt.

Und jetzt wischte Gottfred sich die Hand gut ab und dankte.

Er stand wohl nicht hier auf dem Weg, er war weit fort, er hörte nicht, daß Willatz sagte: Sieh, da kommt ja Pauline! Sicherlich war Willatz nicht weniger selig als Gottfred; welch ein wunderlicher Zustand!

Und näher und näher kommt Pauline.

Willatz richtete sich auf und sagte:

Gottfred, ich muß bald mit dem Rasieren anfangen.

Gottfred ist und bleibt weit weg und antwortet:

Weshalb denn?

Weshalb? Siehst du denn nicht? fragt Willatz und streicht sich über die Wangen.

Aber tut denn das nicht weh?

Das ist einerlei. Denn so kann ich nicht länger herumlaufen.

Und da ist Pauline. Dünn und lang und schwarz gekleidet, im Sonntagsstaat, denn sie war beim Krämer gewesen, mit einem Tuchbündel in der Hand, mit Holzpantoffeln an den Füßen und mit Augen, die sie eigentlich nur dazu gebrauchte, sie niederzuschlagen.

Hätte sie nun beizeiten dafür gesorgt, die rechte Hand frei zu haben, so hätte es einen Gruß abgeben können. Aber nein; und da steht sie nun.

Willatz sagt in die Luft hinein guten Tag, und sie antwortet zag und leise zurück. Es kam zu keinem Gespräch, und sie sah nur den Bruder.

Da schau her! sagt Gottfred und zeigt mit einem seltsamen Lachen das Messer. Von wem, glaubst du, hab' ich das bekommen?

Pauline sieht auf Willatz und blickt wieder zur Erde nieder.

Du darfst es nicht in Julius' Finger kommen lassen, warnt Willatz.

Vater soll es wegschließen, antwortet Gottfred.

Dann kannst du es ja nicht benutzen?

O ja, mitunter.

Willatz ist der Ansicht, daß ihm das Messer auf diese Weise nicht richtig dienen würde, und sagt:

Nein, du sollst es jeden Tag tragen. Und wenn Julius es dir wegnimmt, mußt du mir nur nach England schreiben.

Ja.

Was wohl Pauline jetzt über eine solche Macht dachte? Aber Pauline sah nur zu ihm auf, während er sprach, und dann war es auch schon vorbei.

Das Messer hat zwei Klingen, sagt Gottfred zu sich selbst und hat nur Augen für das Messer. Und außerdem ist auch noch ein Haken daran.

Der Haken ist dazu da, um die Reithandschuhe zuzuknöpfen, erklärt Willatz. Aber ich habe noch einen andern Knöpfer. Und wie ist es dir die ganze Zeit gegangen? fragt er Pauline.

Nein, zu irgendwelcher Vertraulichkeit kam es nicht, Pauline schlug nur ein einziges Mal ihre Augen auf, errötete über das ganze Gesicht und antwortete:

Gut.

Das war alles, und Willatz sagte Lebwohl.

Dann aber wurden Bruder und Schwester lebendig, Willatz hörte sie noch weit hinter sich, und als er sich umwandte und zurückschaute, hatte Pauline beide Bündel auf den Weg gesetzt und stand da und untersuchte zusammen mit dem Bruder das Messer. Nein, und abermals nein, mit den Kameraden hier zu Hause war nichts mehr los, Pauline war wie die andern, und die andern waren wie Pauline. Dabei hatte Willatz sogar einen Augenblick daran gedacht, etwas Englisch zu ihnen zu sprechen, damit sie einen Eindruck von der Sprache bekämen; aber nein.

12

Ob wohl Coldevins heuer kommen? konnte Frau Adelheid fragen. Und man konnte es ihr nicht ansehen, ob sie auf eine Antwort gespannt war.

Nein, antwortet der Leutnant, die Alten sind durch die Veränderungen hier so verletzt, daß sie wohl nicht mehr kommen.

Konsul Fredrik wurde nicht erwähnt.

In den Sommerwochen geschah nun nicht viel, nur das Alte, daß Segelfoß sich nach und nach veränderte und mehr und mehr ein bewohnter Ort wurde. Deshalb hatte Per im Laden auch nicht bis Neujahr mit dem kleinen Weinrecht, das er bekommen sollte, warten können, er hatte jetzt schon damit angefangen, heimlich Wein zu verkaufen, denn es gab so viele, die danach fragten. Und dieses Geschäft brachte allerhand Leben und Lustigkeit in die langweiligen Sonntagabende.

Das Volk baute Häuser da und dort am Dampfschiffskai, alles sammelte sich dort an, so daß der untere Teil von Segelfoß schon anfing, eine kleine Stadt von Hütten zu werden. Und vor gar nicht langer Zeit waren hier weiter nichts als Strand und ein paar Bootsschuppen gewesen! Zweifellos hatte das Leben für die Menschen hier eine andere Farbe bekommen, seit Tobias, der König, sich niedergelassen hatte. Da war nun Lars Manuelsens Hütte; hatte man dort nicht schon Vorhänge an den Fenstern? Sein Sohn, der Seminarist, hatte es wohl nicht ertragen können, sein Heim ohne Vorhänge zu sehen, wie es nicht anders zu erwarten war. Aber waren nicht nach diesem Tage mehr und immer mehr Leute zu Per im Laden gekommen, um sich nach dem Preis für Vorhänge zu erkundigen!

Und wie war das eigentlich? Lohnte es sich noch für eine Christenseele, auf einem Häuslerplatz zu sitzen? Ganz und gar unmöglich. Diese Ackerfetzen, die dazugehörten, das Recht, draußen außerhalb der Äcker und Wiesen Gras mähen zu dürfen, die Schererei, das Winterholz aus dem wilden Wald heimzuschleppen – das ganze Häuslerleben war nicht mehr wert, gelebt zu werden, ihr Lieben, man konnte ja das Mehl fertig zum Kochen auf der Brücke kaufen. Und dazu ein Mehl, das gesiebt und auch schneeweiß war. Wären nicht die Kartoffeln gewesen, so hätte das Land gut und gern unbestellt liegen bleiben können; und wäre es nicht wegen des Tropfens Milch zum Kaffee gewesen, so hätte, weiß Gott, keiner mehr Ziegenfutter im Walde zusammengekratzt. So war es. Oh, die Tagelöhner hatten es jetzt gut, sie gingen zu Holmengraa in die Arbeit und standen in Holmengraas Brot. Samstag abends bekamen sie einen Zettel vom Vorarbeiter, lieferten ihn beim Lagermeister ab und erhielten dafür Mehl oder Geld, was sie wünschten. Das war ein menschenwürdiges Leben! Es gab Tagelöhner, die sich in Schulden brachten wegen Pferd und Wagen und dann für die Mühle fuhren – was tat's? In kurzer Zeit würden sie Pferd und Wagen bezahlen können, wenn sie Lust hätten, denn Geld verdienten sie, und mit Geld klimperten sie in den Taschen, wenn sie bei Per im Laden vor dem Tisch standen. Überhaupt: Geld, Schillinge waren keine Seltenheit mehr. Man sah es auch den Ackerbauern in der ganzen Gegend an, ihr Lieben, sie wurden ja reich an diesen Fuhren, es war das reinste Wunder, sie konnten sich sogar eine Extratasse Kaffee nach dem Abendessen gönnen, und sie konnten in hohen, stattlichen Pelzstiefeln mitten im Sommer einhergehen. Es kam so weit, daß der Distriktsarzt Ole Riis es schon bereute, eine neue Stellung im südlichen Norwegen angenommen zu haben; die letzten Wochen hier oben hatte er so unglaublich verdient. Was zum Teufel! sagte Ole Riis. Früher hatte das Volk kein Geld übrig, den Doktor wegen Nervenfieber aufzusuchen, jetzt holen sie mich zwei Meilen Wegs wegen eines geschwollenen Fingers.

Auch der neue Distriktsarzt konnte nicht klagen. Er hatte gleich alle Hände voll zu tun, er wurde früh und spät geholt, es war Mode geworden, ihn auszuprobieren; und das mußte schon eine komische Familie sein, wo es nicht einmal eine solche Krankheit gab, bei der man den Doktor brauchte. Den klugen Männern und Weibern, die sich vorher auf alle möglichen Krankheiten verstanden hatten, ging es sehr schlecht, oh, sie hatten jetzt magere Zeiten, es war traurig, sie anzusehen.

Der neue Distriktsarzt hatte sich schon lange vorgenommen, einen Besuch bei Leutnants auf Segelfoß zu machen, aber seine Zeit war zu knapp gewesen. Nicht aus Unhöflichkeit sei sein Besuch bis jetzt unterblieben, sagte er, als er dann endlich eines Tages kam, oh, wirklich nicht aus Unhöflichkeit.

Frau Holmsen empfing ihn, sie war es immer, die empfing, denn ihr war dies am wenigsten zuwider, ja, es bereitete ihr vielleicht sogar ein bißchen Vergnügen in ihrer Einsamkeit. Muus hieß der Mann, und wenn man ihn sah, hielt man diese Unglaublichkeit sofort für möglich. Ein kleiner, putziger Doktor, sicherlich gelehrt in seinem Fach, und sicherlich gelbblaß genug, um einen verdorbenen Magen zu behandeln – ein überstudiertes Gesicht mit großer Nase, großen, schlecht geformten Ohren und spärlichem Bartwuchs. Man nötigte ihn, zu bleiben, heute gab es hier eine kleine Feier, ein Essen zu Ehren von master Willatz, der wieder nach England zurück sollte.

Vater und Sohn treten ein, sie sind beide im Gesellschaftsanzug, einander zu Ehren. Der Leutnant begrüßt den Doktor und spricht das Notwendigste mit ihm. Herr Holmengraa kommt, er hat seine beiden Kinder mit, die beiden Indianer, wie er sie nennt.

Die Armen, müssen Sie sie Indianer nennen? sagt Frau Holmsen.

Meine kleinen Indianer, antwortet Holmengraa. Oh, die haben nichts dagegen, glauben Sie mir nur, denn auf diese Weise sind sie Nachkommen von Kuohtemoc, was sie in Wirklichkeit bis zu einem gewissen Grade auch sind.

Wie ist das zu verstehen?

Sie haben etwas indianisches Blut in den Adern, ihre Mutter war Viertelblut.

So sind sie also Quinteronen, sagt der Doktor. Sehr interessant.

Ja, ihr seid prachtvolle Kinder! sagt Frau Holmsen und nimmt sie beide auf einmal in ihre Arme.

Das Essen dauerte nicht lange, Willatz mußte noch Zeit haben, sich für die Reise umzuziehen, das Postschiff konnte jeden Augenblick eintreffen. Man hatte eine Wache auf einem hohen Punkt ausgestellt, damit sie das Nahen des Dampfers melde.

Der Leutnant erhebt sein Glas und wünscht Willatz glückliche Reise und dankt ihm für seinen Besuch.

Ja, Gott segne dich, sagt die Mutter, und bleib nun auch weiter ein tüchtiger Junge! Hat Papa dich auch richtig mit Geld versehen?

Ja, danke.

So geh und zieh dich um.

Doktor Muus sagte nichts. Er war vielleicht von Hause aus ein Weinkenner, denn, wenn er getrunken hatte, schmatzte er prüfend. Überhaupt machte er nicht den Eindruck, als ließe er sich imponieren; solch einen Hof konnte sich jeder leisten, er war in Gesellschaften gewesen, wo man sogar Champagner getrunken hatte. Vielleicht war auch der Doktor von seinem Amtsvorgänger in die Verhältnisse eingeweiht worden, von diesem Tolpatsch Ole Riis; vielleicht war das Verschieben des Besuchs auch eine absichtliche Nachlässigkeit gewesen.

Beim Kaffee ist es wieder die gnädige Frau, die das Sprechen besorgen muß, ihr Mann war wohl niedergedrückt und dachte an Willatz. Er hörte höflich zu und machte auch mitunter einen Anlauf, zu antworten, aber er ließ es jedesmal wieder sein. Und da saß er. Man kann hartnäckig reden, aber der Leutnant schwieg hartnäckig, schwieg zu allem, schwieg. Er war nicht immer so unaufmerksam; ihm fehlte wohl etwas, was es nun auch sein mochte.

Seine Frau muß versuchen, das Gespräch in Gang zu halten:

Sie kommen aus dem Norden, Herr Doktor?

Aus Finnmarken, ja; wir Beamten fangen ja alle da oben an.

Sie haben viel zu tun gehabt, seit Sie hier sind, wie ich höre?

Ja viel, hauptsächlich hier um Segelfoß herum.

Das kommt von Herrn Holmengraas Tätigkeit. Nicht wahr, Herr Holmengraa?

Aber Doktor Muus ist Logiker und antwortet darauf:

Hehe, ich will doch nicht hoffen, daß Herrn Holmengraas Tätigkeit die Zahl der Erkrankungen vermehrt.

Alle sehen einander an. Herr Holmengraa lächelt und antwortet:

Der Doktor gönnt mir das Kompliment der gnädigen Frau nicht. Übrigens bedingen Betriebe wie der meinige zweifelsohne mehr ärztliche Hilfe, außerdem verschaffen sie den Leuten durch höheren Verdienst auch leichter die Möglichkeit, den Arzt in Anspruch zu nehmen. So ist es überall. Mehr Menschen kommen in einen Ort, und es gibt infolgedessen mehr Unglücksfälle. Man ist Gefahren ausgesetzt, von denen man beim ruhigen Landleben nichts ahnt, so daß man also auch keine Erfahrung hat, wie man sich davor schützt, ein Gewicht klemmt einem die Hand, ein Kran wirft einen zu Boden, eine Kurbel schlägt einen. Ole Johan wurde erst gestern von einer Kurbel getroffen.

Ich war jetzt gerade bei ihm, sagt der Doktor. Es ist nicht schlimm, keine Blutung, weiter nichts, als was wir eine Kontusion nennen.

Frau Holmsen hofft, daß die beiden Herren jetzt gut ins Gespräch gekommen sind. Sie springt flink einmal zu Willatz hinauf. Die Arme, es war ja auch nicht sehr erfreulich, den Sohn und das Singen und das Musizieren und das Geplauder jetzt wieder entbehren zu müssen.

Als sie herunterkam, war wieder alles stumm. Sie brachte einige illustrierte Bücher mit.

Seht mal her, Kinder, Willatz leiht uns diese Bücher. Und jetzt müßt ihr auch Kuchen essen, bitte schön, Mariane. Jawohl, den. Und du den, Felix. So.

Ist er bald fertig? fragt der Leutnant.

Ja. Ach, wenn er nur nicht so weit weg müßte. Eigentlich hat das doch so wenig Sinn.

Im Grunde genommen ist es gar nicht so weit, gnädige Frau,

tröstet Holmengraa. Mit einem der großen, guten Schiffe ist er schon bis Sonntag drüben.

Frau Holmsen lächelt wider Willen:

Ja, und der Sonntag ist gerade der richtige Tag, um nach England zu kommen.

Auch Herr Holmengraa lächelt:

Nein, der englische Sonntag ist nicht sehr unterhaltend.

Unterhaltend? Ich kenne nichts, was in diesem Lande unterhaltend wäre.

Gnädige Frau sind eine Deutsche, sagt Doktor Muus.

Gott sei Dank! antwortet sie und überhört seine nächsten Worte.

Überhaupt war dieser kleine Mann nicht so angenehm, wie kleine Männer oft sein können. Er saß da und betrachtete die Gemälde, gerade so, als stamme er aus einem Hause, wo es auch Bilder gab. Was sollte das eigentlich heißen?

Frau Holmsen wurde wieder ganz die Dame aus großem Hause und sagte:

Über einem englischen Heim liegt etwas Gasthofartiges. Ich bin an vielen Orten gewesen, und es war überall gleich. Die Diener sind wie Kellner angezogen, der Tisch ist wie im Hotel gedeckt, und kaum hat man gegessen, so eilen die Damen davon. Zwei Signale zum Essen. Zuerst klingelt eine Glocke, man soll sich umziehen, und dann klingelt eine Glocke, man soll zu Tisch kommen. Ich glaubte immer, ich hätte schon stets ein bißchen etwas davon gewußt, wie es in vornehmen Kreisen hergeht, aber –

Mein Vater, sagte der Doktor, hat als jüngerer Jurist an einem Kongreß in England teilgenommen. Er hatte nicht genug Lobesworte für das Leben und die Menschen dort.

Und außerdem ist es ein unmusikalisches Volk, fuhr Frau Holmsen fort, sie stellen sich Leute an, die bei ihnen zu Hause spielen und singen, sie stellen sich Leute an, die in ihren Kirchen singen.

Der Doktor bemerkt:

Ein so hoch kultiviertes Volk geht wohl nicht so viel in die Kirche.

Was kostet eine Orgel? fragt die gnädige Frau plötzlich; das schien ja ein Kampf zu werden. Eine kleine Orgel, ganz klein, mit nur wenigen Pfeifen. Zu denken, daß wir solch eine kleine Orgel da unten in der Kirche hätten!

Das kann nicht so furchtbar teuer sein, antwortet Holmengraa. Und wenn einer der Lehrer spielen könnte, ließe das Ganze sich leicht ordnen.

Der Leutnant machte einen Abstecher zum Fenster hin, um nach dem Signal für das Schiff zu sehen. Als er zurückkam und sich wieder setzte, hatte er seinen Ring wieder an der linken Hand. Und jetzt fand er wohl, Adelheid habe sich genug geplagt, er wollte sie ablösen und bat sie, noch einmal nach Willatz zu sehen. Er begann mit Holmengraa von Geschäften zu sprechen:

Ich sagte Ihnen einmal im Sommer, daß ich nicht genug Holz für Neubauten hier am Platze hätte. Ich habe mir meine Wälder noch einmal angesehen, und ich glaube, ich schlage noch einen Teil. Aber jetzt ist es wohl für Sie zu spät?

Nein, durchaus nicht, das kommt mir sehr gelegen. Wir werden noch lange Zeit Bauholz benötigen. Wie sind die Maße?

Klein. Sieben Zoll, acht bis zehn Ellen.

Das nennt man woanders groß. Ausgezeichnetes Bauholz. Ich bin Käufer zu jeder Zeit.

Vom Ausguck kommt die Meldung: Das Schiff!

Frau Holmsen kam mit ihrem Sohn herunter. Willatz war schon reisefertig, er verhielt sich schweigsam. Mutter und Sohn nahmen sich Zeit, noch einmal in die große Stube zu gehen, um etwas zu musizieren – zum Abschied. Oh, das war ein Gesang – die beiden –, ein Duett nach der Mode jener Zeit, einer Schwanenmutter und ihres Jungen Lied zum Himmel.

Die gnädige Frau singt? sagte Dr. Muus und lauschte. Ist das nicht Italienisch?

Als der Leutnant draußen auf der Diele stand und sich die Handschuhe anzog, hatte er wieder den Ring an der rechten Hand. Dieser wunderliche Ringwechsel konnte wohl keine Bedeutung haben, wenn er jeden Augenblick erfolgte – eine Angewohnheit, nichts als eine dumme Angewohnheit.

Sie gehen den Hang hinunter, die ganze Gesellschaft ist ausnahmsweise zu Fuß; Willatz geht mit den Kleinen, die zu laufen anfangen – oh, diese Mariane war doch die langbeinigste Hexe, die es gab. Der Doktor und der Leutnant sind die letzten.

Der Doktor fragt: Segelfoß ist etwas anders geworden, als es war, habe ich sagen hören. Sind Herr Leutnant nun in allen Teilen mit der Veränderung zufrieden?

Ach, Sie sind es, Herr Doktor! Ja, danke, ich bin zufrieden. Woher sind Sie eigentlich?

Aus Östland; warum?

Nein, ich denke nur an ein paar Rekruten von dort, die ich abexerziert habe.

Rekruten?

Verstehen Sie mich nicht falsch! – es waren große, feine Kerle; wenn Sie sprechen, so muß ich an die Leute denken. Wie war doch Ihr Name?

Ich heiße Muus.

Muus.

Der Doktor beißt etwas an seinem Bartstroh herum und sagt:

Und Sie heißen Holmsen?

Ja.

Wohl von Holmsen?

Nein, einfach Holmsen.

Jetzt waren die beiden Herren wohl so ungefähr einander ebenbürtig; aber der Doktor fing leider zu lachen an, belustigte sich, und der Leutnant mußte ihn verwundert ansehen. Eine gleichgültige Abwesenheit lag in seinem Blick, etwas vom Himmel Gefallenes lag über dem Mann; aber ihm erschien dieses Lachen doch zu gering, um nach seinem Grunde zu fragen.

Willatz kam zu seinem Vater und sagte:

Sei so lieb und paß gut auf Bella auf.

Ja, gewiß mein Freund.

Bella – wer ist das? fragte der Doktor unverzagt.

Das ist mein Pferd.

Jesses!

Willatz sah den Doktor an, und etwas von dem Erstaunen seines Vaters kam in seine Augen.

Mein Reitpferd, erklärte er.

Als ich in deinem Alter war, sagte der Doktor, konnte ich schon recht gut Lateinisch. Vater und Mutter sollen Freude an so großen Jungen wie du haben, weißt du.

Und dabei nickte der Doktor Willatz väterlich zu.

Willatz hatte noch nie eine so seltsame Rede gehört, es war eine unverständliche, aber keine fremde Sprache, nur wie aus einer andern Welt.

Der Vater lächelte ihm zu:

Du hast gewiß nicht verstanden, was der Doktor sagte. Du verstehst ja auch nicht alles, was Martin sagt, weißt du.

Martin, wer ist das? fragt der Doktor.

Das ist einer von meinen Knechten.

Sie standen am Kai, das Schiff legte an. Der Leutnant und seine Frau gingen mit ihrem Sohn an Bord. Und Dr. Muus ging hinterdrein.

Einen Augenblick! sagte er zum Leutnant. Es war nur ... Ich möchte gern Ihren Knecht Martin kennenlernen. Er ist sicher ein gebildeter Mensch.

Der Leutnant wandte langsam den Kopf und antwortete:

Wenn Sie das nächstemal nach Segelfoß kommen, zum Beispiel, um sich zu verabschieden, so ist der Eingang in dem gelben Gebäude, auf dem Hof. Da treffen Sie den Knecht Martin.

Danke. Wenn Sie dann noch ein gelbes Gebäude und einen Knecht Martin haben sollten ...

Herr Holmengraa lebt sehr einsam, er hat niemand bei sich im Hause, mit dem er verkehren könnte; seine Wirtschafterin, Frau Irgens, ist nichts als ein ausgezeichneter Mensch, tüchtig in der Küche, in der Speisekammer, bei Wäsche und Kleidern, außerdem geschickt im Umgang mit den Kindern und mit der Stärkwäsche des Herrn. Aber sie spielte weder Klavier, noch sang sie, nein, das tat Frau Irgens nicht; wollte Herr Holmengraa es etwas gemütlich haben, so mußte er zu Leutnants nach dem Hof hinübergehen, das war eine andere Welt. Er war nicht immer sicher, ob der Leutnant sich über seine Besuche freute; nein, wie hätte er das auch wissen können? Der Leutnant war ja so unveränderlich höflich und zuvorkommend, dabei aber kühl und verschlossen, wie es sich für den vornehmen Herrn, der er war, gehörte. Seine hohe Frau dagegen konnte manches Mal, wenn er kam, Freude zeigen, und es sah so aus, als hätte das einige Bedeutung für Herrn Holmengraa. Er erlaubte sich sogar dann und wann die Freiheit, zufällig auf dem Wege zu sein, wenn Frau Adelheid ihre Spazierritte machte. Er tat es nicht oft, er übertrieb es nicht, aber er brachte es dahin, dann und wann eine Begrüßung aus der Ferne herbeizuführen, wohl auch ein kurzes Gespräch unten auf der Landstraße. Ein paarmal waren auch der Leutnant und seine Frau in seinem Hause gewesen, aber ohne sich aufzuhalten, nur in Geschäften und um seine schön eingerichteten Zimmer zu loben; das letztemal war Frau Holmsen allein erschienen und hatte dabei

Herrn Holmengraa gebeten, doch bald einmal wieder nach dem Hof hinüberzukommen, er wäre ein so seltener Gast geworden.

Wann habe ich die Ehre, die gnädige Frau und den Herrn Leutnant einen Abend bei mir zu sehen? hatte darauf Herr Holmengraa gefragt.

Und sie hatte gedankt und hatte versprochen, zu kommen, wann es ihm recht sei. Am liebsten recht bald! hatte sie sogar lächelnd hinzugefügt. Sie war so liebenswürdig.

Jetzt steht Holmengraa am Kai und ist gerüstet, Leutnants zu empfangen.

Er wollte sie gerade heute einladen, gerade heute, um diese Eltern etwas zu zerstreuen, die da standen und weit über die See hinsahen und ihrem Sohne nachwinkten. Er hatte vielleicht daran gedacht, auch den neuen Distriktsarzt, Herrn Muus, einzuladen, aber der Distriktsarzt hatte sicher keine Zeit mehr, das mußte also für ein andermal bleiben. Oh, Holmengraa besaß die Gabe, schnell das Richtige herauszufühlen, herauszuahnen, er mußte also annehmen, daß Leutnants am liebsten heute abend nach dem Abschied von dem Sohn allein bei ihm wären.

Und Leutnants gingen mit.

Frau Irgens hatte wohl gewünscht, es sollte ein feines Abendessen geben, aber der Wirt war dagegen gewesen; nein, es gab weiter nichts als einen köstlichen Bacalao mit spanischem Landwein. Holmengraa hatte es so gewollt, er hatte eine bescheidene Sicherheit und wollte nicht versuchen, die Herrschaften vom Gut drüben zu überbieten.

Frau Adelheid war überrascht, einen Flügel im Haus zu finden, einen neuen, himmlischen Steinweg. Ja, gerade sei er angekommen, sagte Holmengraa, und nun handle es sich darum, ob die gnädige Frau die große Güte haben wollte, ihn zuerst zu prüfen – die große Liebenswürdigkeit, ihn zuerst zu prüfen? Sie stürzte sich auf ihn und ließ, wie ein Schwan, Fluten von Wohllaut in den Abend hinaus quellen. Konnte jemand diesen Menschen verstehen, diese Frau? Ihre Stimme war ungewöhnlich, so tief und voll Liebreiz, so violett; hatte ihr Mann mit dem Araberkopf jemals geglaubt, sie sei kalt – jetzt glaubte er es gewiß nicht. Was sie sang? Feuer und Asche, Sehnsucht und Liebe, Sonaten, Wirbel, Choräle, sie sang lange, eine halbe Stunde, sie hatte keine Noten und mußte aufhören, als sie nichts mehr wußte. War hieran nicht etwas Auffallendes? Daß sie ein Stück schloß und ohne Nachdenken in ein neues hinüber glitt, die ganze Zeit, die halbe Stunde, ohne zu suchen; – gab es Kälte in der Seele eines solchen Menschen? Das hatte der Araber auch nie geglaubt, sonst wäre sie ihm gewiß gleichgültig gewesen.

Frau Irgens kommt durch die Stube und dankt, sie tut das so aufrichtig: Darf ich Ihnen danken, gnädige Frau!

Spielen Sie nicht selbst?

Nein, ich habe nur ein bißchen gelernt, wie alle anderen. Ich habe kein Talent, aber ich sollte doch etwas lernen. Oh, das war nichts.

Ein wundervoller Flügel, Herr Holmengraa.

Mehr sagte Frau Holmsen nicht über den Flügel. Nein, sonst würde sie wieder ihrem Mann Raupen in den Kopf gesetzt haben, sie kannte das: genauso wie es mit der Orgel gegangen war. Der Mann hatte wirklich im Sinn, diese unselige Orgel für die Kirche anzuschaffen, er hatte es angedeutet, und das hatte sie betrübt, denn sie konnten ihr Geld besser anwenden. Hatte sie sich jemals über ihr altes Klavier daheim beklagt? Keine Spur. Aber würde sie sich nicht einen solchen Flügel wünschen? Ohne Zweifel, lieber als alles andere in der Welt. Doch sie schwieg. Vielleicht wollte sie auch dem vorbeugen, daß Herr Holmengraa ihr so etwas anböte? Er war reich und amerikanisch, er hatte vielleicht dieses ihm selbst überflüssige Instrument gerade ihr zugedacht, genau wie er Willatz das Reitpferd geschenkt hatte. Oh, dieser Mann war aber leicht zu leiten: wenn sie ihm einen Wink gab, würde er schon einsehen, daß ein Flügel ein unpassendes, allzu wertvolles Geschenk wäre. Sie mußte ihn übrigens bewundern. Wie alt war er eigentlich? Ungefähr gleichaltrig mit dem Leutnant; etwas älter, schon grau wie er, aber mit einem viel gewöhnlicheren Gesicht. Er hatte in einem wechselvollen Leben draußen in der Welt sich ein gefälliges Auftreten angeeignet, er besaß so viel Zartgefühl und feine Zurückhaltung. Sie erinnerte sich jenes Abendessens, das der englische Kapitän einmal gegeben hatte – jetzt, heute abend hatte sie auf dem Tisch einiges von dem Silbergeschirr von jenem Abendessen wiedererkannt. Also hatte wohl auch damals Herr Holmengraa in aller Stille alles bewerkstelligt. Täuschte sie sich? Umgab Holmengraa sie mit dieser und all der anderen tagtäglichen Vornehmheit nur, damit sie darauf aufmerksam werden sollten? Davon wußte Frau Adelheid nichts, seine Aufmerksamkeiten hätten jedenfalls nicht taktvoller sein können, wenn er verliebt gewesen wäre in sie. Dieser Mensch war merkwürdig und rätselhaft; was wußte sie von Cordilleren-Königen!

Aber dann und wann öffnete dieser Mann Luken in sich und zeigte eine von seinen Schattenseiten. Keiner konnte sich wohl weniger Blößen geben als er, obwohl er weder durch seine Herkunft noch durch seine Erziehung Bildung als Gabe mitbekommen hatte. Frau Holmsen dachte an ihre Reise nach England in seiner Gesellschaft. Seine Ruhe und Freundlichkeit waren so groß gewesen, vom Morgen bis zum Abend war er ein unentbehrlicher Begleiter, wechselnd nach Bedarf, immer interessant, immer rücksichtsvoll; es gab andere Damen an Bord, aber keiner von ihnen zeigte er Aufmerksamkeit. Ja, es war sogar eine junge Schönheit an Bord, eine Nichte des Kapitäns, die an Bewunderung gewöhnt war, Fräulein Ottesen hieß sie wohl – die sah Herr Holmengraa überhaupt nicht. Aber eines Abends kam er und meldete, daß der dänische Legationssekretär in London an Bord sei, ein vornehmer Mann mit Gefolge, ob die gnädige Frau nicht Lust hätte, mit ihm bekannt zu werden? Nein, wozu? hatte sie geantwortet und Herrn Holmengraa dabei angesehen. Und darauf hatte er gar nichts antworten können. Sie mußte lächeln, wenn sie jetzt daran dachte; sie hatte es übrigens wieder gutgemacht, als sie zu ihm sagte: Nein, danke, ich befinde mich bei Ihnen in der besten Gesellschaft!

Also hatte auch dieser Mensch eine und die andere komische Eigenschaft: Er ging da herum und übersah alle an Bord, aber plötzlich imponierte ihm einer – ein alter Legationssekretär. Später sah sie ihn an der Treppe zum Promenadedeck stehen, er grüßte tief, jedesmal, wenn der Diplomat hinauf- oder hinuntergehen wollte.

Dieser unergründliche König Tobias.

Der Doktor ist wohl nach irgendeiner Hütte unterwegs gewesen, sagt Herr Holmengraa und schaut aus dem Fenster; jetzt erst stößt sein Boot ab.

Oh, der Doktor! sagt Frau Holmsen. Ich bin froh, wenn niemand bei uns krank wird und den Arzt nötig hat. Ich weiß nicht – nein, das würde nicht behaglich sein.

Ihr Mann sieht sie an.

Ich meine, Krankheit im Hause zu haben – und so weit zum Arzt, fügt sie hastig hinzu.

Herrn Holmengraas Ahnungsvermögen tastet sich vor, er sagt:

Ich habe mir überlegt, ob ich mir nicht einen eigenen Arzt für meinen Betrieb und die Umgegend anstellen soll.

Wozu das? fragt der Leutnant.

Doktor Muus wohnt zu weit weg, ist vielleicht auch zu beschäftigt. Er kommt nicht schnell genug zu den Kranken, meine Leute haben davon schon lange gesprochen.

So war Frau Holmsen denn wieder beruhigt, und es verblieb ihr eine neue Vorstellung von Herrn Holmengraas Macht: er konnte einen eigenen Arzt anstellen. Aber daran wollte sie keine Schuld tragen.

Das sollten Sie nicht tun, sagte sie. Doktor – wie heißt er doch gleich? – Muus ist ja tüchtig und gewissenhaft. Nicht wahr, Willatz, das darf Herr Holmengraa nicht tun?

Nein, sagte der Leutnant.

Und Herr Holmengraa ließ die Sache fallen:

Doktor Muus ist gewiß tüchtig genug, das habe ich den Leuten auch oft geantwortet. Ich hoffe, es renkt sich wieder ein. Aber beklagt haben sie sich.

Der Leutnant unterhält sich mit den Kindern. Er brachte sie dazu, ihm Photographien von ihrer Mutter zu zeigen, viele Bilder von ihr standen auf dem Flügel; sie waren prachtvoll. Auf dem einen war die Dame in Indianertracht. Ob sie sich ihrer erinnerten? Ja. Ob nicht Mariane auch solch eine feine Tracht wie die Mutter hätte? Ja, und Felix hätte auch eine. – Da müßten sie aber in den nächsten Tagen einmal in dem Staat nach dem Hof hinüber kommen.

Frau Adelheid sah auf, sie merkte zum erstenmal, daß Holmengraas Augen sie heimlich betrachteten. Das war wohl nur ein Zufall, und er sagte sofort:

Ich sitze hier und denke darüber nach, daß ich wohl wünschte, meine Frau hätte Ihren Gesang heute abend hören können. Sie war sehr musikalisch.

Im Laufe des Winters schlägt der Leutnant nicht allein Bauholz und verkauft es an Holmengraa, sondern auch Jungholz, das er nach Süden sendet, Hölzer, wie man sie in englischen und belgischen Gruben verwendet. Doch dabei blieb es nicht, die Zeit verging, und er schien Geschmack daran zu finden, sich selbst zugrunde zu richten; zwei Jahre hintereinander schlug er Grubenhölzer in seinem Jungwald. Wo wollte der Mann hinaus! Aber der Leutnant hatte wohl seine guten Gründe, die ihm so zu handeln geboten, sein großes Haus, seines Vaters Bankschuld, die immer noch nicht bezahlt war, seine vornehme Lebensweise, seine teuren Gewohnheiten, der teure Sohn in England – alles hielt ja den Herrn auf Segelfoß in ewiger Klemme. Er begriff nicht, wo eigentlich das Geld hinkam, ein unbarmherziges Schicksal sog es aus seinen Händen. Wäre er nicht schrittweise ein größerer und immer größerer Philosoph geworden, so würde er es wohl nicht ausgehalten haben. Da war nun die Orgel für die Kirche – durfte er deren Anschaffung wohl noch länger hinausschieben? Es war eine Schande, daß sie noch nicht da war. Herr Holmengraa könnte ja auf den Einfall geraten, ihm zuvorzukommen, und das würde sich gut ausnehmen! Diese Kirche war nun einmal von oben bis unten eine Holmsensche Kirche – durfte ihr da ein Wildfremder eine Orgel schenken?

Aber nie konnte er eigentlich die Mittel für dieses kleine Instrument auftreiben. Was kostete es? Einige Hunderter, was wußte er, dreihundert, vielleicht mehr. Er sprach darüber abermals mit Adelheid.

Was die Orgel betrifft, die Sie sich einmal gewünscht haben, so habe ich jetzt Schritte in der Angelegenheit getan, sagte er, und das war die Wahrheit. Man verlangt die Maße dafür, ich habe keine Maße, es müßte eine Galerie gebaut werden, aber für eine Galerie ist in der ganzen Kirche kein Platz aufzutreiben. Sie muß also erweitert werden.

Nein, auf keinen Fall! antwortete Adelheid. Ich bitte Sie, geben Sie die Orgel auf, es gibt wichtigere Dinge.

Denken Sie an etwas Bestimmtes?

Nein. Ich denke an Willatz und noch einmal an Willatz.

Willatz ist groß und tüchtig, er verdient Ihre Fürsorge. Augenblicklich geht es ihm gut, er ist in der besten Schule, er bereitet sich für eine würdige Zukunft vor.

Gott weiß! sagte Adelheid.

Was meinen Sie?

Ich weiß nicht, ob seine Schule nicht allzu teuer ist.

Sie ist sehr teuer. Aber er ist nun einmal unser Einziger.

Oh, Frau Holmsen war durchaus nicht in jeder Hinsicht unverständig, sie hatte auch keine fixen Ideen, denen sie opfern mußte, sie hatte wohl verstanden, daß ihr Mann in der Klemme war. Der liebe Willatz hätte doch wohl besser nach Deutschland gehen sollen. Nun gab es bald das eine, bald das andere, wodurch seine Kameraden sich auszeichneten; ho, die Söhne anderer Lords hätten sogar oft ein ganzes Haus, einen Hofmeister, Dienerschaft! Während der letzten Ferien hatte Willatz an einer kostspieligen Schulreise nach Frankreich teilgenommen, der Sprache wegen; in diesem Jahre sollte die Reise noch einmal gemacht werden.

Er schreibt, er müsse neue Anzüge haben – ich weiß nicht; glauben Sie, es ist notwendig? Ich glaube nicht. Und jedenfalls soll er sich nicht den Terrier kaufen, von dem er schrieb.

Der Leutnant antwortete:

Sie haben sicher auch diesmal wieder recht, Adelheid. Und hätte ich ihren Wunsch vorher gekannt, so würde ich anders gehandelt haben. Aber es ist zu spät. Ich habe ihm das Geld bereits gesandt.

So läßt sich nichts mehr ändern.

Das ist ja auch keine große Sache. – Da fällt mir gerade ein: schrieb Willatz nicht wegen eines Messers? Daß ein Messer, das er dem Gottfred geschenkt habe, möglicherweise von einem andern Jungen weggenommen worden sei?

Von Julius, ja; er bat mich, es zu untersuchen, und ich dachte dies morgen zu tun. Sie sollen wirklich nicht –

Ich reite sowieso den Weg und kenne außerdem die Hütten, ich werde das sofort ordnen. Heute ist Sonntag, da sind die Jungen zu Hause.

Der Leutnant reitet nach der Hütte des kleinen Gottfred, klopft mit seiner Reitpeitsche an die Scheiben und läßt den Jungen herauskommen.

Mein Sohn hat dir ein Messer geschenkt, ein Federmesser, hast du das noch gut in Verwahrung?

Ja, antwortet Gottfred verwirrt, nein, verbessert er sich dann; er kann kaum auf den Füßen stehen und schaut hilfesuchend zurück nach der Hütte.

Hat es dir jemand weggenommen?

Ja, antwortet Gottfred.

Seine Mutter hat sich schnell etwas in Ordnung gebracht und kommt heraus.

Das ging so zu, erklärte sie, Vater – der hatte das Messer nämlich die ganze Zeit für Gottfred aufbewahrt; aber dann, im Herbst einmal – das war nämlich ein Unglückstag, eines Nachmittags –

Hat Julius es weggenommen? fragt der Leutnant kurz und bündig.

Ja, antwortet Gottfred.

Der Leutnant wendet sein Pferd und nickt:

Du bekommst dein Messer wieder!

Damit reitet der Leutnant nach Lars Manuelsens Hütte.

Es ist Sonntag heute, der Sohn Lars, der Seminarist, ist auch zu Hause, er steht in der Tür und grüßt.

Ruf Julius heraus.

Lars gehorcht und bringt den Bruder. Der ist bleich und schmal im Gesicht.

Du hast ein Messer von Gottfred, geh und hol's.

Julius leugnet nichts, doch er will etwas sagen, sich verteidigen, der Leutnant aber macht eine ungeduldige Bewegung, als ob er absteigen wolle, und Julius ist wie der Blitz in der Stube.

Lars steht in einer jämmerlichen Haltung da, bis der Bruder wieder herauskommt und das Messer abliefert.

Du hast eine Klinge abgebrochen, sagt der Leutnant.

Nein, das war schon vorher, antwortet Julius, das könnt Ihr glauben.

Wenn du noch einmal etwas anrührst, was mein Sohn einem anderen geschenkt hat, bekommst du das hier zu schmecken! sagt der Leutnant und läßt seine Peitsche durch die Luft pfeifen. Julius jagt davon, hinein, oh, das ging wie der Blitz; die Tür blieb hinter ihm offenstehen.

Da hört der Leutnant vom Pferde aus, daß Lars Manuelsen, der Vater, drinnen aufmuckt. Seht, Lars Manuelsen fing an, ein Kerl zu werden, er war in der Mühle angestellt und verdiente Geld, an seinen Fenstern waren Vorhänge, er hatte einen Sohn, der das Seminar durchgemacht hatte, die Tochter Daverdana war auch kein gewöhnliches Mädchen mehr, sie war im Begriff, die Liebste vom Gehilfen des Lagermeisters auf der Brücke zu werden. Lars Manuelsen brummt und fragt:

Was war da los, hat er dich geschlagen, Julius?

Der Leutnant wollte schon wegreiten, aber er hält wieder an und sagt zu Lars: Ruf deinen Vater raus.

Und Lars gehorcht wieder.

Der Alte kommt in roten Hemdärmeln heraus, die waren aus Stoff vom Per im Laden, ja, Lars war ein Kerl geworden.

Was hast du zu maulen? fragt der Leutnant.

Ich? Nichts, ich fragte nur den Jungen –

Ich dachte, du wolltest aufmucken.

Übrigens, wenn der Junge das Messer nicht abgebrochen hat, braucht er deshalb auch nicht gescholten zu werden.

Hör, Lars, du hast mir im Herbst wieder ein Schaf von der Weide gestohlen. Damit machst du nun aber Schluß, ich warne dich noch dies eine Mal.

Was hab' ich? – Ein Schaf gestohlen?

Das ist noch nicht das Schlimmste. Aber du verkaufst Felle mit meiner Brandmarke hier im Kramladen, so daß mein Knecht Martin sie wieder zurückkaufen muß. Ich will nicht Felle und Häute von Segelfoß in deinen Tauschhandel hineingemengt haben.

Ich soll ein Schaf gestohlen haben! – Das habe ich nicht; das ist nicht wahr.

Der Leutnant hebt die Peitsche:

Noch ein einziges Wort – und du wanderst ins Gefängnis!

Lieber Herr! sagt Lars, und sein Mund bebt. Wenn ich wirklich dazu gekommen bin, ein Schaf wegzunehmen, so müßt Ihr meine große Familie bedenken. Das wäre was anderes gewesen, wenn ich einen armen Mann ärmer gemacht hätte, aber den Herrn, der so reich ist –. Aber das ist nicht mehr als die Wahrheit, der Lars da und die Daverdana, die beiden können Euch nicht genug danken –

Nein, schaff deinen Vater wieder hinein! ruft der Leutnant wütend. Und dann wendet er sich an den Sohn:

Wozu hast du die ganze Zeit hier herumgestanden? Nichts von allem, was ich gesagt habe, galt dir; beträgst du dich gut, so soll es dein Schade nicht sein. Was wolltest du sagen?

Lars getraut sich wohl nicht mit der Sprache herauszukommen. Demütig, aufdringlich, ein starker und grober Kerl, den Kopf vorgestreckt – so hatte er während des ganzen Auftrittes dagestanden.

Ich kann nichts dazu sagen, sagt er. Ich habe ja nichts getan.

Der Leutnant will wegreiten.

Lars geht ein paar Schritte mit und sagt:

Ich habe ein Jahr beim Pfarrer studiert, denn ich will versuchen, mehr zu werden, ich will weiter studieren.

Der Typus, denkt wohl der Leutnant, der Bauer, der sich hinunterarbeitet zum Pfarrer. Ja, wie der Kerl weiterstudiert! Na, das war wohl nur – philosophisch gesprochen – der ewige Kreislauf, das war kein Verlust, Lars war körperlich zu faul für die Fischerei.

Es ist eine Schande, darum zu bitten, aber wenn Ihr so gütig sein wolltet, mir noch eine hilfreiche Hand zu reichen – so lange, bis ich auf eigene Faust studieren kann –, noch ein Jahr. Vielleicht war es nicht der richtige Augenblick, ein solches Begehren vorzubringen, vielleicht war es aber gerade der richtige Augenblick: nach dem Auftritt mit den beiden Sündern konnte es sich der Leutnant erlauben, Edelmut zu zeigen. Fügte sich das Ganze nicht danach? Der Bursche Lars stand in Holmengraas Brot, aber an den wandte er sich nicht, er ging wie früher zum Gutsbesitzer, zum Herrn auf Segelfoß, der alle in seiner Hand hatte. Dieser Bursche war außerdem Daverdanas Bruder, und Daverdana war ein geschicktes Mädchen.

Ich möchte nämlich Privatunterricht nehmen, schloß Lars.

Der Leutnant nickt und antwortet: Ich werde dich unterstützen.

Kurz und bündig, Punktum. Der Leutnant ritt zurück zu Gottfred. Welch eine Anstrengung, welch eine lächerliche Mühe wegen eines Federmessers, aber der Leutnant machte nichts halb. Mutter und Sohn stehen neben der Tür, Pauline mit den großen Augen steht in der Tür.

War das Messer ganz, als du es verlorst?

Ganz? Ja.

Bist du dessen sicher?

Ganz? sagt Gottfred und sieht auf seine Mutter. Er versteht das nicht, war das Messer nicht ganz gewesen? Hatte jemand es entzwei gemacht?

Ja, das Messer war ganz und blank, antwortet die Mutter, wir hatten es in der Truhe aufbewahrt. Aber so war das an dem Tag –

Der Leutnant zieht seine Handschuhe aus, öffnet den Mantel und nimmt sein eigenes Messer aus der Tasche. Oh, das hatte eine silberne Schale und einen Tierkopf an jedem Ende und hatte zwei blitzende Klingen und einen Haken zum Handschuhknöpfen. Der Leutnant hatte es selbst auf seiner Reise nach England gekauft.

Willatz schickt dir dieses Messer statt des alten, sagt der Leutnant.

Gottfred weiß sich nicht zu helfen: er wagt nicht, das Messer anzunehmen, er steht da, puterrot, streckt die Hand ein paarmal hin, zieht sie aber jedesmal wieder zurück. Er hört, daß die Mutter einen Schrei ausstößt: Nein, das ist zu viel! – Als Gottfred das Kleinod in der Hand hält, dankt er nicht, erst als die Mutter ihn daran erinnert, reckt er die Hand zum Sattel empor.

Der Leutnant nimmt die Hand und nickt, der Leutnant tut mehr, er hält diese Hand eine Weile fest, sie war so klein, etwas Lebendiges, sie rührte sich, eine dankende Kinderhand.

Was ging in dem Leutnant vor!

Du heißt Gottfred?

Ja.

Komm morgen um diese Zeit zu mir.

Er soll zu Euch kommen? fragt die Mutter. Morgen?

Morgen, um zwölf Uhr.

Der Leutnant reitet weg.

13

Jetzt geht es lawinenartig. Es vergehen Monate, es vergehen Jahre, aber sie vergehen nicht mit gleichförmigen, kaltblütigen Kleinigkeiten, wie Monate und Jahre sonst zu vergehen pflegen, sondern lawinenartig, mit kleinen und großen Stürzen. Segelfoß und die Umgegend haben sich seit der Regierungszeit des Leutnants so verändert, daß sie nicht wieder zu erkennen sind – es war eigentlich nichts untergegangen, aber alles hatte sein Aussehen und seinen Charakter verändert, und alles änderte sich noch immer, Menschen und Dinge.

Seht nur, die Coldevins, sie kamen nie mehr. Kommen sie auch dieses Jahr nicht? konnte Frau Adelheid fragen. Nein, auch in diesem Jahre nicht. Und sie wartete noch einen Sommer und noch einen Winter und fragte wieder:

Es ist doch sonderbar, daß keiner von ihnen kommt. Kommt denn nicht *einer* von ihnen?

Keiner, antwortet der Leutnant. Fredrik schreibt, die Eltern seien alt geworden und blieben am liebsten zu Hause. Er bittet mich, Sie zu grüßen.

Und Fredriks Frau, die Kinder?

Von denen schreibt er nichts.

Frau Adelheid läßt eine Stecknadel zu Boden fallen, braucht unendlich lange, um sie aufzuheben, und fragt dabei:

Und Fredrik selbst?

Er hat keine Zeit ... Haben Sie eine Nadel verloren? Darf ich Ihnen helfen?

Danke, ich habe sie schon wieder.

Nein, alles hatte sich verändert, sogar die Coldevins. Sie kamen nicht mehr. Und alles veränderte sich noch immer mehr.

War nicht sogar die Rede davon, das Dorf Segelfoß zu einem eigenen Kirchspiel zu machen? Aber das hatte wohl noch gute Weile, Pastor Windfeld konnte doch für solch einen Plan nicht gut eintreten, dessen Verwirklichung seine Einkünfte so stark vermindern würde. – Doch wenn meine Tage hier oben gezählt sind, sagte er, so könnt ihr machen, was ihr wollt!

Seine Tage hier oben im Norden – dachte er daran, sich versetzen zu lassen? Es war ein gesegnetes Leben, das er jetzt führte – ein großer Bezirk und wenig zu tun; er war auch schon sechzehn Jahre hier und wollte so lange wie möglich aushalten, er war hier festgewachsen, er hatte hier oben seine Heimat gefunden. Aber südwärts mußte er ja, er war der Diener der Kirche, und die Seelen irgendeines Östlandsdorfes riefen vielleicht schon nach ihm. Sollte er im Nordland leben und sterben? Im Nordland? Zu einer solchen Schmach konnte er doch wohl nicht verurteilt sein, C. P. Windfeld war ein hervorragender Verkünder von Gottes Wort gewesen und hatte außerdem im Pfarrarchiv einige Aufzeichnungen über die neue Kirche in Segelfoß niederlegen können – das sollte ihm einer nachmachen! Ein solcher Mann sollte sich nicht um eine Pfarre im Süden bewerben dürfen? Mit Gottes Hilfe wollte er von dem Gesetz über die Pfarrerversetzung keine Ausnahme machen.

Mit Gottes Hilfe war da auch Aussicht auf einen Nachfolger – jetzt saß Lars Manuelsens Sohn, Lars Larsen da und studierte. Oh, dieser Lars, ein wahres Stück Eisen und ein Riese im Studieren von Schulbüchern! Er war in Kristiania und machte ein Examen, verkroch sich ein Jahr und stapelte noch viel mehr Kultur in sich auf, trat dann wieder hervor und machte ein neues Examen. Er hatte auf dem Seminar in Tromsö angefangen, sich Laursen zu nennen, aber hier in seinem Heimatdorfe als Hauslehrer für Herrn Holmengraas Kinder konnte er das nicht durchführen; jetzt hieß er schon lange Lassen, L. Lassen. Ruhm ging von seiner Studiererei aus, er mußte wohl von Heiligkeit erfaßt sein. Als der Bischof zur Visitation in das Dorf kam, sagte er: Wenn Lassen sich nicht schont, werden wir ihn verlieren, er soll schon eine schwache Brust haben, er stirbt!

Die ganze Gemeinde war stolz auf dieses Eisen, und wirklich fluchte man allmählich schon etwas weniger, vor allem in Gegenwart des Vaters, Lars Manuelsen. Bei jedem Examen ging sein Name von Mund zu Mund, und mehr als einmal war der Bursche Lars bei Per im Laden Gegenstand von Gesprächen: Wenn er es nur übersteht! sagt einer. Ja, wenn er uns nur nicht verloren geht, wie der Bischof gesagt hat! läßt sich ein andrer hören. Dann würde der Lars ja selig werden, äußert eine Stimme, und was könnte das schaden! Der Vater, Lars Manuelsen, greift ein: Du redest daher wie ein Vieh, du hast einen zu viel gekippt!

Ho, die Münder gehen.

Jawohl, dann und wann kippten sie einen bei Per im Laden, das war ein lebhafter Ort mit Geschwätz und Geldgeklapper, mit Tür-Ein und Tür-Aus und Weintonnen mit Hahn und Zapfen. Und P. Jensen selbst wurde dicker und reicher und immer achtbarer, aber er war und blieb der Bauer mit hausgewebten Kleidern. Jetzt wußte ja jeder, daß ein Mann mit seinen großen Mitteln nie wieder ein Kind beim Handeln bemogeln würde; aber sieh, die Leute hatten trotzdem noch Mißtrauen gegen ihn! Man hörte nicht auf, ihm auf die Finger zu sehen und einzugreifen, wenn es nottat. Übrigens tat auch P. Jensen das Seine, den Menschen und dem Orte zum Wohle zu dienen – alles was recht ist. Als er nicht die Erlaubnis bekam, einen Tanzboden zu eröffnen, verwies er die Jugend in einen Bootsschuppen hinter der Landzunge; und dieser Bootsschuppen hatte sogar einen ordentlichen Fußboden bekommen und eignete sich ausgezeichnet zu sonntäglichen Zusammenkünften.

Aber der Mann, der alle und alles regierte, Herr Holmengraa, wurde weder mager von seiner vielen Arbeit noch dick von seinem großen Reichtum. Sanftmütig und rechtschaffen ging er umher und verwaltete seinen ungeheuren Betrieb. Bisher hatte er hunderttausend Taler versteuert; aber in dem Jahr, wo Krone und Ör als Münze eingeführt wurden und alle Summen für die Menschen mit einemmal so ins Riesenhafte wuchsen, mußte Herr Holmengraa eine ganze Million versteuern. Klagte er? Keine Spur. Nein, er machte den Eindruck, als ob er, Gott sei Dank, nicht einmal Lust gehabt hätte, zu klagen, wenn man ihn auch zu zwei Millionen von diesem neumodischen Geld veranlagt haben würde. Er mußte wohl aus Reichtum erschaffen sein. Ihm gehörten jetzt die Umgegend vom Gute Segelfoß, der Mühlenbetrieb, Kai und Hafenbrücke, ihm gehörte auch die Landhändlerei und die Bäckerei unten an der See, obwohl die auf einen andern Namen gingen; man wußte außerdem mit Sicherheit, daß er viel Geld bei den Handelsleuten an der ganzen Küste stehen hatte, jedenfalls bei Henriksen in Utvär, ja, man meinte, sein Besitz höre erst bei den Ländereien des uralten Gutsbesitzes Coldevin in Ytteröya auf, der allzu reich war, als daß Holmengraa ihm hätte beikommen können.

Es gab also doch Grenzen für ihn!

In der letzten Zeit hatte er sich darum bemüht, eine Telegraphenstation hierher zu bekommen; das war etwas langsam gegangen, die Behörde war dagegen gewesen und hatte Bedenken gehabt. Man war hier überzeugt: würde die Behörde sich nur noch ein ganz klein wenig besinnen, so würde Herr Holmengraa die Telegraphenlinie auf eigene Rechnung anlegen. Und gerade so, als hätte die Behörde endlich diese Gefahr eingesehen, kamen Stangen, Draht und Arbeiter, und der Bau begann.

Und die Mühle sauste ununterbrochen. Mächtige Lastschiffe kamen eins nach dem andern mit Korn von der Ostsee und vom Schwarzen Meer; in letzter Zeit war sogar eine Ladung Weizen mitgekommen, es gab also eine Entbehrung weniger für die Menschen hier. Weizen – ein Märchen, eine Südfrucht! Die Mühle mahlte ihn, das Volk kaufte ihn, und wahrhaftig, das Weizenmehl führte sich gut ein, es gab Weizenbrot in der Bäckerei und auf dem Tisch des armen Mannes. Es war ein Wunder, daß die Menschen hier ohne das bis jetzt überhaupt am Leben geblieben waren, hauptsächlich als kleine Kinder, damals, als die Grütze noch nicht so weiß wie Schnee war.

Was wollte man sich jetzt noch mehr wünschen? Es hatte sich sogar ein Rechtsanwalt hier niedergelassen, ein junger Mann, so voll von Gesetzeskunde, daß die Leute anfingen, etwas auf Mund und Hand acht zu geben. Man brauchte nicht länger weite Wege zu laufen oder gar bis zum Thing zu wandern, um sein Recht zu bekommen, das konnte Rechtsanwalt Rasch jetzt jedem an Ort und Stelle geben. Es war gut, daß er gekommen war, Holmengraa hatte sogar im voraus für ihn ein kleines Haus gebaut.

Herr Rasch wollte bei den Herrschaften auf dem Hof Besuch machen, aber Holmengraa hatte es statt dessen so eingerichtet, daß er sich unter freiem Himmel dem Leutnant und dessen Frau vorstellte. Das war ein guter Gedanke, und beide Teile waren ihm gleich dankbar dafür.

Die Gelegenheit war folgende:

Bei der Frühjahrsschmelze hatte das Hochwasser den Mühlendamm des Leutnants durchbrochen und die Mühle weggerissen. Na, diese kleine Mühle war sowieso schon seit vielen Jahren außer Tätigkeit, gleich nachdem Holmengraa seinen Betrieb errichtet hatte, war sie verstummt; aber wie sie dastand, war sie eine kleine Herrlichkeit gewesen, die zu dem Hof gehörte – jetzt war sie weg.

Doch das Sägewerk – da war doch auch ein Sägewerk gewesen? Weg. – Und es sah so aus, als sei das Verschwinden von Mühle und Sägewerk am Fluß dem Herrn Holmengraa ganz und gar nach Wunsch gegangen; das sah merkwürdig aus, sah auffallend aus, diese beiden Einrichtungen hatten wirklich einem neuen Plan des Herrn Holmengraa im Wege gestanden, und so holte der Fluß sie.

Herr Holmengraa machte auch kein Geheimnis daraus, daß er dies Unglück verschuldet habe: sie hätten den Fluß für das Herunterflößen der Bauhölzer aus dem Walde des Leutnants allzu stark abgedämmt.

Als der Leutnant nach dem Flusse hinaufging, um sich die Verheerung anzusehen, hatte seine Frau wirkliches Mitleid mit ihm: so nahe war es ihm gegangen, daß seines Vaters und seines Großvaters Mühle und Sägewerk verschwunden waren. Er war zum Mittagessen heimgekommen und wollte später wieder nach der Unglücksstelle gehen, da bat seine Frau, ihn begleiten zu dürfen, und hierüber stutzte er zuerst und sagte dann: Ich danke Ihnen für diese Teilnahme. Ziehen Sie, bitte, hohe Stiefel an!

Und Holmengraa seinerseits hatte den jungen Rechtsanwalt Rasch mitgenommen und war dem Leutnant nachgegangen. So trafen sich die vier.

Der Fluß lärmte gewaltig, sie begrüßten einander, aber sie hörten knapp ihre eigenen Worte, Holmengraa mußte schreien, als er Herrn Rasch vorstellte. Es war merkwürdig, diesen jungen Mann sein Haupt entblößen und in die lärmende Stummheit hineingrüßen zu sehen.

Sie gingen alle langsam von der Stelle weg, der Leutnant voran; als er einen Augenblick stehenblieb, sagte Holmengraa:

Da sieht man, was man aus Mangel an Erfahrung für Dummheiten anrichten kann! Ein Fachmann würde sicherlich nicht den Fluß wegen der Flößhölzer gestaut haben.

Der Leutnant spitzt die Ohren:

Hatten Sie denn den Fluß gestaut? Wozu das?

Aus Dummheit, leider. Ich bin darüber sehr unglücklich. Jetzt bitte ich nur, mir die nötige Zeit zu lassen, dann hoffe ich den Schaden wieder gutmachen zu können.

Was wollen Sie tun?

Hier war ein Damm, dort standen eine Mühle und ein Sägewerk, ich will alles zusammen wieder aufbauen.

Pause.

Im Grunde waren es alte Kästen, und sie standen da, ohne etwas zu nützen, sagt der Leutnant. Nein, Sie sollen sie nicht wieder aufführen.

Hatte Holmengraa diese Antwort erwartet? Keiner weiß das, er sagte nichts darüber. Dagegen sagte er sehr ehrerbietig zu dem Leutnant:

Dann gibt es einen andern Weg. Ich habe Ihre Hälfte des Flusses für Sie unbrauchbar gemacht, und ich will Ihnen bezahlen, was Ihre Flußhälfte wert war.

Pause.

Der Leutnant überdenkt wohl mancherlei und kommt zu dem Schluß:

Sie wünschen den ganzen Fluß zu besitzen?

Wenn es Ihnen recht ist.

Der Leutnant geht weiter, alle gehen. Als sie bis zum Scheideweg gekommen waren, hielt er an und sagte, und da hatte er sich lange bedacht:

Das tu' ich nicht. Ich verkaufe nichts mehr vom Fluß.

Hatte Holmengraa diese Antwort erwartet? Er schien nicht verletzt zu sein, sondern sagte freundlich wie immer:

Es gibt einen dritten Ausweg: ich werde Ihnen den Schaden angemessen ersetzen.

Ein paar Tage später ging Herr Holmengraa allein am Fluß entlang, auf seiner eigenen Seite. Er hatte wohl seinen neuen Plan im Kopfe und schätzte mit den Augen ab und maß mit Schrittlängen das Gelände aus und machte einen Überschlag. Der neue Plan? Ja, ein neuer Plan.

Eine Weile nach ihm kam der Leutnant den gleichen Weg, er war zu Fuß. Da er nach Holmengraas Ufer hinübergegangen war und er nie etwas heimlich tat, suchte er sicher Holmengraa selbst. Dann und wann blieb er in Gedanken stehen.

Ja, wie sehr er auch nachdachte, und wie sehr er nachgedacht hatte, zwei Tage und zwei Nächte hindurch, er war noch nicht fertig. Wenn er Herrn Holmengraas Angebot, den Rest des Flusses zu kaufen, zurückgewiesen hatte, sah dies ja wie eine Unverständlichkeit aus, wie eine Grille; aber der Leutnant wußte selbst, daß dies seine guten Gründe hatte: die Bank hatte ihrer eignen Sicherheit wegen und nach Rücksprache mit den Bürgen in Bergen ihn ersucht, weitere Veräußerungen an Gerechtsamen und Ländereien von Segelfoß bis auf weiteres einzustellen.

Eine langmütige Bank, die das so lange hatte hingehen lassen. Aber es war trotzdem eine Beleidigung für den Herrn von Segelfoß, und er hatte sich sehr darüber gegrämt. In diesen Tagen dämmerte ihm eine ungeheuerliche Möglichkeit auf: daß er von Haus und Hof gehen müßte – wie sollte er sich da dem Nachfolger in der Dynastie Willatz Holmsen gegenüber einmal rechtfertigen? Alle seine Grübeleien hatten ihn nicht weiter gebracht, vielleicht war auch noch nicht der richtige Nachdruck in seinen Überlegungen. Oh, es war ja nur erst der Anfang, reinstes Kinderspiel. Er hätte sich selbst in dem Hühnerleben auf seinem Hof wiederfinden können: wenn ein Huhn etwas vor hat, legt es erst den Kopf auf die eine Seite, dann auf die andere Seite und untersucht, ob die Welt für sein Vorhaben geeignet sei, dann jagt es sinnlos und ohne Ziel darauf los und hält nur ein, wenn ihm selbst eine neue Verrücktheit einfällt. Nichts in der Welt ist imstande, es gegen seinen Willen zum Umwenden zu bewegen; es kann ausweichen, es kann Umwege machen, aber es wendet nicht um.

Weshalb sollte der Leutnant umwenden? Er hatte ja nichts verschwendet, hatte ja noch nicht einmal die Orgel gekauft, leider. Er war einem Naturgesetz verfallen, einer Macht – und was vermochte man gegen so etwas? Als alter Soldat wußte er, was parieren heißt, er gehorchte dem Zapfenstreich. Natürlich war er nicht zugrunde gerichtet, ihm selbst und keinem andern gehörte das Gut Segelfoß, ihm selbst und keinem andern gehörte das große Haus mit den vielen Kostbarkeiten darin; aber sein Eigentum war mit Schulden belastet, und Verpflichtungen an andere waren an und für sich das Unerträglichste, was er kannte. Jetzt konnte er sich das sicherlich noch einmal dadurch retten, daß er Herrn Holmengraas Angebot, den durch den Dammbruch verursachten Schaden zu ersetzen, annahm, aber wieviel würde der Betrag ausmachen? Es würde nicht einmal die Bank zum Schweigen bringen, und hinterher würde davon nicht einmal etwas zum Weiterleben übrig bleiben. Er entschuldigte sich selbst gar nicht, keine Spur, es konnte schon sein, daß er nicht zu wirtschaften verstand und daß es ein Schicksal war. Er hätte sich selbst sagen können, daß niemand fortwährend Geld ausgeben kann, wenn er keine Einkünfte hat, aber er tat es nicht. Selbstverständlich brauchte er nicht noch fast neue Patiencekarten fortzuwerfen, das war zu närrisch, und streng genommen, hätte er auch den teuren Mantel nicht nötig gehabt, den er sich für die Reise nach England angeschafft hatte. So etwas machte ja nicht soviel aus, aber es war beinahe die einzige Verschwendung, soweit er sich entsinnen konnte. Jetzt hing der Mantel da, Verwendung hatte er nicht für ihn, der General hatte nichts im Nordland zu tun, wann sollte also der Mantel gebraucht werden? Wenn ein großer und unabwendbarer Zusammenbruch ihn treffen würde, so könnte seine Frau, Frau Adelheid, ihm noch das eine oder das andere vorwerfen: wenn doch der Mantel noch heute als ein großes, unzerschnittenes Stück Zeug beim Schneider läge! Seht, er hatte ja so mancherlei von Adelheid ertragen: unter anderem hatte sie ihn mitten in der Ehe zum Junggesellen gemacht; das konnte er wohl noch ertragen, so lange er sich selbst ohne Schuld wußte – aber wenn sie nun käme und ihm mit Recht Vorwürfe machte! Es war seine Art, daß er unverdienten Widerwillen ertragen konnte, verdienten dagegen nicht.

Nun ist er unterwegs zu Holmengraa, um sich bei ihm ein wenig zu entschuldigen. Seine kurze Abweisung hatte ihn damals in der Form selbst nicht befriedigt, er wollte sagen, wie es die Wahrheit war, daß gewisse Umstände ihn daran hinderten, mehr vom Fluß zu verkaufen. Er hätte außerdem das letztemal keine so kurze Antwort gegeben, wäre Adelheid nicht zugegen gewesen; ihretwegen hatte er als der alte Gutsherr auftreten müssen.

Da sah er oben am Fluß Herrn Holmengraas Hut und Rücken; gut, er wollte nicht um irgend etwas gebeten werden – eher das Gegenteil, wenn es möglich war. Holmengraa? Dieser Fremde hatte tief in sein Leben eingegriffen, der Leutnant sah ihn in manchem als einen Ebenbürtigen, in vielem als einen Meister an; aber wer war Holmengraa? Sein Antipode.

Da dreht Holmengraa um und kommt wieder zurück, kommt dem Leutnant entgegen. Wer war dieser Mann? Ein Heimatloser, ein Mann ohne Abstammung, ohne Heim, ein Abenteurer aus allen Landen – ein Symbol vielleicht, eine Macht. Er begrüßt den Leutnant, wie er es zu tun pflegt, und der Leutnant dankt. Es ist wie früher zwischen ihnen, aber der Gutsbesitzer ist in diesem Augenblick der weniger sichere. War Holmengraa hier umhergewandert und hatte ihn erwartet?

Der Leutnant beginnt sogleich, wie er es zu tun pflegt:

Sie nannten das letztemal, als wir zusammen sprachen, drei Auswege. Es gibt einen vierten: wir lassen alles auf sich beruhen.

Das kann ich nicht, antwortet Holmengraa.

Ich kann nicht mehr vom Fluß oder von meinem Grund verkaufen. Gewisse Verpflichtungen aus der Zeit meines Vaters verbieten mir das.

Aber doch wohl nicht, eine Vergütung für verursachten Schaden anzunehmen.

Hm. Das möchte ich nicht gern. Sie hatten ja keinen Gewinn von meinem Schaden.

Herr Leutnant, ich bin gerade jetzt oben am Fluß gewesen. Dort hatten mir früher zwei Dinge im Wege gestanden, jetzt sind sie fort. Das hört sich sonderbar an, aber sie standen mir im Wege, und jetzt sind sie fort.

Der Leutnant wird daraus nicht klug, und er äußert:

Ich weiß nicht – ich verstehe wirklich nicht, was Sie sagen.

Das verhält sich so, erklärt Holmengraa, wenn ich Ihren Damm hier auf meiner Seite des Flusses wieder aufbauen dürfte, so könnte ich eine höchst notwendige Maschine treiben. Darf ich den Herrn Leutnant bitten, mit mir zu kommen, dann werde ich es Ihnen zeigen.

Sie gehen wieder den Fluß hinauf und unterhalten sich unterwegs:

Was ist das für eine Maschine?

Eine Einrichtung mit Kabeln, die mir all die teure Pferdekraft ersparen würde, die ich jetzt zu meinem Betrieb nötig habe.

Der Leutnant sagt etwas von Schienen und Lokomotive, Holmengraa erklärt weiter:

Ja, ich will Schienen von der Brücke nach der Mühle legen, doppelte Spur. Aber der Wasserfall soll die Wagen herauf und hinunter ziehen.

Sie bleiben stehen, und Holmengraa zeigt die Stellen, zeigt ihm, dort solle der Damm liegen, dort die Turbine. Der Lärm des Wassers zwingt die Herren, beim Sprechen dicht beieinander zu stehen, was dem Leutnant unbehaglich ist, er bekommt den Eindruck, daß dem Plan länger kein Hindernis im Wege liege, und er tritt vom Fluß zurück.

Sie können doch ruhig bauen, sagte er.

Wie denn? Nein. Aber gibt es denn keine Form, die uns beide zufriedenstellen könnte?

Das weiß ich nicht. Die Bank verbietet mir, zu verkaufen.

Eine Bank? fragt Holmengraa gleichgültig. Ich werde Sie von der Bank auslösen.

Der Leutnant bleibt stehen. Da fährt wohl ein Lichtstrahl durch sein Herz, das sprach seiner Herrenseele zu, der Bank mit barem Gelde Antwort geben zu können.

Es ist eine große Summe, sagt er, aber mein ganzes Gut steht als Pfand. Ich habe etwas abgezahlt, vierzehntausend stehen noch.

Von dem alten Gelde?

Ja, leider, vierzehntausend von dem alten, großen Gelde: Taler. Holmengraa hatte sicherlich nach und nach etwas von des Leutnants Art, eine Sache abzumachen, gelernt, er faßte sich kürzer und kürzer:

Handelt es sich um Wechsel?

Ja. Mit Bürgen, die wieder Sicherheit im Hof haben.

Ich werde die Papiere einlösen.

Merkwürdig – da wurde nun eine große, ungeheuer wichtige Sache abgemacht, aber man sprach nur die wenigen notwendigen Worte. Als die Herren sich voneinander verabschiedeten, war alles in Ordnung, sie hatten sich auch über eine Summe für den ganzen Fluß und den ganzen See oben in den Bergen geeinigt. Herr Holmengraa kaufte das alles aus dem Gut Segelfoß heraus und besaß es. Der Leutnant hatte wohl Lust, jetzt, da er sowieso hier war, sich einige Strecken seiner Waldungen hier auf der Westseite wieder einmal anzusehen; er kehrte um und wanderte wieder nach der Ruine seines Dammes, daran vorbei und folgte dem Fluß bis ganz hinauf nach dem Bergsee. O ja, feines Jungholz stand hier oben, in fünfzig Jahren würde auch hier ein großer Wald stehen, ein wertvoller Wald, Jung-Willatz konnte deshalb ruhig sein! Im ganzen genommen – die Dinge renkten sich wieder ein! Ein ziemlich wichtiges Geschäft heute nachmittag abgemacht, die Bank los und wieder Geld in den Händen, eine schöne Summe, genug für lange Zeit. Wer auch Herr Holmengraa sein mochte – er war wie eine Art Vorsehung für ihn, Rat in Ratlosigkeit; – der Leutnant mußte staunen. Und das beste an allem war, daß er keine unentgeltlichen Dienste von Herrn Holmengraa angenommen, sondern nur Geschäfte mit ihm gemacht hatte. So sollte es sein. Herumgehen und ewig gebunden sein wegen eines geleisteten Dienstes? Kein Kauf ist so teuer wie Geschenke.

Ja, der Leutnant ist weiser und weiser geworden. Wo war jetzt seine Unbändigkeit, sein Eigensinn aus jüngeren Tagen? Nur selten einmal zeigte er noch Feuer unter der Asche. So sollte es sein.

Er sitzt hier eine Stunde lang und denkt, er ist Philosoph und hat keine Hast. Er erhebt sich, geht weiter in den Wald hinauf und sucht einen Überblick zu gewinnen: viele frische Stümpfe leider, vom letztenmal, da er Grubenhölzer schlug, aber auch viel schöner Jungwald war zurückgeblieben, die Zeit würde den schon reifen lassen und Willatz reich machen!

Er macht einen Bogen und steht so schließlich vor Holmengraas Anwesen: ein großes Haus, aber neu und exotisch, mit einem ungeheuren Dach, das weit über die Hauswand hinausragte, um Schatten zu geben – als wenn das hier nötig wäre! – und außerdem ruhte das Dach noch auf Holzsäulen. Alles das sah so ansiedlermäßig aus, die Hühner trieben sich im Hof herum, im Garten gab es eigentlich bis jetzt weiter nichts als Johannisbeerbüsche. Seht, da kommt Adelheid heraus, auf der Hofseite des Hauses, sie hatte wohl wieder auf dem Flügel gespielt. Herr Holmengraa begleitet sie hinaus und führt sie längs der Hauswand nach dem kleinen Durchgang zum Garten. Komisch – er führte sie, den Arm um sie gelegt. Sie ließen sich bei den Johannisbeerbüschen nieder.

Auch hier unten gab es schönen Wald, aber etwas unrein mit Laubbäumen gemischt. Wenn es nun wirklich die Luft eines Nadelwaldes war, die Herr Holmengraa gesucht hatte, weshalb hatte er dann sein Haus in einen Mischwald gebaut? Der Leutnant hatte früher nicht darüber nachgedacht, aber jetzt fiel es ihm ein. Er ging weiter, kam wieder zum Fluß und blieb auf der Brücke stehen. Seht, da stand wahrhaftig die Ziegelei noch, stand so vergessen da, so ganz und gar vergessen von der großen Überschwemmung – das einzige, was ihm von dem Fluß und den alten Einrichtungen übrig geblieben war.

Wenn der Leutnant auf dem Sofa in seiner Stube liegt, springt er nicht mehr auf und klingelt nach Daverdana, er hat viele Angewohnheiten abgelegt, er hält sich im Zaum. Aber es geht dem Leutnant nicht schlecht, so weit ist es durchaus nicht gekommen, sein Haar wird grau, aber das kommt von den Jahren, er liest in den Humanisten, aber aus Neigung. Wenn jetzt der Leutnant wirklich einmal klingelt, so kommt Gottfred.

Der kleine zarte Gottfred mit den Kinderhänden.

Er bekam ja damals vor ein paar Wochen den Befehl, sich oben bei dem Leutnant einzufinden, er war unglaublich ängstlich gewesen, und seine Mutter hatte ihn nach dem Hof begleiten müssen. Aber der Leutnant war sehr freundlich gegen ihn gewesen und hatte mit ihm gesprochen und ihm gesagt, daß er bleiben könne. Dieser wunderliche Leutnant, nachher hatte er den Jungen zu seiner Frau hineingebracht und gefragt, ob nicht auch sie meine, daß er bleiben könne; und ja, das hatte auch seine Frau gemeint, genau wie der Mann. So war also Gottfred für immer geblieben. Er hatte nun schöne Kleider an und hatte die ganze Zeit gutes Essen bekommen, er sieht also aus wie ein kleiner feiner Herr, obgleich er wie ein Page angezogen ist, mit kurzer Jacke und blanken Knöpfen. Er hat die besondere Pflicht, die Reitpferde der Herrschaften und das Sattelzeug rein zu halten, aber im übrigen hatte er auch andere nützliche und notwendige Dinge zu verrichten. Er war ausschließlich der Diener des Herrn und der gnädigen Frau, kein anderer hatte ihm etwas zu befehlen, und er teilte sich zwischen beide. Die hohe Frau hatte ihn sicherlich nicht am wenigsten nötig. Wie leicht konnte sie zum Beispiel nicht Lust bekommen, jemand etwas Französisch zu lehren; und wer war passender dazu als Gottfred? Ebenso, wenn sie sich herzlich einsam fühlte und den Wunsch hatte, mit jemand zu sprechen, so war Gottfred ja nicht weit weg. Nur an Willatz dachte sie dann und unterhielt sich im Grunde nur mit ihm; hier und da las sie einen oder den andern von ihres Sohnes Briefen Gottfred vor, und das war ein Fest.

Der Leutnant selbst verwendete den Knaben Gottfred mehr zu Freiluftarbeiten, so, die Post vom Kontor auf der Brücke zu holen oder dorthin zu bringen oder die Tauben mit Erbsen zu füttern. Das mußte auch gemacht werden. Alles in allem gab es viel in dem großen Haus zu tun; wenn die Herrschaft ausging oder heimkam, stand Gottfred auf der Diele, damit er zur Stelle sei, falls man ihn brauchte. Das wollte auch getan sein.

Im übrigen waren Leutnants eine milde Herrschaft, die ihre Dienerschaft nicht überanstrengte, und Gottfred war außerdem so klein. Wenn der Leutnant selbst nach ihm klingelte, so handelte es sich zum Beispiel darum, daß Gottfred die Haupttreppe hinuntergehen und nach dem Thermometer sehen sollte; wenn der Knabe dann zurückkam und die Grade meldete, nickte der Leutnant: mehr gäbe es nicht zu tun.

So gut ging es Gottfred. Und jetzt wollte auch Pauline, Gottfreds Schwester, die mit den niedergeschlagenen Augen – sie wollte nun auch zu Leutnants kommen und bleiben, ja, auch sie. Und dem konnte eigentlich nichts im Wege stehen. Die Mutter war es, die hinaufkam und ihre Tochter anbot. Ich werde die gnädige Frau fragen, antwortete die Jungfer. Ich werde mit meinem Mann sprechen, antwortete die gnädige Frau. Haben Sie Verwendung für sie, so ist von meiner Seite auch nichts im Wege, antwortete der Mann. Bringen Sie das Mädchen herein, antwortete Frau Adelheid. Wie heißt du? Pauline? Wir wollen dich hier behalten. Wie alt bist du? Sieh mich an, Pauline!

So blieb denn auch Pauline für immer. Es gab schon so viele Dienstboten auf Segelfoß – einer mehr oder weniger machte da nichts aus.

Die Zeit verging.

Der Leutnant macht seinen täglichen Ritt und blickt über seine Äcker und seine Zäune, seine Gräben und seine Waldungen hin; er bespricht wie früher mit dem Knechte Martin, was auf dem Hof gearbeitet werden soll, er bestellt auch mitunter die Häusler zu besonderer Tagarbeit, und alles zusammen macht er auf seine alte gute Art.

Aber die Winter waren lang und öde. Wenn er jetzt des Abends in seiner Stube herumgeht, ist kein anderer Laut im ganzen Hause zu hören als sein eigener vom Teppich gedämpfter Schritt. Oh, die Winter waren lang und öde. – Jung-Willatz besuchte noch immer in England die Schule, und Adelheid spielte auf dem Flügel bei Herrn Holmengraa.

Ein eigener Mann, dieser Holmengraa. Jetzt gehörte ihm der Fluß, und er hätte also seinen Damm und seine Turbine bauen können, aber er tat es nicht. Zwei Jahre lang tat er es nicht. Bis er eines Tages dem Leutnant erklärte, nein, er hätte leider den Plan aufgeben müssen, seine Leute würden darunter zu sehr leiden, die Fuhrleute würden brotlos werden. Mein Plan muß scheitern! sagte Herr Holmengraa. Na, überhaupt, dieser Plan mit einer Wasserlokomotive – hatte er den denn jemals ernstlich erwogen?

Aber so viel war geschehen: Herr Holmengraa war Herr über Segelfoß geworden, über den Fluß, den Wald und alle Äcker, der Leutnant wußte es.

Als ihm das zum erstenmal klar geworden war in all seiner ungeheuren Wirklichkeit, da war der Leutnant wahrhaftig sehr entsetzt gewesen, und er war in kurzer Zeit noch mehr ergraut. Er richtete es so ein, daß er notwendigerweise Herrn Holmengraa eines Tages unten auf dem Wege treffen mußte; er wurde zu dieser Zusammenkunft von seiner eignen Angst gejagt, um in den Augen seines Gläubigers zu lesen. Aber Herr Holmengraa war genau wie früher gewesen, höflich und rücksichtsvoll gegen den Herrn auf Segelfoß, wie am ersten Tage. Und so ging der Schrecken ja wieder vorüber, es verstrichen Monate und Jahre, und keine Umwälzung geschah. – Ihr Lieben, Holmengraas Haus bekam ja immer noch seine Milch unten vom Hof, und er bezahlte dafür! Aber es soll auch nicht vergessen werden, daß der Leutnant seinerseits Zinsen und Abtrag von seiner Obligation pünktlich bezahlte, obgleich es ganz gewiß Herr Holmengraa war, der ihm auf die eine oder andere Weise das Geld dazu verschaffte.

Also gut – all dieses war nicht so gefährlich, es gab schlimmere Dinge. Wie konnte man zum Beispiel ganz und gar eine Orgel vergessen, deren Kauf man einmal beschlossen hatte?

Und wann und woher bekam man vor allem das Geld zur Erweiterung der Kirche: für die Galerie, auf der die Orgel stehen sollte? Der Leutnant machte sich Vorwürfe, daß diese Sache so langsam fortschritt, es mußte ja geradezu den Eindruck machen, als hätte er kein Geld dazu. Fing seine Energie an nachzulassen? Bei der ersten guten Gelegenheit wollte er nun aber wirklich die Sache in Angriff nehmen.

Und es gab vielleicht auch andere Dinge, bei denen er zu nachgiebig gewesen war; der Leutnant machte vor sich selbst kein Hehl daraus, daß er mit Willatz ein ernstes Wort sprechen müßte, wenn er nun endlich in den Ferien heimkäme. Der Junge war gewiß groß und prächtig, aber er hatte noch nicht die Festigkeit im Willen und Charakter, wie ein Willatz Holmsen sie haben mußte. Was ging mit dem Jungen vor? Er wollte Unterricht im Zeichnen und Malen haben, er wollte Künstler werden – gut, werde Künstler! Er wollte lieber Seemann werden – Marineoffizier –, noch besser, oh, viel besser, mein Junge, sei eine Zeitlang Seemann, bis du dann Segelfoß übernimmst! Aber Willatz hatte auch viele andere Grillen und wollte viel und vieles versuchen, er hatte leider sogar angedeutet, daß er sich ganz der Musik widmen wollte; doch das war wohl der flüchtigste von allen seinen Einfällen gewesen, er ließ gar nichts mehr davon verlauten.

Aber der Vater hätte es nur wissen sollen, daß es gerade die Musik war und nichts anderes, auf die Willatz seine ganze Zeit verschwendete, Tag und Nacht. Das war es ja auch, was Willatz mit ins Blut bekommen, was die Mutter ihn gelehrt hatte.

14

Willatz kommt heim.

Er ist groß und vornehm, trägt Gamaschen, grauen Anzug, englisch. Als die Mutter diesen großen Jungen, der ihr Sohn war, wiedersah, wurde sie stark bewegt: die Zahl der Jahre, seitdem er geboren, mußte inzwischen ziemlich groß geworden sein, auch auf sie mußten die Jahre gewirkt haben, sie war alt geworden – wie das fremd und wunderlich für sie war! Gott helfe mir, ich glaube gar, der Junge fängt an, einen Schnurrbart zu bekommen! dachte sie. Diese Mutter ging wirklich mehrere Tage umher und sah mit Unwillen, daß ihr Sohn um die Wangen schon den ersten Flaum bekam.

Er hatte sich zu seiner Gesellschaft einen anderen jungen Herrn mitgebracht, einen guten Bekannten aus den Kinderjahren, Anton Coldevin, Konsul Fredriks Sohn. Jung-Anton hatte nun seit mehreren Jahren die Schule in Saint-Cyr besucht, genauso wie seinerzeit sein Vater, er erhielt eine kaufmännische Ausbildung und sollte später in das Geschäft seines Vaters eintreten.

Jetzt war endlich wieder ein Coldevin nach Segelfoß gekommen, Konsul Fredrik ließ sich durch einen fast erwachsenen Sohn vertreten. O Gott, wie viele Jahre mußten hingegangen sein, Frau Adelheid betrachtete mit gleichem Unwillen Jung-Antons fürchterliche Länge wie die ihres eigenen Sohnes.

Die beiden jungen Menschen hatten im übrigen keine große Ähnlichkeit miteinander, obwohl sie Freunde waren; wenn der eine dies wollte, wollte der andere jenes, eigenwillig waren sie beide. Anton stöberte überall herum, in der Mühle, auf der Brücke, oben bei Holmengraas, rund in allen Hütten der Häuslerleute; Willatz begleitete ihn dann und wann wohl aus Höflichkeit, aber er war englisch genug geworden, um lieber stundenlang hartnäckig und blödsinnig dazustehen und im Fluß Forellen zu angeln. Eine Mischung aus allem möglichen war Willatz, er konnte auch Klavier spielen und mit seiner Mutter singen und mit seinem Vater ein erwachsenes Gespräch führen. Er brachte in aller Stille auch einige eigene Kompositionen mit, Romanzen, Kleinigkeiten – ja, war es nicht so, wie die Mutter schon immer gesagt hatte, daß er ein Genie sei, ein Christnachtkind? Sie sang diese Kindermusik und hob sie zu Himmel und Paradies empor mit ihrem wundervollen Halbsopran. Sie vergaß, daß er ihr über den Kopf gewachsen war und sie alt gemacht hatte, sie und er waren Freunde, dann und wann nahm sie ihn mit zu Holmengraas, um den Flügel zu prüfen und die Kinder zu treffen.

Die beiden kleinen Indianer waren jetzt lang aufgeschossen und sahen merkwürdig aus, sie waren so schwarzhaarig und gelb, und ihre braunen Augen glühten. Wahrhaftig, sie schienen noch indianischer zu sein, als der Vater gesagt hatte; auch war da an Marianes Gang etwas Gleitendes wie bei einer Wilden, und sie hatte faule Hände, die verwandt waren mit jenem

Müßiggängervolk, von dem sie abstammte. Jung-Willatz staunte über sie und begann nach kurzer Zeit, sich in sie zu verlieben.

Das war ein höchst eigenartiger Zustand! Als sei er durchtränkt von Seligkeit; es machte ihn matt, er bekam Stiche und empfand sie wie etwas Süßes. Sie ihrerseits war gewiß schon weiter gekommen; dies dreizehnjährige Kind streichelte ihm über die Weste und stand da und sah ihn an. Hatte das nun einen Sinn! Sie lächelten einander an und erröteten bis zu den Haarwurzeln, puterrot; er küßte sie ein wenig und traf beinahe nicht, aber er hatte einen Duft im Munde verspürt, und der war wunderbar. Oh, welch eine peinliche Verlegenheit ihm seine Dreistigkeit nachher verursachte, Herrgott, er hätte vergehen mögen, er hätte in die Erde sinken können! Er konnte sie nicht loslassen, er hielt sie fest und versteckte sich, sie versteckten sich, eines beim andern, jedes die Nase dem andern im Nacken. Jetzt hieß es loslassen und dem Blicke des andern begegnen – unmöglich. Nein, sich in die Augen sehen nach diesem Ereignis? Unmöglich. Wäre es wenigstens dunkel gewesen! Gab es denn gar keine Rettung? Da geht ein Mann unten auf dem Weg, wie ich sehe, sagt er. Wo? fragt sie und wendet sich etwas um. – Da unten, er trägt etwas. Ja, er trägt einen Sack. Siehst du nicht, daß es ein Sack ist? Dabei sind sie voneinander geglitten. Was für einen mächtigen Hahn ihr habt, sagt er und sieht sie immer noch nicht an. Oh, dazu würde noch lange Zeit nötig sein, bis sie sich wieder ansehen könnten. Aber was den Hahn anging, so fragt sie und guckt überall hin, nur nicht auf ihn: Wo ist er? Da mußte Willatz denn antworten, daß er ihn nur tags zuvor gesehen hätte, aber es sei ein großer Hahn. Ja, und so schön! sagt Mariane; sein Kamm steht gerade empor, nicht bei allen Hähnen steht der Kamm so gerade, sagt Mariane.

Aber jetzt kam Felix, und so waren sie gerettet – für dieses Mal. Das war eine Zeit, schön und übernatürlich! Wenn Willatz jetzt sein Pferd ritt, so handelte es sich nicht mehr darum, von den Hütten am Wege gesehen zu werden, er ritt den langen Weg einzig und allein, um im Sattel sitzen und zu Marianes Haus und Garten hinaufsehen zu können. Milde Sommerzeit und leuchtende Augen! Er lebte in einer Welt von Süße und Schamhaftigkeit, es trieb ihn in die Wälder, auf die Berge und wieder zurück nach den Häusern, auf Wanderungen ohne Ziel. Wo lag er heute nacht? Wo konnte man nachts liegen! Im Gras, im Heu, in einer Kinderschaukel im Garten, überall, überall nur eine kurze Weile, mitunter sogar im Bett, angezogen, zusammengekrümmt, todmatt. – Das war eine Zeit!

Und wie zerrissen und unruhig er wurde, ohne Ruhe, irgend etwas zustande zu bringen. Stundenlanges Fischen im Fluß? Schluß damit; vielleicht hatte er sich auch etwas aufgespielt und sich englischer gemacht, als er war, als er dieses langweilige Zeug trieb. Gottfred war ihm in dieser Zeit ein treuer Gesellschafter; der hatte ein geduldiges Ohr und konnte Anteil nehmen an eines Mannes Schicksalsschlägen. Pauline? na ja, jaja. Auch Pauline war fein ausstaffiert mit Kleidern, genau wie der Bruder, und war feines Essen gewohnt und hatte eine gesunde Hautfarbe bekommen wie er. Aber sie war und blieb blumenhaft, mit niedergeschlagenen Augen, sie fragte ihn nicht einmal, wie viel die Uhr sei, so daß er ihr seine Uhr nicht zeigen konnte. Aber Gottfred fragte doch wenigstens in aller Zutraulichkeit nach England, so daß Willatz erzählen konnte; und der kleine Gottfred hatte, weiß Gott, schon etwas Französisch gelernt, er war also durchaus kein Nichts.

Ich sah Anton wieder zu Holmengraas gehen, bemerkte Willatz gleichgültig.

So? antwortet Gottfred.

Er war auch gestern da. Ich verstehe nicht, weshalb er jeden Tag dahin läuft; Mariane hat selbst gesagt, daß sie sich nichts aus ihm macht.

Na ja, so will er wohl Felix treffen.

Ja, aber ich habe gesehen, daß er jetzt gerade Mariane traf. Jetzt vor einer halben Stunde. Und sie sind sicher hinterm Hühnerhaus.

Ich werde nachsehen, wenn du willst.

Nein, meinst du etwa, ich mache mir etwas daraus! Laß die nur! Was ich noch sagen wollte, Bella ist hübsch gebaut, findest du nicht?

Ja, und sie ist so fromm, antwortet Gottfred und erzählt von seinen Besuchen bei ihr. Sie steht so still, wenn ich ihr die Hufe wasche, und dreht sich um und sieht mir nach, wenn ich weggehe.

Willatz hört nicht zu, er ist wohl mit etwas anderem beschäftigt und fragt plötzlich:

Kannst du schweigen?

Schweigen?

Kannst du stumm sein wie ein Grab? Wenn du das kannst, so möchte ich dich um einen großen Dienst bitten.

Ja, ja, antwortet Gottfred gehorsam.

Aber du sollst nicht ja sagen, wenn du es nicht halten kannst. Denn es ist eine wichtige Sache. Nämlich diesen Brief abliefern.

Ja, das werde ich.

Und ihn persönlich ihr geben. Du siehst, wessen Name darauf steht? – Ja.

Aber hier gilt es, schnell zu sein, und das Wichtigste ist: – Verschwiegenheit. Nein, schnell, sage ich, das meinte ich ja gar nicht, ich weiß gar nicht mehr, was ich sagen wollte, ich habe es ganz vergessen. Also Gottfred, du verstehst mich, hier kommt es darauf an; und wenn Anton da ist, so blinzelst du ihr zu, daß sie ihn fortschicken soll.

Ja.

Aber du darfst auf keinen Fall Anton etwas davon merken lassen.

Nein.

Gottfred blieb ungeheuer lange fort, es dauerte endlos, und Willatz mußte ihm entgegengehen. Er traf ihn unten an der Brücke; Gottfred hatte sich vorsichtshalber unter einen der Büsche dort gelegt, er zog einen Brief hervor.

Hast du ihn ihr nicht geben können? fragte Willatz ängstlich.

Doch, ja. Und diesen sollte ich dir bringen, dir persönlich, bat sie mich.

Antwort – sie sandte eine Antwort! Gottfred war großartig!

Sie gehen heim, Willatz wäre am liebsten gelaufen, aber das ging nicht an. Was wohl in dem Brief stand?

Ich habe einen Spazierstock zu Hause, den sollst du bekommen, sagte er. Weißt du, was in dem Brief steht?

Nein.

Na, ja, mag in Gottes Namen drin stehen, was will. Hast du Anton gesehen?

Nein, er war schon weggegangen.

Willatz eilt hinauf in seine Stube, bleibt dort einen Augenblick oder zwei, kommt dann bebend vor Entzücken wieder heruntergesprungen, überirdisch, findet Gottfred und gibt ihm den Stock. – Nein, danke, das sollst du nicht tun! Doch, red' keinen Unsinn! – Er eilt wieder hinauf in die Stube, bleibt eine längere Weile fort, kommt singend die Treppe herunter, bleibt draußen auf dem Hof stehen und sieht sich um, kehrt um und wandert die Treppe wieder hinauf. Dies ist das dritte Mal, und es sieht so aus, als wenn er jetzt vorhabe, sich mit einigen schweren Schulaufgaben oder dergleichen einzuschließen. Nach einer halben Stunde hat er wohl genug gelernt, er zeigt sich wieder auf der Treppe und kommt die Stufen herunter. Was soll er sich vornehmen? Er ist jetzt ruhig und etwas schlaff, seine Mutter trifft ihn auf der Diele, sie will ein bißchen spazieren gehen, Mutter und Sohn wechseln ein paar Worte, sie bittet ihn, nicht mitzukommen. Er hört seinen Vater drinnen in seiner Stube auf und nieder wandern – der gute Vater, ein Kamerad und Gentleman –

Willatz klopft an und tritt bei ihm ein.

Angelst du nicht? fragt der Vater. Anton ist gewiß den Fluß hinaufgegangen.

Ja, das ist er wohl. Nein, ich hatte keine Lust dazu. – Aber wie grau du doch geworden bist, Vater.

Der Vater stutzt.

Grau? Ach, nicht besonders. Wo ist deine Mutter? Wollt ihr nicht spielen?

Ja, nachher. Das letzte, was wir sangen, war ein englischer Text, aber mit norwegischer Musik, konntest du das hören?

Ja. Sehr schön.

Ich wollte es dir ja eigentlich nicht sagen, aber – die Musik war von mir.

Der Vater wundert sich noch mehr.

Willatz – sag einmal, außerordentlich schön, ich hörte es hier drinnen. Du hast also selbst –? So. Weiß deine Mutter das?

Ja.

Musik ist freilich etwas Schönes, das ist schon wahr. Was sagt deine Mutter dazu?

Sie meint, es sei schön.

Der Vater sagte plötzlich:

Hast du einmal darüber nachgedacht, was du werden willst, mein Freund?

Pause.

Künstler oder Marineoffizier? Man muß sich zu etwas Bestimmtem entschließen, ich sage das nicht, um dich zu drängen, aber es ist für dich selbst das beste. Musik ist ja nur Gesang und Spiel. Aber das war ganz besonders schön – ich ging hier drinnen auf und ab hörte zu . . . Fand deine Mutter das auch?

Ja.

Der Vater gibt sich eine entschlossene Miene und sagt:

Also, Musik, das ist das eine, Ernst aber das andere; sind wir uns nicht darüber einig? Fass' einen starken Entschluß, so können wir darüber sprechen. Ich habe nichts dagegen, daß du Bildhauer oder Maler wirst, unsere Familie soll vielleicht einmal solch einen Ausschlag machen, ich weiß es nicht. Denk darüber nach und sag mir bei Gelegenheit deine Meinung.

Willatz erreichte also einen Aufschub und war froh. Aber er mußte darauf gefaßt sein, daß diese Frage bald wieder gestellt werden könnte; ob es also nicht das beste wäre – jetzt schon eine Andeutung zu machen?

Ja, es ist wohl deine Ansicht, daß ich die Schule in Harrow ganz durchmachen soll? fragte er.

Gott weiß, ob sein Vater das wirklich gemeint hatte, ob dieser ergraute, alternde Herr, der da in der Stube auf und ab ging, das ganz und gar mit sich abgemacht hatte, Gott weiß es. Aber er antwortete sofort:

Die Schule ganz durchmachen? Selbstverständlich – wenn du willst. So, du hast nun die Zeit vor dir, du kannst dir also überlegen, was du werden willst. – Jawohl, mach du nur die Schule ganz durch.

Oh, so war das aber nicht gemeint gewesen. Willatz hatte keinen größeren Wunsch, als die Schule in Harrow zu verlassen, sie war ihm weiter nichts als eine unsagbare Pein, sie hielt ihn auf. Hier mußte die Mutter ihm helfen, kommt Zeit, kommt Rat, der Vater war ja auch ein famoser Mensch, und Mariane war entzückend –. Ich könnte dir diese Lieder noch einmal vorspielen, wenn du es möchtest? sagte er.

Jetzt? O nein, danke, warte bis deine Mutter kommt, ich habe gerade etwas zu tun. Aber Dank für die gute Absicht.

Dazu nickte er, und Willatz ging.

Der Leutnant war wieder ungestört, aber das, was er jetzt zu tun hatte, schien nichts weiter zu sein, als wieder auf und ab zu gehen. Die Schule ganz durchmachen? Diese Schule in Harrow wurde etwas rätselhaft, der Fall mußte untersucht werden. War das eine Universität? Jahr für Jahr auf einer feinen Schule in Harrow – wollte der Junge dort eigentlich bleiben? Das beste wäre, er schriebe einmal an Xavier Moore, er beredete die Sache einmal mit Adelheid.

Er klingelt und fragt, ob die gnädige Frau ausgegangen sei?

Ja, Gottfred hatte die gnädige Frau zu Holmengraas hinübergehen sehen.

Melde mir, wenn sie zurückkommt.

Er wartet lange, eine Stunde, jawohl, Adelheid vergaß alles am Flügel! Nach zwei Stunden kam sie endlich. Was – hatte sie geweint? Sie war merkwürdig freundlich, demütig; das wunderte ihn, und er fragte: Ist Ihnen etwas Unangenehmes begegnet?

Mir? Warum? Nein, ich wüßte nicht, danke.

Sie sprachen von Willatz, Adelheid sammelte sich und führte ausgezeichnete Gründe an: es sei unsinnig, ihn noch länger auf der Schule in Harrow zu lassen; sie sei fein und teuer, ausgesucht, aber das sei alles.

Das spielt keine Rolle. Er ist unser Einziger!

Aber die Schule habe jetzt keinen Zweck mehr, der Junge tue ja nichts als musizieren.

Das mit der Musik war ja etwas, was er von der Mutter als Erbe bekommen hatte, das hatte nichts mit dem Holmsenschen Blut zu tun – der Leutnant konnte deshalb eine etwas höhnische Bemerkung machen, ohne dabei ungerecht zu sein.

Aber Adelheid – was ging heute abend in ihr vor? In früheren Tagen würde sie ihm mit gleicher Münze heimgezahlt haben, aber jetzt wurde sie nur noch demütiger und sagte bittend: O nein, sagen Sie das nicht, er ist nun einmal so, so durch und durch musikalisch. Sie sollten nur wissen – ich wage nicht, es Ihnen zu erzählen –

Daß er Lieder komponiert hat? Er hat mir das selbst gesagt.

Gott sei gelobt, das war auch das richtige. Oh, der Junge – nichts als Melodie, ich versichere Ihnen, ich singe seine Lieder mit der größten Freude. Sie haben es wohl gestern nicht gehört?

Ich hörte es gestern, als ich in meiner Stube auf und ab ging. Ich habe es schon seit einigen Tagen gehört.

Ja, was sagen Sie dazu?

Ihr Gesang ist ja immer schön.

Finden Sie? Aber die Melodie ist wirklich so musikalisch; er ist kein gewöhnlicher Junge, das, bitte ich Sie, dürfen Sie nicht vergessen.

Der Leutnant glaubte ja selbst, daß sein Sohn etwas Außergewöhnliches war; hatte er etwas anderes gesagt? Seine Mutter war ja auch keine gewöhnliche Dame – kurz gesagt.

Hm. Ich habe nichts dagegen, daß ich daran erinnert werde.

Obwohl es überflüssig ist.

Verzeihung!

Noch mehr Demut, noch mehr Sanftmut; wozu das? Der Leutnant erkannte klar, daß sie etwas erlebt hatte, sonst würde sie nicht so verändert sein. Es war ihm nicht unangenehm, daß sie ihm Respekt zeigte, sie hatte außerdem recht darin, daß die Schule in Harrow die reinste Ausbeuterei war. Da stand nun Adelheid und war in die Jahre gekommen, aber doch noch wie unbenützt, wie unverbraucht; nach solch einer Säule konnte man lange suchen. Hm. Und für dies eine Mal beschließt er, mit seiner Frau gegen seinen Sohn Partei zu nehmen, er wollte seine Macht zeigen und gerade gegen Willatz entscheiden. Das würde ihm vielleicht gut tun.

Ich dachte daran, an Xavier Moore zu schreiben, sagte er, aber das ist ja jetzt nicht mehr nötig. Willatz verläßt also Harrow. Aber was soll nach Ihrer Meinung dann geschehen?

Was ich meine? Ich will bei Ihnen ein gutes Wort für ihn einlegen, sagte sie.

Was für ein Ton! Der Leutnant sagt:

Wollen Sie Willatz darauf vorbereiten, Adelheid, daß ich aus Gründen, die ich erst jetzt erfahre, mich seiner Rückkehr nach Harrow widersetzen muß?

Ja. Und er wird nicht enttäuscht sein, er wird Ihnen sogar danken.

Besser und besser, alles drehte sich im Kreise, das einzige, was jetzt stille stand, war des Leutnants Verstand. Nein, Mutter und Sohn gegen sich zu haben! Womit sollte das enden? Damit, daß Willatz nach Deutschland sollte. Er sollte einst ein so großer Musiker werden, wie es seine Gaben nur erlaubten, damit endete es.

Auf Ihre Verantwortung, hatte der Leutnant gesagt. Er ist unser Einziger, aber hierin sind Sie sachverständig, also auf Ihre Verantwortung!

Sie machte eine Bewegung, einen Schritt vorwärts, als wollte sie die Hand ausstrecken, aber sie hielt inne. Das war schön von ihr und es wirkte auf ihn, wie sie ihm mit einer mädchenhaften Bewegung einen Augenblick lang völlig entgegenkam.

Danke, dann wird alles gut werden, sagte sie, gut für ihn und unverdient gut für mich.

Und sie spielten und sangen diesen Abend.

Ein paar Tage später war Willatz der Fürsprecher der Mutter

beim Leutnant. Dies war ein so ungewöhnlicher Vorgang, es mußte etwas dahinter stecken: Adelheid wünschte ihren Sohn nach Berlin zu begleiten.

Damit, daß sie sich eines Unterhändlers bediente, wollte sie es gewiß umgehen, ihm näheren Bescheid zu geben, daran war nicht zu zweifeln. Der Leutnant fragte seinen Sohn:

Hast du deine Mutter richtig verstanden?

Ja.

Sag ihr, hätte ich sie nicht schonen wollen, so würde ich selbst sie gebeten haben, mitzureisen; aus verschiedenen Gründen. Sie versteht etwas von den Sachen, jawohl, und sie kann dir da am meisten nützen.

Willatz fühlte plötzlich eine Flut von Wehmut in sich aufsteigen, er mußte sich mit Gewalt zusammennehmen. War das Liebe, war das Mitleid? Etwas Graues und Armseliges war über den Vater gekommen, etwas Verlassenes; wie sorgenschwer das war!

Als Willatz wieder zu sprechen vermochte, sagte er: Ja, aber ein andermal müssen wir beide zusammen reisen, Vater, du und ich. Es war so nett, mit dir zu reisen.

Natürlich, nickte der Vater, ein andermal. Aber geh jetzt und sag es deiner Mutter. Und sage, ich sei darüber nicht im Zweifel, daß es hier zu Hause schlecht gehen werde, während sie fort ist. Aber dagegen ist nichts zu machen. Wann wollt ihr reisen?

Anton will in allernächster Zeit reisen.

Anton. Aber du und deine Mutter?

Mutter meint auch, möglichst bald.

Bald?

Mutter sagt, beim Musikstudium gebe es keine Ferien.

Pause.

Gut, hierin ist sie sachverständig.

Jung-Willatz hatte nicht vorgehabt, diesmal mit Julius zusammenzutreffen. Gottfred hatte ihm ja von dem Schelmenstück mit dem Federmesser erzählt, und das hatte einen tiefen Eindruck auf ihn gemacht. Julius war des öfteren oben beim Hof gewesen, hatte herumgestanden und herumgespäht, wie es seine Gewohnheit war, er hatte auch Gottfred gebeten, einen Gruß zu bestellen, aber Willatz war nicht gekommen. Julius konnte das nicht verstehen, sie waren doch so gute Freunde – und, geradeheraus gesagt, er war doch auch der Bruder eines Mannes, der bald ein ausgelernter Pastor war.

Übrigens war Julius nicht schlimmer geworden, als er gewesen war, im Gegenteil, in seiner Art sogar bedeutender: ein Pferd bei der Arbeit, wenn er wollte, und den Eltern daheim in der Hütte ganz und gar überlegen an Körperkraft, falls Uneinigkeiten vorkamen. Das sagte Gottfred auch, und er hatte es von Julius selbst gehört. Begabt war er immer schon gewesen, viel mehr als der Bruder, wenn er sich auch nichts aus den Büchern machte, er hatte nur keine Gelegenheit gehabt, seine Begabung zu beweisen. Oder wie – ging er vielleicht daheim in der Hütte herum und hörte nichts und sah nichts? Seine Verstandeskraft wurde zu Aufgaben verwendet, wie etwa: einen Salzwasserfisch von einem Süßwasserfisch und einen Bock von einer Ziege zu unterscheiden. Aber Julius war in der letzten Zeit ein ganz anderer Kerl geworden, er war beim Lofotfischfang gewesen, zwei Winter lang, und war oft bei Herrn Holmengraa in Arbeit. Julius war auch gut Freund mit Felix geworden, der in fröhlicher Unwissenheit und im Bücherhaß ganz sein Gesinnungsgenosse war. Felix war der reine Heide.

Eines schönen Tages wandern Willatz und Anton die Landstraße entlang, und Julius steht vor seiner Hütte. Daß auch Felix in der Nähe ist, daran ist kein Zweifel, man hört ihn irgendwo unten bei den kleinen Häusern pfeifen.

Die beiden jungen Herren nicken guten Tag und wollen vorübergehen.

Aber nun hatte Julius sicher gedacht, daß eben diese jungen Herren endlich gekommen seien, um ihn zu treffen – weshalb sollten sie wohl sonst gerade diesen Weg gegangen sein –, und aus dem Grunde hatte er sich vor seiner Hütte aufgestellt.

Was ist das – kennst du mich nicht, Willatz? fragt er.

Doch! antwortet Willatz.

Ja, kommst du nicht zu mir?

Nein, antwortet Willatz verwundert.

Worauf Julius es sehr krumm nimmt, daß die beiden Herren so unrichtige Absichten haben, und sagt:

Na, denn nicht. Ja, ja.

Aber inzwischen waren die jungen Herren stehengeblieben, und Anton platzte mit einem Gelächter los. Na, und Julius stand doch nicht da, um sich auslachen zu lassen? Keinesfalls! Groß und schwer war er, auch seine Augenbrauen hatten sich wieder gut herausgemacht, und außerdem besaß er ein paar ordentliche Fäuste.

Was steht dieser Schafskopf da und grinst? fragt er.

Nun war aber doch Anton Coldevin seinerseits ein Mann, der sich mehr als einmal mit den Kadetten in Saint-Cyr gemessen hatte; es ging also nicht an, daß man ihn einen Schafskopf nannte.

Willst du vielleicht ein paar runtergehauen haben? sagte er.

Nun hätte Julius wohl gewiß nicht zwei Schritte rückwärts machen, sondern im Gegenteil etwas vorgehen sollen! Aber wozu so etwas? Wer hatte ihn jemals zum Mutigsein aufgefordert, oder wer hatte so etwas anerkannt, wenn er es bewiesen hatte? Er stand da und mußte ja schandenhalber zu verstehen geben, was das anginge, so habe er keine Angst, ein paar runtergehauen zu bekommen; aber sein Gesicht war merkwürdig schmal und verkniffen geworden.

Pause.

Im Prinzip hatte Willatz nichts gegen eine nette kleine Prügelei, aber es ging nicht an, hier mitten auf der Landstraße. Nein, haltet den Mund, Jungen! sagte er. Felix kam angewandert, der kleine Indianer; oh, wie interessiert er sofort war, es verstand sich, daß Julius' Sache auch die seine war. Er glitt ruhig zwischen den Gegnern durch und sah Anton mit funkelnden Augen an. Dieser kleine Teufel konnte gewiß recht gefährlich werden. Willatz mußte viele Worte verlieren und schließlich damit drohen, daß er seiner Wege gehen würde, bis er endlich Anton überredet hatte, mitzukommen. Aber da schwoll Julius' Mut mächtig an:

Komm doch wieder! schrie er. Ho, er wurde ein Riese, ein Held, er spuckte Tabak, daß es Blasen trieb, und dieser Pastorenbruder gebrauchte kräftigere und immer kräftigere Redensarten: Ich hab da oben Kvaenen einander prügeln sehen, sagte er, komm nur wieder! Glaubst du, ich habe Angst vor dir? Ich will dir das Fell gehörig gerben. Ich werde Knopflöcher aus dir machen, von oben bis unten.

Und Felix stieß kleine Schreie aus, zum Zeichen, daß er Julius' Vorhaben billigte.

15

Willatz und seine Mutter sind abgereist. Es hatte das übliche Essen bei Leutnants stattgefunden, und Holmengraas waren zugegen gewesen. Da es sich diesmal um einen Wendepunkt in Willatz' Lebensschicksal handelte, so war die Rede, die der Vater an ihn richtete, sehr viel ernster geworden: es gebe zwei Arten, seinen Namen der Nachwelt zu erhalten, man könne ihn in ein luftdicht verschlossenes Grab legen, dann werde jemand ihn nach zweitausend Jahren wiederfinden, oder man könne ihn über die Menschen hin wie im Sturm ausspielen, dann werde die Geschichte sich ihn merken! Es wurde schnell gegessen, und wenngleich es diesmal keinen Distriktsarzt Muus gab, der Mißstimmung hätte verursachen können, war das Schweigen fast noch unbehaglicher. Allen ging der Abschied nahe. Herr Holmengraa – rücksichtsvoll und teilnehmend wie immer – hatte am Kai Frau Adelheids Hand in der seinen gehalten und hatte beinah flüsternd gesagt: Kommen Sie bald wieder!

Jetzt waren schon mehrere Monate vergangen, und Frau Holmsen war immer noch nicht heimgekehrt; woher mochte das kommen? Der Leutnant bekam Briefe, worin sie um Aufschub bat – gut, eingewilligt, keine Überanstrengung, der Heimkehr halber! Und der Leutnant sagte sich, wenn es böser Wille von mir wäre, könnte es ja auch gleichgültig sein, er begann sich damit abzufinden, er begann eines Tages zu summen; – ja, er summte wieder. Daverdana, die nun abermals sein Stubenmädchen war, brachte die Neuigkeit in die Küche hinunter, und alle miteinander lauschten. Sie hörten nichts, gar nichts, der Leutnant summte so leise, so unhörbar, oh, noch mehr zum Privatgebrauch als das vorige Mal. Und was hatte es groß zu bedeuten, wenn er nun wirklich summte! Es hatte wohl keinen andern Grund, als daß sein Haus jetzt offiziell musikalisch geworden war.

Nach einer Weile kam wieder ein Brief. Seine Frau bat noch einmal um Frist, für den ganzen Herbst noch. Ein demütiger Brief, ein Bitten; jetzt witterte der Leutnant Unrat. So, den ganzen Herbst? Und wenn der vorbei war, vielleicht den ganzen Winter? Dahinter steckte etwas. Ihre Ehe war nicht besser gewesen als viele andere Ehen, irgendein Unglück hatte sie nicht heimgesucht, aber ein ständiges Sichunglücklichfühlen hatte darüber gebrütet. So war es. Ein Unglück – Bagatelle! Ein Unglück hat ein Ende, das geschieht einmal und ist dann vorbei; schlimmer ist es, tagaus tagein, Jahr um Jahr Glück entbehren zu müssen. Ein Engel kann böse werden und beißen – gut! Aber wenn ein Engel niemals beißt, nur murrt, ein Engel, der mit einem ewigen leeren Lächeln grinst? Gut, auch das, man ist Philosoph, man denkt Gott sei Dank ein bißchen mit den Humanisten. Die Mücke ist eine große Plage, sie singt mit Glasschwingen, i–i–i, singt sie; im Anfang ist sie eine Prüfung für den Verstand – nur im Anfang. Glück, was ist das? Man muß die Unwichtigkeit alles Glücks erkennen. Übrigens war die Holmsensche Ehe in der letzten Zeit wahrhaftig zum Aushalten gewesen, sie hatte sich gebessert, war halbwegs gut geworden, Gott sei gelobt. Gegenseitige Achtung war immer dagewesen, jetzt war geradezu Herzlichkeit dazugetreten, sogar ein aufrichtiges Lächeln konnte vorkommen. Der Leutnant hatte angefangen, auf eine Art Genugtuung für sie beide zu hoffen, auf ein neues Leben jetzt gegen das Alter zu. Adelheid hatte ja in den letzten Wochen hier zu Hause ganz offen Zuneigung für ihn bewiesen; es war so, als ob sie nicht mehr das alte, vergnügte Wohlbehagen daran fühlte, ohne ihn zu sein – jetzt im Alter. Und nun reist sie fort und will fort bleiben!

Dem Leutnant dämmert die Möglichkeit auf, daß irgend etwas in ihrem Leben ihr noch unerträglicher geworden sein könnte als ihre Ehe.

Was mochte das sein? Gott allein weiß es, aber sicher nichts Geringes. Da stand in ihrem letzten Brief, daß sie sich gegen ihn vergangen hätte – nun, das waren Redensarten, Schmeicheleien, um sich einen Aufschub für die Heimreise zu erwirken. Gleichwohl, Adelheid wurde von einer Pein verzehrt. Und der Leutnant hörte auf einmal mit dem Summen auf, es gefiel ihm nicht mehr. Jawohl, es war ein kurzes Gesumme gewesen, das unschuldigste, das sich ein Mann in Abwesenheit seiner Frau leisten konnte.

Aber der Leutnant wollte mehr tun, er tat nichts halb. Befand sich Adelheid in irgendeiner Krisis, so ziemte es sich für ihn nicht, teilnahmslos zu bleiben; er wollte ihr bei ihrer Heimkehr eine Freude bereiten, er wollte wahrhaftig die Arbeit mit der Orgel wieder aufnehmen. Jetzt sollte diese Orgel beschafft werden – auf Tod und Leben.

Oh, wäre es nur die Orgel gewesen! Aber wo war die Galerie,

die sie tragen sollte? Und wo gab es Raum für eine Galerie? Die Kirche mußte umgebaut werden. Aber durfte der Leutnant ohne weiteres Bauholz hierzu in seinem verpfändeten Walde zusammensuchen? Er war gebunden, er mußte wieder hinaus und in Herrn Holmengraas Augen lesen.

Der Herbst verging, und seine Frau kam immer noch nicht. Nein, jetzt schrieb sie und bat, noch länger bleiben zu dürfen, noch einige Zeit – den Winter über, Willatz würde sonst so allein sein –, ja, und das würde auch sie selbst dann sein. Die beiden richteten sich übrigens äußerst vernünftig ein, sie verbrauchten wenig Geld und trieben Musik.

Das war vielleicht von der Vorsehung so bestimmt, der Leutnant sollte Zeit zu seinen Bauangelegenheiten haben, bevor Adelheid heimkehrte.

Herr Holmengraa fragte oft nach den beiden, nach Mutter und Sohn in Berlin, und das war aus mehreren Gründen merkwürdig: erstens hatte er nicht nach Willatz gefragt, als er in England war, zweitens kam ja doch der kleine Gottfred dann und wann zu Holmengraas, zu Mariane, mit einem Brief von Willatz. Sie leben, und es geht ihnen gut? konnte Herr Holmengraa fragen. Sie leben, und es geht ihnen gut, hatte der Leutnant jedesmal geantwortet. Heute sagte er das gleiche und fügte hinzu: Meine Frau wünscht noch einige Zeit in Berlin zu bleiben.

Er fing an von der Kirche und sagte:

Das kleine Gotteshaus – Ihr Betrieb hat so viele Leute hierhergezogen, daß die Kirche zu klein geworden ist.

Ja, sagte Herr Holmengraa, ja, das ist so –

Aber er war wohl mit etwas anderem beschäftigt, und sein Gesicht war voll tiefer, unleserlicher Schrift. Der Leutnant sprach nicht mehr von der Kirche, der feinfühlige Mann hörte sofort auf, als habe er einen Wink bekommen.

Ja so, die Kirche war also nicht so himmelschreiend zu klein? Und an den großen Kindtaufsonntagen oder wenn sich das Volk sonst treffen wollte? Man könnte sich wohl auch vorstellen, wie es beim nächsten Gottesdienst gehen würde, wenn der neue Diener des Herrn, L. Lassen, kommen sollte, um seinen Dorfgenossen zum ersten Male zu predigen. Ja, ja, das ist so, antwortete Herr Holmengraa nur. Der Leutnant dachte wohl bei sich, hätte er nur seine alte Macht noch besessen, dann wäre er einfach durch seine meilenweiten Wälder geritten und hätte seinen Holzfällern befohlen, Bäume für noch eine halbe Kirche zu fällen. Und weiter dachte er wohl: Gebrauchte ich mein Recht, so würde ich heute noch um Bauholz aus Namsen telegraphieren. Das dachte er wohl, denn seine Miene war in diesem Augenblick zahlungsfähig und stolz. Oh, Macht besaß er immer noch, er hatte das Geld für den Fluß, und wäre das nicht für die beiden, Mutter und Sohn in Berlin, bestimmt gewesen, so hätte es gerne draufgehen können. Diese lächerlichen Kronen, diese Massen von grützenkleinen Münzen, die keine Taler waren.

Die Frage, die Herr Holmengraa schließlich stellte, und die Antwort, die er bekam, war beider Herren vollkommen würdig:

Ich bin nie in Berlin gewesen, aber ist es nicht teuer für ihre Frau, dort zu wohnen? sagte Holmengraa zum Leutnant.

Es ist nicht teuer für meine Frau, in Berlin zu wohnen, sagte der Leutnant zu Holmengraa.

Darüber war kein Irrtum möglich, in den folgenden Wochen kam ein etwas anderer Ton zwischen dem Herrn auf Segelfoß und dem zugezogenen Herrn Holmengraa auf. Fernerstehende merkten das nicht, aber der Leutnant war nicht im Zweifel darüber, und jetzt entstand in seinem steilen Araberkopf ein Plan, über den er Tag und Nacht brütete: Er ging auf verpfändetem Grund und wohnte in einem verpfändeten Hause – er wollte ausziehen. Es war gut, daß Adelheid und Willatz im Ausland waren, er wollte sie auffordern, dort zu bleiben, wo sie waren, so brauchte er nur sich selbst ein neues Schicksal aufzubauen.

Es steht ungefähr am Schluß von Pastor Windfelds Bericht geschrieben, daß Frau Adelheid nach dem Ausland gereist und fortgeblieben sei – so uneinig seien die Eheleute gewesen. Jawohl, so einig wurden also die Eheleute jedenfalls in dieser Frage. Bleibt vorläufig dort, wo ihr seid! schrieb der Leutnant an seine Frau. Und damit sie sich deswegen nicht von Dankbarkeit gegen ihn bedrückt fühlen möchte, erklärte er ihr alles der Wahrheit gemäß, daß er einen Plan gefaßt habe, während dessen Durchführung er allein sein müsse.

Wohin er ziehen sollte? – Da stand ja die alte Ziegelei, die hatte er nicht verkauft, sie war auch nicht im Flußhandel miteinbegriffen gewesen; die Ziegelei war zwar verpfändet, wie alles andere, jawohl, aber sie konnte ausgelöst werden; es war undicht, zugig in der Ziegelei, aber sie konnte abgedichtet und zu einer menschlichen Behausung eingerichtet werden.

Der Leutnant bekam es eilig mit diesem Plan. Er war niemals während all dieser Niedergangsjahre sorglos gewesen oder hatte den Dingen ihren Lauf gelassen, das lag seiner Natur fern. Sein Zustand peinigte ihn, doch er konnte ihm nicht abhelfen. Wodurch sollte er ihm auch abhelfen? Etwas verdienen. Werte schaffen? Er? Dieser Mensch, der nichts konnte als verschwenden und bezahlen, ein Verprasser, ohne Reichtum hinter sich zu haben, ein unfruchtbares Genie, ein Wunder in der Kunst, sich Ausgaben zu machen. Er war seiner Väter Sohn und lebte in seiner Väter Schatten.

Von dem Tage an, da er den wirklichen oder eingebildeten Wink von Herrn Holmengraa bekommen hatte, begann es sich vor ihm aufzutürmen: er vergaß oder übersah mit Willen sein ganzes bewegliches Eigentum, sein volles Haus, seine Einrichtung, die Kunstwerke, die Bibliothek, das Vieh, die Pferde, die Boote, die Gerätschaften, die Maschinen – daran dachte er nicht. Als der Ordnungsmensch, der er war, konnte er sich natürlich nur wenige Schritte vom Zusammenbruch entfernt glauben.

Der alte Leutnant – seht, er war einer höheren Macht preisgegeben! Sollte er sich an seine Schwestern in Schweden wenden? Nein, das konnte ihm niemals einfallen; zwischen ihm und den Schwestern hatte es seit zwanzig Jahren kein festes Band mehr gegeben, und seit dem Tode der Mutter schrieben sie sich nicht einmal mehr. Er hätte vielleicht seine Lebensweise vereinfachen können, seine Dienerschaft vermindern, die jährlichen Rechnungen von den Kaufleuten in Bergen einschränken? Hierauf würde er sich selber antworten, das sei der größte Unsinn, von dem er je gehört habe, und er hätte nicht einmal Lust, darüber nachzudenken. Bei den beiden im Ausland sollte wohl der Verdacht rege werden, daß es hier zu Hause auf Segelfoß knapp zuginge! Daran waren sie nicht gewöhnt, und das verdienten sie nicht. Klein-Willatz sollte doch wohl keinen anderen Eindruck von seinem Vater bekommen, als ihn der Leutnant von seinem Vater bekommen hatte: daß man stets eingreifen konnte und helfen, weggeben oder kaufen, was man wollte, daß man stets Herr sein konnte, ein Willatz Holmsen. Und was die Dienerschaft betraf – gab es jetzt vielleicht mehr Knechte und Mägde in dem Gesindehaus als in den Tagen seines Vaters?

Der kleine Gottfred, stand er jemand im Wege? Oder war vielleicht seine Schwester Pauline nicht die einzige, die kleine süße Antworten für den Leutnant hatte und vor ihm wie vor einem Vater knixte, wenn er vorbeiging? Auch konnte er sich jetzt, während der Abwesenheit seiner Frau, nicht von der Hausjungfer trennen. Nichts konnte geändert werden.

Die Hausjungfer? Ein geschicktes und fleißiges Wesen, von ihrer Herrin während vieler Jahre angelernt, führte sie jetzt die Hauswirtschaft wie auswendig. Wann knarrte es, wann knackte es unter ihren Händen? Nein, die mußte bleiben!

Jungfer Salvesen schien selbst nicht der Meinung zu sein, daß sie Not leide; sie hatte ja auch ein leichtes Wirtschaften, der große Hof gab den größten Teil von dem her, was zum Haushalt nötig war, und Wein und Delikatessen und Kolonialwaren kamen jetzt wie früher aus Bergen. Es fehlte an nichts. Und deshalb war Jungfer Salvesen auch immer munter und zufrieden mit ihrem Los und zog oft einen schiefen Mund und lachte und erzählte den Mädchen lustige Geschichten.

War sie nicht das Oberhaupt auf Segelfoß? Aber war das alles? Der Lagermeister machte ihr ja den Hof und wollte sie zur Frau haben. Ja, das wollte er. Und der Lagermeister sang noch dazu so unterhaltende Lieder. Schon im Frühjahr war zwischen ihnen alles so gut wie abgemacht gewesen; aber da begann auch Rechtsanwalt Rasch ihr den Hof zu machen und bewarb sich um sie, und das war etwas ganz anderes. Ja, Herr Rasch wollte es so machen, wie sein Vater und sein Großvater und sein Urgroßvater es vor ihm gemacht hatten: eine Familie gründen und eine Anstellung suchen und sein Leben in Kultur verbringen. Die Zukunft des Lagermeisters würde eine viel ungewissere sein, er war Geschäftsmann und konnte nichts anfangen ohne Geld. Nein, den Lagermeister durfte man nicht mit dem Rechtsanwalt vergleichen, nein, das wäre ja zum Lachen gewesen. Aber es war der Hausjungfer Salvesen nicht unangenehm, daß sie an jeder Hand einen Anbeter hatte.

Sie hatte sich mit Frau Irgens, geborene Geelmuyden, befreundet und ging oft des Abends hinüber in Holmengraas Haus, um mit ihr ein wenig zu plaudern. Als Rechtsanwaltswitwe gab auch Frau Irgens Herrn Rasch den Vorzug – oh, das sollte man doch meinen, ein Mann von Bildung, und der andere konnte ja höchstens einen Laden aufmachen. Weisen Sie Rasch nicht ab!

Wenn er nur nicht wieder abschnappt! sagt Jungfer Salvesen.

Abschnappt – ein studierter Mann? Niemals. So was tut ein solcher Mann nicht. Irgens hat das auch nicht getan.

Wie haben Sie es eigentlich hier im Hause? fragt Jungfer Salvesen.

Hier? Frau Irgens wiegt den Kopf, hier sei das reinste Paradies. Ich habe nie so gute Tage gesehen, einzig dastehend. Irgens hätte nur hier sein sollen.

Wissen Sie, was ich glaube, Frau Irgens? Ich glaube, daß Herr Holmengraa nicht immer der ist, der er zu sein scheint.

Wie? Was ist er nicht?

Hat er sie jemals um die Taille gefaßt?

Gott bewahre Ihren Mund, Jungfer Salvesen!

Ja, das hat er bei mir getan.

Sie um die Taille gefaßt?

Ja, vor ein paar Abenden.

Aber jetzt ist Frau Irgens gekränkt und sagt:

Ich darf wohl annehmen, daß er keine andere so um die Taille gefaßt hat wie mich; aber nur in den letzten Wochen, da hat er sich gleichsam ein wenig verändert. Aber das muß ich zu seiner Ehre sagen, er geht nie zu weit. Ganz bestimmt nicht. Und mit Ihnen, Sie kennen ihn ja nicht, wird es wohl noch weniger auf sich gehabt haben. Was hat er mit Ihnen getan, was sagten Sie? Ich bin entsetzt über Sie.

Die beiden Damen plaudern weiter, und Jungfer Salvesen ist nun auch gekränkt. Ja, denn Frau Irgens läßt sich dahin aus, daß es ja viele Arten gebe, sich umarmen zu lassen, man könne sich einem Mann ja mitten in den Weg stellen, wenn er vorbei müsse, wo soll er da mit seinen Armen bleiben, wie, Jungfer Salvesen?

Nein, kommen Sie mir nur nicht mit so was, aber wie geht es eigentlich bei euch auf dem Hof, muß ich jetzt wirklich fragen? sagt Frau Irgens.

Bei uns? antwortet Jungfer Salvesen und ist sehr verletzt, furchtbar verletzt. Sehen Sie, ihr könnt ja hier meinetwegen spaniolisch und reich sein, so viel ihr wollt, aber gegen uns auf dem Hof drüben könnt ihr ja doch nicht aufkommen, damit können Sie Herrn Holmengraa grüßen. Ich habe hier im Hause noch keine Schüsseln und Schalen und Platten aus purem Silber gesehen, aber bei uns gibt es so was, und ich habe hier auch noch keine echt vergoldeten Henkel an silbernen Kuchenschalen gesehen, aber bei uns gibt es so was. Ja.

Aber liebe Jungfer Salvesen, sie ist ja von ihm weggereist?

Ist sie das? Das ist Ihr Mund, den Gott vor Klatsch und Geschwätz bewahren mag, Frau Irgens, und nicht mein Mund, der das behauptet. Was sagen Sie! Sie hat ihren eigenen Sohn nach Deutschland begleitet, und der soll Komponist studieren. Ich weiß nicht, worauf Sie hinauswollen. Ich glaube es herzlich gern, daß ihr euch hier sozusagen etwas verändert habt. Aber ich für meinen Teil, ich hoffe als ein anständiger Mensch zu leben und zu sterben, und Konsul Coldevin zum Beispiel hat mich noch nicht um die Taille gefaßt, damit können Sie Herrn Holmengraa grüßen.

Die beiden Damen plaudern weiter. Es hörte sich so schnurrig an, abwechselnd dumm und klug. Wenn diese Menschen unter vier Augen miteinander sprachen und sich vor niemand in acht zu nehmen brauchten, so gingen ihre Zungen mit ihnen durch, und ihre Sprache wurde wieder natürlich, wie sie es von zu Hause gewohnt waren, sie sagten das Unglaublichste.

Endlich hatte Pastor Windfeld dem Naturgesetz der Beamtenversetzung gehorchen müssen und sich um eine Stelle im Süden beworben. Er tat es nur widerwillig, dieser alte, verbrauchte Mann, ja, denn er hatte es im Grunde genommen so gut und gemütlich hier oben, und dazu eine volle Kirche und eine friedfertige Gemeinde. Aber was konnte das alles nützen! Ihr Lieben, irgendwo in Östland verlangten die Menschen ja schon sehnsüchtig danach, zu genießen, was von Pastor Windfelds Seelsorgetalenten noch übrig geblieben war; er konnte nicht länger ausbleiben. Und er bekam einen Ruf nach dem flachen und naturschönen Smaalenen.

Und dann kam der Vikar. Es war zwar nicht gerade der Stiftskaplan – den hatte man leider noch nicht auftreiben können –, aber es war doch eine aufopfernde Seele, die bis auf weiteres der Gemeinde dienen wollte. Man mußte sich behelfen, so gut man konnte, und dankbar sein, daß ein wirklicher Pastor hier im Norden überhaupt arbeiten wollte, wenn auch nur für einige Wochen.

Und was für ein Pastor! Ein herrlicher Mann im schwarzen Gehrock und mit gestärkter Wäsche. Keiner konnte sich darüber täuschen, man sah es seinen Händen an, die vom Blättern in Büchern und Schriften dünngewetzt worden waren, seiner zuverlässigen Gestalt – er konnte ein Lamm auf jeder Schulter in die Herde hineintragen –, den geräumigen Stiefeln für zwei Paar Strümpfe mit den Gummischuhen darüber. Er hatte keinen Bischofsstab – noch nicht, aber er trug langes Haar und eine gelehrte Brille, so gelehrt war er. Es war Lars Manuelsens Sohn, L. Lassen.

Jetzt war er Pastor. Er kam heim, um sich zu zeigen. In den mexikanischen Bergen kann man nicht glänzen, nur daheim kann man das.

Er kam mit einer Haushälterin und einigen Kisten und Möbeln an und hielt sofort seinen Einzug in das Pfarrhaus des Kirchspiels. Die Pfarrgehilfen hatten ihn empfangen und standen ihm von jetzt ab mit größtem Ehrgeiz zur Seite. Denn sein Ruhm war ihm ja schon jahrelang vorausgeeilt – wer hatte nicht von L. Lassen gehört!

Möchte es Euch nur bei uns hier oben gefallen, und möchtet Ihr recht lange bleiben! sagten seine Pfarrgehilfen.

Nein, nein, ich bleibe hier nicht lange, antwortete der Pastor, aber ich hielt es für meine Pflicht, hier oben vorübergehend Dienst zu tun.

O nein, es gefällt Euch wohl bei uns nicht mehr.

Sagt das nicht, meine Freunde, aber es ist hier so abgelegen, ich kann in einem solchen entlegenen Ort nicht leben. Meine wissenschaftlichen Interessen weisen mir einen Platz im Süden an.

Ja, so ist es wohl so. Aber wenn Ihr Euch um unsere Pfarre bewerben wolltet, so würdet Ihr sie sicherlich auf das erste Wort hin bekommen.

Die Pfarre hier im Kirchspiel? Ja, aber ich will mich darum nicht bewerben. Mein Arzt verbietet mir, hier zu bleiben, ich vertrage das Klima nicht, sagt er, es ist zu nördlich.

Und dann predigte er in der Hauptkirche, und die war zu klein; aber er gebot, die Fenster herauszunehmen, damit die da draußen ihn auch hören könnten. Oh, ihr könnt glauben, das war eine Predigt.

Aber noch kleiner war ja die Kirche von Segelfoß, als Herr Lassen dorthin kam – überhaupt kein Platz! Ihr Lieben, alle gingen ja heute zur Kirche, sogar Per im Laden ging zur Kirche, und nun standen sie da und konnten nicht hineinkommen. Nehmt die Fenster heraus, befahl der Pastor wieder, so werde ich mit Gottes Hilfe selbst die Fernsten erreichen! Und ihr könnt glauben, seine Stimme reichte bis zur Brücke hin, seine Stimme reichte bis zu den Häuslerhütten hin. Es war also überflüssig, zur Kirche zu gehen, und darum ging ein junges Paar aus alter Sonntagsgewohnheit hinunter zum Bootshaus hinter der Landzunge, und das Mädchen war sogar Daverdana, des Pastors Schwester, und der Bursche war der Gehilfe des Lagermeisters auf der Brücke.

Aber nach dem Gottesdienst war der Pastor hungrig, und weil weder vom Leutnant auf dem Hof noch von Herrn Holmengraa eine Einladung gekommen war, so ging Herr Lassen in Demut hin zu der Hütte seiner Eltern und bekam dort zu essen. Da saß er nun wieder einmal, der Knabe Lars, der Segen und das Wunder der Gemeinde. Seine kleinen Geschwister waren größer geworden, die Mutter noch mehr ergraut, aber der Vater war noch immer der gleiche rotbärtige Kerl, und Julius war ein Mann geworden.

Nun kommt es darauf an, ob du so ein Essen, wie wir es haben, hinunterkriegen kannst, sagt die Mutter.

O ja, danke, das ist frisches Fleisch, wie ich sehe, und gerade frisches Fleisch hat der Arzt mir verordnet.

Wir haben eine Ziege geschlachtet, sagte die Mutter.

Er war ein feiner Mann geworden und legte das Taschentuch unters Kinn und nahm sich Brot mit der Gabel; Julius sagte leise zu sich selbst: Teufel auch! Ja, das sagte er. Übrigens verschwanden nach und nach alle aus der Stube, damit Lars in Frieden bleiben könnte; die kleinen Geschwister, die nichts Besseres wußten, als in der Ecke herumzustehen, wurden vom Vater hinausgerufen.

Ja, der Vater war heute überwältigt, er war fast stumm vor Feierlichkeit; dazu kam, daß es seine Schuldigkeit war, dem Sohne zu zeigen, wie sehr die Predigt ihn zum Nachdenken gestimmt hatte, ja, auch deshalb war er stumm. Aber Julius, dieser Lump, dieser Sünder, er schlich sich wahrhaftig auf den Boden hinauf, wo er sich im voraus ein Guckloch durch die Decke gemacht hatte, und lag da und beobachtete den Bruder unten in der Stube. Sieh, wie er sich aufführt! Alle Erziehung war auf einmal wie weggeblasen, Lars sitzt da und frißt, was das Zeug halten will, läßt sich keine Zeit, frißt ungeschlacht, blind, schmiert sich voll, sudelt mit Fett um sich herum. Und er beeilte sich mit dem Hineinstopfen so, als gelte es, so viel wie nur irgend möglich hinunterzuschlingen, bevor jemand käme.

Julius meinte wohl nach dieser Vorstellung, der Bruder sei nicht so fein, daß er mit ihm nicht hätte reden können.

Nachdem der Pastor gegessen hat, legt er sich auf das Bett seiner Eltern und schläft. Als er ausgeschlafen hat, kommt die Mutter mit Kaffee. Der Pastor fühlt sich neu gestärkt, er gähnt kräftig und dankt der Mutter für den Kaffee. Er nimmt von dem Bord unter dem Deckenbalken die zwei alten bekannten Bücher, die die Hütte besitzt, herunter, eine Postille und einen ›Spiegel des menschlichen Herzens‹, den der Vater einst auf dem Lofot gekauft hatte.

Dann kommen die anderen wieder herein, einzeln, die Kleinen, schließlich auch Daverdana. Der Pastor sieht nichts und hört nichts, er stöbert in den Büchern herum. Ja, der Lars und die Bücher! Und wie er in einem Buch blättern konnte, ohne einen Finger anzulecken, und wie er es in der Hand halten konnte, als sei es ein Schatz. Und die Mutter sah mit einem Blick des Wiedererkennens, daß der Sohn genauso heimatlich dreckige Hände hatte wie früher und auch genauso heimatlich dreckig um den Hals herum war.

Dann reißt er sich los und beginnt mit den andern zu sprechen, er entdeckt Daverdana und fragt nach dem Leutnant.

Ja, danke, es geht ihm gut.

Ich muß wohl ein Wörtchen mit ihm reden, sagt der Pastor, seine Frau ist ihm ja durchgegangen, wie ich höre.

Er fragt nach Willatz.

Ja, er ist bei einem Musiker in die Lehre, antwortet Daverdana.

Nichts als irdische Dinge.

Akkurat, was ich die ganze Zeit gemeint habe, bemerkt der Vater, Lars Manuelsen, dazu. Ich bin ein unwissender Mann in allem, was Bücher und Zeitungen heißt, aber das habe ich doch gelernt, daß Musik und Spiel und Tanz und Würfel alles miteinander Erfindungen des Teufels sind – vergib mir meine Sünde!

Wie lange bleibst du hier im Kirchspiel? fragt Julius.

Das weiß ich nicht, am liebsten so kurz wie möglich, antwortet der Pastor. Mein Bischof hat mir baldige Ablösung versprochen.

Weshalb willst du dich nicht um die Pfarre hier bewerben?

Weil ich vom Studieren überanstrengt bin und weil ich die Luft hier nicht vertrage. Ich muß mich im Süden aufhalten.

Die Luft? Was für eine Schweinerei ist denn hier in unserer Luft?

Du bist so ungebildet, Julius, sagt der Pastor zu seinem Bruder.

Aber Julius war im Grunde nicht so dumm, er sagte ganz einfach: Was, ihr Lieben, fehlt unserer Luft hier? Soll unser Kirchspiel etwa keinen Pfarrer haben?

Alle Nordlandpfarren teilen das gleiche Geschick, nämlich, es gibt keinen Pastor, der nach Nordland will. Nur meinem guten Herzen habt ihr's zu danken, daß ich hierherkam.

Die fromme und die gelehrte Dummheit vereinigen sich jetzt; die Mutter sagt, dem Platzen nahe vor Stolz über ihren großen Sohn:

Jaja, das war nun wirklich schön von dir, daß du bei uns wieder einmal vorsprechen wolltest.

Aber Julius ließ nicht locker.

Na, sollen wir denn hier im Nordland vielleicht keine Pfarrer haben?

Du schwätzst, Julius, brummt der Vater.

Der Pastor räuspert sich und antwortet:

Mein Bischof meint, das Volk hier oben im Norden könnte sich gut mit Pastoren behelfen, die nicht soviel studiert hätten. Und vor seiner Meinung hast du Respekt zu haben, Julius.

Julius hatte nie Respekt vor etwas, ausgenommen, wenn man ihm Angst machte, und hier war ja keine Gefahr. Übrigens hatte sein Respekt vor dem Bruder wahrhaftig einen Riß bekommen, es war ja fürchterlich gewesen, wie Lars ins Ziegenfleisch eingehauen hatte.

Was ist los? – Bist du krank? sagte er so, als habe er eben zum erstenmal davon gehört.

Ja, leider, ich habe zuviel studiert. Meine Brust ist angegriffen!

Aber Julius, der sich der Löwenstimme seines Bruders auf der Kanzel erinnerte, fragte wiederum verwundert:

Die Brust?

Ja, und die Augen. Ich bin kurzsichtig geworden.

Du hast den Lars gefälligst in Frieden zu lassen, Julius, warnte der Vater.

Was fehlt denn deinen Augen? fragte Julius.

Etwas, wofür man konkave Brillengläser nötig hat. Das verstehst du nicht.

Nein, das verstand Julius nicht, und er schwieg.

Der Pastor legte seine Hand auf die Bücher und sagte:

Ihr habt hier zu Hause wohl doch nicht viel Verwendung für diese Bücher?

Nein, leider nicht, antwortete der Vater, es wird allzuwenig in Gottes Wort gelesen.

So kann ich sie wohl mitnehmen? fragte der Pastor.

Was willst du damit? fragte Julius.

Der Vater sah aus, als wollte er die Bücher nicht gern hergeben, aber er sagte:

Nimm sie nur mit, wenn du sie haben willst.

Deine Augen werden noch schlimmer werden, meinte Julius.

O nein, mit Gottes Hilfe werden sie wohl nicht schlimmer werden, antwortete der Pastor. Mein Arzt sagt, ich sähe jetzt besser als vor einiger Zeit.

Ich weiß noch ein anderes Buch, sagte Julius. Der Ole Johan hat ein altes Buch, von Jesper Brochmand.

Kannst du mir das verschaffen? fragte der Bruder.

Ja, ich glaube wohl, sagte Julius und ging hinaus.

Dann begann der Pastor von Herrn Holmengraa zu erzählen, daß er eine weltliche Seele sei, die nur an Geschäfte denke. Ist es wahr, daß er jetzt trinkt?

Holmengraa?

Der Pastor nickt:

Das habe ich mir erzählen lassen.

Die Mutter wiegte wieder den Kopf hin und her, oh, mein Gott, was ihr Sohn alles wußte!

Ich muß mit ihm wohl nächstens auch einmal ein Wörtchen reden, sagte der Pastor. Und die Kinder gehen zu Hause herum und werden, seit ich weg bin, mehr und mehr Heiden?

Ja, Felix will nichts lernen. Und jetzt will sein Vater ihn wieder nach Mexiko schicken. Das hatte Daverdana gehört.

Der Bruder wird aufmerksam:

Nach Mexiko? Und Mariane auch?

Nein, nur Felix. Mariane soll später nach Kristiania.

Nach Kristiania? So.

Die Rede kam auf Per im Laden; der Pastor wußte von allen etwas, seine Gehilfen waren ihm so eifrig zur Hand gegangen. Per im Laden wurde dicker und dicker, jeden Tag könne er vor Gericht kommen, wenn er mit seiner verdammten Fingerfertigkeit beim Wägen und Messen nicht Schluß machen würde.

Und dann der Telegraphist, ging der nicht nachts auf die Mädchenjagd? Und dann der Lagermeister, verhielt es sich so, daß aus ihm und Jungfer Salvesen ein Paar werden sollte?

Daverdana saß wie auf Kohlen; jetzt kam gewiß der Gehilfe des Lagermeisters an die Reihe, er, der ihr Liebster im Bootsschuppen war. Oh, nie mehr wollte sie ihn ansehen!

Da kam Julius zurück, er war drüben bei Ole Johan gewesen; er warf ein dickes, ungeheuer dreckiges Buch auf den Tisch. – Weiß Gott – er hatte es doch wohl nicht gestohlen?

Hier ist das Buch, sagte er.

Bekomme ich es? fragte der Pastor.

Du bekommst es.

Und die Mutter wiegte den Kopf: Nein, der Lars und die Bücher, der Lars und die Gelehrsamkeit.

Der Pastor legte die drei Bücher zusammen und streichelte sie.

Was wollte er nun eigentlich damit? Ja, L. Lassen hatte angefangen, sich eine Bibliothek anzulegen, dazu plünderte er die Häuslerhütten. Hier lagen jetzt drei neue Bände, und vor allem dieser Jesper Brochmand würde so herrlich den Raum auf dem Bücherbrett ausfüllen.

Dann sagte Julius:

Ole Johan läßt fragen, ob du nicht eine Betstunde bei ihm abhalten wolltest, bevor du wegfährst.

Bei Ole Johan? Er hat ja nicht einmal eine Stube, die groß genug ist?

Wir könnten ja auch da die Fenster herausnehmen.

Pause.

Die Mutter bemerkt dazu:

Ich kann wirklich nicht glauben, daß du dich so gemein machen willst, bei dem Ole Johan eine Betstunde abzuhalten. Dann könnten die später herumgehen und sich damit wichtig machen.

Nein, sagt der Pastor. Und übrigens bin ich für heute auch zu müde, mein Hals – hm! Er legte die Hand auf den Mund und räusperte sich vorsichtig, räusperte sich hinsterbend.

Nein, das laß nur sein, sagte auch der Vater, Lars Manuelsen. Ole Johan soll nur nach dem leben, was er heute schon gehört hat!

Aber Julius ist ein Teufel:

Übrigens, wenn du heiser bist, sagt er, so braucht Mutter

dir ja nur dein Zäpfchen im Hals mit einem silbernen Löffel hochzuheben. Das hat sie bei mir auch getan.

Du bist so fürchterlich ungebildet, Julius, sagt der Pastor zu seinem Bruder.

Er zog noch einen Mantel über seinen wankenden Körper, zog Gummischuhe an und ging aus. Er wollte sich wohl noch einmal die alten Plätze hier ansehen, bevor er sich nach seinem Pfarrhof zurückbegab. Daverdana und ihre kleinen Geschwister liefen ans Fenster, um ihm nachzusehen.

Und da ging nun L. Lassen draußen auf der bekannten Landstraße und hielt den Kopf etwas geneigt, weil er so schwer war und nicht gerade stehen wollte. Es machte nicht den Eindruck, als wenn er vor hätte, jetzt wegen irgend etwas auszubiegen – so gut und so sicher fühlte er sich wohl, und wenn er Leute traf, so fürchtete er, weiß Gott, nur eines: daß sie nicht grüßen würden. Denn es war doch nicht an ihm, zuerst zu grüßen: war er nicht der Pastor? Hier gingen so viele Menschen; einige waren ihm fremd, es waren wohl Arbeiter aus Holmengraas Betrieb; diese Leute starrte er an, ja bis zum letzten Augenblick, und manchmal trieb er es so weit, daß es zu gar keinem Gruße kam. Das war ja nun auch nicht richtig. Aber lieber dies, als zuerst grüßen.

Wahrhaftig, L. Lassen hatte das Zeug zu einem starken Mann der Kirche in sich, und er würde schon vorwärtskommen. Es war nicht undenkbar, daß er mit der Zeit sogar dazu kommen würde, Leutnant Willatz Holmsen auf die Schultern zu klopfen. Worauf übrigens ganz bestimmt etwas passieren würde.

Der Telegraphist sitzt an seinem Apparat und empfängt. Nun kommt ein Eiltelegramm aus Berlin, es ist nicht lang, aber so wichtig, daß der Telegraphist es selbst hinbringen will, er schlägt drei Punkte und einen Strich, erhebt sich und nimmt einen Schluck aus einer Flasche, die er auf einem Bord hinter einem Vorhang stehen hat, schließt ganz ungesetzlicherweise sein Kontor und geht. Er schlägt den Weg nach dem Hof ein. Er ist ein großer, schwerer Kerl mit schwimmenden Schultern.

Da er noch nie dort gewesen war, geht er zum Kücheneingang hinein, um jemand von der Dienerschaft zu treffen, er fragt ein Mädchen nach dem Leutnant, das Mädchen kommt mit der

Hausjungfer heraus, und erst auf nachdrückliches Ersuchen des Telegraphisten wird der Leutnant geholt.

Dieser schien äußerst erstaunt zu sein und fragte, ob nicht jemand von seinen Leuten das Telegramm in Empfang nehmen könne.

Ja, das schon. Aber darum handelt es sich nicht. Ich wollte den Herrn Leutnant nur vorbereiten, es ist ein sehr wichtiges Telegramm.

Der Leutnant will es sofort aufreißen und lesen, aber der Telegraphist hält ihn zurück und sagt:

Warten Sie, bitte, ein wenig, lesen Sie es langsam. Es ist kein erfreuliches Telegramm.

Unter gewöhnlichen Umständen würde der Leutnant den Mann schön abgefertigt haben, jetzt blieb er verblüfft stehen und sah ihn groß an. Er kannte ihn nur vom Telegraphenamt her, es war ein diensteifriger und liebenswürdiger Mensch, er hieß Baardsen. Daß er jetzt hierher kam und ganz einfach lächerlich auftrat, verwirrte den Leutnant – was vielleicht auch die Absicht des Telegraphisten war. Als der Leutnant dann endlich das Telegramm geöffnet und gelesen hatte, machte es anfangs nur einen schwachen Eindruck auf ihn.

Mutter zu Schaden gekommen, stand da. Uff! sagte der Leutnant und lehnte sich gegen den Türpfosten. Zu Schaden gekommen beim Baden, stand da. Merkwürdig – konnte man beim Baden ernstlich zu Schaden kommen? Da stand noch mehr, aber das bedeutete weiter nichts.

Ich muß antworten. Warten Sie einen Augenblick, ich gehe mit Ihnen, sagte der Leutnant.

Er nahm seine Mütze in der Diele, und die beiden Herren gingen nach dem Telegraphenamt hinunter.

Beim Baden? sagte der Leutnant zu seinem Begleiter – er verstand das nicht.

Die gnädige Frau hat sich wohl gestoßen. Aber es klingt seltsam, antwortete der andere. Der Telegraphist sah übrigens aus, als ob er das Ganze ahnte, und er sagte etwas Dahinzielendes – vielleicht um noch etwas weiter vorzubereiten: Da muß etwas dahinterstecken.

Sie betraten die Amtsstube, und der Leutnant setzte sich hin, um eine Antwort mit vielen Fragen an Willatz abzufassen. Während er damit beschäftigt ist, sitzt der Telegraphist am Tisch und empfängt wieder.

Warten Sie ein wenig, sagt er, sich zurückwendend, hier kommt ein neues Telegramm. Und schon während er schrieb, bereitete er den Leutnant weiter vor: Jetzt wird es verständlicher – leider – das ist eine Botschaft –

Frau Adelheid war beim Baden umgekommen.

Ein paar Tage darauf reist der Leutnant mit dem Postdampfer nach Süden, seinem Sohn entgegen, der bereits mit der Leiche seiner Mutter nach Norwegen unterwegs war. So bekam der Leutnant doch noch Verwendung für den neuen Mantel, den er sich einst für seine Reise nach England angeschafft hatte. Aber er trug ihn jetzt nicht so araberflott.

16

Die Todesbotschaft aus Berlin machte einen merkwürdigen Eindruck auf Herrn Holmengraa, er wurde offensichtlich etwas verrückt.

Zuerst versank er in große Trauer und großen Gram, denn die Herrin auf Segelfoß war vom ersten Tage an so außerordentlich liebenswürdig gegen ihn gewesen, ja, er verdankte es vielleicht ihr, daß er hier überhaupt mit seiner großen Wirksamkeit hatte beginnen können.

Aber nachdem einige Tage vergangen waren, geschah eine Veränderung mit Herrn Holmengraa, und er begann das Leben wieder lichter anzusehen. Ja, weshalb die Wahrheit verbergen, er begann das Leben von der lustigen Seite anzusehen – kann das jemand begreifen? Man sah ihn lächeln, lachen, ganz sicher trank er zu Mittag von seinem spanischen Landwein, es gab keine andere Erklärung. Und die Pfarrgehilfen würden gewiß sehr bald Pastor L. Lassen ausführlicheren Bescheid bringen können.

Wer war Herr Holmengraa? Ein Kreuz am Himmel, ein Symbol? Aber vielleicht war nichts Geheimnisvolleres an ihm, vielleicht war er nur eine überlegene Tüchtigkeit in einem Übergangstypus? War er nicht ein Mann, der zwar viel Geld verdient, aber glanzlos und fremd auf Mexikos Hochebene gelebt hatte und jetzt heim kam, um für seine Erfolge Ehre zu ernten? Er kam, und es rollte und dröhnte sein Ruhm durch das Land; aber draußen auf dem grauen Holm konnte er ja niemals diesen seinen Ruhm aufrechterhalten, von dort mußte er also unter allen Umständen weg, er kam nach Segelfoß, und hier war sein Platz. Hier gab es vornehme Leute und gewaltige Aussichten für Geschäfte, hier konnte man glänzen über das ganze Nordland.

Und dann? Alle Pläne hatte er verwirklicht, vielleicht mehr, als er gedacht hatte; er blieb dabei, bescheiden aufzutreten. Das einzige, womit er Lärm machte, waren seine Maschinen. Lag etwas Erkünsteltes in seiner Bescheidenheit? Konnte seine Selbstzucht dann und wann versagen? Niemals. Wann denn auch? In seinem Verhältnis zu Leutnants auf dem Hof war er fein und echt, gegen seine Arbeiter war er nachsichtig, er war freigebig und gutmütig gegen alle Menschen. Half er sich mit unlauteren Mitteln vorwärts, war er ein Betrüger? Er hatte eine offene Hand und war untadelig in seinem Tun und Lassen. Wenn der Leutnant irgendwelchen Argwohn gegen diesen ungewöhnlichen Fremden hatte, so konnte er sich bei seinen eigenen Eigenschaften dafür bedanken. Das Ereignis mit dem Mühlendamm, der weggespült und vernichtet worden war? Dafür hatte Herr Holmengraa ja die drückenden Obligationen von der Bank ausgelöst. Daß er gleichzeitig Privatbesitzer des ganzen Flusses und des ganzen Bergsees wurde, war ein Zufall, ein glücklicher Zufall, aber jedenfalls hatte er dafür bar bezahlt. Gab es also irgendwelchen Grund zu Argwohn? Es gab zum Beispiel auch in Mexiko Tannennadelluft, jawohl, aber nicht dort, wo Herr Holmengraa gewohnt hatte – obwohl er dort ein Sägewerk betrieben hatte. Seine Gesundheit war zerrüttet, und er nahm Pillen, bis seine großen Unternehmungen hier in vollem Gang waren, seitdem hörte man nichts mehr von dieser zerrütteten Gesundheit – nein – nein, – so heilsam konnte die Luft auf Herrn Holmengraa wirken, während sie so traurig entgegengesetzt auf einen anderen Streiter des Lebens wirkte: auf den Pastor Lassen.

Wo konnte man einen taktvolleren Menschen als Herrn Holmengraa finden? Und er zeigte diesen Takt auf eine natürliche Weise, als sei er ganz und gar nicht angelernt, sondern angeboren. Spät und früh, jederzeit. Frau Adelheid, die sich auf so etwas verstand, hatte nicht ein einziges Mal Mißbehagen empfunden. Wie sicher und zufrieden er sie gemacht hatte! War er verliebt in sie gewesen? Verliebt? Dann hätte er doch wohl seine Augen auf eine jüngere geworfen. Aber daß er sich so viel aus ihr gemacht hatte und gar zusammengebrochen war, als sie für immer verloren war, das hatte kaum seinen Grund in Verliebtheit. Oder wie denn? War es für einen Tobias vom Holm nicht etwas ganz Besonderes gewesen, aus und ein zu gehen auf Segelfoß und der Freund der gnädigen Frau zu sein. Es ist keine große Sache, vor einem zu glänzen, der die Tür weit aufschlägt. Vor dem Pack kann man in einer roten Wollweste glänzen. Herr Holmengraa erwies wohl Frau Adelheid seine Ergebenheit genau so, wie er sie einem dänischen Gesandten erwiesen hatte. Er war Bauer von der Wiege her und gehörte also zu einer Rasse, mit der das Leben bis jetzt weiter nichts hatte anfangen können, als sie vor dem Aussterben zu bewahren. Alles, was er wußte, hatte er sich zusammengehorcht, all das Wertvolle, das zwischen gebildeten Menschen in der Luft hängt, ihre Sprache eingerechnet, hatte er sich angeeignet – gut gemacht, Herr Holmengraa, sehr gut gemacht! Aber er war zweihundert Jahre jünger als die Bewohner auf Segelfoß; er hatte grüßen gelernt, aber er grüßte mit einem Sklavenhut.

Hatte er persönliche Gründe, über Frau Adelheids Tod zu trauern? Diese Frage erörtern und beschnüffeln Hausjungfer Salvesen und Frau Irgens, geborene Geelmuyden, wenn sie ihren Schwatz halten; die Herrin auf Segelfoß würde es vielleicht selbst offenbaren, wenn ihr Tagebuch einmal herausgegeben würde. Eine Wölfin kann zu einem Hunde in den Hof kommen.

Aber Trauer empfand Herr Holmengraa beim Tode der gnädigen Frau; das äußerte sich dadurch, daß sein Gesicht gleichsam lang wurde, dadurch, daß er jetzt gleichsam eine längere Nase hatte als früher – das sah wohl so aus, weil er magerer wurde. Aber daß seine Stimmung dann umschlug und er lustig wurde, das hatte seinen Grund frei herausgesagt nur darin: er hatte niemand mehr, aus dem er sich etwas machte, denn die vornehme Frau Adelheid war jetzt tot.

Aber wirklich, Herrn Holmengraas trauriges Wesen schlug um, und das zeigte sich darin, daß er bei Frau Irgens zu weit ging, so daß sie sich wahrhaftig wehren mußte und sagen: Nein – hier kann jemand kommen! Es äußerte sich noch mehr eines Abends, als er Jungfer Salvesen zu fassen bekommen hatte und sich mit ihr verheiraten wollte: Überlegen Sie es sich, sagte er, Sie haben mein Wort. Kommen Sie und sehen Sie sich mein Haus an, kommen Sie nach oben.

Gänzlich verrückt.

Eine Woche lang war er sein eigener Hanswurst, er hatte sein Gleichgewicht verloren. Es war, als ob er jahrelang hier in Fesseln umhergegangen und jetzt frei geworden sei. Er ließ die Hühner abends heraus und schlich sich dann vor Marcilies Fenster; da das Mädchen nicht allein war, so sagte er, die Hühner seien herausgekommen, sie müßten wieder hineingetrieben werden. Er ließ ihr keine Ruhe, er ging ihr nach bis zum Hühnerstall, küßte sie und gab ihr Geld. Das war ein Zustand! Er hatte auch schon früher Anläufe zu kleinen Verrücktheiten genommen, aber doch mit Maßen und nicht so wie jetzt. Da er so reich war, kannte er keine Unsicherheit, und er machte sich kaum viel daraus, was die Leute sagten. Während der Leutnant verreist war, ging Herr Holmengraa sogar nach dem Hof hinunter und machte sich an Daverdana heran. Die war nun aber mit dem Lagergehilfen verlobt und litt keinen Mangel an Liebe; aber als Herr Holmengraa das herausbekam, wurde er eifersüchtig und verliebt und kleidete sich fein und hängte die Goldkette doppelt über die Weste. Im Grunde genommen hätte man über ihn weinen mögen, dieser alte Mann war in eine Lage geraten, die nur für die Jugend paßte.

Es kam ihm in den Sinn, den Distriktsarzt Muus zu sich einzuladen. Weshalb nicht, das war ja nichts als einfache Höflichkeit. Der Doktor wurde reich und kräftig bewirtet, ihm erschien der Abend verheißungsvoll. Dieser Mann aus dem Westen war ja ein gemütlicher Wirt, daran war nichts auszusetzen, Silber und Wein waren wie bei einem Mann, der es sich leisten konnte; Doktor Muus schlug vor lauter Behagen ein Bein über das andere.

Ich hoffe, daß auch Rechtsanwalt Rasch sich nachher sehen lassen wird, sagte Herr Holmengraa, damit Sie nicht so allein sind. Also war der Rechtsanwalt nicht zu Mittag eingeladen, nur etwas zur Gesellschaft hinterher. Und der Doktor legte Wert auf diese Auszeichnung. Nicht deshalb – Rechtsanwalt Rasch gehörte ja auch einer Beamtenfamilie an und war so weit ebenbürtig; aber ein Rechtsanwalt ist nun doch noch lange nicht soviel wie ein Doktor, genau so wenig ein Pastor. In Herrn Holmengraa steckte wohl von dem Holm her noch immer die Rangvorstellung kleiner Leute. Das kam jetzt Doktor Muus zugute, und Doktor Muus tat sich darauf etwas zugute.

Aber er hätte es nicht so ausnützen sollen, das brachte ihm nichts ein. Was ahnte man hier im Hause von einer bürokratischen Größe!

Der Doktor hatte komischerweise den Glauben, daß auch er sich den Hochmut der Oberklassen leisten könnte; deshalb war er mit dem Leutnant bei ihrer ersten Begegnung so hart zusammengestoßen. Herr Muus war das Ergebnis von vier Generationen Schulfleiß und gewöhnlicher Begabung, von diesem und nichts anderem, wie konnte sich dieser Mann also über Musik und über die neuen Noten, die auf dem Flügel lagen, auslassen? Frau Adelheid hatte ja selbst diese Noten gewünscht, deshalb hatte Herr Holmengraa sie sich sofort angeschafft. Jetzt würden sie freilich liegen bleiben und vergebens auf Frau Adelheid warten, die würde nie mehr kommen. Aber sie sollten ihre wohlverdiente Achtung genießen, das sollten sie, und das war nicht zuviel verlangt. Herr Muus indes hielt immer noch zur italienischen Musik, wie ihm seine Eltern es beigebracht hatten – und dies hier war nur Beethoven – ja, denn Frau Holmsen war ja immer so deutsch gewesen.

Das war ein trauriger Todesfall hier unten, sagt der Doktor.

Herr Holmengraa nickt tief mit dem Kopf und antwortet:

Ein furchtbarer Schlag.

Wie nimmt er es?

Der Leutnant? Er ist ja ein verständiger Mann, ein überlegener Mann. Aber das war gewiß fast mehr, als er ertragen konnte.

Meinen Sie? Ein überlegener Mann?

Herr Holmengraa antwortet:

Ja, das ist mein Eindruck.

Der Doktor sagt:

Dann glaube ich, Ihr Eindruck hat Sie getäuscht.

Das sagt der Doktor und sitzt ruhig da.

Gewiß ist es nun so, daß die Vorstellung des Volkes einen Doktor über viele andere setzt, aber Herr Holmengraa hatte schon früher manchen Doktor gesehen, sogar oben in den mexikanischen Bergen gab es Doktoren, sie waren dort nicht selten. Außerdem meinte Herr Holmengraa wohl, daß man seinem Eindruck ruhig einigen Wert beimessen könnte, er war mitunter im Leben gezwungen gewesen, sich auf diesen seinen Eindruck zu verlassen, und das hatte ihn ja nicht irregeleitet, denn hier saß er und war heute Holmengraa.

Meiner Ansicht nach ist der Leutnant ein überlegener Mann, sagte er.

Das machte nun auf Herrn Muus keinen Eindruck, denn er gehörte doch zur Oberklasse und war wissenschaftlich gebildet: Ich mache einen Unterschied zwischen einem, der durch Unglück auf die Knie gezwungen wird, und einem, der zielbewußt und verrückt dem Untergang zusteuert, sagte er. Und der Leutnant gehört zu den letzteren. Ich habe mir sagen lassen, daß in Wirklichkeit Sie seinen Hof besäßen.

Nein, ging es nun an, Frau Adelheid und den Leutnant zu ein paar ganz gewöhnlichen Personen zu machen, über die sich jedermann auslassen durfte? Wie konnte sich Herr Holmengraa da noch etwas darauf zugute tun, daß er in all diesen Jahren so fest und so nah mit ihnen befreundet gewesen war!

Das ist Klatsch, sagte er.

Klatsch? – Ordentliche Leute erzählen das.

So haben Sie eben falsch gehört und die ordentlichen Leute mißverstanden.

Ich habe sie nicht mißverstanden. Es ist dann wohl nichts als eine unbegründete Furcht für den Leutnant. Um so besser!

Dann kommt der Rechtsanwalt, und man trinkt. Ja, der Rechtsanwalt stand mehr auf der Erde und war nicht so gelehrt und nicht so schwierig im Umgang, er unterhielt sich über praktische Dinge, und es dauerte gar nicht lange, so sprachen er und Herr Holmengraa von Geschäften. Und er trank außerdem viel kräftiger als der Doktor, ja, er brachte sogar seinen Wirt dazu, kräftig zu trinken. – Gott weiß übrigens, wozu, wenn nicht darum, weil er seinem Wohltäter alles Gute gönnte. Rechtsanwalt Rasch hatte nämlich Herrn Holmengraa für vieles zu danken, für Haus, Grund und Boden und für die ersten guten Ratschläge. Jetzt hatte er eine blühende Praxis, hatte sein eigenes Sprechzimmer und davor eine Schreibstube für den Schreiber. Es war überraschend, wie es mit ihm vorwärts gegangen war. Er hatte schon seit langer Zeit im Sinne, den Boden, auf dem sein Haus stand, sowie auch ein Stück angrenzendes Ackerland zu kaufen; aber Herr Holmengraa hatte jedesmal geantwortet, der Leutnant wolle nichts mehr von Segelfoß veräußern.

Er fragte jetzt wieder und bekam die gleiche Antwort.

Worauf der Rechtsanwalt in aller Ehrerbietung Herrn Holmengraa zutrank.

Wohin sollte das führen? Herr Holmengraa, der Bauer von dem Holm, bekam Wein auf die Zunge und gab im Laufe des Abends große Pläne zum besten; das letzte war, daß er sich in die spanische Sardinenfischerei einmischen und in Santander eine norwegische Flotte ausrüsten wolle.

Norwegische Fischer dürfen dort nicht fischen? Dann lasse ich sie naturalisieren.

Vielleicht wollte er vor seinen beiden Gästen glänzen, er ließ etwas über Metallfunde in zwei näher bezeichneten Gegenden verlauten – er wolle Bergwerke kaufen. Er wollte vielleicht glänzen, ja; aber wozu sollte das nun eigentlich führen, er pflegte doch sonst nicht seine Pläne auszukramen, sondern still mit ihnen herumzugehen. Er sprach ruhig und ohne zu prahlen, wie es seine Gewohnheit war, doch große Pläne glühten hinter seiner Stirn; es war interessant, ihm zuzuhören. Und Ihr Wohl, meine Herren, sagte er, es war liebenswürdig von Ihnen, mich zu besuchen!

Die kleine große Mariane kam hereingeglitten und zeigte, daß sie mit ihren langen Beinen knixen konnte. Sie war auffallend stark entwickelt, der aufgeworfene Mund so reif. Sie brachte ihrem Vater Postsachen, die sie abgeholt hatte, und sagte gleichzeitig: Brief von zu Haus! Es war fast seltsam, norwegische Worte zu hören von diesem Mädchen mit der niedrigen Stirn, mit dem Indianerhaar und dieser witternden Nase. Das war alles, sagte sie.

Danke, sagte der Vater.

Das war alles, sie selbst bekam nichts. Von Jung-Willatz kamen keine Briefe mehr.

Entschuldigen Sie mich einen Augenblick! sagte Herr Holmengraa und öffnete einen Brief mit fremden Freimarken. Er überflog ihn schnell und sagte zu seiner Tochter: Auch einen Gruß an dich, meine Freundin! Mariane knixte wieder und glitt zur Tür hinaus.

Herr Holmengraa legte die Briefe zur Seite und sagte: Wenn die Herren meinen, der Sherry sei zu kalt oder zu warm – wir haben ja nicht alle den gleichen Geschmack – na, also nicht.

Auch jetzt war er höflich und gutmütig. Er begann den Rechtsanwalt ein wenig wegen Jungfer Salvesen aufzuziehen: deshalb mache er wohl so viel Wesens von dem Stück Ackerland und der Futterwiese! Oh, diese Jugend!

Der Doktor benutzte die Gelegenheit, zu sagen:

Ja, könnten Sie denn nicht an Rechtsanwalt Rasch das Stück Land verkaufen, Herr Holmengraa? Damit würden Sie ja vor dem ganzen Ort beweisen, daß Sie der Besitzer von Segelfoß sind.

Wie kann ich Land vom Hof des Leutnants verkaufen? Per im Laden will auch eignen Grund kaufen, er ist ja so geldschwer geworden, daß er jetzt ein Wiesenstück für zwei Kühe kaufen will. Ich habe es dem Leutnant nicht einmal erzählt. Übrigens ist das alles miteinander nicht der Rede wert, und es ist ganz gleichgültig, wem von uns beiden ein Stück Grasland für zwei Kühe gehört. Futterwiesen für zweihundert Kühe sind mehr.

Der Rechtsanwalt fragt:

Aber warum sollte denn der Leutnant nichts verkaufen wollen? Er bekommt ja Geld dafür. Ich kenne noch einen, der gern Freibauer werden möchte: Lars Manuelsen. Er kam zu mir und sprach sich ganz offenherzig darüber aus: da er einen Sohn habe, der Pastor geworden sei, und obendrein ein bekannter Pastor, so könne er nicht gut länger als Häusler dasitzen, er wolle also den Grund, auf dem seine Hütte steht, kaufen und dazu noch ein passendes Stück anbaufähiges Land.

Ist das der Vater von Pastor Lassen? fragt der Doktor.

Ja. Und natürlich steckt der Pastor dahinter. Kennen Sie ihn?

Nein. Er hat bei mir Besuch gemacht, ich fand, er war sehr bescheiden. Ein Bauer selbstverständlich, aber er hat sich doch zu Kultur emporgearbeitet.

Ja, dessen Vater ist es; also ein achtbarer Mann, der einen Sohn hat, welcher Pastor ist, sagt der Rechtsanwalt, sich wieder an Holmengraa wendend. Und ich kenne noch mehrere, die sich Grund und Boden kaufen möchten, Ihr eigner Bäcker zum Beispiel, Herr Holmengraa.

Mein Bäcker? Ich habe keinen Bäcker! Und jetzt sieht es so aus, als habe Herr Holmengraa sich an diesem Nachmittag genügend Kleinkram von zwei netten, putzigen, kleinen Herren erzählen lassen. Und es sieht aus, als habe er plötzlich genug, und er sagt jetzt genau das, was er will:

Mein Bäcker? Sie gehen wohl davon aus, daß ich so vermögend sei. Sie sehen meine Kette an und glauben, sie sei echt. Selbstredend ist sie nicht echt. Weshalb sollte ich so verschwenderisch sein? Dazu bin ich nicht reich genug. Die Kette ist vergoldet, sie ist stärker als Gold, sie sieht aus wie Gold; tut sie das etwa nicht?

Sollte er den beiden Herren noch mehr zur Weiterverbreitung mitgeben? Oder wollte er aus krankhafter Sucht, zu glänzen, seinen abenteuerlichen Ruhm wieder auffrischen? – Es verging ein Augenblick, dann sagte er, und er formte es zu einem Kompliment:

Ich habe einen Sohn: Felix. Es war mein Traum, ihn zu einem gebildeten Menschen zu machen, wie es die Herren sind, aber er will nicht lernen. Jetzt muß ich ihn nach Mexiko zurückschicken.

Hat er denn in Mexiko noch jemand, zu dem er reisen kann? Ich dachte – –

Ich kann ihn jemand überlassen. Aber er kann ja übrigens dort Verwandte haben, zum Beispiel seine Mutter.

Pause.

Der Rechtsanwalt und der Doktor schauen sehr erstaunt drein.

Ich glaubte – ich ließ mir erzählen, Sie seien Witwer?

Herr Holmengraa erwidert gleichgültig den Blick des Doktors und kümmert sich wieder nicht um ihn, sondern sagt, was ihm beliebt: Nein, hier wird nichts aus Felix, er will wohl am liebsten wieder zu seinem Stamme zurückkehren. Aber Mariane bleibt bei mir, meine Tochter.

Als Herr Holmengraa am Abend seine Gäste hinausbegleitete, war er trotzdem nur so weit betrunken, daß er verbotene Wege ging. Es war nach dem Abendbrot, die Herren hatten gut gegessen und gut getrunken, und sie klagten auch nicht über die Bewirtung. Aber Doktor Muus äußerte, er habe an dem wiederholten Widerspruch des Gastgebers im Laufe des Abends den Unterklassenhaß des Ungebildeten gegen die Oberklasse, der er und Rechtsanwalt Rasch angehörten, deutlich herausfühlen können. Und das hatte auch Rechtsanwalt Rasch gefühlt.

Mit diesem Abend endeten Herrn Holmengraas Ausschweifungen, in den Tagen darauf wurde er wieder Herr seiner selbst und König über alle. Er traf Anstalten zum Begräbnis, er telegraphierte wegen eines Kranzes für Frau Adelheids Sarg, und in dem Augenblick, als der Postdampfer, die Flagge auf Halbmast, oben vom Fjord her einbog, ließ er den Landungsplatz und den Weg dick mit Tannenzweigen bestreuen. Ob er wohl aus Respekt vor dem Leutnant mit seinen Verrücktheiten aufhörte? Oder tat er es, weil er sich vor sich selbst schämte? Was nun auch der Grund gewesen sein mochte – Herr Holmengraa hatte in den letzten Wochen mancherlei Verrücktes angerichtet, und wäre er nicht der Mann gewesen, der er war, so würde es ihn viel Zeit gekostet haben, alles wieder in Ordnung zu bringen – Herrn Holmengraa kostete es keine Zeit. Nein, er war trotzdem so märchenhaft, man konnte alles von ihm erwarten.

Zum Begräbnis kam auch Fredrik Coldevin mit seiner Frau. Endlich hatte er Zeit, wieder nach Segelfoß zu kommen, es war lange her seit dem letzten Mal. Die alten Coldevins kamen von ihrer Insel, sie waren jetzt kleine weiße Sehenswürdigkeiten geworden und hatten keine Stimme mehr. Sie sahen wie verrunzelte Albinokinder aus. Oberst von Platz in Hannover sandte einen Vertreter und Blumen, die übrigens eine Woche zu spät kamen.

Auch bei dieser Gelegenheit konnte der Leutnant es nicht unterlassen, etwas Seltsames und Eigensinniges auszuklügeln: er hatte telegraphisch mit dem Nachbarpfarrer ausgemacht, daß dieser kommen und die Beerdigung vornehmen sollte. Daß der Leutnant immer noch zu so etwas Lust hatte? Jetzt sollte man doch meinen, daß er für immer tief getroffen wäre – aber nein.

Am Abend jedoch kam der Wagen des Nachbarpfarrers ohne Pastor; der Kutscher aber brachte einen Brief voll Entschuldigungen und Erklärungen mit: der Pfarrer sei verhindert. Oh, ihm waren wohl schließlich Bedenken gekommen, er wagte vielleicht nicht, seinen Kollegen L. Lassen zu verletzen, der das Wohlwollen des Bischofs besaß. So verhielt es sich wohl.

Da lächelte der Leutnant und sagte zu seinem Sohn:

Es soll also doch Lars sein. Es ist ja auch einerlei, deine Mutter hört ihn ja nicht. Willst du dem Knecht Martin Bescheid sagen, daß er morgen früh Lars holt.

Als der Pastor kam, mußte Konsul Fredrik zwischen ihm und dem Leutnant vermitteln. Es war des Leutnants Wunsch, einer Rede von Lars zu entgehen, aber der Pastor konnte nicht darauf eingehen, dagegen wollte er aus Respekt vor dem Leutnant die Rede kurz machen, und er verzichtete darauf, der Leiche bis an die Kirchhofspforte entgegen zu gehen.

Der Leutnant sagte:

Also bleibe ich zu Hause.

Um seinen Freund nicht zu reizen, tat Konsul Fredrik so, als sei dies zu überlegen; aber er war ja nicht im Zweifel.

Ja, das wäre ein Ausweg, sagte er und nickte. Wenn du es nur nicht einmal bereuen wirst?

Ja, zweifellos werde ich das.

Dann ist die Frage, ob es nicht besser ist, eine Stunde Unbehagen dem Unbehagen eines ganzen Lebens vorzuziehen.

Der Leutnant verzichtete darauf, zu Hause zu sitzen. Er legte seine Paradeuniform an mit Epauletten und Säbel und goldenen Tressen, und über all dieser Pracht trug er seinen kostbaren Mantel. Er war prachtvoller, als man ihn je gesehen hatte. Jung-Willatz hatte einen neuen, schwarzen Anzug an und trug einen florumwundenen hohen Hut. Wunderlich genug war es, daß sowohl Vater als Sohn weiße Handschuhe trugen ohne Schwarz daran.

Alle Leute Holmengraas hatten frei bekommen, die Mühle stand still, alle Häusler und Kleinpächter versammelten sich auf dem Kirchhof, es war schwarz von Menschen wie an einem großen Kindtaufsonntag. Der Sarg war ganz und gar unter Blumen verborgen, es waren Kränze aus England und aus Deutschland, von Holmengraas, von sämtlichen Coldevins, von den Kaufleuten aus Bergen. Es war nichts als ein Berg von Blumen, der da in die Erde gesenkt wurde.

Dann kam die Predigt. Pastor Lassen war seiner Sache selbst nicht ganz sicher; aber hier gab es eine allzu gute Gelegenheit, sich ausführlicher über geistliche Dinge auszulassen, er konnte von seiner ursprünglichen Absicht, eine lange Predigt zu halten, nicht abweichen. Jeder andere trauernde Hinterbliebene wäre doch dankbar gewesen für ein trostvolles, ernstes Wort, aber der Leutnant blieb sich selbst treu, er sah abwesend aus und hörte wohl nicht zu. Als die Predigt eine halbe Stunde gewährt hatte und der Leutnant nicht länger warten wollte, nahm er dem Küster plötzlich den kleinen Holzspaten aus der Hand und reichte ihn dem Pastor – oh, er reichte ihn ihm nicht einmal mit dem Griff voran. Der Pastor mußte innehalten, er sah den Leutnant an, und er begriff wohl, daß die Zeit jetzt um war, er nahm den Spaten und warf die drei Schaufeln Sand auf die Blumen hinunter.

Und dann wurde das Grab zugeschüttet.

Aber die Leute, die den Auftritt mit dem Spaten bemerkt hatten, mißbilligten das Benehmen des Leutnants: Lars Manuelsen mißbilligte es, Per im Laden mißbilligte es ebenfalls – sie hatten niemals vorher ein solches Auftreten gegenüber einem wortführenden Vertreter Gottes gesehen, was unser Lars, wie er da stand, doch war. Aber der Pastor war ja viel zu klug, um den Spaten zu nehmen und ihn dem Leutnant ins Gesicht zu schlagen, Lars war doch ein gebildeter Mann. Das bewies er auch bis zuletzt: kaum war die Trauerfeier zu Ende, da wollte er sich auch schon mit ein paar tröstlichen Worten an die Angehörigen wenden, so wie es der schöne Pastorenbrauch gebot; aber weil er seiner Sache nicht ganz sicher war, trat er zuerst zu Jung-Willatz, der ihm am nächsten stand. Pastor Lassen gab dem jungen Willatz Holmsen die Hand und sagte:

Du hast einen großen Verlust erlitten, aber der Herr wird dir helfen, ihn zu tragen!

Oh, das würde der Herr sicherlich tun, Pastor Lassen brauchte ihn nur dazu aufzufordern, ihm dazu zu raten.

Da erhebt sich die Stimme des Leutnants, und der Pastor sieht zwei graue Augen voll eisiger Überlegenheit auf sich gerichtet:

Du duzest meinen Sohn? Du hast das in Zukunft zu unterlassen!

Worauf der Leutnant heimwanderte von dem Begräbnis.

Die alten Coldevins blieben diesmal nur zwei Tage, dann reisten sie wieder in ihrem Hausboot fort. Es war wie ein Boot aus der Vorzeit, und als trüge es Schatten an Bord. Die alten Coldevins – die konnten das Ganze nicht recht verstehen: da war doch kein Weg früher, sagten sie; da stand doch kein Haus früher, sagten sie. Dann schüttelten sie die Köpfe und kannten sich nicht aus; sie waren nicht sicher, ob sie diesmal auch wirklich nach Segelfoß gekommen wären. Dann reisten sie wieder heim; sie hatten keinen Spaziergang durch den Jungwald gemacht und hatten beinahe kein Wort gesprochen.

Konsul Fredrik und Frau blieben vier Tage, dann kam der nach Süden gehende Postdampfer und nahm sie mit. Aber es war diesmal ja auch nicht mehr das gleiche Leben in Konsul Fredrik wie früher, er war stark ergraut, und unter seinen Augen hingen Säcke. Und seine Frau, die dick und bürgerlich und in der letzten Zeit sogar missionsfreundlich war, begleitete ihn. Der Leutnant hatte genug mit sich selbst zu tun, seine Trauer war so merkwürdig groß, so auffallend groß; man hatte doch keine Schlaflosigkeit vom Leutnant erwartet, weil er Adelheid verloren hatte – die er vorher schon verloren hatte. Und so konnte es für Konsul Fredrik diesmal nicht besonders gemütlich werden, er ging deshalb in den vier Tagen umher und sehnte sich fort.

Er war die gewohnten Abende beim Wein mit seinem alten Freunde zusammen, aber sie waren so förmlich, und das Gespräch war so wenig unterhaltend, Konsul Fredrik bekam keine Gelegenheit, mit seiner Lebensanschauung zu stehen oder zu fallen. Es wurde beinahe kein Wort über all die Umwälzungen hier auf dem Hof gesprochen; als der Konsul andeutete, daß er an diesen Umwälzungen leider nicht ohne Schuld sei, wies der Leutnant ihn sofort zurück und sagte:

Nein, ich danke dir, du bist nicht ohne Verdienst daran.

Dann versuchte der Konsul von Willatz zu sprechen – ob Willatz noch immer in Berlin bleiben solle?

Natürlich, antwortete der Leutnant. Er reist mit demselben Dampfer nach Süden wie du.

Meine Tochter Tea, sagt der Konsul, du erinnerst dich ihrer? Sie nahm den Steuermann.

Darin tat Margrete recht.

Der Steuermann ist Kapitän.

Da kannst du sehen!

Kapitän auf dem Dampfer Klaeggen, zweiundfünfzig Fuß lang. Oh, aber da kann nichts helfen.

Pause.

Nein – und so versucht der Konsul gleichwohl mitten in der Trauer eine kleine scherzhafte Geschichte vom Stapel zu lassen.

Du erzähltest doch, du seist daran schuld, daß euer Nest einen faulen Fischer weniger hätte?

Ja, ich bereue es, der Menschheit wegen.

Was soll ich dann sagen! Du hast vielleicht nicht vergessen, daß vor vielen Jahren in unserer Stadt ein Mulatte geboren worden ist? Na ja, ich verstehe es nicht, aber man begann mich für den Mulatten verantwortlich zu machen. Hast du so etwas gehört! Es sollte zwischen ihm und einem gewissen Fest in meinem Garten ein Zusammenhang bestehen, hehehe. Schließlich bekam ich die Geschichte satt und schickte den Bengel fort. Jetzt ist er auf der Handelsschule in Philadelphia.

Da ist dein Verbrechen trotzdem geringer als meines, sagt der Leutnant.

Wie trostlos es war, jetzt mit dem Freunde zu sprechen.

Konsul Fredrik bereute es fast, daß er zu der Beerdigung gekommen war. Ja, rein herausgesagt, er hat nun während so vieler, vieler Jahre sein Kleinstadtleben gelebt, daß er angefangen hat, es erträglich zu finden. Ging sein Geschäft nicht? Schrieben nicht viele Federn in seinem Kontor? Und verkehrte er nicht mit den besten Familien der Stadt? Im Klub, den sie daheim hatten, konnten sie manchen spannenden Gesprächsstoff erörtern, wie jetzt im Sommer, als eine Tochter des Hausbesitzers Bommen sich auf einem deutschen Kriegsschiff im Hafen totgetanzt hatte. Hehe, dies verrückte Kind! Aber ein französischer Offizier würde sich niemals zu Tode getanzt haben.

Jedoch Konsul Fredrik, der so munter erzählte und so gern lachte, ging nun manchmal für sich allein umher und verfiel in Gedanken. Das mußte er schandenhalber wohl tun. Und eines Tages, da es vielleicht anderswo nicht still genug war, ging er in Frau Adelheids Schlafzimmer und blieb dort ein wenig stehen. Er sah jetzt müde und verbraucht aus, und große Säcke hingen unter seinen Augen. Er nahm einen Haarkamm, der zwischen anderen Schmucksachen hier herumlag, und betrachtete ihn; und fand ihn wohl schön, denn er sah ihn lange an. Dann aber schien es, als käme es ihm in den Sinn, daß es sich doch wohl nicht paßte, sich hier hinzusetzen und in Nachdenken zu verfallen, und er ging still aus dem Zimmer wieder hinaus.

Er ging nach dem Treibhaus hinunter. Hierhin hätte er ja sofort gehen können, hier war es gut und einsam. Was – hatte er den Haarkamm mitgenommen? Lächerlich! Na, da er es nun einmal getan hatte ... Es war eine Nichtigkeit, um deren willen er den Leutnant nicht plagen wollte. Es war so, als dufte der Kamm noch ein wenig nach ihrem Haar? Einbildung, er duftete nach Schildpatt. Aber wenn sie nun plötzlich dort oben in der Stube wieder singen würde, hernieder singen würde zu diesen Blumen hier? Jawohl – wenn sie ihre Leidenschaft entfaltete wie einen Fächer und gut und wild wäre. Die Arme! Sie, die Armen alle miteinander!

Der Konsul nahm auch die Gelegenheit zu einem kleinen Abschiedsgeplauder mit der Hausjungfer Salvesen wahr. Es war nicht allzu früh, als er endlich am vorletzten Tage seine Frau bei Frau Irgens wußte und vor dem Speisekammerfenster der Jungfer stehen konnte.

Ach, Sie sind's! sagte Jungfer Salvesen.

Mehr oder weniger ich, Jungfer!

Sieh da, Jungfer Salvesen war bis jetzt von der Trauer des Hauses gebunden gewesen, und es war so lange her, seit sie ihren Mund lustig schief gezogen hatte; und nun hört sie an dem Ton des Konsuls, daß sie für einen Augenblick die Trauer ablegen darf:

Sie kommen, vermute ich, um wieder damit ein Ende zu machen, Herr Konsul?

Konsul Fredrik schluckt, schluckt wieder und sagt:

Jungfer Salvesen, ich habe alles gehört!

Alles?

Ja, können Sie mir noch mehr erzählen?

Nein, ich will Sie doch nicht zum Wahnsinn treiben.

Weib, Sie haben sich außer mit mir noch mit zwei anderen verlobt. Weiß der Lagermeister und weiß der Rechtsanwalt, wie Sie an mir gehandelt haben, Jungfer Salvesen?

Dies war aber wohl ein allzu grober Scherz, denn die Jungfer antwortete:

Das werde ich meinem Bräutigam erzählen, dem Rechtsanwalt Rasch.

Und plötzlich interessiert sich Konsul Fredrik ehrlich für die Sache, dies hier war ja beinahe ebenso wichtig wie Jungfer Bommen, die sich totgetanzt hatte. Er zog die Augenbrauen hoch und fragte: Darf ich gratulieren? Wirklich?

Ja, ich glaube fast, sagte Jungfer Salvesen lächelnd.

Das ist nett. Das ist wirklich eine große Neuigkeit. Wann heiraten Sie?

Ich weiß nicht. Dieses Jahr noch vielleicht.

Wer soll denn dann dem Leutnant den Haushalt führen?

Eine andere. Ich gehe nicht, bevor er eine andere hat.

Werden Sie mit Ihrem Mann hier wohnen bleiben?

Ja, eine Zeitlang jedenfalls, Rasch hat ja hier so sehr viel zu tun. Aber später will er sich um eine Staatsstellung im Süden bewerben.

Dann kommen Sie vielleicht in meine Gegend, und dann dürfen Sie beide nicht vergessen, mich zu besuchen.

Schönen Dank für Ihre Liebenswürdigkeit, Konsul Coldevin.

Denn mir liegt viel daran, gebildete Menschen um mich zu haben, ich sammle gebildete Menschen. Nein, das war wahrhaft eine prächtige Neuigkeit! Darf ich Ihnen die Hand drücken, Jungfer Salvesen?

Ja – warten Sie ein wenig! antwortet die Jungfer und trocknet sich die Hände ab. Nun vielleicht!

Aber als der Konsul ihre Hand hält, wird er wieder der alte Witzbold, und er beginnt eine Rede: Wenn ich jetzt diese Hand zum letztenmal halte –

Haha.

Ich meine: während Sie noch unschuldig sind – ich meine: während wir beide noch unschuldig sind. Wenn ich jetzt diese Hand halte, die ich nicht bekam –

Lassen Sie jetzt los, Herr Konsul!

Die mir nicht beschert worden ist – haben Sie einen Schnaps drinnen oder sonst etwas Trinkbares, Jungfer?

Nein, wahrhaftig nicht, antwortet die Jungfer und sieht sich um. Aber lassen Sie mich jetzt los, damit ich in die Speisekammer gehen und etwas holen kann.

O nein, danke, dann lassen wir es lieber. Aber, Jungfer Salvesen, Sie sagen, ob ich nun gekommen sei, um wiederum ein Ende zu machen? Nein. Ich komme einzig und allein, um Ihnen die Form mitzuteilen. Denn jetzt habe ich eine Form gefunden. Aber dies müßte eigentlich gesungen werden, mit meiner ganzen Stimme, verdolmetscht: Im gleichen Augenblick, da Pastor Lassen den Segen des Himmels über Sie und Rechtsanwalt Rasch herableuchten läßt, können Sie mich mit einem Strick in der Hand finden, mit blauem Auge emporschauend zu einem Nagel –

Haha, nein, was Sie für unmögliche Einfalle haben!

Wissen Sie, was das bedeutet, was dann geschehen wird?

Da kommt Ihre Frau! sagt plötzlich die Jungfer.

Und Konsul Fredrik ließ ihre Hand los.

Er kannte seine Frau so gut, daß er ihr gleich entgegenging und ihr erklärte, Jungfer Salvesen sei mit Rechtsanwalt Rasch verlobt, und er habe ihr nur gratuliert.

Mußt du deshalb unbedingt so lange ihre Hand halten?

Und Konsul Fredrik antwortete:

Ich wollte höflich sein, sie kommt ja jetzt in eine andere gesellschaftliche Stellung. Es kann ja möglich sein, daß sie mit der Zeit zu unserm Umgangskreise gehört.

Jung-Willatz ging mit schlechtem Gewissen umher, er hatte aufgehört, an Mariane zu schreiben. Wie das gekommen war? Ganz allmählich, denn er hatte so viel zu tun gehabt. Ja, und dann hatte er ja in seiner Verliebtheit und Not sich seiner Mutter anvertraut, und sie war darüber merkwürdig unruhig geworden und hatte nichts mehr von weiteren Briefen hören wollen. Als er einwandte, daß er Mariane bis in den Tod liebe, sagte die Mutter: Warte zehn Jahre, dann werden wir sehen. Jetzt mußt du erst etwas werden und deinem Vater Freude machen, weißt du!

Aber als er Mariane dann auf dem Landungsplatz und später auf dem Kirchhof sah, ließ es sich ja nicht anders einrichten, er mußte ihr die Hand geben; und sie schaute ihm gerade ins Gesicht und glitt an ihn heran und lehnte sich fast an seinen Leib und schaute zu ihm auf. Mariane war so gedankenlos zärtlich.

Sie trafen sich schließlich; Jung-Willatz mußte ganz notwendig hinunter auf die Landstraße gehen, und dort stand sie. Oberhalb der Flußbrücke war ein schönes, tiefes Weidengebüsch, dorthin eilten sie. Nun war doch Jung-Willatz schon in Reisekleidern, und sobald das Schiff kam, mußte er an Bord gehen; aber obwohl er so wenig Zeit hatte, brachte er nichts heraus. Oh, wo waren jetzt alle Worte in seinem Kopf und seinem Herzen geblieben! Auch Mariane war stumm. Jeder nahm sich einen Weidenzweig und zupfte daran herum.

Ich muß heute wieder abreisen, sagte er.

Ja.

Es ist nicht besonders weit, sagte er.

Felix soll auch abreisen, antwortete sie. Er soll nach Mexiko.

So?

Ja, er will nämlich nicht lernen. Und ich soll auch fort, nach Kristiania, sagte Mariane. Und bald will ich es, und bald will ich es nicht.

Nach Kristiania, das ist ja noch weniger weit als nach Berlin, davor braucht man sich doch nicht zu fürchten.

Kannst du mir nicht wieder schreiben? sagte sie.

Ja. Aber ich würde keine Zeit dazu haben, wenn ich etwas werden wolle, sagte Mutter.

Und keine Spur davon, daß Mariane sich jetzt etwa verletzt fühlte, nein, sie dachte nur an sich und war aufrichtig und bat ihn, immer sonntags, Sonntag abends zu schreiben.

Ja, nein, er könne es nicht.

Ich habe dir viele Briefe geschrieben, auch gestern und heute.

Sieh her, sagte sie und gab ihm ein paar Briefe. Bitte schön! sagte sie.

Und Willatz reichte dem Mädchen die Hand und dankte und verwahrte die Briefe in der Tasche und war stumm vor Glück und Verlegenheit.

Und wie es nun auch zuging – groß und süß war sie und hatte Indianerhaar den Nacken hinunter, und braun und rot war ihr Gesicht – nein, wie es nun auch zuging –, aber Mariane glitt geradewegs wieder an ihn heran, und er hielt sie umarmt und wußte wenig mehr von sich selbst. Wie sie dastanden und einander in den Nacken sahen, bekam er die Worte heraus: Laß mich dich küssen – für die Briefe –, wenn du meinst, du könntest es mir erlauben.

Und weil eine kleine willige Bewegung durch sie ging, trafen sich ihre Lippen für so unendliche Zeit, und beide schlossen die Augen.

Aber hiernach wurde das Stelldichein kurz. Ja, denn sie konnten sich ja nicht länger ansehen, und sie sprachen nur zur Erde hinunter.

Ja, leb wohl, sagte er.

Leb wohl, sagte sie.

Als Willatz heimkam, führte Gottfred ihn in die Stube des Vaters. Der alte, gebeugte Vater war sehr feierlich, er sagte:

Ich habe auf dich gewartet.

Verzeihung, ich –

Schon verziehen. Hm. Du heißt Willatz Wilhelm Moritz von Platz Holmsen.

Ja? fragte der Sohn.

Das tust du. So heißt du. Hm. – Und Willatz für gewöhnlich.

Ja?

Du kannst für gewöhnlich Moritz heißen, wenn du selber es möchtest.

Nein, weshalb das?

Wenn du möchtest, sage ich.

Ja, aber das möchte ich nicht.

Wäre es nicht besser, in Deutschland Moritz zu heißen? Deine Mutter – wir sind es ihr schuldig.

Ich bin als Willatz eingeschrieben, wandte der Sohn ein.

Deine Mutter nannte dich Moritz.

Ich erinnere mich nicht, es jemals gehört zu haben.

Doch, als du klein warst.

Jetzt tat sie es niemals mehr.

Gut, so brauchen wir nicht weiter davon zu sprechen. Hm. – Entschuldige, daß dieses Mal niemand zu Mittag eingeladen war.

Ja, lieber –

Das konnten wir diesmal nicht, das schuldeten wir –

Aber denke, wenn du heute mitreisen könntest, Vater!

Hab keine Zeit, Kind. Übrigens bist du ja jetzt selbst ein erwachsener Mann. Führ dich gut, Willatz, und glückliche Reise!

17

Wäre es jetzt wie in alten Tagen gewesen, so würde der Leutnant ein Monument auf Adelheids Grab errichtet haben; was konnte er jetzt tun? Natürlich hatte er schon einen Ausweg gefunden: eine große und würdige Platte aus Bronze, aber das war kein Denkmal, kein Grabmal. Und natürlich würde er der Kirche in Adelheids Namen vergoldete Silberschüsseln geschenkt haben, wenn er nur irgendwie das Geld dazu übrig gehabt hätte.

Es begann also knapp zuzugehen?

Weshalb sollte es denn auch nicht knapp zugehen?

Er hatte ja schon vorher auf die Orgel verzichten müssen. Und war er imstande gewesen, Adelheids und sein eigenes Bild für die Ahnengalerie malen zu lassen? Es kränkte ihn, den geborenen Ordnungsmenschen, daß eine derartige große Sache versäumt worden war. Außerdem ging nun der kleine Gottfred da herum, etwas mußte für ihn getan werden. Und die kleine Pauline – sollte es ihr etwa schlecht ergehen? Und der Halblappe Petter, der ja einstens Adelheids Reitknecht gewesen war?

Oh, es war wohl zu irgend etwas gut, daß Adelheid beizeiten fortgewandert war – sie hätte es nicht aushalten können, ihr Gesang wäre verstummt. Es gibt Unglücksfälle in einer Familie, die sich in Segen verwandeln – der Himmel hatte durch seinen Schlag Barmherzigkeit gewährt.

So sagt man als der Humanist, der man ist.

Aber wenn Fredrik Coldevin diesmal gefragt hatte, ob Jung-Willatz nach Berlin zurückginge, so war das nun doch zu lächerlich. Wohin sollte er sonst wohl? Sollte er vielleicht daheim bleiben und die Nase in seines Vaters Not hineinstecken? Fredrik, der Arme, war vom Leben arg zugerichtet worden, er begriff nicht einmal mehr, daß es sich um einen Willatz Holmsen handelte, der am liebsten im Ausland wohnte, aber manchmal zu Besuch heimkam.

Man war nicht unterjocht, man war nur stumm, und stolz war man, Krieger und Weltmann, stark in seinem Wollen. Ging das Leben den alten Leutnant nichts an? Ho, dann würde er sich nicht am Tage nach ihm umschauen und nachts nicht daliegen und sich winden. Das Trauerjahr war noch nicht vorüber, und vieles sprach dafür, auch hierin Ordnung zu zeigen; aber gleichzeitig war seine Geduld zu Ende; er wollte die Leseabende wieder einführen.

Die kleine Pauline war jetzt sein Stubenmädchen, jemand mußte es ja sein, und sie hatte nun doch dieses feine und stille Wesen, und sie hatte diesen verhangenen, blauen Blick. Der Leutnant wollte wohl zur Abwechslung einmal wieder Pascha sein, er klingelte nach Daverdana.

Es dauerte einige Zeit, bis sie kam. Unterdessen lag er da auf seinem Sofa und dachte mit Befriedigung daran, daß sie sich jetzt die Hände wasche. Und sie wiegte sich so in den Hüften, wenn sie hereinkam, und sie machte die gefährlichsten Hoffnungen in ihm rege. Er lag da, beide Hände geballt in den Hosentaschen, grob und verrückt. Dann würde sie gehen und das Buch dort nehmen, dann würde sie zurückkommen, sich wiegen und sich wiegen –

Aber da es lichter Sommerabend war, begannen seine Augen im Zimmer herumzuirren, er betrachtete die Möbel und die Bilder, da war eine große Photographie von Adelheid, da war das Alphabet und da Willatz' Kinderspielzeug – alte Sachen jetzt, die Zeit war vergangen.

Die Zeit war vergangen.

Seine Hände in den Taschen öffneten sich wieder, und er dachte weiter, wie die Zeit doch vergangen war. Wieviel Jahre hatte er im Grunde noch zu leben? O Gott, wie war er doch betrogen und zerschunden worden!

Als er Daverdana kommen hört, springt er plötzlich auf und bleibt stehen, steif und steil stehen. War er irrsinnig oder verwirrt? Seine alte Hitzigkeit war wieder in ihn gefahren, er stand da, ohne Fassung, und rührte sich nicht; als Daverdana eintrat, sagte er nur etwas über sie selbst, daß sie ein flinkes Mädchen sei, hm, daß sie immer ein flinkes Mädchen gewesen sei, kurz und gut, hm. Sein Anfall verzog sich, und er sagte schließlich: Warte ein wenig, bleib dort stehen! Dann nahm er einen Geldschein aus seiner Tischschublade und gab ihr den.

Daverdana knixte, rot und glücklich, und dankte. Oh, es machte Eindruck, wenn der Leutnant ein gutes oder böses Wort sagte. Aber so verwundert war Daverdana, daß sie stehen blieb, nachdem er genickt hatte. Sollte sie denn nicht lesen? Sollte sie nicht Dame spielen? Und der Leutnant mußte noch einmal nicken und sagen: Das war alles.

Nun war es geschehen.

Wie er einmal seiner Frau gegenüber beschlossen hatte: das war das letztemal!, so beschloß er das jetzt dem Leben selbst gegenüber. Warum waren alle diese Jahre seines Mannesalters für ihn so verödet, warum waren sie so vertan worden? Na, er konnte das einzige tun, was ein alter Mann zu tun hatte, um sich selbst und andern nicht widerlich zu werden: er konnte steif und steil dastehen. Hätte er jetzt zugreifen und sich ein armseliges Mahl an diesem großen Tisch verschaffen sollen? Er war ein Gast, der ausgeschlossen worden war, und wollte sich nicht mit der Dienerschaft zusammentun, um noch heimlich einen Mundvoll zu erhaschen, er war schlecht gelaunt, starrsinnig und aufrecht. Jawohl, er verschmähte es, den Resten, die noch von ihm übrig waren, einige Leckerbissen zu verschaffen; die waren ihm früher nicht bereitet worden, er wollte sie sich nun auch nicht mehr bereiten. Eine Rache an sich selbst? Ja, eine Rache an sich selbst, an allem, an dem Ganzen, aufrecht –

Das war das letztemal.

Klein-Pauline wurde jedoch als Stubenmädchen nicht abgesetzt, oh, weit entfernt. Aber da der Leutnant die schöne Gabe besaß, sich bei jeder Gelegenheit Ausgaben zu verschaffen, so mußte doch auch Pauline einen Papierlappen bekommen, wenn Daverdana einen bekommen hatte. Und es war übrigens nur einer von diesen kleinen, neuen Zetteln, die fortzugeben er sich beinahe schämte.

Nein, macht dir das solche Freude? fragte er Pauline, denn der Leutnant unterhält sich manchmal mit ihr.

Ja, danke, sagt Pauline.

Hast du noch einen nötig?

Nein, nein, danke, nein –

Dann sprach er weiter mit ihr, was man sie nun lernen lassen solle, was sie selbst sich denn gedacht habe? Ob sie Lust habe, nähen zu lernen?

Nein, Pauline wollte am liebsten lernen, Jungfer zu werden.

So? Hausjungfer? So. Ja, das könne Jungfer Salvesen ihr beibringen, das wäre kein schlechter Gedanke. Er wolle mit Jungfer Salvesen sprechen ...

Und ebenso sprach er mit dem Telegraphisten Baardsen wegen Klein-Gottfred, damit der Junge vielleicht telegraphieren lernen könne. Seht, der Junge war wirklich alles andere als groß und stark, es würde wohl nie ein ordentlicher Fischer aus ihm werden, dagegen hatte Frau Adelheid ihm peinlich gute Sprachkenntnisse beigebracht.

Telegraphist Baardsen war ein merkwürdiger Kerl, er saß da und spielte auf einem fast schwarzen Cello, das einen großen Ton hatte; als der Leutnant eintrat, erhob er sich und verbeugte sich. Als er den Grund des Besuchs erfahren hatte, antwortete er:

Selbstverständlich, Herr Leutnant, wenn Sie es wünschen.

Das war keine Ironie, das war Höflichkeit, gerade so, als ob der Leutnant noch der mächtige Gutsherr auf Segelfoß sei.

Worauf der Leutnant ebenso höflich wurde und sagte, daß er sehr dankbar sei.

Als der Leutnant gegangen war, machte Telegraphist Baardsen einen kleinen Abstecher zu seinem Bord mit dem Vorhang, tat einen Schluck aus der Flasche, die dort stand, und setzte sich dann wieder an das Cello. Seine breiten Schultern wiegten sich beim Spielen.

Und die Tage gingen, der Leutnant alterte mehr und mehr, aber er hielt sich aufrecht. Was aber war das für eine Sorge, die Herrn Holmengraas Haar und Bart ergrauen ließ? Er, auf dem keine Sorge lastete? Das war auffallend. Die zwei Wochen währende Ausschweifung hatte ihn doch wohl nicht so zurichten können, und daß Frau Adelheid gestorben war, das ging ihn doch nichts an, sie war doch nicht seine Frau gewesen.

Jetzt war Felix abgereist. Ja, denn Felix wolle nichts lernen, erklärte der Vater, deshalb müsse er zurück zu seinen Angehörigen in Mexiko. Es war traurig zu sehen, wie Herr Holmengraa sich darüber grämte, wie das ja auch zu erwarten war. Überhaupt war da nicht mehr lauter Sonnenschein unter den Menschen auf Segelfoß, nein, denn jetzt hatte wahrhaftig auch Daverdana angefangen, den Kopf hängen zu lassen und sich zu grämen. Das Mädchen Daverdana mit ihrer Jugend und dem roten Haar. Sie stand eines Tages am Stallbrunnen hinter allen Gebäuden, und dort stand unglaublicherweise auch Herr Holmengraa, am Stallbrunnen, und Daverdana weinte ihm geradewegs ins Gesicht. Jungfer Salvesen kam sogar dazu und sah es: Nanu, war die Welt aus dem Gleis gekommen? Nein, die Welt ging ganz richtig, jawohl! – In Jungfer Salvesen steigt eine ungeheuerliche Ahnung auf, und sie denkt: wie leicht hätte ich selbst es sein können, die dort vor Herrn Holmengraa weint.

Lauter Sonnenschein unter den Menschen? Da hatte nun sogar ein Mann wie Per im Laden einen Schlaganfall erlitten, der dicke Per im Laden, er, der mitunter das, was er selbst gewogen hatte, nachwiegen mußte, weil er zu knapp gewogen – der war es, der den Schlaganfall erlitten hatte. Es war auch kein geringer Schaden, der ihm zugefügt war: er wurde auf der einen Seite lahm, und Distriktsarzt Muus sagte: noch ein Schlaganfall, und es sei Schluß mit ihm; so sagte Herr Muus. Da war es, als sei für Per im Laden die ganze Welt aus dem Gleis geraten, und er begriff es nicht. Was, seine eine Seite lag mit ihm zusammen im Bett und war tot? Ganz gewiß war er immer ein betriebsamer Mensch gewesen, und er hatte auch gewiß nicht daran gedacht, daß er noch einmal zur Untätigkeit gezwungen werden könnte, und wozu sollte es denn auch wohl gut sein, sein Leben zu zerstören? Er stand gewissermaßen gerade jetzt im besten Flor, niemals war er so tüchtig beim Falschrechnen gewesen, und seitdem er das Weinrecht bekommen hatte, verkaufte er unglaublich viel feine und teure Krämerwaren in die Hütten. Ja, Vorhänge? Aber seidene Tücher, stadtgestrickte Strümpfe, Hängelampen mit Prismen! War das alles? Ho, wer hatte wohl Lust, den Sklaven zu spielen und an Winterabenden etwas zu arbeiten, – man konnte für

Geld alles kaufen bei Per im Laden! Er verkaufte fertige Rechen und Axtstiele aus der Fabrik, er verkaufte gebrannten und gemahlenen Kaffee in feiner Verpackung, er verkaufte Kunstbutter in Fäßchen und Speck aus Amerika. In früheren Tagen mußte man seinen Pfeifentabak selbst schneiden – vorbei, Schluß mit dem Geracker, Per im Laden führte geschnittenen Tabak. Und Stiefel? In alten Tagen war Nils der Schuster auf die Höfe und in die Hütten gekommen und hatte alles Schuhzeug, das jedes Haus für ein Jahr nötig hatte, verfertigt, und er klopfte sein Leder, und er pichte seinen Faden, und er hatte seine Arbeit immer wunderbar gut gemacht, Nils der Schuster, jawohl – jetzt verkaufte Per im Laden Schuhzeug aus der Stadt, und das war dünn wie Zeug und blank wie Glas.

Darum konnte man von Per im Laden nichts anderes sagen, als daß er geschäftstüchtig gewesen sei; und jetzt lag er zu Bett, und er verstand das nicht. Übrigens trieb er noch seinen Handel durch seine Frau und seine Kinder, und er herrschte vom Bett aus stramm über sie – es stand nichts stille. In seinen gesunden Tagen hatte er es immer verstanden, alles im Abstand von sich zu halten, das tat er auch jetzt, er gebrauchte einen Stock, mit dem er gegen die Wand klopfte, wenn er jemand zu sich rufen wollte. Er hatte den Doktor holen lassen, kluge Männer und weise Frauen hatten sich um ihn bemüht, er hatte Tran und Opodeldok getrunken, er hatte nasse kalte Umschläge gemacht – was übrigens das schlimmste gewesen war –, eines Tages klopfte er mit seinem Stock und verlangte nach dem Pastor, vielleicht, daß das helfen könnte.

Hier könnt Ihr das Schlimmste sehen, was je einem Menschen im irdischen Leben zugestoßen ist, sagte er.

Pastor Lassen tröstete ihn damit, daß er doch noch immer eine gesunde frische Seite habe, daß doch noch Leben in ihm sei.

Leben? Hehee! Seht Ihr diesen Stock hier? Ich habe genau soviel Leben in mir wie der!

Um ihn milder zu stimmen, sprach Pastor Lassen zu ihm von Jesu und seinen Leiden – was sei dieses hier gegen jene! Er müsse Gott dankbar sein für die frische, gesunde Seite –

Ihr redet nur von der gesunden Seite, antwortete der kranke Mann; aber die ist auch nicht mehr ganz gesund, nein, auch die nicht, will ich Euch sagen. Und Per im Laden wies auf verschiedene Fehler auch an seiner gesunden Seite hin, im ganzen genommen war er ein Kenner von Seiten.

Aber seht nun diese Seite, sagte er und nahm den toten Arm und warf ihn gegen die Wand, damit der Pastor ihn gut sehen könne. Von dieser Seite rede ich. Da liegt sie; und wenn ich sie nicht sehen würde, wüßte ich nichts von ihr. Hat das einen Sinn? Sie ist nicht das Essen wert! Darauf faßte er die tote Hand mit den Fingerspitzen der anderen und hielt sie hoch und drehte und wendete sie: Hier ist die Hand, die dazugehört, sagte er, pfui und nochmals pfui – vergib mir meine Sünde! und er warf die Hand wieder gegen die Wand.

Pastor Lassen tröstete ihn nochmals – und um auch dieses Mittel zu versuchen, nannte er ihn Jensen –, daß es im Grunde genommen nicht allen so ausgezeichnet im Leben ergangen sei wie ihm, mein lieber Jensen, und es sei zu überlegen, ob er sich nicht jetzt eine Zeitlang in ein klein wenig Mißgeschick finden müßte.

Der kranke Mann krümmt sich vor Ungeduld und fragt:

Nein, könnt auch Ihr mir nicht helfen? Wißt Ihr keinen Rat? Ob es nun Besprechung oder sonst irgendwas ist?

Besprechung?

Ist es denn nicht wahr, daß Ihr Pfarrer allerlei wißt, wovon wir anderen keine Kunde haben?

Darauf hatte Per im Laden wohl gehofft, als er nach dem Pastor verlangte?

O ja, das muß man wohl sagen, bis zu einem gewissen Grad, antwortete Herr Lassen und bestritt es nicht, daß er das eine und das andere wüßte. Der Fischerjunge aus der Hütte hatte jetzt die Oberhand, und er beschloß, dies auszunützen – im Dienste des Guten natürlich. Es könnte doch jetzt recht interessant sein, festzustellen, ein wie großer Lump dieser Per im Laden nun eigentlich war; sollte es denn nicht möglich sein, ihn dazu zu bringen, seine Sünden zu bekennen?

Pastor Lassen ging zur Tür und schloß sie gut, obwohl sie auch vorher schon gut geschlossen gewesen war, dann setzte er sich zu dem Kranken und sah ihn an. Per im Laden hielt all dies wohl für eine Einleitung zur Besprechung, er hatte also die beste Hoffnung.

Da sagt Herr Lassen:

Es sollte doch wohl nicht das sein – ich frage jetzt als Seelsorger, Jensen –, es sollte doch wohl nicht das sein, daß Sie allzu geschickt gerade mit dieser Ihrer toten Hand gewesen sind, Jensen?

Per im Laden riß den Mund weit auf vor Erstaunen – und er hatte noch dazu zwei Wochen alte Bartstoppeln um den Mund.

Was? sagte er. Geschickt mit der ...?

Beim Falschwiegen und -messen? sagte Herr Lassen. Ich frage im Namen Gottes.

Der Mund Pers im Laden klappte zusammen, die Verwunderung ging augenblicklich in Zorn über, er griff nach dem Stock:

Geschickt hin und geschickt her! sagte er. Was, bist du darum gekommen? Geh du nach Haus und halt deine Predigt deinem Vater und deinen Leuten. Ich glaube, der Bengel ist verrückt geworden! Oh, wie erbittert er auf Herrn Lassen war, auf den Seelsorger, ja, er duzte ihn und nannte ihn ausdrücklich Lars.

Da ging der Pastor.

Aber obendrein rief der kranke Mann ihm noch nach:

Und grüß deinen Vater und sag ihm, er solle bezahlen, was er in meinen Büchern noch stehen hat! Pack!

Pastor Lassen ging geradewegs nach der Hütte seiner Eltern und hielt dort eine kleine Abrechnung.

Na, wie stand es mit Daverdana, sollte sie noch wochenlang so herumlaufen und nicht heiraten? Und wie stand es mit dem Vater, wollte er hier auf seinem Häuslerplatz sitzen und Gott und aller Welt schuldig bleiben? Per im Laden wolle sein Geld haben!

Du mußt sorgen, daß das in Ordnung kommt, sagte er. Ich habe nichts, womit ich dir helfen könnte, sonst hättest du es bekommen, ja, bis zum letzten Faden. Aber alles, was ich verdiene, brauche ich zur Anschaffung von Büchern und zum Weiterstudieren. Du mußt selbst einen Ausweg finden.

Ja, sagte der Vater. Aber das ist nicht so einfach, und woher soll ich denn das Geld nehmen? Der Leutnant will mir doch den Häuslerplatz nicht verkaufen, und nun sitze ich da.

Hast du ihn denn schon gefragt?

Ja, ich habe den Holmengraa gefragt.

Pause.

Der Sohn denkt nach.

Es ist ja auch Holmengraa, der das machen muß, sagte er. Jedenfalls will ich mir von euch hier nicht meine Karriere verderben lassen.

Nein, das willst du natürlich nicht, sagte der Vater. Was war es, was du dir nicht verderben lassen willst?

Meine Karriere.

Ja, das habe ich schon immer gesagt, daß dir die nicht verdorben werden darf. Ich will heute noch zu ihm gehen, zu Holmengraa, und ihm einen Vergleich anbieten, ganz im guten.

Der Leutnant reitet nicht mehr jeden Tag aus, er hatte begonnen, zu Fuß zu gehen. Darüber wunderten sich alle, nur er selbst nicht: standen seine Pferde nicht im Stall wie früher, und mußte der Halblappe Petter sie nicht mitunter reiten, damit sie Bewegung hatten? Weshalb ritt da der Leutnant nicht lieber selbst?

Er hatte damit wohl seine eigenen Absichten, er wollte sich wohl beizeiten daran gewöhnen, seine Pferde zu entbehren. Er war von Schlaflosigkeit geplagt, er ging und grübelte und schwieg, und häufig trieb er sich unten bei der Ziegelei herum und maß und schätzte mit Schritten ab und nickte. Er hatte sich gewiß eine Ecke von diesem großen Balkenhaus zu besonderem Gebrauch ausgesucht, er merkte an, wo in der Holzverkleidung Fenster angebracht werden sollten. Aber mitunter konnte der Leutnant ganze Tage dieser Arbeit fern bleiben, und dann ging er mit Hacke und Spaten und vielen Blumentöpfen aus und grub in der Erde. Oh, aber er grub an so merkwürdigen Stellen, daß die Leute sich dachten: Hat nun auch der Leutnant, der dritte Willatz Holmsen, begonnen, nach dem Schatz des Stammvaters zu suchen? So weit war es mit diesem stolzen und etwas abergläubischen Mann gekommen! Vielleicht hatte die Schlaflosigkeit ihn verwirrt. Aber das mit den Blumentöpfen vom Treibhaus, die er ewig füllte und wieder entleerte, an jeder Stelle, wo er grub – das tat er wohl jedenfalls nur um des Scheines willen.

Es war ihm nichts Ungewöhnliches anzusehen; peinigte ihn etwas, so trug er es doch gut. Seit dieser alte Reiter angefangen hatte, so viel zu Fuß zu gehen, merkte man seine O-Beinigkeit mehr, und er konnte aussehen, als lauschte er, weil er seine Augen scharf auf den Weg gerichtet hielt. Er entkräftet und weich? Er? – Stahl.

Als er zu hören bekam, daß die Hausjungfer sich verheiraten wollte, interessierte er sich eifrig für die Angelegenheit, obwohl sie zu seinem eigenen Schaden war. Selbstverständlich, sagte er; welchen Tag haben Sie sich gedacht? Schieben Sie es nicht auf. – Aber da ihm der Gedanke kam, daß dieser sein Eifer falsch ausgelegt werden könnte, setzte er hinzu: Nicht deshalb – ich kann nicht daran denken, den Hof ohne Sie weiter zu bewirtschaften!

Sein Lob hatte den größten Wert für Jungfer Salvesen, und sie sagte in ihrer Dankbarkeit, daß sie keinesfalls ziehen würde, bevor er eine andere zum Ersatz bekommen hätte. Aber übrigens sei die kleine Pauline in diesen Wochen recht tüchtig geworden, sagte sie. So. Das freut mich. Hm. Früher oder später komme ich sowieso dazu, mir ein paar Stuben woanders einzurichten. Sie brauchen Ihre Hochzeit also meinetwegen keinen Tag aufzuschieben.

Wollen Herr Leutnant nicht hier auf dem Hof wohnen bleiben? Entschuldigen Sie bitte, aber wo soll sonst Jung-Willatz wohnen, wenn er heimkommt?

Er kommt nicht heim, er hat keine Zeit.

Aber einmal wird er doch wohl kommen?

Nein. Ich habe mehr Zeit, ich reise zu ihm. Haben Sie nicht in den Zeitungen von ihm gelesen? Er ist Musiker, er komponiert.

Wollen Herr Leutnant nicht, daß ich wenigstens noch ein Jahr bleibe?

Nein. Aber ich danke Ihnen. Übrigens, wonach wollten Sie mich fragen?

Die Jungfer zögert ein bißchen, dann kommt sie damit heraus und sagt:

Mein Verlobter meint, wir könnten uns doch nicht gut auf ein paar Kronen gespartes Geld hin verheiraten. Und sonst haben wir ja weiter nichts als das Haus. Wir haben kein Land.

Land?

Nur soviel, daß es zum Futter für ein paar Kühe reicht, Herr Leutnant, für die notwendige Milch nur.

Dazu muß Rat geschafft werden. Hm.

O Gott, wenn das sich ermöglichen ließe! sagte Jungfer Salvesen. Mein Verlobter hat Herrn Holmengraa so oft gebeten, den Herrn Leutnant zu fragen; aber Herr Holmengraa hat jedesmal geantwortet, daß der Herr Leutnant nichts verkaufen wolle.

Er spitzte die Ohren, er stellte keine Fragen, aber er brachte die Jungfer dazu, ihre Worte zu wiederholen. Dann nickte er und sagte: Da muß Rat geschaffen werden wegen eines Stückes Land für Sie, Jungfer Salvesen.

Der Leutnant geht aus, er schlendert wieder hinunter nach der alten Ziegelei und mißt und nickt. Weshalb machte er nun keinen Anfang mit der Einrichtung? Es war in diesen Tagen schwer, sich aufrecht zu halten, und er wußte vielleicht nicht aus noch ein, aber er mißt und nickt, als ob das, was er jetzt gerade gehört hatte, ihn nicht weiter berührte. Also – Herr Holmengraa disponierte bereits über den Boden von Segelfoß und erklärte im Namen des Gutsherrn, daß er nicht verkaufen wolle! Hm. Hier kam nun Jungfer Salvesen, die während vieler, vieler Jahre in seinen und Adelheids Diensten gestanden hatte – und die sollte kein Stückchen Land von ihrem alten Herrn bekommen können!

Der Leutnant steckte seinen Ring an die linke Hand hinüber. Oh, dieser wunderliche Mann, jetzt hatte er seit Monaten aufgehört, seinen Ring hinüber und herüber zu stecken, das ging nicht an, es kam so weit, daß er ihn eigentlich die ganze Zeit auf der linken Hand trug, und das wollte er in Rücksicht auf die Erinnerung an Adelheid nicht. Jetzt steckte er ihn also an die andere Hand, gerade so, als hätte er sich jetzt noch an etwas zu erinnern, als hätte er jetzt noch etwas zu verwalten, etwas zu retten. Eine kleine Komödie vor sich selbst, eine unschuldige Wichtigtuerei, die sein unzerbrechlicher Wille zu etwas Wertvollem erhob, ja, gültig machte.

Er wollte heimgehen und ein Verzeichnis seiner Einrichtung aufstellen.

Er verließ die Ziegelei; als er ein Stück Wegs gegangen war, drehte er sich um, sah zurück und nickte. Und das war wohl wieder eine Komödie, er hatte ja schon hundertmal jede Kleinigkeit des Umbaus dieser Ziegelei zu einer menschlichen Wohnung durchdacht – und war immer gleich weit gekommen.

Er ging weiter und sah zu Boden, wie er es zu tun pflegte, dabei bemerkte er die Spur von einem Paar Männerstiefeln, die nach dem Hof hinführte. Er hatte noch Zeit, sich etwas Verrücktes auszudenken und zu beschließen, der Sache entgegenzugehen, wie es sich für ihn geziemte.

Herr Holmengraa stand da und wartete auf ihn.

Die Herren begrüßten sich, große Höflichkeit auf beiden Seiten, Freundlichkeit. Sie gehen hinein und setzen sich und sprechen anfangs von ganz gleichgültigen Dingen. Herr Holmengraa ist etwas magerer geworden, er ist bleich und grau, er kommt mit seinem Anliegen nicht heraus, der Leutnant will die Erledigung beschleunigen, er will ihm helfen:

Es ist gut, daß Sie gekommen sind, ich habe etwas mit Ihnen zu besprechen.

Holmengraa verbeugt sich.

Meine Hausjungfer ist verlobt und will heiraten, und ihr Verlobter wünscht ein Stück Land von – ja von Segelfoß zu kaufen. Hm. Auf dies Geschäft würde ich unter andern Umständen eingegangen sein als eine Anerkennung für Jungfer Salvesens lange Dienste hier im Hause. Aber wie die Sachen jetzt stehen, kann ich nichts verkaufen.

Herr Holmengraa denkt einen Augenblick nach, dann lächelt er und sagt:

Das kommt doch einzig und allein auf Herrn Leutnant an.

Nein. Ich darf das Pfand nicht verringern.

Oh, das Pfand – ja, deswegen können Sie ruhig verkaufen.

Wer in aller Welt konnte jetzt aus diesem Holmengraa klug werden? Der Leutnant hatte sich so sehr daran gewöhnt, auf das Schlimmste gefaßt zu sein, sogar daran: vielleicht hinausgeworfen zu werden, daß er jetzt eine wirkliche Freude empfand, sein Gesicht hellte sich auf, er listete den Ring wieder auf die rechte Hand hinüber. Und da saß Herr Holmengraa, er hatte gesprochen, er hatte sich wieder von der überlegenen Seite gezeigt.

Auch Herr Holmengraa schien sich zu freuen – was ging jetzt in seinem Kopfe vor? Nicht viel, fast nichts, der Leutnant hatte ihm nur sein eigenes Anliegen erleichtert, ja, hatte es so gut wie erledigt. Oh, Herr Holmengraa war in der letzten Zeit so übel dran gewesen: die große Roggenladung, mit der er, sich leider allzu sicher fühlend, vorbeispekuliert hatte – es war eine telegraphische Bestellung gewesen, die er in den Tagen seiner Ausschweifung gemacht hatte –, sie drückte ihn jetzt zu Boden, und sie trieb ihn nachts in Angst aus dem Hause hinaus. Und als ob es damit noch nicht genug wäre, kam das Mädchen Daverdana daher und weinte sich vor seinen Augen aus. War das nun nicht genug? Ihr Vater Lars Manuelsen war ein mächtiger Mann geworden, er konnte plaudern und sagen: soundso, ja, er konnte drohen. Wohin sollte das führen? Und Lars Manuelsen hatte Herrn Holmengraa draußen auf dem Wege angehalten und hatte eine Entscheidung verlangt.

Ich bin Ihnen abermals – wie schon soundso viele Male vorher – dankbar, Herr Holmengraa, sagte der Leutnant. Selbstverständlich wird die Kaufsumme als Abtrag meiner Schuld an Sie abgeführt.

Nein, danke. Ich sehe das Pfand nicht im mindesten als verringert an – durch diesen kleinen Verkauf.

Dann kann aus dem Verkauf nichts werden, sagt der Leutnant, und die beiden Herren überbieten sich gegenseitig an Ritterlichkeit. Wo sollte das enden?

Ich bin, sagt Holmengraa, in der letzten Zeit verschiedentlich ersucht worden, mit Ihnen wegen Landverkauf zu sprechen, es sind gewiß vier, fünf Leute. Ich habe geantwortet, daß Sie vorläufig nicht verkaufen wollten, ich wollte dem vorbeugen, daß diese Menschen kämen und Sie plagten, jetzt, da Ihnen Frieden nottat.

Danke, das weiß ich zu würdigen.

Aber unter diesen Menschen ist einer, für den ich ein gutes Wort einlegen möchte, wenn ich darf.

Selbstverständlich.

Danke. Es ist Lars Manuelsen. Er hat sich in den Kopf gesetzt, er könne nicht länger Häusler sein, jetzt, da er einen Sohn hat, der Pastor ist; er möchte gern Freibauer werden.

So. Lars Manuelsen?

Ja, Lars Manuelsen. Er hat mich damit wirklich etwas geplagt, er hält mich draußen auf der Straße an und redet davon.

Das ist doch unerhört.

Aber wenn Herr Leutnant mich von diesem Manne befreien wollten, so würde ich schon alles ordnen. Das Geld würde durch mich für Lars bezahlt werden.

Ich bin von vornherein mit Ihnen in dieser Sache einverstanden, Herr Holmengraa.

Es ist übrigens nicht so wenig, was Lars Manuelsen verlangt – an Land, meine ich; er will für ganze zwei Kühe Wiesen haben; das will sagen: das ganze Feld zwischen seiner und Ole Johans Hütte.

So. Lars Manuelsen. Kann sein Junge schon all das Geld schaffen?

Das sollte man vermuten, antwortet Holmengraa. Ich werde das Land ausmessen und alles ordnen. Sie brauchen sich um nichts zu kümmern. Ich bitte Sie übrigens, mir zu verzeihen, daß ich Sie damit aufgehalten habe, ich habe davon gesprochen, weil wir sowieso diesen Gegenstand berührten. Der Preis – wie wollen wir den berechnen?

Wie gewöhnlich.

Ja. Aber Grund und Boden von Segelfoß sind sicher jetzt im Wert gestiegen.

Der Leutnant denkt darüber nach:

Ich würde Wert darauf legen, wenn jedenfalls in diesen beiden Fällen keine Veränderung am Preise vorgenommen würde. Es handelt sich hier um meine Hausjungfer und um meinen Häusler.

Holmengraa verbeugt sich.

Wünschen Herr Leutnant, daß ich auch den Verkauf an den Rechtsanwalt ordne?

Auch dafür würde ich Ihnen dankbar sein.

Holmengraa verbeugt sich.

Als er gehen wollte, fällt ihm ein, daß er noch ein anderes Anliegen erledigen muß, da er nun einmal hierhergekommen ist. Er sagte:

Ich hatte eigentlich auch ein Anliegen, aber damit will ich Sie nicht plagen, das kann ich bei Jungfer Salvesen vorbringen. Ich wollte Ihnen gleichzeitig einen Besuch abstatten. Es geht Jung-Willatz in Berlin gut?

Ausgezeichnet.

Die beiden Herren scheiden voneinander.

Aber Herrn Holmengraas Anliegen an Jungfer Salvesen bestand darin, daß er für den Gehilfen seines Lagermeisters erfahren wollte, ob Daverdana ihren Dienst verlassen könne, um zu heiraten. Herr Holmengraa wollte, da er nun einmal hier war und mit dem Leutnant gesprochen hatte, dem Bräutigam diesen Gefallen tun.

Und das verstand Jungfer Salvesen so gut.

Der Leutnant gab seinen Vorsatz nicht auf, die am leichtesten zu entbehrenden Sachen und Dinge seiner Einrichtung zusammenzuzählen und darüber ein Verzeichnis anzufertigen. Geld mußte er haben, er hatte keins, also mußte es geschafft werden. Es war eine traurige Arbeit, an die er sich jetzt machte: um daraus eine Summe herauszuschlagen, mußte er – das sah er im voraus – das eine oder das andere teure Familienstück dazunehmen; und was davon sollte jetzt geopfert werden? Ein

Sekretär dort, eine Schatulle da, lauter Prachtstücke mit glänzend vergoldeten Bronzen – konnte sein Herz die überhaupt entbehren? Und wie endlich sollte man sie überhaupt zu Geld machen? Eine öffentliche Versteigerung wäre zu häßlich und könnte Willatz leicht zu Ohren kommen. Ob aber Herr Holmengraa ihm abermals helfen würde, das war eine große Frage.

Inzwischen kam Holmengraa wirklich einige Tage darauf mit Niederschriften über die beiden Landverkäufe und legte das Geld auf den Tisch. Es gab wiederum einen ritterlichen Kampf wegen des Geldes, keiner der Herren wollte es behalten, es war ja auch für beide eine Kleinigkeit. Endlich nach einem munteren Vorschlag des Herrn Holmengraa wurde das Geld zu gleichen Teilen geteilt.

Also war denn alles in Ordnung.

Durch diese unerwartete Begebenheit bekam der Leutnant wieder Geld in die Tasche, nicht viel, keine nennenswerte Summe, aber genug für den Umbau der Ziegelei. Er bezog Baumaterial aus Namsen; dieses schöne Geld konnte zu nichts Besserem verwendet werden. Herr Holmengraa war wieder als Schicksal aufgetreten – ohne sein Wohlwollen würde ja keine einzige Krone zu einem andern als jetzt zu ihm selbst ihren Weg gefunden haben. Ja, aber jetzt sollte es sich auch zeigen, daß Herr Holmengraa zum letzten Male geholfen hatte.

Zunächst galt es, sich Leute zum Mauern und Einrichten zu verschaffen – aber es waren keine Leute aufzutreiben. Seht, es war inzwischen Winter geworden, und es war kalt, die Leute konnten sich jetzt wirklich nicht mehr des Leutnants wegen tot frieren, man war viel mehr als früher sein eigener Herr. Er hatte Bertel in Sagvika, den Vater des kleinen Gottfreds und der Pauline, ja, ihn hatte der Leutnant sofort, aber Bertel allein konnte nichts ausrichten. Also mußte der Knecht Martin vom Hof kommen und hier unten mithelfen, so gut er konnte.

Wollten die Leute nicht mehr für den Leutnant arbeiten? Diese Leute, sie waren doch seine eigenen Häusler und Kleinpächter, und keiner von ihnen hatte je Pachtzins bezahlt; der war ihnen übrigens auch niemals abgefordert worden. Und alle diese Leute hatten Gutes von ihm erfahren, solange er mächtig gewesen war, und Lars Manuelsen hatte einen großen Sohn, Julius, aber der kam auch nicht. Da war es gut, daß man etwas von den Humanisten gelernt hatte und ein Lächeln auf den Lippen hervorbringen konnte.

Also sägten und hobelten und nagelten und verdichteten nur Bertel in Sagvika und der Knecht Martin. Und sie machten zwei Stuben mit Fenstern und doppeltem Fußboden und doppeltem Dach. Das war eine Lust, wie gediegen alles wurde! Die Grundmauer jedoch mußte bis zum Frühjahr aufgeschoben werden, bis der Hartfrost die Erde freigab.

Aber es sah nicht so aus, als sollte es einen frohen und munteren Winter geben – der Fischfang beim Lofot war bis jetzt schlecht, und Per im Laden lag da und war krank und wollte den Leuten keine Waren mehr auf Borg geben. So blieb nur noch Herr Holmengraa übrig, und der war ganz gewiß freundlich und hilfreich bis zu einem gewissen Punkt; aber jetzt war der Punkt erreicht, denn er hatte sich so schmählich an einer großen Roggenladung in fremden Landen verspekuliert. Er verheimlichte das durchaus nicht, er war wohl nicht an Mißgeschick gewöhnt und konnte es nicht allein tragen, sondern mußte die Leute darin einweihen. Das war ein Verlust, ein gewaltiger Verlust. Aber was konnte denn selbst ein gewaltiger Verlust für Tobias Holmengraa, den König, bedeuten! Jetzt waren die Fischer auf dem Lofot, und ihre Frauen und Kinder kamen zu Holmengraa, und es wurde ihnen nicht immer geholfen – wie sollte man das verstehen? Da brauchte nun Ole Johans Weib so notwendig einen Sack Weizenmehl, der Kinder wegen, ja, und im großen und ganzen auch, um nicht hinter den Nachbarfrauen zurückzustehen, die weiße Grütze hatten; aber Herr Holmengraa gab ihr nur gewöhnliches Mehl. Sie hatte sich auch seit langer Zeit einen Muff gewünscht, so einen, wie ihn Lars Manuelsens Frau bekommen hatte, das würde Herrn Holmengraa nur einen Zettel an Per im Laden gekostet haben; aber Herr Holmengraa sagte nein. Er benahm sich jetzt durchaus nicht mehr, wie es sein sollte. Als die Fischer zu Ostern auf Besuch heimkamen, heiratete das Mädchen Daverdana; und der Bruder in eigener Person, der Pastor L. Lassen, traute sie. Hier zeigte sich Holmengraa wieder gut und freigebig und schenkte den Neuvermählten ein kleines Haus, worin sie wohnen sollten. Ja, denn der Bräutigam war doch sein eigener Gehilfe im Lagerhaus.

Aber eine kleine Hochzeit wie diese konnte die Leute nicht für längere Zeit aufmuntern, die Stimmung war und blieb düster. Keiner konnte das recht begreifen – die Mühle, die mahlte wie früher Tag und Nacht, die Postdampfer, die früher nur jede dritte Woche gegangen waren, gingen nun jede Woche das ganze Jahr hindurch, Baardsen auf der Station und sein Gehilfe Klein-Gottfred telegraphierten um Hering und Fisch, wegen Kauf und Verkauf und Waren und Wirksamkeit – was das anging, so gab es also genug Leben auf Segelfoß; aber die Stimmung war düster. Von allen Menschen am Platze schien der Lagermeister der zu sein, der das Leben am leichtesten nahm. Es war seltsam mit diesem Manne, er hatte vielleicht allen Grund, jetzt traurig zu sein, aber er sang, das tat er. Vielleicht hatte Gott ihm einen wunderbar leichten Sinn geschenkt. Da war nun sein eigener Gehilfe fein und ehrbar verheiratet, aber er selbst, der Lagermeister, war verschmäht worden. Gut, Jungfer Salvesen, Kristine, behalte deinen Rechtsanwalt, Kristine! Gott weiß, ob er das nicht aus lauter Gram tat, aber mitten im tiefsten Winter gründete der Lagermeister einen Gesangverein auf Segelfoß.

Der Leutnant hatte nach und nach durch den Knecht Martin das Klavier und die notwendigen Möbel nach der Ziegelei fahren und in seinen Stuben dort aufstellen lassen, er nahm sie auch nach und nach in Benutzung. Das war eine gute Art und Weise, eine vortreffliche Art und Weise, das war kein Umzug. Er begann damit, eine Nacht da unten zu schlafen, das schadete ihm nicht, er machte Feuer im Ofen, zündete die Lampe an, biß die Zähne zusammen und schlief. Eine Woche später machte er es ebenso, es war so neu, so seltsam, und der Fluß toste so unvernünftig nahe, aber er zwang sich, zu schlafen. Jetzt schlief der Leutnant jede Nacht in der Ziegelei und war nur zu den Mahlzeiten auf dem Hof. Er sagte es Jungfer Salvesen, und er schrieb es seinem Sohn in Berlin, daß er Gott sei Dank jetzt ein Mittel gegen seine Schlaflosigkeit gefunden habe.

Der Frühling kam, der Leutnant hatte keine Lust mehr, die Leute mit Arbeiten zu belästigen, er ließ den Knecht Martin in aller Ruhe die zu der Grundmauer nötigen Steine zusammensuchen und sie dann nach der Baustelle fahren, der Leutnant hob selbst den Grund dazu aus. Während er so eines Tages gräbt, kommt da ein Brief von Jung-Willatz, daß er sich festgerammt habe –. Oh, ein Zufall, es war auf einer öffentlichen Versteigerung gewesen, eine Dame stand vor ihm und weinte wegen ihres kostbaren Flügels, ohne den sie ihren Beruf nicht ausüben konnte. Was konnte da Jung-Willatz anderes tun? Er verschaffte ihr den Flügel wieder, das war eine Ehrensache und eine gute Tat. Lieber Vater, es ist eine ordentliche Summe, eine große Summe – hätte ich es vielleicht nicht tun sollen? Es war ein Zufall, wir gingen zu einer Auktion, mehrere Musiker, es wurden versetzte Musikinstrumente versteigert. Und die Dame weinte, sie war wohl Lehrerin, wir Musiker standen da und sahen sie an. Also tat ich es, dachte an dich und tat es, mit zwei Worten; das Geld muß im Laufe eines Monats bezahlt sein. Was hätte ich am besten tun sollen, lieber Vater?

Halt! sagte der Leutnant zu sich selbst und zu dem Briefe, kein Wort mehr! sagte er. Geld? Selbstverständlich.

Er geht zu Herrn Holmengraa. Unterwegs merkt er, daß er sehr gerührt ist, sein Sohn hat ihm Ehre gemacht, er ist begeistert, geht da und bekommt seines Jungen wegen dunkle Augen. Jung-Willatz – ja, der war ein echter Sproß seines Geschlechtes, ein Willatz Holmsen, wie sein eigener vornehmer Vater einer gewesen war. Mit zwei Worten – ich sehe ihn –

Der Leutnant war klug genug, diesmal nicht zu große Hoffnungen auf Holmengraa zu setzen; aus verschiedenen Anzeichen und Merkmalen hatte er geschlossen, daß der große Mühlenbesitzer begonnen hatte, sich von ihm zurückzuziehen. Da hätte nun zum Beispiel Herr Holmengraa recht gut einsehen können, daß dem Leutnant Arbeitsleute zum Mauern fehlten, aber er rührte nicht einen Finger und schickte keinen Mann. Indessen, derselbe Herr Holmengraa hatte sich früher so unendlich hilfreich erwiesen – wer weiß . . . vielleicht noch einmal!

Ich bitte um die Erlaubnis, mich wegen einer intimen Angelegenheit heute an Sie wenden zu dürfen, sagt der Leutnant. Um sie nicht länger als notwendig aufzuhalten, will ich wenig Worte machen: ich möchte Sie bitten, dieses Papier durchzulesen, es ist ein Katalog über gewisse Teile meines Mobiliars, die ich zu veräußern wünsche.

Das kann wohl am besten durch eine Auktion geschehen, antwortet Holmengraa sogleich.

Der Leutnant verstand sofort, daß er vergebens gekommen war, aber daß Herr Holmengraa sich obendrein weigerte, den Katalog überhaupt anzunehmen, war eine unnötig deutliche Abweisung.

Ich habe allerdings die wertvollsten Teile meiner Sachen hier nicht aufgeführt, sagte er, um nicht gleich alles verloren zu geben; aber das könnte ja noch geschehen. Da sind Gemälde von alten Meistern, die Sie wohl bei mir gesehen haben, die großen Marmorfiguren, die silbernen Statuetten. Und Sie entsinnen sich vermutlich der hohen Frauenfigur mit einer Amphora auf der Schulter, vielleicht auch der vier Jahreszeiten – alles sehr kostbare Kunstwerke.

Bezweifle ich nicht! sagte Herr Holmengraa. Aber augenblicklich kann ich mich unmöglich noch mehr in Ausgaben stürzen.

Der Leutnant erbleichte. Hatte Herr Holmengraa sich seinetwegen ›in Ausgaben gestürzt‹? Dann hatte er ja nur zu schweigen.

Und jetzt begann Herr Holmengraa zu reden, sich mitzuteilen: es sei ihm so vieles fehlgeschlagen, er erzählte von dem Verlust einer großen Summe, er sprach hier nicht von Kleinigkeiten, sondern von einem Vermögen. Er hätte vielleicht mehr verschweigen, hätte namentlich nicht so nackt seine Sorgen offenbaren sollen, aber er meinte wohl, daß er sich dies eine Mal aussprechen könnte; wer weiß, vielleicht war er im Unglück nicht so fest, wie er es hätte sein sollen – auch das war natürlich. Aber dieser Mann vom Holme war dennoch ein König. Sollte ein König ohne Fehl sein? Auch ein König kann das Gleichgewicht verlieren.

Dazu kam jetzt, daß Herr Holmengraa tief innen an der kleinen Eigentümlichkeit krankte, schwach zu sein gegen das Feine, das Vornehme. Es war ihm eine Befriedigung gewesen, mit dem Herrn und der Frau auf Segelfoß umgehen zu können; aber was für Staat war damit zu machen, eben dem Herrn jetzt zu helfen, diesem heruntergekommenen Gutsbesitzer – einem Mann, der in einer Ziegelei hauste? Herr Holmengraa war ganz und gar nicht hartherzig; aber er war auch ebensowenig weltunerfahren.

Ich weiß keinen besseren Rat; wir müssen uns beide einschränken, sagte er.

Das wurde dem Leutnant wohl ein wenig zu familiär, er antwortete:

Ich habe nichts, womit ich mich einschränken müßte.

Etwas in der Art, wie Sie es bereits getan haben: Sie wohnen ja in der Ziegelei?

Ich schlafe in der Ziegelei, antwortete der Leutnant und hatte sich Gott sei Dank wieder in der Gewalt. Es war das beste Mittel, das ich bis jetzt gegen meine Schlaflosigkeit gefunden habe! Und jetzt mochte kommen, was wollte – er fuhr fort: Um es gleich zu sagen – ich hatte nicht daran gedacht, es heute zu berühren, aber ich kann es vielleicht meinem großen Gläubiger mitteilen: ich wohne viel in der Ziegelei, ja, ich werde auch alt, und aus dem Grunde wollen Sie vielleicht eine andere Ordnung mit der Bewirtschaftung von Segelfoß treffen?

Wie?

Nein, es sah so aus, als sei Herr Holmengraa sehr überrascht – vielleicht überraschte es ihn in Wirklichkeit nicht. Es fielen dann noch folgende Worte zwischen ihnen:

Soll ich den Hof übernehmen?

Er gehört ja nicht mehr mir.

Ich kann ihn nicht bewirtschaften.

Ich kann ihn nach besten Kräften bis auf weiteres bewirtschaften.

Dafür war Herr Holmengraa sehr dankbar – vielleicht war er auch nicht dankbar.

Als der Leutnant heimging, nickte er und dachte: Vergebens. Was ist jetzt zu tun? Nein, diese Wanderung heute zu dem Mühlenbesitzer, die bereute er; es wäre auch zu leicht gewesen, auf *diese* Weise aus der Klemme herauszukommen. Man soll *nicht* davon ausgehen, daß das Leben leicht sei – dann wird man weniger von ihm zurechtgewiesen.

Über diesen Fabrikbesitzer durfte man übrigens nichts sagen, er hatte so oft mit seinem Rat geholfen und so oft seinen guten Willen bewiesen – jetzt war er selbst vom Mißgeschick getroffen worden.

18

Dem Leutnant war nichts Ungewöhnliches anzusehen, aber jetzt gab es sicher böse Tage für ihn. Er wurde so fleißig, er begann wieder mit dem Graben nach Erde für die Blumentöpfe im Treibhaus; es machte den Eindruck, als wolle er recht viel für seine Blumen tun, konnte aber nicht genügend gute Erde finden, wo er auch grub. Es vergingen mehrere Tage, bis er es aufgab.

Er hatte an seinen Sohn telegraphiert, daß er selbstredend richtig gehandelt habe und daß er das Geld schicken werde.

Und selbstredend mußte das Geld beschafft werden, sollte er auch genötigt sein, mit dem Silberzeug nach Drontheim zu reisen. Das Verzweifelte und Lächerliche war nur, daß er nicht einmal mehr das Geld für die Reise hatte.

Jeder andere wäre jetzt zusammengebrochen, wäre hinfällig geworden, der Leutnant wurde nur gestählt. Er begann einen Stock zu benutzen, weil er überhaupt begonnen hatte, zu Fuß zu gehen, das war alles. Diesen Stock hatte er von seinem Vater geerbt, diesem vornehmen Herrn, und der Stock hatte einen goldenen Knopf und hatte eine seidene Schnur, damit man ihn an das Handgelenk hängen konnte. Der kleidete den Leutnant und machte ihn ganz und gar nicht geringer.

Eines Tages nun trifft er den Distriktsarzt und den Rechtsanwalt auf der Landstraße, sie zogen beide den Hut vor diesem schwer heimgesuchten Mann, Doktor Muus grüßte auch, weil er gebildet war. Siehe, da ging nun dieser vormalige Gutsherr, und er hatte ja nach sicherem Vernehmen kein gelbes Gebäude und keinen Knecht Martin mehr; aber gleichwohl grüßt ihn der Doktor. Oh, aber der Leutnant erwiderte den Gruß so gleichgültig, so abwesend, daß er sich die Zuneigung der Herren verscherzte, ja auch die Zuneigung des Rechtsanwalts. Freilich hatte Rechtsanwalt Rasch es gerade erreicht, ein Stück Wiesenland zu kaufen – jawohl, gerade das hatte er erreicht, er hatte erreicht, was er wollte, er war deshalb nicht verpflichtet, ewig dankbar zu sein. Und Jungfer Salvesen würde er nun in der nächsten Woche vom Hof wegholen und sich mit ihr verheiraten; wie der Leutnant ohne Hausjungfer fertig werden sollte, war ja eigentlich dessen Sache.

Es sah also schlimm aus für den Leutnant. Unter diesen Umständen gab er wohl das Graben für die Grundmauer auf? Natürlich nicht. Es war schon wieder Herbst, und es mußte doch für den nächsten Winter eine Grundmauer unter seinen Stuben sein. Der Leutnant grub, und sein Knecht fuhr Steine heran. Es war ein goldener, gottgesegneter Wille in ihm, nicht nachzugeben.

Aber an den Abenden saß er unten in der Ziegelei; das war seine Erholungszeit, da legte er Patience mit Karten, die er geleimt und geflickt hatte. Und jedesmal versteckte er sie sorgsam wieder, damit Pauline sie nicht zu sehen bekäme. Es ist nun seinen Händen in den letzten Monaten gar mancherlei zugestoßen, sie sind wund und voller Risse, es ekelt ihn, sie mit den Karten hantieren zu sehen, sie sind unschön und grob. Also versteckt er die Karten bis zum nächsten Abend und grübelt statt dessen eine oder zwei Stunden lang.

Und jetzt sitzt er wohl da im Stuhl, klein und zerzaust, und schwätzt mit sich selbst vor lauter Kraftlosigkeit? Jetzt sitzt er wohl da, den Kopf fast zwischen den Schultern versteckt und die Beine heraufgezogen, und gleicht alles in allem einem armseligen fadenscheinigen Knäuel mit einem kleinen Stimmchen darin? – Selbstverständlich tat er das nicht.

Es steht schlecht mit ihm, ja er ist jetzt neunundsechzig Jahre alt und von Geldsorgen schwer bedrückt, aber er schwätzt trotzdem ebensowenig mit sich selbst wie mit andern, er schweigt, schweigt hartnäckig, zu allem; er schweigt. Aber zu Pauline sagt er – denn der Leutnant spricht mit ihr mitunter ein paar Worte, wenn sie nach der Ziegelei kommt und die Stuben rein macht . . . und zu ihr sagte er: Du findest wohl, daß ich schlecht aussehe, Pauline, aber da irrst du dich, ich habe niemals besser geschlafen als hier unten! Und dann kann Pauline ihm erzählen, daß Jungfer Salvesen sich am Donnerstag der nächsten Woche verheiraten wird, und der Leutnant antwortet: Daran tut sie recht! Ich will wirklich daran denken! Und er steckt der Sicherheit wegen wieder seinen Ring auf die linke Hand hinüber.

Er hatte eine eigentümliche Sparsamkeit in seinem kleinen Haushalt hier unten in der Ziegelei eingeführt; er vergnügte sich damit, an den Streichhölzern zu sparen. Als ob das ihm hätte helfen können! Er zündete kein Feuer neu an, wenn er die Glut zur Flamme anblasen konnte, er lag auf den Knien und blies. Diese Eigenheit bewahrte er bis zuletzt. Aber er machte sich nicht aufdringlich originell. Eines Tages, als es sich herausstellte, daß seine Uniformjoppe am Ellbogen ein Loch bekommen hatte, ging er schleunigst hinauf nach dem Hof und zog eine andere Joppe an.

Er machte ja zwar Erdarbeiten, und das Loch wäre ja ein gutes, philosophisches Loch gewesen, auf das er sich selbst etwas hätte zugute tun können – ich bin für solche Kunststücke zu alt, dachte er wohl; es ist auch Philosophie an einer heilen Joppe, dachte er wohl. Er ging zeitig zu Bett und war zeitig auf, vielleicht, um Petroleum zu sparen, vielleicht aus einem richtigen Instinkt, am frühen Morgen auf zu sein. Dann ging er aus.

Es war bereits Schnee gefallen, aber die Erde war noch weich, es fror nachts nur eine dünne Kruste darüber. Der Leutnant und der Stock mit dem goldenen Knopf gehen spazieren. Es ist ein kühler Morgen, einige Sterne leuchten hier und da am Himmel wie Libellen auf blauem Grunde; ab und zu schmettert ein heller Hahnenschrei von Segelfoß, seinem Gut, zu ihm herüber. Er faßt auf der Flußbrücke Posten und schaut hinauf nach Holmengraas Haus; nein, dort ist alles dunkel. Und der Fluß strömt und strömt hernieder, ihm entgegen, und rauscht in alle Ewigkeit. Der Wind ist erwacht, wie er selbst erwacht ist, er ist blind und unsichtbar, ohne Körper, aber er ist da. Weil es zu kalt auf der Brücke wird, schlendert er nach dem Landungsplatz hinunter, stellt sich an einen geschützten Platz und schaut über die See.

Jetzt hörte er menschliche Laute; es steht wohl jemand auf. Er hörte die Laute wieder; nein, das ist keiner, der aufsteht, das ist einer, der schon auf ist. Es ist blind und unsichtbar, ohne Körper, nur ein Laut, aber es ist da. Etwas später kommt Lars Manuelsen aus einer Tür und hinter ihm drein der Gehilfe des Lagermeisters. Sieh da, Schwiegervater und Schwiegersohn, sie reden nicht, sie mühen sich taumelnd mit einem Sack, und Lars Manuelsen bekommt ihn auf den Rücken gelegt. Und jetzt ist es zu spät; als er den Leutnant entdeckt, kann er nicht mehr umwenden, aber er grüßt so flehentlich tief, indes er mit dem Sack vorbeigeht. Und der Gehilfe verschwindet wieder in seiner Hütte. Die sind wohl auf Nachtarbeit gewesen, denkt der Leutnant, jeder hat sein Teil, mit dem er er sich zu plagen hat; dort ging nun ein Mann tiefgebückt unter einem Sack –

Er beschließt, das Silberzeug heute zusammenzupacken und ohne weiteres an Bord des Postschiffes zu gehen, er war ja bekannt und konnte sein Billett bezahlen, wenn er nach Drontheim kam. Er beschließt, einige Kostbarkeiten zu verkaufen, ja, er will sich einsperren und einigen Tafelschmuck in Watte einpacken, weil die Not ihn zwingt, sich davon zu trennen. Er steht da und nickt, sein Antlitz ist unergründlich. Als er wieder heimwärts geht nach der Ziegelei, dämmert der Morgen, das Land liegt in Halbnacht, er geht dahin wie eine Gestalt in einer geheimnisvoll verschleierten Landschaft, hoch, aufrecht, wie eine Behauptung.

Er ahnte nicht, was seiner wartete.

Jetzt, da er nach Drontheim reisen sollte, gab er wohl das

Graben für die Mauer auf? Nein, er wollte es im Gegenteil heute fertig machen und erledigen und alles in Ordnung haben. Maurer würde er alsdann von Süden her mitbringen. Als er oben auf dem Hof gefrühstückt hatte, ging er wieder hinunter nach der Ziegelei und begann die Arbeit.

Er hatte ein paar Stunden an der letzten Ecke für die Mauer gegraben, als seine Hacke in Holz schlug. In Holz. Er gräbt um das Holz herum, nimmt den Spaten und wirft Erde auf, gräbt wieder, es kommt ein Kasten zum Vorschein, eine Truhe – wie ein Blitz durchzuckt es ihn: Der Schatz! Hatte der erste Willatz Holmsen je eine Truhe vergraben, so war sie hier! Der Leutnant glaubte nicht an Märchen, aber vielleicht hatte er etwas, woran er sich halten konnte, eine Familiensage, eine Niederschrift, es war, als kennte er die Kiste. Er mühte sich lange, ob sie nicht aus dem Loch herauszubekommen sei, aber er mußte es aufgeben, da schlug er den Deckel an Ort und Stelle ein, und sah in die dunkle Tiefe der Truhe.

Kästchen und kleine Kisten waren da in der Truhe, schwer, voll von Münzen, Goldgeld. Der Leutnant machte sich daran, alles in sein Haus zu tragen, aber er war schwächer als je zuvor in seinem Leben, seine Knie zitterten mehr und mehr bei jedem neuen Weg, und es war ein Glück, daß er allein war.

Der Knecht Martin kam mit einem neuen, guten Stein für die Mauer, er kam wieder mit einem neuen guten Stein, aber der Leutnant war nicht zu sehen. Es wurde Mittag, und der Knecht Martin fuhr heim.

Aber der Leutnant war nicht zu sehen, und schließlich geht Pauline nach der Ziegelei hinunter, um ihn zu suchen. Ja, da sitzt der Leutnant in seiner Stube, sein Antlitz ist grau von Leiden. Eine große Sorge würde ihn sicherlich nicht gebrochen haben, aber daß er jetzt so mitgenommen ist, das kommt von der großen Freude. Er mußte nach dem Knecht Martin schicken, damit der ihn nach Hause führe.

Er fährt im Laufe des Tages mehrmals hin und her zwischen Hof und Ziegelei, er hat vieles zu ordnen, und es eilt, morgen reist er. Er packt seine Koffer in der Ziegelei, stopft sie voll mit seltsamen Packen, mit Rollen, schwer wie Blei, das ist altes Gold, spanische Dublonen, englische Guineen, das ist der Schatz. Jawohl, es gibt Rücklagen auf einem großen Hof, ob auch ein Krieg darüber hingeht!

Tags darauf reiste der Leutnant nach Drontheim.

Sein Antlitz war grau von Leiden, es sah aus, als habe alles Blut ihn verlassen, aber er stand aufrecht auf dem Schiff, stand da und stützte sich auf seinen Stock mit dem goldenen Knopf.

Der Lagermeister hat viel zu tun, er übt mit seinem gemischten Chor, und sein eigener Gehilfe ist sein erster Baß. Zur Zeit übt der Chor Choräle ein, Hochzeitspsalmen, für die Trauung von Jungfer Salvesen und Rechtsanwalt Rasch. Es war in Wahrheit ein schöner Zug von dem Lagermeister, daß er bei dieser Gelegenheit seine Stimme erheben wollte, ja, daß er die ganze Hochzeit überhaupt beachtete. Aber ja, er beachtete sie wohl, er legte sich ins Zeug. Wir singen ja wie Tiere, sagte er und war unzufrieden und verzweifelt. Ist das ein Chor? Das ist schlimmer als das Nebelgetute auf den Postdampfern. Wir werden nie im Leben rechtzeitig mit Üben fertig.

Aber eines Abends kam der Lagermeister zur Chorprobe und machte bekannt, daß die Hochzeit Gott sei Dank um eine Woche hinausgeschoben sei – sie würden also noch Zeit haben, wie Menschen singen zu lernen! Und dann ging es wieder mit den Chorälen los.

Die Hochzeit war aufgeschoben? Ja, aus Rücksicht auf Herrn Holmengraa. Das Schicksal hatte es so gewollt, daß Herr Holmengraa gerade in diesen Wochen sehr niedergedrückt war wegen seiner mißglückten Geldspekulationen, und als er zur Hochzeit geladen wurde, hatte er glatt abgeschlagen. Er war ein reicher Mann und konnte sich eine Absage leisten. War er denn nicht gutmütig? Natürlich war er gutmütig, aber er war auch ein großer Geschäftsmann, und jetzt hatte sein Geschäft gelitten. Ich danke, sagte Herr Holmengraa, aber in diesen Tagen müssen Sie mich entschuldigen.

Weshalb sollte er sich in Ausgaben stürzen? Er war ein Emporkömmling, sein Herrenwesen war wohl größtenteils erkünstelt; er konnte sich jedoch auch natürlich zeigen, das durfte er sich leisten.

Nun konnte doch aber die Hochzeit nicht ohne Herrn Holmengraa gehalten werden; Rechtsanwalt Rasch sprach mit seiner Braut darüber und einigte sich mit ihr dahin, daß Herr Holmengraa unentbehrlich sei. Sie hatten den Distriktsarzt, das war gut, sie hatten einen Pastor mit einem wohlbekannten Namen, L. Lassen, sie hatten den Lensmann auf Ura mit seiner Frau, ein paar Handelsleute mit ihren Frauen, den Lagermeister, Frau Irgens – das war alles. Niemand von der Familie des Brautpaares würde kommen, die Braut, die Arme, hatte wohl keine Familie, und die des Bräutigams saß in Staatsstellen im Süden des Landes, und die konnte man nicht hierher nach Norden bemühen – das waren Leute, die vom Nordland genug bekommen hatten. Telegraphist Baardsen war nicht geladen, weil niemand ihn kannte, er hatte bei keinem Besuch gemacht. Das war nun auch eine Art, was, nicht einmal Besuch zu machen! Und wen hatte man sonst noch? Der Leutnant war verreist, sonst würde er sicherlich Gast auf Jungfer Salvesens Hochzeit gewesen sein, o sicher, obwohl er in den letzten Tagen so niedergedrückt gewesen war; Herr Holmengraa war auch niedergedrückt und bat, man möge ihn entschuldigen. Und wer war denn da sonst noch?

Aber Herr Holmengraa war unentbehrlich.

Und wirklich, als der große Mann hörte, die Hochzeit sei einzig und allein seinetwegen um eine Woche verschoben worden, damit er Zeit habe, sich zu erholen, da war er doch wieder ein natürlicher Mensch, dem diese Aufmerksamkeit schmeichelte, und er nahm die Einladung an. Vor soviel Liebenswürdigkeit muß ich mich ja ergeben, sagte er freundlich.

Und die Hochzeit fand statt, in aller Einfachheit zwar, aber wirklich fein und gebildet, mit Wein und Reden und Telegrammen und einem Ständchen des Chors vom Lagermeister draußen vor den Fenstern. Und Pastor Lassen war so leutselig gewesen. Nun verhielt es sich ganz gewiß wohl so, daß er nur wenig sauber war, und es war im Grunde genommen ein Mißbrauch des Schmutzes, ihn so dick um den Hals herum liegen zu haben, wie das bei Pastor Lassen der Fall war. Deshalb tat Herr Muus auch anfangs etwas zurückhaltend ihm gegenüber; aber wer konnte überhaupt vor Doktor Muus' Augen bestehen, vor diesem Mann, fein bis in die Fingerspitzen! Nach dem Mittagessen jedoch änderte er wahrhaftig seine Ansicht und er führte mit diesem ausgezeichneten Pastor ein angeregtes Gespräch über Bücher und Examina. Sie hatten eine so gleiche Grundanschauung, das Wunderliche war nur, daß nicht auch der Pastor aus einer gebildeten Familie stammte, genauso wie Doktor Muus.

Wie gefällt es dem Herrn Doktor hier in meiner alten Kinderheimat? fragte Herr Lassen.

Oh, Sie wissen, es ist nicht so wie im Süden des Landes. Aber ich habe ja eine Beschäftigung. Ich muß mich eine Zeitlang dreinfinden.

Ja, so ist es nun mal mit uns Staatsbeamten. Ich kann mir auch nicht denken, wie ich es hier für längere Zeit hätte aushalten sollen; Gott sei Dank, ich habe Ablösung bekommen und bin hier fertig.

Der Doktor sagte:

Ich dachte mir: Sie, der Sie von hier sind und nur einige Jahre fort waren – aber Ihre Gesundheit leidet hier im Norden, habe ich gehört?

Ich bin hier keinen Tag gesund, die Luft ist nichts für mich. Nein, so ist das wohl immer mit einem, der längere Zeit im Süden war, während aller Studienjahre. Und dazu kommt nun noch das rein Psychische oder Seelische, daß man von den großen Verhältnissen angezogen wird. Meiner Meinung nach können es im Nordland nur überlegene Persönlichkeiten aushalten; das sagt mein Bischof auch.

Aber hier mußte der Doktor sich in aller Freundlichkeit nun doch etwas räuspern und sich einer so großen Treuherzigkeit gegenüber zurückziehen: Bis zu einem gewissen Grad, sagte er; aber das gilt nicht für alle. Sie reisen schon bald?

In einigen Tagen. Ich bin schon am Packen . . .

Die Hochzeitsgeschenke bestanden in Hausgerät und Silbersachen; dank der einen Woche Aufschub waren sie alle pünktlich angelangt. Selbst der Leutnant hatte der Braut eine goldene Uhr mit Kette gesandt, es war wie eine Prämie für lange und gute Dienste, und Jungfer Salvesen weinte vor Dankbarkeit. Wirklich, da war der Leutnant in Drontheim herumgegangen und hatte an sie gedacht! Es war doch keiner so wie der Leutnant.

Aber Rechtsanwalt Rasch, der sich ja, wenn man's vom gesellschaftlichen Standpunkt aus ansah, bei der ganzen Heirat etwas engbrüstig fühlte, mußte wahrhaftig diese Freudentränen auf eine feine Art verstopfen, er sagte: Es ist unter anderm das Gute an dir, daß du leicht zu erfreuen bist, meine liebe Kristine!

Haben Herr Pastor die Uhr gesehen, die der Leutnant geschickt hat? fragt der Doktor. Also muß der Mann ja bei Kasse sein?

Ja, der Leutnant – keiner weiß, was der Mann ist. Ich sah,

er hatte einen Stock mit einem goldenen Knopf, teurer als irgendein Bischofsstab.

Doktor Muus zuckt die Achseln. Und übrigens, er wollte dem Leutnant wie dem Pastor Lassen eine Lehre geben:

Die Uhr ist gewiß recht teuer, sagte er. Aber ich habe noch niemals gehört, daß jemand einem Brautpaar als Hochzeitsgeschenk eine Taschenuhr gesandt hat.

Nein, das ist wohl wahr – wenn Sie das sagen, Herr Doktor. Ich dachte nicht daran.

Und Herr Holmengraa? Ja, er war zugegen. Er kam spät und saß jetzt da und war freundlich und wurde hochgeachtet von allen. Vielleicht fand er es nicht besonders unterhaltend, vielleicht entbehrte er jemand, aus dem er sich etwas hätte machen können, jemand, dem er hätte zuhören können; hier sprach man ja nicht mit einem einzigen Wort von großen Dingen, das Wort Million wurde ja nicht erwähnt. Der Bräutigam brachte ein Hoch auf ihn aus – na, weshalb sollte er das denn auch nicht tun; der Bräutigam dankte ihm, weil er zwei Menschen zu einem Stück Wiesenland vom Gute Segelfoß verholfen hatte: Einen Dank von meiner Gattin und von mir!

Und Holmengraa tat Bescheid, aber er lehnte nachher jede unverdiente Ehre ab, mit dem Gute Segelfoß habe er nichts zu tun.

Um das gleich zu sagen, sagt der Bräutigam hartnäckig, jetzt ist es der Bäcker, der Land kaufen will, und ebenso Per im Laden. Sehen Sie, der arme P. Jensen, er liegt da marode, wie er es in seiner Sprache nennt, aber er verwaltet sein ganzes Geschäft mit seiner halben Seite. Denken Sie jetzt an ihn, Herr Holmengraa! Selbstverständlich fällt für einen armen Rechtsanwalt bei solch einem Grundstücksverkauf auch etwas ab, wenn es auch nur wenig ist.

Herr Holmengraa antwortete nicht mehr, nein, er hatte dazu wohl keine Lust mehr. Er hatte mit keiner Miene verraten, daß er den Bräutigam und Doktor Muus von einem Trinkgelage her kannte, oder die Braut von den zwei Wochen im vorigen Jahr her, wo er offenkundig auf Mädchenjagd gegangen war. Und nun diese Stube, die voll ist von kleinen Dingen und kleinem Geschwätz, und darin er, der Märchenmann selbst, der König, der sich klein macht und am größten dasitzt –

Frau Irgens, die ihren Herrn im Auge behält, sieht sehr gut, daß er es für an der Zeit hält, zu gehen. Als er durch die Tür verschwindet, denkt sie wohl: Jaja, das Mädchen Marcilie sitzt daheim und wartet!

Der Bräutigam trinkt mit den beiden Geschäftsleuten, für die er Gelder eingetrieben hat, überhaupt mußte er es ja sein, der Liebenswürdigkeit an den Tag legte, denn die Braut hatte keine Erfahrungen im gesellschaftlichen Leben. Er sagte zu seiner Braut: Diese Telegramme, Kristine, die haben nichts Festliches an sich! – Es verletzte nämlich den Bräutigam, daß sie nicht vom Telegraphisten Baardsen selbst geschrieben waren, sondern vom kleinen Gottfred, der gerade erst das Telegraphieren gelernt hatte und noch nicht fest angestellt war. Dessen Schulschrift verletzte den Bräutigam, die Telegramme sollten ja eingebunden und auf den Familientisch gelegt werden.

Dann gingen die Gäste. Als Pastor Lassen ging, sagte er: Friede mit Euch und Eurem Hause! Und das war passend gesagt, der Doktor bekam Achtung vor dem angeborenen Takt dieses Fischerjungen.

Schon wieder Bücher! Sie tragen immer Bücher mit sich herum, Herr Pastor!

Und Herr Lassen antwortet. Ja, das sei schon so. Sie hätten ihn soviel gelehrt. Er sei heute in einer Hütte gewesen, und dort habe er diese beiden Bücher für seine Bibliothek bekommen, das eine sei ein echter Berthe Canutte Aarflot, das andere eine christliche Erzählung von einer Pastorentochter, es hieß ›Das Ende der Pastorentochter und anderes‹.

Der Leutnant kehrte von seiner Reise vollständig gebrochen heim. Er mußte von der Landungsbrücke nach der Ziegelei gefahren und zu Bett gelegt werden. Ob er den Distriktsarzt haben wolle? Nein. Ob Jung-Willatz benachrichtigt werden solle? Nein. Nichts wollte der Leutnant, er wolle nur ruhig liegen und gesund werden, sagte er.

Aber es wurde nicht besser mit dem Leutnant, es wurde schlimmer; es war ein Glück, daß er keine Maurer mitgebracht hatte. Die konnten nicht vor März kommen. Wenn Pauline mit Essen vom Hof zu ihm kam, fand sich auch oft Mariane ein, um nach seinem Befinden zu fragen.

Sie blieb draußen vor der Ziegelei und wartete und erhielt jedesmal den gleichen Bescheid: es sei heute schlimmer geworden! Und eines Tages, als der Leutnant – nicht nach dem

Doktor, auch nicht nach dem Pastor, sondern nach dem Telegraphisten Baardsen verlangte, da war es Mariane, die hinüber zur Station lief und ihn holte.

Ich beginne an meiner Wiedergenesung zu zweifeln, sagte der Leutnant, ich habe mich auf der Heimreise von Drontheim so stark erkältet.

Hierauf antwortete Telegraphist Baardsen nur ein paar Worte, daß des Leutnants Wille vielleicht manches vermöchte –

Ich würde Ihnen dankbar sein, wenn Sie ein Telegramm an meinen Sohn aufsetzen würden. Zwar – er kommt wahrscheinlich doch nicht mehr früh genug.

Baardsen antwortete:

Ich habe allen Grund zu glauben, daß Ihr Sohn unterwegs ist.

Der Leutnant verbirgt seine freudige Überraschung und fragt barsch:

Also hat ihn jemand benachrichtigt?

Ja. Das habe ich getan.

Pause.

Hm. Ich danke Ihnen – in diesem Falle danke ich Ihnen. – Mm. Zwar – er kommt wahrscheinlich nicht mehr früh genug, aber ... wann kann er hier sein?

Mit dem nächsten Postschiff von Süden.

Der Leutnant zählt die Tage und sagt:

Dort auf dem Tisch liegt ein Brief, ich setzte ihn an Bord auf, auf der Rückreise von Drontheim hierher. Sie haben in Ihrer Station einen eisernen Schrank, dort würde der Brief sicher liegen.

Ja.

Und ich möchte Sie bitten, meinem Sohn den Brief gegebenenfalls einzuhändigen – gegebenenfalls also.

Wird geschehen! sagt Baardsen nur und nimmt den Brief.

Der Leutnant dankt wieder und nickt, das sei alles, was er gewollt habe.

Erlauben Sie, daß ich wieder einmal hereinsehe? fragt der Telegraphist.

Ich fühle mich eigentlich nicht allein – aber haben Sie Zeit dazu?

Sehr gut. Gottfred ist auf der Station und paßt auf.

Dann wäre ich Ihnen dankbar, wenn Sie einmal bei mir hereinsehen wollten.

Baardsen ging hinaus, da stand Mariane und wartete draußen vor der Tür. Dies wunderlich treue und unerzogene Menschenkind; es war wohl kein Vergnügen für sie, hier jeden Tag zu stehen und zu warten, aber sie hatte es sich in den Kopf gesetzt, daß dem Kranken diese Nachfragen wohltäten, von denen, wie sie wußte, Pauline ihm erzählt hatte. Der Telegraphist nickt und sagt:

Marianemütterchen, Jung-Willatz ist auf dem Heimweg.

Marianes braunes Gesicht errötet und antwortet nur:

So – ist er das? –

Telegraphist Baardsen kam täglich in die Ziegelei, der Kranke hatte nichts dagegen, und Baardsen selbst ermüdete es nicht. Er nahm sein Cello mit und spielte ein wenig, er sprach selten und schwieg klug; ohne ihn hätte der Leutnant in seinen letzten Tagen die Gesellschaft eines treu besorgten Mannes entbehren müssen. Baardsen hielt den Kranken darüber auf dem laufenden, wo Jung-Willatz sich wahrscheinlich zur Zeit befinden mußte, und der Leutnant war dankbar dafür. Da lag er nun, grau und entkräftet, und wartete auf den Sohn, sein Auge hatte bereits etwas nach innen Gewandtes im Ausdruck bekommen, seine Schläfen waren eingefallen – so arbeitete der Tod.

Wart ein wenig, Mariane! sagte Baardsen eines Tages, als er in die Ziegelei eintrat. Auf diese Weise brachte er es dem Kranken bei, daß Mariane draußen stand.

Wie kann nur das Kind jeden Tag hierher kommen! sagte er. Rufen Sie sie herein!

Ich soll bald nach Kristiania fahren, erzählt Mariane ihm, und ich weiß doch nicht, ob Sie bis dahin wieder gesund sind.

So, und darum kommst du, um Lebewohl zu sagen. Das ist lieb von dir. Dein Vater hat wohl viel zu tun?

Ja. Er erwartet ein neues Roggenschiff.

Grüß ihn von mir!

Im selben Augenblick wird die Tür geöffnet, und Distriktsarzt Muus tritt ein. Er hatte nicht angeklopft, um keine Unruhe zu verursachen; aber als er hereingekommen war, legte er gleich den Mantel ab und räusperte sich laut im Bewußtsein seiner Wichtigkeit.

Ich höre, Sie sind krank, sagte der Doktor und wollte den Puls des Leutnants fassen. Da der Kranke sich wehrte, fuhr der Doktor fort, indem er sich zu großer Bestimmtheit rüstete: Machen Sie jetzt keinen Unsinn. Diesmal müssen Sie sich mir fügen.

Der Mann tat gewiß seine Pflicht, ja mehr als das, und das war wirklich sehr liebenswürdig von ihm; aber der Leutnant hatte sich ja niemals beugen können, und jetzt war er wohl zu alt, um es noch zu lernen. Er suchte mit seinen Augen Hilfe und rief Baardsen zu sich heran.

Lassen Sie ihn hinaus! sagte er.

Ich werde Sie hinauslassen, sagte Telegraphist Baardsen und half dem Doktor wieder in den Mantel hinein. Ja, Telegraphist Baardsen, der hatte solche gewichtigen Schultern, und er hob den Doktor fast vom Boden auf, als er ihm in den Überzieher half.

Und Jung-Willatz kam nicht, und die Tage gingen. Das Postschiff näherte sich, aber es näherte sich zu langsam, und der Leutnant besaß wohl nicht mehr seinen starken Willen, nein, an dem hatte der Tod am meisten gezehrt.

Für den Fall, sagte er, daß ich heute oder morgen sterbe – man kann ja nie wissen –, habe ich eine Bestellung an meinen Sohn. Es kommen ein paar Familienbilder aus Drontheim, von meiner Frau und mir, sie sind nicht gut, aber sie müssen aufgehängt werden – neben den andern. Wollen Sie ihm das sagen!

Wird geschehen!

Und es kommt zum Frühjahr eine Orgel, eine kleine Orgel für die Kirche. Sie kommt verspätet – es war nämlich seine Mutter, die darum gebeten hatte. Er kann den unteren Teil der Kirche erweitern – dreißig Fuß sind genug – und eine Galerie für die Orgel bauen. Es kommt Bauholz aus Namsen. So wird da also endlich eine Orgel hinkommen.

Redlicher Wille bis zuletzt, goldener Wille.

Tags darauf sollte es nicht anders sein: auch Pastor Lassen kam, um seine Pflicht zu tun. Es war ein Herbsttag, und eine feine Wintersonne fiel in die Stube des Leutnants, als der Pastor hereintrat.

Aber bei diesem Anblick lächelte der Kranke. Dieser Mann, der schon in den Klauen des Todes war, verzog seinen Mund zu einem schiefen Lächeln; dann schloß er die Augen. Er öffnete sie nicht mehr.

Telegraphist Baardsen schloß die Ziegelei ab.

Als Jung-Willatz zwei Tage später mit dem Dampfer nach Segelfoß kam, hatten der Hof, Holmengraas Haus und die Landungsbrücke halbmast geflaggt; er verstand sofort, was geschehen war.

Es war so wunderlich – noch unverständlicher als damals, da seine Mutter gestorben war. Nichts schien gegen früher verändert zu sein, aber alles war so sonderbar fremd: er fuhr gerade an dem Bootshaus hinter der Landzunge vorbei, das Per im Laden in einen Tanzsaal verwandelt hatte, das Bootshaus stand jetzt auch noch da und war angemalt und aufgeputzt; als der Dampfer in die Bucht einlief, konnte man das Brausen der Mühle hören. Bei dem Kran auf der Landungsbrücke lag ein großer Dampfer aus dem Schwarzen Meer und löschte Roggen, Matrosen gingen auf dem Deck hin und her und taten ihre Arbeit. Alles war Leben und Menschen und Welt, aber die Flaggen hingen halbmast, und sein Vater war tot. Da stand Jung-Willatz nun und sah nach dem Land hin, er hatte gehofft, frühzeitig genug zu kommen; er war groß und erwachsen, und an seiner Weste hatte er goldene Knöpfe. Er wurde nach und nach ganz zerstreut, er sah alles, aber er konnte nichts festhalten. Er erinnerte sich, daß er einen Gruß an seinen Vater zu überbringen hatte von Fredrik Coldevin, der keine Zeit gehabt hatte, jetzt nach Segelfoß zu kommen, sondern im Sommer kommen wollte.

Auf dem Landungsplatz erwartete ihn der Knecht Martin und Pauline, Herr Holmengraa kam und reichte ihm die Hand, Frau Rasch, die einmal Jungfer Salvesen gewesen war, stand da und hatte rote Ränder um die Augen. Und da drüben, weit weg, stand Mariane und hielt sich selbst bei der Hand und schaute ihn an.

Als er nach der Ziegelei ging, war Telegraphist Baardsen dort und wartete auf ihn. Sie gingen in die erste Stube hinein – ein großer heller Raum mit Möbeln und Bildern; sie gingen hinein in die nächste große Stube, da lag der Vater, geschmückt und ordentlich hergerichtet, mager, arabisch, tot. Ein Militärmantel lag über der Leiche, Baardsen hatte ihn dort hingelegt, denn der gehörte dazu. Na, also bekam der Leutnant zum letztenmal für den teuren Mantel Verwendung.

Telegraphist Baardsen ging hinaus, und Jung-Willatz war allein. Er hatte sich über die letzten Tage seines Vaters berichten lassen, hatte den Brief ausgeliefert bekommen und ihn gelesen.

Ja, gewiß, er würde den verpfändeten Hof auslösen, das Geld stand da und da, Gott sei Dank, sein Vater war ja die ganze Zeit reich gewesen! Hätte er ihn nur noch einmal begrüßen und ein Wort von ihm hören können! Sieh, jetzt saß Jung-Willatz da und hatte sogar goldene Knöpfe an seiner Weste. Diese goldenen Knöpfe hatte sein Vater selbst auf seiner Reise nach England für ihn gekauft und ihm geschenkt, und heute trug er sie nun, um seinem Vater Freude zu bereiten.

Er ging hinaus. Vom Fluß her rauschte es zu ihm nieder. Auf dem großen Schwarzmeerdampfer wurde Roggen gelöscht. Man sah Mariane den Hang hinauf allein nach Hause gehen.

Knut Hamsun im dtv

Segen der Erde
Roman
dtv 11055

Pan
Schwärmer
Die Nachbarschaft
dtv 11095

Victoria
Die Geschichte einer Liebe
dtv 11107

Unter Herbststernen
Gedämpftes Saitenspiel
Die letzte Freude
Romantriologie
dtv 11122

Mysterien
Roman
dtv 11157

Auf überwachsenen Pfaden
dtv 11177

Benoni
Roman
dtv 11221

Rosa
Roman
dtv 11228

Landstreicher
Roman
dtv 11248

August Weltumsegler
Roman
dtv 11320

Hunger
Roman
dtv 11398

Nach Jahr und Tag
Roman
dtv 11433

Kinder ihrer Zeit
Roman
dtv 11479 (Dez. 1991)

Robert Ferguson:
Knut Hamsun
Leben gegen den Strom
Biographie
dtv 11491 (Jan. 1992)

Jakob Wassermann im dtv

Caspar Hauser oder
Die Trägheit des Herzens

Die Geschichte des rätselhaften Findlings, der im Jahre 1828 im Alter von etwa 17 Jahren aufgegriffen wurde und der kaum sprechen konnte, hat die Anteilnahme ganz Europas geweckt. dtv 10192

Laudin und die Seinen

Für den wohlsituierten und gutverheirateten Rechtsanwalt Laudin eröffnet die Begegnung mit einer berühmten Schauspielerin eine neue Welt. Wohl von keinem seiner Zeitgenossen ist die bürgerliche Institution der Ehe und damit die traditionelle Rolle der Frau so radikal kritisiert worden wie von Jakob Wassermann. dtv 10767

Der Fall Maurizius

Leonhart Maurizius sitzt seit 19 Jahren in Haft, verurteilt wegen Mordes an seiner Frau. Der Oberstaatsanwalt zweifelt keinen Moment an der Rechtmäßigkeit des Urteils. Nicht so sein sechzehnjähriger Sohn Etzel ...
dtv 10839

Etzel Andergast

Der junge Mann, der wenige Jahre zuvor für die Wiederaufnahme des Mordfalls Maurizius gesorgt hatte, befindet sich in einer schweren psychischen Krise. Der Seelenarzt Joseph Kerkhoven nimmt sich seiner an. Die Beziehung zwischen den beiden Männern erfährt eine schicksalhafte Wendung. dtv 10945

Joseph Kerkhovens dritte Existenz

Nach der vergangenen Liebesaffaire seiner Frau gelingt es dem Seelenarzt nur langsam, die innere Gemeinschaft seiner Ehe wiederherzustellen. Die alten Wunden werden neu aufgerissen, als der Schriftsteller Alexander Herzog sein Patient wird. dtv 10995

Christian Wahnschaffe

Der Sohn eines schwerreichen Großindustriellen kehrt nach einer gescheiterten Liebesbeziehung dem bürgerlichen Dasein in Wohlstand den Rücken. Sein neues Leben führt ihn mit der Prostituierten Karen zusammen ... dtv 11104

Das Gänsemännchen

Der junge Musiker Daniel Nothafft heiratet die in sich gekehrte Gertrud, muß aber schon bei der Hochzeit erkennen, daß seine Liebe deren lebenslustigen Schwester gilt. dtv 11240

Joyce Carol Oates im dtv

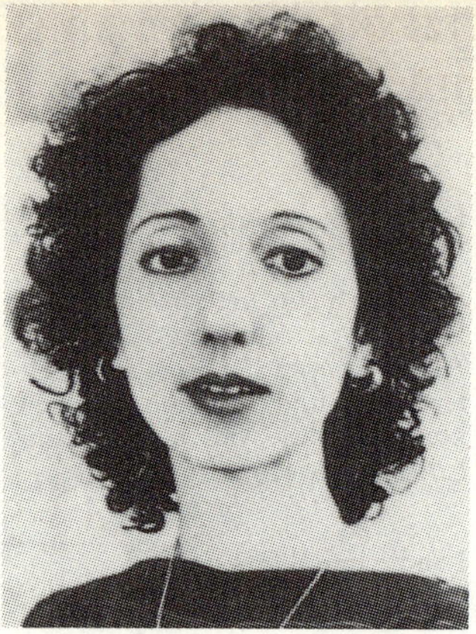

Grenzüberschreitungen

Zart und kühl, bitter und scharf analysierend, erzählt die Autorin in fünfzehn Kurzgeschichten von der alltäglichen Liebe, dem alltäglichen Haß und ihren lautlosen Katastrophen. dtv 1643

Jene

Die weißen Slumbewohner in den Armenvierteln des reichen Amerika, die sich nicht artikulieren können, sind die Helden dieses Romans. Die Geschichte einer Familie, aber auch die Geschichte Amerikas. dtv 1747

Lieben, verlieren, lieben

Von ganz »normalen« Menschen erzählt die Autorin, vor allem von Frauen, von Hausfrauen, Ehefrauen, Müttern und Geliebten. dtv 10032

Ein Garten irdischer Freuden

Ein Mädchen will ihren ärmlichen Verhältnissen entfliehen. Sie tut es – nichts anderes bleibt ihr übrig – mit Hilfe von Männern. dtv 10394

Bellefleur

Der Osten der USA ist der Schauplatz dieser phantastischen Familiensaga. Aus dem Leben der Menschen des Hauses Bellefleur wird ein amerikanischer Mythos. dtv 10473

Im Dickicht der Kindheit

In einem Provinznest lebt die starke, in ihrer Sinnlichkeit autonome Arlene mit ihrer jungen Tochter Laney, deren Schönheit und Wildheit der vierzigjährige Aussteiger Kasch verfällt. dtv 10626

Engel des Lichts

Die Geschichte einer alten Familie in Washington, die zwischen Politik und Verbrechen aufgerieben wird. dtv 10741

Unheilige Liebe

Auf dem Campus einer exklusiven Privatuniversität spielen die Mitglieder des Lehrkörpers eine »Akademische Komödie des Schreckens«. Sie lieben sich, sie hassen sich, aber keines dieser Gefühle hält vor. dtv 10840

Letzte Tage

Amerikanische Kleinstädte und europäische Metropolen sind die Schauplätze dieser sechs Erzählungen. dtv 11146

Die Schwestern von Bloodsmoor

Ein romantischer Roman, aber auch eine sarkastische Abrechnung mit den USA nicht nur des vorigen Jahrhunderts. dtv 11244

Julien Green im dtv

Foto: Isolde Ohlbaum

Junge Jahre
Autobiographie

Aufgewachsen zwischen zwei Kulturen, früh vom Tod seiner Mutter betroffen, mit siebzehn als Kriegsfreiwilliger schon an der Front, sucht ein ebenso sensibler wie arroganter junger Mann seinen Weg ... dtv 10940

Jugend
Autobiographie 1919 – 1930

In Amerika, dem Land seiner Väter, erhält der junge Julien Green den Schlüssel zu seinen geheimen Wünschen und Sehnsüchten. Doch das Bewußtwerden seiner homoerotischen Neigungen stürzt ihn in eine tiefe Krise. dtv 11068

Paris

In 19 Abschnitten streift Green durch die verschiedensten Viertel der Stadt, besucht Museen und Straßen, erlebt Jahreszeiten und Gesichter. dtv 10997

Leviathan

Als Gueret begreift, daß die »Liebe« der hübschen Angèle durchaus zu erlangen ist und daß zahlreiche Männer von dieser Möglichkeit Gebrauch machen, gerät er außer sich ... dtv 11131

Von fernen Ländern

Elisabeths Begegnung mit Jonathan, einem unberechenbaren Abenteurer und Frauenhelden, weckt unerfüllbare Wünsche in ihr. Aus dem verträumten Mädchen wird eine leidenschaftliche, zielstrebige junge Frau. dtv 11198

Meine Städte
Ein Reisetagebuch
1920 – 1984

Julien Greens Städte besitzen eine zusätzliche Dimension; die Einbildungskraft eines Dichters sorgt für Entdeckungen, die kein Reiseführer zu bieten hat.
dtv 11209

Der andere Schlaf

Die Erinnerungen eines Arztsohnes an seine Jugendtage in Paris, die verhaltene Geschichte einer ausklingenden Kindheit und einer Knabenliebe.
dtv 11217

Mont-Cinère

Ein Anwesen in der Nähe von Washington wird Gegenstand einer alles verzehrenden Leidenschaft: Der Geiz ergreift langsam von all seinen Bewohnern Besitz.
dtv 11234

Jack London im dtv

Lockruf des Goldes

Aus der Wildnis Alaskas gerät der Goldsucher Burning Daylight in den Finanz- und Börsendschungel New Yorks, wo sich sein Leben grundlegend ändert. dtv 871

König Alkohol

Ein faszinierender, stark autobiographisch gefärbter Roman: »Ich ahnte nicht, daß alles Tun in dieser Welt der Männer mit dem Alkohol verknüpft war.« dtv 899

Der Seewolf

Voller Abscheu und doch fasziniert erlebt ein schöngeistiger Literat den brutalen Robbenfängerkapitän Wolf Larsen, in dessen Hände er nach einem Schiffbruch geraten ist. dtv 1027

Wolfsblut

»Wenn je ein Geschöpf der Feind seiner Gattung wurde, so war es Wolfsblut. Er gab keinen Pardon und verlangte auch keinen.« Die berühmte Tiergeschichte über das Leben eines Außenseiters und Mischlings, der mehr Wolf als Hund ist. dtv 1298

Der Ruf der Wildnis

Die realistische Beschreibung des Lebens von Menschen und Tieren unter extremsten Bedingungen in dieser klassischen Hundegeschichte gilt als unübertroffen. dtv 1563

Seven Great Stories
Sieben Meistererzählungen
englisch-deutsch
dtv zweisprachig 9227